Krieg der Vampire

Das Volk der Nacht 7

DAS VOLK DER NACHT

Bisher sind in dieser Reihe folgende Titel erschienen:

Das Volk der Nacht classics

Band 1:	M. Weinland	*Das Volk der Nacht*
Band 2:	M. Weinland	*Die Spiegel der Nacht*

Neue Abenteuer:

Band 1:	M. Weinland	*Kinder des Millennium*
Band 2:	Weinland & Stahl	*Die achte Plage*
Band 3:	M. Weinland	*Erbin des Fluchs*
Band 4:	Weinland & Stahl	*Dunkle Himmel*
Band 5:	Weinland & Kay	*Landru*
Band 6:	Weinland & Nagula	*Blutskinder*
Band 7:	Weinland & Kay	*Krieg der Vampire*

Mehr Informationen, aktuelle Erscheinungstermine
und Leserreaktionen zur Serie unter:
www.DasVolkderNacht.de

Manfred Weinland
Martin Kay

KRIEG DER VAMPIRE

DAS VOLK DER NACHT 7

Roman

Zaubermond-Verlag
Schwelm

1. Auflage

http://www.zaubermond.de
Satz: http://www.Festa-Verlag.de
Umschlaggestaltung: D. Ehrhardt
Titelillustration: Günther Nawrath
Druck und Bindung: Wiener Verlag, A-2325 Himberg

ISBN 3-931407-39-X

Inhalt

Prolog

Im Käfig

Caine durchwanderte einen endlos scheinenden Tunnel, der von feucht schimmernden Wänden begrenzt wurde. Caines Bemühungen, diese Grenzen zu berühren, scheiterten. Selbst wenn er die Arme ausstreckte, reichten die Fingerspitzen nicht heran. Ebenso wenig gelang es ihm, sich umzudrehen oder einfach nur stehen zu bleiben.

Er besaß keine nennenswerte Kontrolle über sich, und so fügte er sich in sein Schicksal, überzeugt, dass es nur eine Erklärung für dieses Phänomen geben konnte: Er träumte.

Während ihn die Beine weiter voran trugen, nahm Caine nicht einmal schwache Gerüche wahr. Er blickte zurück – was erstaunlicherweise möglich war –, und hinter ihm bot sich der Tunnel ebenso dar wie voraus.

Er sah keinen Anfang und kein Ende.

Nur ein Traum.

Caine musste sich seine Überzeugung immer wieder ins Bewusstsein rufen. Trostlos zogen die Wände an ihm vorbei.

Wenn ich weiß, dass ich träume, glomm ein neuer Gedanke in ihm auf, *müsste ich mich dann nicht auch selbst daraus wecken können ...?*

Er hatte den Gedanken kaum zu Ende gedacht, als weit vor ihm in der Dunkelheit ein Licht entstand. Ein leuchtender

Ball, der mit jedem Schritt, den Caine sich ihm näherte, größer wurde.

Das gelbe Licht, das zunächst dem Kegel einer Lampe ähnelte, der tastend über die Wände des Tunnels strich, faszinierte Caine. Aber als er näher an die Lichtquelle herankam, erkannte er, dass es nur der flackernde Schein einer Kerze war.

Die Flamme brannte hoch und hell. Sie tanzte heftig um den Docht herum, obwohl Caine nicht den geringsten Luftzug spürte. Schwarze Rauchfahnen stoben empor und vermischten sich mit den dunklen Schatten, die das Kerzenlicht auf die Tunnelwände warf – Schatten, geformt wie menschliche Gestalten.

Caine blieb stehen. *Wollte* stehen bleiben, aber seine Beine trugen ihn einfach weiter auf die Kerze und die neben ihr sitzende Gestalt zu. Der Vampir sog scharf die Luft an und versuchte weiter, Widerstand gegen die erzwungene Vorwärtsbewegung zu leisten, bis ...

... ja, bis das Gesicht der Gestalt erkennbar wurde.

»Mutter!«, keuchte er verblüfft.

Seine Gedanken wirbelten durcheinander. Sie war hier?! Hatten Lilith und er sie denn nach der Flucht aus dem Vatikan nicht abgeschüttelt?

Und dann dämmerte ihm die Wahrheit.

Er erlebte keinen Traum.

Er bewegte sich im Geflecht der Songlines ...!

Kaum war diese Erkenntnis gereift, hob Rahel den Kopf und sah ihn aus stechenden Augen an. Es war nicht notwendig, dass sie ihn ansprach. Ihr Blick war Anklage genug.

Er hatte sie verraten.

Caines Bewegung erstarb. Er stand keine zwei Meter von

Rahel entfernt. Auf ihrem Gesicht zeichneten sich tiefe Linien ab, die im Schein der flackernden Kerzenflamme diabolische Formen annahmen.

»Was willst du jetzt tun?«, fragte er, nur um das eisige Schweigen zu brechen.

Einem anderen hätte er nie eingestanden, dass er Angst hatte. Eine kreatürliche Furcht, die sich wie eine stählerne Faust um sein Herz gekrallt hatte. Und zudrückte.

Je länger er in der Songline verweilte, desto stärker wurde dieser Druck. Sein Puls raste. Sein sonst so träges Blut jagte förmlich durch die Adern.

Rahel antwortete nicht. Sie griff nach der Kerze und hob sie bis auf Augenhöhe. Für einen Sekundenbruchteil blähten sich die Wangen seiner Mutter, als sie Luft holte, dann blies sie die Flamme in seine Richtung aus.

Eine gewaltige Lohe fauchte Caine entgegen.

Das Ganze erinnerte an das Kunststück eines Feuerspuckers. Die wabernde Hitze erreichte seinen Körper, hüllte ihn ein und – explodierte ...

Caine griff sich an die Schläfen, prallte rückwärts gegen die Tunnelwand und brüllte animalisch auf. Die Hitze hatte sich tief in ihn gesenkt und zerfraß nun Körper und Geist.

Caine vergaß, wo er sich befand. Bilder brannten sich in sein gemartertes Hirn. Caine versank für unbestimmbare Dauer in jedem einzelnen ...

Rom.

Sein Geist eilte durch die verlassenen Hallen des Vatikans. Kardinäle liefen aufgeschreckt hin und her. Gardisten verriegelten die Eingänge, und Diener sagten alle Audienzen der Päpstin ab.

Ayers Rock.

Der heilige Berg der Aborigines stand in Flammen. Eine purpurfarbene Schockwelle raste über den Kontinent, reinste Magie von einer Art, die Caine nicht kannte.

London.

Lilith Eden lag nackt auf einem Bett der Pension, in der sie gemeinsam Unterschlupf gefunden hatten, nachdem sie aus der Vatikanstadt entkommen waren. Die Halbvampirin wälzte sich in unruhigen Träumen auf dem Laken. Caine verfolgte es wie aus der Vogelperspektive, als schwebe er über dem Bett ...

Und dann entdeckte er sich selbst!

Ungläubig betrachtete er den Körper, der neben Lilith lag. Die Selbstheilungskräfte hatten die meisten Wunden, die ihm im Kampf gegen Rahel zugefügt worden waren, bereits verheilen lassen. Caine sah sich auf dem Rücken liegen, die Arme über der Bettdecke und die *offenen* Augen zur Zimmerdecke gerichtet, von der aus er sich wie in einem Spiegel betrachtete ...

Dieses Bild verschwand wie alle anderen. Caine befand sich wieder in dem vermeintlichen Tunnel. Die zur Feuersbrunst aufgeblähte Kerzenflamme war erloschen. Er lehnte zitternd an der Wand, hustete und spuckte dunklen Schleim.

Als er nach einer Weile aufblickte, stand Rahel keine drei Schritte weit von ihm entfernt. Glühende Gitterstäbe hatten sich um seinen Körper herum errichtet.

Er war gefangen!

In der Songline!

Erneut hörte er sich qualvoll aufschreien, weil er glaubte, die magischen Pfade nie mehr verlassen zu können.

Bis er seinen Irrtum begriff und ...

... wimmernd im Bett auffuhr.

Erst als er die Hand auf seiner Schulter spürte und beruhigende Worte zu ihm durchdrangen, kam er zur Besinnung.

Er befand sich in der realen Welt.

»Hattest du einen Albtraum?«, fragte Lilith teilnahmsvoll.

Er zögerte.

Die Stationen des Traums passierten in Windeseile Revue vor seinem geistigen Auge. Er begriff nicht, was geschehen war. Aber er spürte, dass sich etwas Gravierendes verändert hatte.

Caines Hände krümmten sich. Er spannte jeden Muskel an.

Etwas hatte sich verändert.

Er spürte ... Aggression. In sich.

Als wäre er doch gefangen.

Einem Raubtier in einem erstickend engen Käfig gleich.

Als trüge der Schein von Realität.

Ich bin frei!

Aber ein Teil von ihm schien weiterhin festgehalten zu werden.

Im Traum. Im Geflecht der Songlines.

Seine Knöchel knackten, als er die Fäuste ballte und Lilith betrachtete, *sah,* wie er sie noch nie gesehen hatte ...

In diesem Moment schwang sich die Halbvampirin aus dem Bett, entrückte ihm.

Caines Blick richtete sich auf einen Punkt jenseits des Raumes.

Er versuchte, sich wieder zu finden.

Es gelang ihm nicht.

Erneut sah er Stäbe aus lavarotem Eisen.

Und dahinter, gefangen, unrettbar verloren, nicht er und doch ... ein Teil von ihm – – –

– Mutter?!?

1. Kapitel

Quarantäne

Auf dem Amsterdamer Flughafen Schiphol wälzte sich ein schier endloser Strom von Menschen durch die Abfertigungshallen.

Die Menge kam nur stockend voran.

Der Geräuschpegel war ins schier Unerträgliche angeschwollen, übertönte sogar die Triebwerksgeräusche außerhalb startender Jets. Einigen der Leute ging es zu langsam. Sie drängten, drückten und schoben. Manche verschafften sich mit ihren Ellbogen Luft, andere sprangen über die Wartesitze, stolperten in die Menge hinein, rissen Menschen mit sich zu Boden und wurden von nachfolgenden einfach überrannt.

Polizeikräfte waren angerückt. Eingemummt in Schutzwesten, ausgestattet mit Helm, Schild und Schlagstock wirkten die Beamten in ihren schweren Stiefeln wie mittelalterliche Ritter, die aufgeboten worden waren, um einen Aufstand des Pöbels niederzuschlagen.

Doch es war kein Aufstand, es war eine Massenflucht.

Nur für eine Sekunde hatte Janine Peters ebenfalls daran gedacht, sich ins Getümmel zu stürzen, war beim Anblick der Tumulte jedoch sofort wieder davon abgekommen. Seit einer guten Stunde hielt sich die attraktive Blondine mit der modischen Kurzhaarfrisur auf der Promenade eines Cafés auf und verfluchte im Stillen ihre Fahrlässigkeit, Coveys Rat ignoriert zu haben.

Wir hätten zusammen bleiben sollen, dachte sie verbittert. Es war unwahrscheinlich, dass sie Covey in der Menschenmasse ausfindig machen konnte.

Jemand sprach sie auf Holländisch an. Janine drehte sich halb um. Die Bedienung des Cafés stand vor ihr, ein Mädchen fast noch, höchstens achtzehn. Sie hatte sich auf das Geländer gestützt und schaute betrübt nach unten. Seit Schiphol zur ersten Anlaufstelle der Flüchtlinge aus Großbritannien avanciert war, lief das Geschäft für die Gastronomie-Betreiber des Flughafens schlecht. Die Leute, die von der Insel herkamen, wollten einfach nur fort, ohne jeden Aufenthalt. Niemand nahm sich noch die Zeit für einen Imbiss.

»Entschuldigung?«, fragte Janine.

Die Bedienung erkannte, dass sie es mit keiner Holländerin zu tun hatte und wiederholte in stark akzentuiertem Deutsch ihre Worte.

»Das ist das Ende.«

Janine zog die Brauen hoch, und als sie nichts erwiderte, deutete die andere Frau mit dem Kinn in Richtung der Flüchtlinge.

»Sie dürfen nicht so schwarz sehen.« Janine sprach langsamer als sonst, damit ihr Gegenüber sie besser verstehen konnte. Sie hatte die Angst in den Augen der jungen Frau gesehen und ahnte, dass sich in ihr einiges an Sorge aufgestaut hatte. Allzu leicht konnte daraus Hysterie entstehen.

Wie bei all denen dort unten.

»In ein paar Tagen wird sich die Lage entspannen.«

Die Holländerin schüttelte den Kopf. »In ein paar Tagen?«

Ihre Stimme klang jetzt schrill.

Wichtigste Personen und Hintergründe des Romans

LILITH EDEN

Die Heldin der Geschichte: schlank, schwarzhaarig, optisch Mitte zwanzig, in Wahrheit aber über hundert Jahre alt.

Urprünglich nur zu dem Zweck geboren, die Ur-Lilith (Adams erste Frau – siehe Talmut – und Urmutter der Vampire) mit Gott zu versöhnen, lebt sie jetzt ihr eigenes, unabhängiges Leben. Doch sie ist weder ganz Mensch noch ganz Vampirin, und so wird sie von beiden Seiten angefeindet. Auch Lilith braucht, wie reinblütige Vampire, das Blut von Menschen, um sich am Leben zu erhalten. Aber sie tötet ihre Opfer nicht, sondern stiehlt ihnen nur soviel wie nötig. Lilith kann sich in Fledermaus oder Wolf verwandeln und beherrscht die vampirische Hypnose, mit deren Hilfe sie beinahe jedem Menschen ihren Willen aufzwingen kann. Vampire sind dagegen immun.

RAHEL I.

Nach dem Tod des letzten Papstes des alten Millenniums, ließ sie sich von den Kardinälen, die die Brandkatastrophe im Vatikan überlebten, zur neuen Päpstin krönen. Rahel ist das letzte vom Lilienkelch »getaufte« Geschöpf. Die Besonderheit: Sie trank Lilith Edens Blut daraus, um zur Vampirin zu werden. Seither verfügt sie nicht nur über die üblichen magischen Fähigkeiten dieser Rasse, sondern auch über die einzigartige Gabe, Toten wieder Leben einzuhauchen. Diese Macht bewies sie auch an Lilith und Landru. Sie hat dafür gesorgt, daß hundert »neuartige« Vampire geboren und die Machtzentren der Welt eingeschleust wurden.

LANDRU

Der letzte noch lebende Urvampir, eines von zwanzig Kindern der Lilith (Adams *erste* Frau, siehe Talmud), die bereits im alten Sumer als Gottkönig verehrt herrschten. Aus ihnen ging – nach der Sintflut – das Geschlecht der *Hüter* hervor, von denen nach und nach ein jeder tausend Jahre lang ausziehen sollte, um neues vampirisches Leben zu schaffen.

Auch Landru zog von 727 bis 1727 n. Chr. Geburt mit dem sogenannten Lilienkelch über die Erde, um über ein grausames Blutritual vampirischen Nachwuchs aus Menschenkindern zu rekrutieren, Sippen zu gründen und so die geheime Herrschaft der Vampire über die Menschen wieder zu festigen.

Im ausgehenden 20. Jahrhundert wurde der Lilienkelch zerstört. Doch Landru brachte den Abendmahlkelch von seinem Ausflug in die Zeit Christi mit in die Gegenwart. In ihn hinein kopiert wurde die Magie des originalen Lilienkelchs, der damals noch existierte. Nunmehr besitzt Landru also wieder ein Instrument, von dem er sich die Möglichkeiten erhofft, die Machtverhältnisse in der Gegenwart zurechtzurücken.

NONA

Landrus Geliebte und treueste Weggefährtin. Seit dem 16. Jahrhundert trägt sie den Wolfskeim in sich, später trank sie Landrus Hüterblut aus dem Lilienkelch. Fortan war sie quasi unsterblich, inzwischen altert sie jedoch wieder wie eine Normalsterbliche.

Verwandelte sich Nona anfänglich nur zu Zeiten des Vollmonds in eine Werwölfin, vermag sie diese Entartung nun bewusst zu jeder Zeit einzuleiten.

JADON

Der von der Bibel verschwiegene Zwillingsbruder von Jesus, der nach turbulenten Ereignissen via Zeitreise in die Handlungsgegenwart gelangte.

Über ihn ist kaum etwas bekannt – außer dass Landru ihn zum Kelchkind taufte. Jadon ist also ein Vampir und der dunklen Seite verfallen. Aber es heißt, dass er in seinem Kern dieselbe »Gabe der Erlösung« birgt, wie sein am Kreuz gestorbener Bruder ...

VAMPIRMAGIE

Über welche magischen Fähigkeiten verfügen Vampire? Sie beherrschen die Kunst der Metamorphose, können sich in eine Fledermaus oder – mit fortgeschrittenem Alter – auch in einen Wolf verwandeln. Die Kleidung der Vampire wird bei der Umwandlung auf magische Weise zu Pelz. Darüber hinaus haben sie hypnotische Macht über viele Menschen, aber es gibt auch »Immune«, die aus ungeklärten Gründen der Beeinflussung widerstehen.

Tötet der Vampir sein Opfer nach dem Bluttrunk nicht, wird es ihm hörig, hat aber selbst kein vampirisches Verlangen; stirbt das Opfer, verwandelt der übertragene *Keim* es in eine Dienerkreatur, einen Untoten, der ebenfalls Menschenblut zum »Überleben« benötigt, aber über keinerlei magische Gabe verfügt und auch selbst nicht den *Keim* weitergibt, um seinerseits weitere Diener zu erschaffen. Kelchvampire und Dienerkreaturen sterben durch Pfählen oder Genickbruch.

»Haben Sie Australien vergessen? Wie es dort endete?«

Janine presste die Lippen aufeinander. Sie machte einen Schritt auf die junge Bedienung zu und legte ihr einen Arm um die Schultern.

»Beruhigen Sie sich. Ich bin sicher, man wird bald Mittel und Wege finden, die Dunkelheit zu bekämpfen. Gerade *wegen* Australien. Die Wissenschaft ist nicht untätig. Überall wird pausenlos an der Entschlüsselung und Bekämpfung des Phänomens gearbeitet.«

Die Holländerin begann zu schluchzen, als würden die Worte sie gar nicht erreichen.

Janine schluckte. Sie schenkte ihren eigenen Worten keinen Glauben. Nach Australien hatte sich nun die *Nacht* auch über England gesenkt.

Niemand kannte die Ursache.

Offiziell wurden sich immer wiederholende Durchhalteparolen ausgegeben.

»Der faulige Odem Satans wird die Welt verschlingen«, hörte sie eine Stimme schreien.

Janine blinzelte irritiert. Die Bedienung schien nichts gehört zu haben und entfernte sich zur Theke.

»Dies ist das Ende aller Tage!«

Erneut trieb die Stimme des Mahners durch den Lärm zu ihr herauf. Angestrengt suchte sie nach ihm, wurde jedoch nicht fündig.

Eine Lautsprecherdurchsage ließ sie zusammenzucken, so laut dröhnte sie aus einem nahen Lautsprecher.

Die erste Ansage erfolgte auf Holländisch, und Janine verstand kein Wort. Die englische Wiederholung versetzte der Deutschen dann einen Schock.

»Sehr geehrte Fluggäste, KL-1022 war der letzte Flug, der

uns von Heathrow kommend erreichte. Weitere Starts aus dem Vereinigten Königreich sind derzeit nicht gemeldet. Bitte bemühen Sie sich um Ruhe und benutzen Sie auch die Notausgänge, um die Halle zu verlassen. Folgen Sie den Anweisungen der Polizei ...«

Ein Rauschen brandete in Janine Peters Ohren auf. Für eine Sekunde hörte sie ihren rasenden Herzschlag überlaut und spürte, wie das Blut durch ihre Schläfen toste. Ein Schwindelgefühl erfasste sie. Sie taumelte, griff nach dem Geländer und hielt sich daran fest. Dann atmete sie tief durch und besann sich auf ihr Training, das nur dazu gedient hatte, um in Situationen wie diesen kühlen Kopf zu bewahren.

Die letzte Maschine, dachte sie. *Wo, zur Hölle, steckt Tom?*

Sie ließ das Geländer los und eilte zur Treppe.

»He, wo wollen Sie hin?«, rief ihr die Bedienung hinterher.

Ehe Janine selbst begriff, was sie eigentlich vorhatte, befand sie sich schon auf halber Höhe der Treppe. Noch wäre Zeit zur Umkehr gewesen, doch wider alle Vernunft stürzte sie sich in das herrschende Chaos.

Die ersten zwei, drei Leute rempelten sie an. Weitere folgten, drohten sie mitzureißen. Janine griff nach dem Geländer auf der anderen Seite des Treppenaufgangs, zog sich hinüber. Wie einem Naturgesetz folgend, versuchten die meisten, mittendurch zu gelangen. Etwas abseits kam Janine schneller voran, musste nur hie und da ein paar Leute beiseite drängen, die ihr mit verzerrten Gesichtern den Weg verstellten.

Weiter hinten in der Halle zerstreuten sich die Massen allmählich. Alles strömte zu den Ausgängen, fort vom Ankunftsterminal. Doch da die Leute vorn nicht schnell genug durch die Ausgänge gelangten, gab es einen Rückstau. Janine schätzte, dass sich noch gut und gerne vierhundert Passagiere aus den letzten vier angekommenen Maschinen in der Halle befanden.

Die junge Frau achtete nicht auf die wütenden Zurufe einiger Männer, als sie sich unsanft einen Weg an der Menge vorbei bahnte. Jemand versetzte ihr einen Stoß in die Rippen, der ihr die Luft aus den Lungen trieb. Janine biss die Zähne zusammen, stolperte gegen eine Sitzreihe, kletterte umständlich darüber und wurde erneut angerempelt. Mit rudernden Armen fiel sie vornüber, fing sich mit den Händen ab und versuchte, wieder auf die Beine zu kommen. Doch der vorhandene Platz war zu klein. Wieder stieß sie gegen ein Hindernis. Doch fremde Hände packten zu und zerrten sie grob in den Stand.

Sie wollte protestieren, aber als sie aufsah, blickte sie in die Augen eines Uniformierten.

Der Mann musterte sie hart, nickte dann mit vorgeschobenem Kinn. Janine erkannte erst, dass die Geste nicht ihr gegolten hatte, als die vermeintlich helfenden Hände sie fortzuziehen versuchten.

»Warten Sie!« rief sie. »Ich bin Polizistin.«

Die beiden Uniformierten, die sie festhielten, blieben kurz stehen und sahen zu ihrem Vorgesetzten hinüber. Dieser schien kurz zu überlegen. Schließlich deutete er mit einer unbestimmbaren Handbewegung an, Janine loszulassen.

»Weisen Sie sich aus«, schnarrte er.

Janine schnaubte. Ihr lag eine unflätige Bemerkung über die Arbeitsweise ihrer holländischen Kollegen auf den Lippen, doch sie schluckte sie herunter. Sie wusste, dass die Polizisten mit der gegenwärtigen Situation überfordert waren. Die Massenflucht aus England überstieg ihre Kapazitäten.

Janine griff in die Innenseite ihrer Jacke. Beunruhigt stellte sie fest, dass die Hände der anderen Polizisten zu ihren Holstern wanderten. Betont vorsichtig zog sie ihren Ausweis und hielt ihn dem Mann vor ihr unter die Nase.

»Ich bin Janine Peters, Kriminaloberkommissarin des Bundeskriminalamtes.« Gleichzeitig blickte sie in die Runde und stellte fest, dass sie dank ihrer Akrobatik hinter die Sicherheitslinie gelangt war. Das Toben und Drängen der Massen war hier nicht zu spüren.

Der Beamte nahm ihr den Ausweis aus der Hand und begutachtete ihn.

»Sie haben in diesem Land keinerlei Befugnisse, Frau Peters«, sagte er schließlich und reichte ihr die Lederhülle zurück.

»Ich weiß«, räumte Janine ein, »aber ich hatte die leise Hoffnung, dass Sie mir dennoch einen kleinen Gefallen tun würden – unter *Kollegen* sozusagen.«

Der Polizist runzelte die Stirn. Sein Nervenkostüm hatte erkennbar unter der Situation gelitten. »Hören Sie, wir haben auch so schon alle Hände voll zu tun, um mit der Flüchtlingswelle zurechtzukommen. Schiphol galt für die Flüchtlinge aus der *Nacht* bis vor kurzem als sicherer Hafen. Doch nun hat die Regierung die Einreise vorerst untersagt.«

Nun war es an Janine, überrascht zu sein. Sie hatte die letzten beiden Wochen zusammen mit Tom Covey in London verbracht, ehe die Finsternis über die Insel hereingebrochen war. Es wäre ihre Pflicht gewesen, sich mit ihrer Dienststelle in Verbindung zu setzen, auch wenn sie sich noch im Urlaub befand. Natürlich hatte sie sich fest vorgenommen, dies zu tun – sobald sie wusste, wo Tom steckte.

»Ich verstehe nicht ...«

»Man fürchtet eine Epidemie«, erklärte der Beamte mit abfällig heruntergezogenen Mundwinkeln.

Janine schluckte. *Undenkbar,* gestand sie sich ein, *war dies nicht.*

Seit fast drei Jahren wurde der australische Kontinent von Finsternis erstickt. Nun hatte dasselbe Phänomen England erreicht. Der ideale Nährboden für eine neue Form der Hexenjagd. Offenbar glaubte man hierzulande, die Dunkelheit könnte ansteckend sein – oder zumindest die Menschen, die ihr ausgesetzt gewesen waren, mit etwas Unerklärlichem, Hochgefährlichem infiziert haben.

Sie hörte das Seufzen des Beamten und blickte hoch.

»Also, was wollen Sie?«

»Können Sie die Passagierlisten der letzten vier Flüge von KLM und British Airways durchchecken? Ich bin auf der Suche nach einem Mann namens Tom Covey.«

Der Holländer winkte eine Frau in der Uniform der KLM-Flugbegleiter heran und forderte sie auf, Janines Wunsch zu entsprechen.

Die Stewardess beugte sich über den Computer am Wartepult, loggte sich ins Passagiersystem ihrer Fluggesellschaft ein und gab als Suchbegriff den Namen Coveys ein. Schließlich schüttelte sie den Kopf.

»Es tut mir leid. Ein Mr. Covey befand sich nicht unter den Passagieren der zuletzt eingetroffenen Flüge.«

»Und bei der BA?«

»Ich kann leider nicht ...«

»Doch, Sie *können*!« Janine erschrak selbst über ihren Tonfall. Sie entschuldigte sich bei der Frau und wandte sich mit einem dahingemurmelten »Danke« ab. Es war aussichtslos. Sie und Tom besaßen KLM-Tickets. Und sie fühlte geradezu, dass er sich auch nicht in der British Airways-Maschine aufgehalten hatte.

»Glaubt ihr, die Finsternis wird euch verschonen, nur weil ihr euch in die vermeintliche Sicherheit des Festlands begeben habt?«

Janine horchte auf. Auch die Polizisten reagierten.

Die Beamten sprachen holländisch. Ihre hektischen Bewegungen verrieten jedoch, dass etwas nicht stimmte. Der Ranghöhere gab Anordnungen an die beiden anderen weiter, die über die Sitzbänke sprangen und in der Menge verschwanden.

Janine sah ihnen kurz hinterher und erhaschte in der Menge einen Blick auf eine einzelne Gestalt am Rande des Terminals.

»Dämonische Kräfte werden euch in euer Verderben reißen! Die Welt ist reif für eine neue Ordnung.«

Der Mann wirkte heruntergekommen. Sein Haar war lang und verfilzt, der Bart wucherte im Gesicht. Er trug einen langen, zerschlissenen Trenchcoat. Das war alles, was Janine von ihm erkannte, ehe ihr die anderen Leute, die nachdrängten, die Sicht versperrten.

»Sie sollten jetzt besser gehen«, mahnte der Polizist am Terminal.

»Kennen Sie den Mann?«, fragte sie und deutete dabei auf die beiden Beamten, die sich in Richtung des Heruntergekommenen bewegten.

»Ein Unruhestifter«, sagte der Polizist. »Aber das sollte Sie nicht weiter interessieren. Ich darf Sie noch einmal mit Nachdruck daran erinnern, dass ...«

... ich hier keine Befugnisse habe, vollendete Janine den Satz in Gedanken.

Der Beamte hielt abrupt inne. Auf seiner Stirn zeichnete sich eine rote Blume ab. Der Mann verdrehte die Augen. Die Flugbegleiterin neben ihm schrie entsetzt auf, weil sie von Blut und Knochensplittern getroffen wurde. Der Polizist fiel hinten über und blieb regungslos auf dem Boden liegen.

Janine sprang vor und riss die Stewardess mit sich zu Boden.

»Ganz ruhig!«

Die Frau kreischte wie am Spieß. Janine schlug ihr zweimal hart ins Gesicht, doch das zappelnde Bündel unter ihr wollte keine Ruhe geben. Erst, als ihre Faust das Kinn traf, erschlaffte der Körper.

»Nichts für ungut«, murmelte Janine, rollte sich auf den Rücken und hielt plötzlich die durchgeladene Sig Sauer P226 in der Hand. Es war nicht ihre schlechteste Angewohnheit, auch im Urlaub die Dienstwaffe bei sich zu tragen. Zwar kostete es eine Menge bürokratischen Aufwand, auch im Ausland eine Berechtigung dafür zu erwirken, aber die eigene Sicherheit war es wert.

Janine richtete sich auf und spähte über die Sitzreihe zur gegenüberliegenden Wand. Scheinbar unbeeindruckt wälzte sich die Menge weiter den Ausgängen entgegen. Niemand schien den Mord an dem Polizisten bemerkt zu haben. Dafür entdeckte Janine den »Unruhestifter«, der seine Position gewechselt hatte. Wohl um den beiden Beamten zu entwischen, die sich ihm an die Fersen geheftet hatten. Er tauchte nur kurz in der Menge auf, um sofort wieder zu verschwinden ...

Warnungslos schrammte etwas um Haaresbreite an Janines

Kopf vorbei. Sie warf sich zur Seite, landete unsanft und begriff, dass die heruntergekommene Gestalt eine schallgedämpfte Automatik in Händen hielt.

In diesem Moment flogen die Polizisten förmlich auf den Mann zu, der herumwirbelte und schoss. Deutlich sah Janine das Mündungsfeuer aufblitzen.

Die Beamten fielen getroffen zu Boden. Und selbst als sie unten lagen, feuerte der Wahnsinnige weiter bis zur letzten Kugel und wechselte anschließend sehr gekonnt das Magazin.

Janine kam hoch, flankte über die Sitzreihe hinweg und wurde mit Menschen konfrontiert, die beim Anblick ihrer Waffe wild aufschrieen. Janine kümmerte sich nicht darum. Es galt, den Schützen auszuschalten, ehe er noch mehr Unheil anrichtete.

Er hatte das Feuer bereits wieder eröffnet. Drei, vier Menschen wurden durch Treffer gegen andere geschleudert.

Überall stürzten Männer, Frauen, Kinder zu Boden, wurden schier niedergetrampelt.

Die Panik war nun offen ausgebrochen.

Janine balancierte über die Sitzreihe und erreichte eines der großen Panoramafenster.

Der Schütze hatte sie entdeckt und wich zurück. Dabei richtete er seine Waffe auf Janine und feuerte das nächste Magazin leer.

Projektile heulten ihr um die Ohren. Sie suchte Deckung hinter einem Terminal. Hinter ihr klirrte Glas, und ein Splitterregen ging auf sie nieder, als die riesige Glasscheibe barst.

Der selbsternannte Prophet wandte sich um und flüchtete in einen Korridor. Im Laufen wechselte er das Magazin.

Janine stieß sich vom Boden ab, ignorierte die erlittenen Blessuren und hetzte dem Amokläufer hinterher.

Sie hatte nicht den Hauch einer Ahnung, welches Motiv den Mann leitete.

Jedenfalls floh er über eines der Laufbänder. Janine hielt inne, als sie dessen Anfang erreichte, ging in die Hocke und zielte exakt. Ein Schuss peitschte auf. Gleich darauf der nächste, doch beide verfehlten ihr Ziel und schlugen ins Geländer des Transportbandes ein.

Der Amokläufer drehte sich um, schoss und hetzte weiter.

Janine warf sich flach auf den Boden, war aber sofort wieder auf den Füßen und sprintete über das Laufband.

Sie hatte Glück im Unglück. Das Band endete vor dem Doppelportal des Gates – und das war verschlossen.

Verzweifelt hämmerte der Verfolgte dagegen.

»Stehen bleiben!«, schrie Janine, die Pistole im Beidhandanschlag.

Der Mann hielt in seinen Bemühungen, das Tor gewaltsam zu öffnen, inne. Langsam drehte er sich um, hob die Hände und ließ ohne weitere Gegenwehr die Waffe fallen. Als er sich vollends umgewandt hatte, blitzte es in seinen Augen kurz auf. Sein nahezu zahnloser Mund klappte auf und grinste boshaft.

»Die Hände in den Nacken«, schnappte die BKA-Beamtin und unterstrich ihre Forderung mit der Waffe.

Der Zahnlose griff sich an den Mantel und riss die Knöpfe auseinander. Der Stoff teilte sich und gab den Blick auf eine kompliziert anmutende Anordnung von Dynamitstangen und C4-Päckchen frei.

»So, du Schlampe«, zischte er. »Wie gefällt dir das?«

Janine hielt den Atem an. Der Wahnsinnige war mit ausreichend Sprengstoff verkabelt, um weite Teile des Gebäudes in die Luft zu jagen. Sie sah nur eine Chance und handelte, ohne über die Konsequenzen nachzudenken. Ihr Finger krümmte sich am Abzug.

Eine Stichflamme.

Ein Knall.

Die Kugel bohrte sich direkt zwischen die Augenbrauen des Irren, trat am Hinterkopf wieder heraus und verfing sich in der Metalloberfläche des Portals.

Die Augen des Mannes brachen.

Janine stand angespannt da, bereit, ein weiteres Mal zu schießen, obwohl sie wusste, dass ihr Letaltreffer dem Mann jede Möglichkeit raubte, noch einen Zünder zu betätigen.

Ihm ja.

Aber ...

... etwas Unfassbares geschah: Der Körper des Mörders fiel nicht, stand noch immer aufrecht, obgleich er gefährlich wankte. Verständnislos starrte Janine in das Gesicht des anderen. Es verzerrte sich zu einer Fratze, blähte sich unnatürlich auf und erinnerte an eine gemorphte Fotomontage.

Zuckende Bewegungen durchliefen den Körper. Die Haut dehnte sich, und plötzlich trat etwas – nein, *jemand* – aus dem Körper hervor!

Geschockt verfolgte Janine Peters das groteske Schauspiel, die Waffe noch immer auf den Toten gerichtet.

Der jetzt endlich fiel.

Und mit dumpfem Geräusch aufschlug.

Stehen blieb der Halbwüchsige, der ...

Der was?, dachte Janine.

... förmlich aus ihm heraus explodiert war.

Ungläubig starrte Janine auf den Jungen, der ihr nicht unbekannt war.

»Samuel!«

Der Halbwüchsige lächelte, als er Janine erkannte. Leichtfüßig machte er zwei Schritte auf sie zu. In seinen Augen lag ein entschlossener Ausdruck.

»Wer hat dir erlaubt, dich einzumischen?«, fauchte Samuel.

Janine furchte die Stirn. Die Mündung der Pistole zeigte weiterhin auf den Jungen.

Samuel war nur noch Zentimeter von ihr entfernt. Er legte seine Hand auf die Waffe und drückte sie nach unten. Für eine Sekunde glaubte Janine, Verachtung und Hass in seinem Blick zu erkennen, und sie hätte geschworen, dass er sie an Ort und Stelle umbringen würde.

Ein Zwölfjähriger?, fragte ihr Restverstand, und beinahe hätte sie aufgelacht. Stattdessen stand sie wie steifgefroren da und wartete darauf, dass der aberwitzige Tagtraum verflog.

Der Ausdruck in Samuels Augen änderte sich jäh. Janine erschien es, als hätte er es sich in letzter Sekunde anders überlegt. Er packte sie, und trotz seinem schwächlichen Äußeren nahm er sie in einen Würgegriff, der ihr nicht die geringste Chance zur Gegenwehr ließ. Ihm hilflos ausgeliefert, musste sie mit ansehen, wie er sie auf den Toten zu zerrte.

Kurz bevor sie den Leichnam erreichten, schwanden ihr die Sinne.

Als sie das nächste Mal die Augen aufschlug, waren höchstens Minuten vergangen, und dennoch befand sie sich mehr als sechshundert Kilometer von Schiphol entfernt ...

Sie schlugen ihm das Tor direkt vor seiner Nase zu. Gespenstische Gestalten rückten in sein Blickfeld. Ihr Atem rasselte hörbar hinter den angelegten ABC-Schutzmasken: Ein gutes Dutzend Soldaten in voller Montur, ausgerüstet mit Heckler & Koch SA80-Schnellfeuergewehren. Sie verriegelten nach und nach sämtliche Türen, die zu den Gangways hinaus führten.

Tom Covey wich rechtzeitig zurück, um dem Hieb eines jungen Soldaten zu entgehen, der mit dem Gewehrkolben wahllos auf die Menge einschlug, als wäre dies der geeignete Weg, die aufgebrachten Passagiere zur Räson zu bringen.

Covey blickte über das Militär hinweg nach draußen, wo die letzte Maschine vom Londoner Heathrow Airport in Richtung europäisches Festland abhob. An Bord dieser 747 hätte er sitzen sollen – aber er hatte seinen reservierten Platz einer Hochschwangeren überlassen. Nun überlegte er, ob er seinen Ausweis zücken sollte, kam jedoch sofort wieder von dem Gedanken ab, als er die hypernervösen Soldaten betrachtete. Man würde ihm nicht einmal zuhören oder ihn vielleicht sogar über den Haufen schießen, aber nicht passieren lassen.

Nein, hier brauchte er sich keine Hoffnungen zu machen. Er musste mit einer höheren Stelle sprechen – sofort!

Tom wandte sich ab und entfernte sich von der tobenden Menge. Er erreichte die Sicherheitszone und wurde dort von weiteren Uniformierten umdirigiert, bis er sich in einem Verbindungstunnel wiederfand. Hier hielten sich deutlich weniger Leute auf, aber auch ihnen stand die Furcht vor der Dunkelheit ins Gesicht geschrieben.

Es war so plötzlich gekommen. Tom hatte eine Auszeit nötig gehabt und deshalb seinen gesamten Resturlaub in einen London-Trip investiert. Dort wollte er sich mit Janine Peters vom deutschen BKA treffen. Die beiden hatten sich bei einem Austauschseminar von amerikanischen und deutschen Sicherheitskräften vor vier Jahren kennen gelernt und trafen sich seither einmal im Jahr. Dazwischen hielten sie ihren Kontakt per Email oder Telefon aufrecht. Im Laufe der Zeit war eine Freundschaft daraus entstanden, und manchmal wünschte sich Tom, dass sich daraus noch mehr entwickeln würde.

Tom konnte sich gut vorstellen, mit Janine enger zusammenzuarbeiten, auch wenn sie unterschiedlicher Nationalität waren. Er glaubte nicht, dass man Janine in Washington einstellen würde, aber seinerseits gab es Pläne für eine zeitweilige Versetzung zum BKA nach Berlin – sofern keine der beiden Regierungen ihr Veto einlegte ...

Keine drei Schritte von Tom entfernt öffnete sich die Tür zu einer Kammer. Ein Mann in blauem Arbeitsoverall schob einen Reinigungswagen heraus. Tom versperrte ihm den Weg.

»Nur eine Frage: Wie komme ich auf dem schnellsten Weg zum Tower?«

Die Kinnlade des Arbeiters klappte herunter. Er wollte umständlich zu einer Erklärung ansetzen, wurde jedoch von Tom unterbrochen.

»Ich meine wirklich den *schnellsten* Weg«, sagte er und hielt ihm zur Unterstreichung seiner Worte den Dienstausweis unter die Augen, der in England zwar keinerlei Gültigkeit besaß, aber dennoch schlichtere Gemüter beeindrucken konnte.

»S-Sie können durch die Wartungsräume und die Gepäcklager abkürzen«, stammelte der Mann und deutete auf die

Tür hinter sich. »Halten Sie sich an die Bezeichnung ›Flügel Nord‹. Am Ende führt ein Gang rechts in den Verwaltungsbereich und von dort aus gelangen Sie zum Tower, *Sir.*«

Tom ließ den Ausweis verschwinden und schlug dem anderen kameradschaftlich auf die Schulter.

»Danke, Kumpel.«

Im Nu war er im Wartungsraum, eilte einen niedrigen Korridor entlang, bis er vor zwei Türen stand, von der eine mit *Private* und die andere mit *Baggage Store* beschriftet war. Covey entschied sich für die zweite. Dahinter erwartete ihn eine riesige Halle, die größtenteils aus Fließbändern und einer unüberschaubaren Zahl an Geländern und Pfeilern bestand. Noch wurde Gepäck befördert, aber es würde keine Maschine mehr starten, die es von der Insel brachte. Dessen war sich Tom sicher. Der Auftritt des Militärs auf dem Flughafen und die Sperrung sämtlicher Terminals sprach eine allzu deutliche Sprache.

Irgendetwas, von dem er noch nicht die geringste Ahnung hatte, musste vorgefallen sein.

Tom fingerte sein Mobiltelefon aus der Jacke und wählte Janines Nummer. Fluchend musste er feststellen, dass er kein Netz bekam. Er versuchte sich mit dem Gedanken zu trösten, dass es im Gepäckraum zu viele Störungen gab, ahnte jedoch, dass eher die Dunkelheit dafür verantwortlich war. Genau wie zunächst nur in Australien wurden allmählich Funk- und Radarwellen einfach von der Schwärze geschluckt. Dieses Phänomen hatte sich nun auch schlagartig im gesamten Königreich etabliert.

Eine Tür quietschte. Tom setzte sich hinter einen Pfeiler. Erst hörte er Stimmen, dann Schritte. Fast automatisch griff seine Hand zum Schulterholster. Er bekam die griffige

Kunststoffummantelung seiner Glock 19 zu fassen, zog die Pistole halb aus der Tasche und wartete. Die Schritte näherten sich, die Stimmen wurden lauter. Dennoch waren sie zu dumpf, um einen Wortlaut herauszuhören.

Tom lugte um die Ecke und gewahrte drei Soldaten in ABC-Ausrüstung, deren Sicht durch die Gasmasken eingeschränkt wurde. Er zog sich zurück, schlich geduckt an den Transportbändern entlang und hielt sich an die Richtung, die ihm der Arbeiter genannt hatte.

Die Soldaten bemerkten ihn nicht.

Covey fand einen Ausgang mit der Bezeichnung *North Wing* und warf einen Blick zurück. Niemand war zu sehen. Er huschte durch die Tür und fand sich in einem schmalen Verbindungsraum wieder. Eine weitere Flügeltür versperrte den Weg zu dem dahinter liegenden Gang. Sie war verschlossen.

Grimmig überprüfte Tom das Schloss, trat dann einen Schritt zurück und zielte. Der Schuss dröhnte überlaut in seinen Ohren. Tom spähte durch die schmalen in die Tür eingelassenen Fenster. Noch gab es keine Anzeichen, dass die Patrouille im Anmarsch war. Ansatzlos wirbelte er herum und trat gegen die zweite Tür. Das zerschossene Schloss zersprang und die beiden Flügelhälften schwangen nach außen auf.

In dem dahinter befindlichen Gang flackerte das Neonlicht. Tom drang in den Korridor ein und sicherte nach allen Seiten. Auf halber Strecke fragte er sich, ob es wirklich klug war, auf dem Flughafengelände mit gezogener Waffe herumzulaufen. Die Soldaten der britischen Armee waren schon nervös genug.

Widerwillig steckte er die Glock ein. Wie der Wartungsarbeiter es angekündigt hatte, machte der Gang am Ende einen Knick nach rechts und endete vor einer weiteren Doppeltür –

– die bewacht wurde.

»Halt!«

Der Befehl drang gedämpft zu ihm herüber, da auch diese beiden Wächter die vollständige ABC-Schutzmontur trugen, als erwarteten sie einen nuklearen Fallout oder den Einsatz biologischer oder chemischer Kampfstoffe.

Oder glaubten sie, sich damit gegen die unbekannten Einflüsse der *Nacht* schützen zu können?

Tom hob vorsichtig die Hände. »Ganz ruhig, Jungs.«

»Identifizieren Sie sich!«

»Ich bin Tom Covey vom United States Secret Service«, erklärte er und griff langsam in die Innenseite seiner Jacke, um den Ausweis hervorzuholen.

Die Mündungen der SA80-Gewehre vollzogen jede seiner Bewegungen nach und verharrten schließlich in Augenhöhe.

Covey warf den Soldaten seinen Dienstausweis vor die Füße. Während ihn eine Waffe weiter in Schach hielt, bückte sich der andere Wächter und versuchte umständlich die ID-Card durch die winzigen Sichtfenster der Maske zu entziffern. Schließlich nickte er, reichte ihm den Ausweis zurück und bedeutete ihm mit einer Bewegung des Gewehrlaufs, ihm zu folgen.

Während der zweite Wächter an der Tür zurück blieb, marschierte Tom hinter »seinem« Vermummten her. Sie passierten einen Korridor der Verwaltungsebene, in dem es nur so von Soldaten wimmelte. Mehrere Männer waren dabei, schweres Gerät aufzubauen. MG-Stände und Sandsackbarrikaden wurden errichtet, als bereite man sich auf Aufstände seitens der Bevölkerung vor.

Der Soldat wies mit seinem Gewehr auf eine Tür. Tom Covey schritt voran und fand sich in einem Treppenaufgang wieder. Als er sich nicht gleich in Bewegung setzte, erhielt er einen leichten Stoß mit der Waffenmündung in den Rücken. Covey verkniff sich einen Kommentar und machte gute Miene zum bösen Spiel. Er stieg die Stufen hinauf und fand sich vor einer Tür mit der Aufschrift *Tower – authorized personnel only* wieder. Hier waren ebenfalls zwei Wachen postiert, die ihn aber durchwinkten. Anscheinend waren sie bereits vorab informiert worden.

Die Tür öffnete sich. Tom staunte nicht schlecht, als er dahinter nicht unmittelbar das Rund der Flugleitzentrale erblickte, sondern erst einmal auf halbtransparente Folie starrte: Man hatte direkt am Eingang ein aufblasbares Schleusenzelt errichtet.

»Ziehen Sie den Schutzanzug über und drücken Sie den roten Knopf, sobald Sie fertig sind«, verlangte der Soldat, der ihn hierher geleitet hatte.

Tom seufzte. Er fragte sich, wozu all die Vorkehrungen dienten. Falls die hohen Herren tatsächlich eine Art Seuche befürchteten, die mit dem Nachtfall einherging, würde es davor kein dauerhaftes Entrinnen geben. Dennoch gehorchte er und legte den gummierten Schutzanzug an, setzte den Helm auf und betätigte den Knopf. Hinter ihm schloss sich die improvisierte Schleuse mit einem Zischen. Dampf und Desinfektionsmittel hüllten ihn ein. Er trat durch die vordere Tür, wartete, bis ihm ein grünes Licht das Weitergehen durch das letzte Schleusentor gewährte und fand sich endlich im Herzen des Heathrow Airports wieder.

Das zivile Personal war vollständig evakuiert worden. An den Lotsenterminals saßen Uniformträger, die alle Hände voll zu tun hatten, um landebereite Maschinen zu Flughäfen außerhalb Englands umzuleiten.

Tom betrat den gesicherten Bereich und wurde prompt von einem Bewaffneten aufgehalten. Zu seiner Verwunderung trug innerhalb der Zentrale niemand Schutzkleidung oder Masken. Glaubten sie wirklich, hier drinnen sicher zu sein?

Ein Mann mit einem Wust von Abzeichen und Orden an der Brust trat auf Tom zu. Er konnte den Rang nicht erkennen und wartete, bis der andere das Wort ergriff.

»Ich bin Colonel Jason Haggerty von der Royal Army.«

»Angenehm ...«, begann Tom und streckte dem anderen die Hand entgegen, was Haggerty jedoch einfach ignorierte.

»Sparen Sie sich Ihre Floskeln. Ich bin über Sie informiert worden.«

»Informiert?«

»Hören Sie, normalerweise unterhalte ich mich nicht mit Geheimdienstlern, da sie mir allesamt suspekt sind, aber Ihre Kollegen dort drüben haben etwas für Sie arrangiert.«

Tom folgte der Handbewegung und erblickte zwei Männer unweit eines Lotsenterminals. Die beiden trugen dunkelgraue Einreiher, blankpolierte Schuhe und tiefschwarze Sonnenbrillen – als wäre es nicht schon dunkel genug.

Allein anhand der Kleidung konnte Covey bereits erkennen, dass die beiden im selben Verein eingeschrieben waren, wie er selbst. Er ließ Haggerty stehen und begab sich zu seinen Kollegen.

»Jungs ...«

»Agent Covey?«

»Der und kein anderer«, bestätigte Tom.

»Agent Overton, Agent Goldberg, CIA. Wir haben den Auftrag, Sie hier herauszubringen.«

»Die CIA?«

»Kommen Sie«, forderte Overton ihn auf, ohne auf die Frage einzugehen.

Sie verließen den Tower durch einen zweiten Ausgang, der ebenfalls durch ein Schleusenzelt von der Außenwelt abgeschottet wurde. Zu Coveys Verwunderung machten sich die beiden CIA-Agenten nicht die Mühe, Schutzanzüge anzulegen. Als sie draußen waren, sprach er sie darauf an.

»Sie können Ihren auch wieder ablegen«, meinte Overton gönnerhaft.

»Und wozu dann der ganze Aufwand? Was ist mit der angeblichen Seuche?«

Overtons Lippen verzogen sich zu einem leicht bösartigen Lächeln. »Die haben wir erfunden, um die Flüchtlingswelle einzudämmen.«

»Und die Leute, die schon geflohen sind?«

»Sind nicht weit gekommen«, antwortete diesmal Goldberg und bugsierte Tom durch eine Tür, die ins Freie führte.

Covey entledigte sich des hinderlichen Schutzanzugs und atmete die kühle Luft ein. War es wirklich Nacht? Er hatte jegliches Zeitgefühl verloren, suchte die Sonne, die – falls es Tag war – irgendwo diffus durch die Schatten erkennbar sein musste.

Die beiden Geheimdienstler führten ihn zu einem Jeep, der in der Nähe des Ausgangs auf sie wartete. Zu seiner Überraschung trug der Wagen amerikanische Erkennungssymbole, und der Soldat hinter dem Lenkrad war ebenfalls ohne ABC-Schutz.

»Was heißt, sie sind nicht weit gekommen?«, hakte Tom nach und dachte dabei an Janine, die eine Maschine der KLM nach Amsterdam genommen hatte.

»Die Flugkontrolle hat lediglich Flüge nach Europa autorisiert. Nachdem die Quarantäne verhängt wurde, war Holland das einzige Land, das den Fluchtmaschinen eine Landeerlaubnis gewährte. Und dort sitzen sie jetzt fest. Die Grenzen zu den Niederlanden sind dicht, keine Maus kommt mehr hinein oder heraus.«

»Aber Sie sagen selbst, es gibt keine Seuche!«, beharrte Tom, der die Taktik der CIA noch nicht durchschaut hatte.

Der Jeep fuhr an und jagte über die Zubringerwege hinaus aufs Rollfeld. Covey blickte sich um. Die parkenden Flugzeugriesen standen wie an einer Kette aneinandergereiht da, wirkten aber seltsam nutzlos. Außerhalb der Flughafengebäude rührte sich nichts. Nur hin und wieder gewahrte Tom eine Bewegung in hastig errichteten MG-Nestern. Er zweifelte nicht daran, dass die Soldaten das Feuer auf Zivilisten eröffnen würden, sollte es jemand wagen, seinen Kopf unlegitimiert durch eine der Türen zu stecken.

In der Ferne war das Rattern von Rotoren zu hören. Helikopter patrouillierten über dem Gelände, aber selbst die Lichtkegel ihrer starken Suchscheinwerfer wurden beinahe von der Dunkelheit verschluckt.

Tom konnte sich unschwer ausmalen, was die Leute *down under* erlebt hatten und wie ihnen seit dem Nachtfall zumute gewesen sein musste. Die Dunkelheit hatte eine zermürbende Wirkung auf Menschen.

Zwar funktionierte der größte Teil der Technik weiterhin tadellos, doch wurden Radiosignale und elektromagnetische Wellen fast völlig von der Finsternis absorbiert. Künstliches

Licht erstrahlte nicht mehr in der gewohnten Helligkeit, sondern stark gefiltert ...

... von jener unsagbaren Schwärze.

Overton drehte sich auf dem Beifahrersitz zu Tom um.

»Wir wissen nicht, was die Dunkelheit von Australien nach England gebracht hat. Wir wissen ja nicht einmal, was den Nachtfall generell auslöst. Also schirmen wir die Insel ab, bevor wir es riskieren, *weitere* Länder zu verlieren ...«

Verlieren? Tom verdrehte die Augen. Der Mann redete gerade so, als hätte man nach Australien nun auch England wie einen irreparablen Betriebsunfall aufgegeben. Er vergrub sein Gesicht in die Hände und massierte sich angestrengt die Schläfen.

Denk nach, ermahnte er sich. *Streng deinen Grips an!*

Es wunderte ihn, dass Overton gemütlich weiterplauderte. Normalerweise waren die Agenten der CIA, die er bei anderen Gelegenheiten kennen gelernt hatte, nicht so zugänglich. Vermutlich versuchte Overton jedoch durch seine Gesprächigkeit nur die eigene Furcht vor der Dunkelheit zu übertünchen.

Auch Covey konnte sich seinen Ängsten nicht völlig entziehen. Die Dunkelheit fraß an seinem Verstand, an seinem Herzen und belegte scheinbar den ganzen Körper von innen mit einer finsteren, krankmachenden Kruste.

Schwachsinn, tadelte er sich selbst, während er Overtons Ausführungen nur mit halbem Ohr folgte.

»Wir sind da«, verkündete Overtons Partner Goldberg plötzlich und deutete nach vorn.

Tom sah durch die Frontscheibe des Jeeps und versuchte etwas zu erkennen. Nur schwach erreichten ihn die Positionslichter eines Flugzeugs, das am äußeren Rand des Rollfeldes in Warteposition stand. Während sie darauf zu fuhren, gesellten sich weitere Lichter in Bodennähe hinzu, die sich erst kurz vor Erreichen des Ziels als Scheinwerfer amerikanischer Hummer-Fahrzeuge entpuppten.

Der Bereich um den stählernen Koloss war komplett abgeriegelt. Tom sah schwerst bewaffnete US-Soldaten und weitere Angehörige des Geheimdienstes in Zivil. Unweit des Rollfeldes warteten zwei Apache-Kampfhelikopter mit laufenden Rotoren.

»Ah, dann sind wir ja endlich vollzählig ...«

Tom horchte auf, denn er hatte die Stimme sofort erkannt. Als er den Jeep verließ, suchte er das dazu passende Gesicht und fand es am Fuß der Gangway, die zum Jet hochführte.

Er war überrascht, Lefler vom Secret Service zu sehen, und seine Augen weiteten sich noch mehr, als er endlich erkannte, um *welche* Maschine es sich handelte.

Majestätisch ragte die weißblau gestrichene Boeing-747 empor. Die Aufschrift an der Seite sowie die Flagge am flossenförmigen Seitenleitwerk ließen keinen Zweifel aufkommen, dass es sich hier um eine der beiden VC-25A Maschinen handelte, die im Allgemeinen als *Air Force One* bezeichnet wurden, wenn sie den Präsidenten der Vereinigten Staaten an Bord hatten.

»John!«, rief Tom aus und begrüßte Lefler mit Handschlag.

»Da staunst du, was?«, grinste der Secret Service Agent. »Nun komm schon, wir haben nur noch auf dich gewartet und sind längst startbereit.«

»Ich wusste nicht, dass der Präsident in London ist«, gestand Tom Covey und ließ sich von seinem Kollegen die Stufen hinaufführen. Die CIA-Agenten Overton und Goldberg folgten ihnen auf den Fuß.

»Ist er auch nicht«, erwiderte John Lefler, ohne das Grinsen aus dem Gesicht zu nehmen. »Jedenfalls nicht offiziell. Es gab eine Krisenbesprechung mit dem Königshaus, die letztendlich zum Quarantäne-Status der Insel führte.«

Sie passierten die äußere Tür. Hinter ihnen wurde die Gangway zurückgerollt. Mit einem dumpfen Geräusch schloss die Luke. Die vier Männer überquerten den Außengang bis zu dem Abteil, das ausschließlich dem Secret Service vorbehalten war.

Die CIA-Angehörigen nahmen endlich ihre Sonnenbrillen ab und ihre Plätze ein. Tom setzte sich zwischen Lefler und Constance Blackburn, eine recht junge Agentin, die erst seit wenigen Monaten die Abteilung Personenschutz des Secret Service ergänzte.

»Agent Covey«, begrüßte sie ihn mit leicht spöttischem Unterton in der Stimme. »Wie war Ihr Urlaub?«

»Zum Ende hin recht finster«, entgegnete Tom und schnallte sich an. Er mochte Blackburn nicht, weil sie bei jeder Gelegenheit versuchte, ihn aufzuziehen. Vielleicht war das ihre spezielle Art, einen Flirt zu beginnen – jedenfalls hatte sie damit bei ihm keinen Erfolg.

Und mein Typ ist sie nun mal auch nicht, dachte er, während er die Farbige mit dem Kurzhaarschnitt musterte.

»Ladies und Gentlemen, hier spricht Ihr Kapitän. Ich heiße Sie an Bord der Air Force One willkommen und bitte Sie, sich für die Dauer des Starts anzuschnallen. Es geht unverzüglich los ...«

Sicherlich, dachte Tom, war es kein leichtes Unterfangen, die Maschine unter eingeschränktem Funkkontakt zum Tower und nur zeitweilig verfügbarem Radar sicher in die Lüfte zu bringen.

»Ist der Präsident allein an Bord?« fragte er.

»Nein, er ist mit Kind und Kegel angereist«, teilte Lefler mit. »Zwei Berater, die First Lady, die beiden Töchter und ... Noah.«

Tom fröstelte. Noah war der neunjährige Adoptivsohn des Präsidentenehepaares. Wie viele Staatsoberhäupter in aller Welt hatten auch sie der Bitte der Päpstin entsprochen, ein ausgesuchtes Waisenkind in die Familie aufzunehmen – als Signal der Nächstenliebe in einer hoffnungsarmen Zeit.

Tom war während seiner Zeit im Weißen Haus nie richtig warm mit dem Jungen geworden. Mit den beiden Mädchen hatte er hingegen nie ein Problem gehabt, denn sie besaßen etwas, womit ihr Bruder augenscheinlich nicht gesegnet war: Humor und ein erfrischendes *Lachen.*

Noah wirkte stets teilnahmslos, fast lethargisch, so dass Tom hoffte, ihn während des Fluges gar nicht erst zu Gesicht zu bekommen. Sobald sie in Washington angekommen waren, würde er den Rest seines Urlaubs genießen, so ihm dies nach den Ereignissen in London noch möglich war.

Die Triebwerke heulten auf, und durch den Koloss ging ein Ruck. Tom schaute aus dem Fenster und sah die sich entfernenden Lichter der Hummer-Jeeps. Dann rollte die Boeing zur Startbahn. Covey nahm sich vor, diese Form von *Nacht* ganz schnell aus seinem Bewusstsein zu verbannen.

Und schnellstmöglich mit Janine in Kontakt zu treten ...

Die Air Force One hob mit maximaler Startgeschwindigkeit von englischem Boden ab und nahm Kurs auf die Staaten.

Das glaubten zu diesem Zeitpunkt selbst die Männer im Cockpit ...

Zwischenspiel 1

Etwas beginnt

Willkommen bei den BBC Headnews. Infolge der über Großbritannien hereingebrochenen Dunkelheit werden zur Zeit alle britischen Häfen und Flughäfen von Armee und Polizeikräften abgeriegelt, um den Exodus aufs Festland zu unterbinden. Das Königshaus selbst ist zu keiner Stellungnahme bereit und verhängte den Ausnahmezustand ...

Amsterdam. Auf dem Flughafen Schiphol, der meistfrequentierten Anlaufstelle für Flüchtlinge aus Großbritannien, kam es gestern zu einer Explosion. Ein bislang nicht identifizierter Terrorist schoss wild in die Menge und tötete dabei mehrere Polizisten und Passagiere. Anschließend sprengte er sich selbst in die Luft ...«

Der Sprecher verstummte und sein Bild verschwand von der Mattscheibe. Zuvor war es schon übel verzerrt gewesen – eine Folge des Nachtfalls. Die Satellitenverbindungen waren als erstes zusammengebrochen, wodurch der Kontakt zum Festland und zu anderen Orten des Globus weitestgehend zum Erliegen gekommen war. Nur innerorts waren einzelne Stationen noch in der Lage, wenigstens kleine Gebiete mit

Nachrichten zu versorgen. Aber auch dies würde nicht mehr lange funktionieren.

»Ich frage mich, woher sie ihr Wissen für die Nachrichten beziehen«, sagte Lilith und entwand Caine die Fernbedienung, »wenn doch alle herkömmlichen Kommunikationswege bereits so gut wie gekappt sind.«

Der Neo runzelte die Stirn.

»Von außen«, fuhr Lilith fort, »sickert doch kaum etwas durch. Es muss also Boten geben, die zwischen ›Dunkel und Licht‹ hin und her pendeln.«

Caine nickte unkonzentriert.

»Du hast offenbar gar nicht zugehört.«

Erstaunt fragte er: »Dir?«

»Der Sendung.«

»Wie kommst du darauf?«, fragte Caine.

»Ich habe dich beobachtet.«

Caine seufzte, stemmte sich aus den Polstern des Sofas und schlenderte zum Fenster. Er schob einen der Vorhänge beiseite und blickte nach draußen. Viel war nicht zu erkennen. Vereinzelte Lichter von Straßenlaternen, nicht mehr als verschwommene Flecke.

»Was hast du jetzt vor?«, fragte Caine, ohne den Blick aus der Finsternis zurückzuziehen, die *ihm* behagte.

Ihm und jedem anderen Neo.

Lilith setzte zu einer Antwort an, doch ehe sie sprechen konnte, klopfte es an der Tür. Sofort rückte Caine vom Fenster ab und nahm eine kampfbereite Haltung ein.

Lilith schüttelte jedoch entschieden den Kopf.

»Wer ist da?«

»Hier ist Mrs. Levinson ... Ihre Vermieterin«, raunzte eine leise Stimme von jenseits der Tür.

Lilith mahnte Caine mit einem Blick, sich ruhig zu verhalten. Sie ging zur Tür und öffnete. Vor ihr stand die alte, gebrechlich wirkende Pensionsbesitzerin. Sie ging am Stock und hatte einen nicht zu übersehenden Buckel. Ihre Bewegungen wirkten tatterig, doch ihr Gehör schien noch bestens in Schuss, ebenso ihre Augen. Lilith konnte ihr wahres Alter schwer schätzen.

»Ich hoffe, ich störe nicht«, sagte die Alte mit einem missmutigen Blick in Caines Richtung. Der Neo hatte sich noch immer nicht entspannt.

Als Mrs. Levinson zu Lilith aufblickte, nahm ihr Gesicht freundlichere Züge an.

»Nein«, beeilte sich Lilith zu sagen.

»Es gibt schlechte Nachrichten«, fuhr die alte Dame fort. »Man hat den Ausnahmezustand verhängt. Das Militär ist bereits in den Straßen aufgefahren, um Widerstände im Keim zu ersticken.«

»In den Nachrichten sagten sie nichts davon«, warf Caine ein und machte einen Schritt auf die beiden Frauen zu.

»Sie verschweigen es«, meinte Levinson verschwörerisch, wobei ihre Pupillen unnatürlich weit hervortraten.

»Und woher wissen Sie es dann?«, erkundigte sich Lilith ruhig.

Mrs. Levinson machte eine wegwerfende Handbewegung und wankte, als verlöre sie den Halt. Doch auf ihren Gehstock gestützt, wahrte sie das Gleichgewicht.

»Constable Parker hat es mir gesagt. Und er sah dabei nicht gerade glücklich aus. Sie sollten für ein Weilchen einfach auf Ihrem Zimmer bleiben.«

»Danke für den gutgemeinten Rat«, sagte Lilith.

Mrs. Levinson lächelte. »Das bin ich meinen Gästen doch

schuldig.« Sie drehte sich um und schlurfte weiter zum nächsten Zimmer.

Lilith sah ihr kurz nach, dann schloss sie die Tür.

»Hast du bemerkt, wie sie mich angestarrt hat?« Caines Züge verkrampften. »Als ob sie wüsste, wer ich bin!«

»Unsinn.« Lilith trat zu ihm und legte beschwichtigend die Hand auf seine Schulter. »Entspann dich. Die alte Frau wollte uns nur warnen, genau wie ihre anderen Gäste auch. So sind alte Leute eben.«

Caine blickte skeptisch. »Alte Leute«, brummte er, »erinnert mich an etwas.«

Sie wusste, worauf er anspielte. Auf das mysteriöse Verschwinden ihres Gönners, das ihnen immer noch in den Knochen steckte.* Lilith machte sich Vorwürfe, überhaupt nach Rom aufgebrochen zu sein. Durch ihre Anwesenheit *hier* wäre vielleicht alles anders gekommen ...

»Er muss nicht tot sein«, sagte sie schließlich.

Caine ballte die Fäuste. »Nein, natürlich nicht. Aber wenn jemand mitsamt seinem Heim wie vom Erdboden verschwindet, kann man kaum hoffen, dass es ihm gut geht, oder ...?«

Lilith sog die Luft ein und wandte sich nun ihrerseits dem Fenster zu. Zunächst war sie zu sehr in Gedanken versunken, um die Bewegungen draußen wahrzunehmen. Erst als das helle Klirren ertönte, wurde sie aufmerksam.

Die Schaufensterscheibe eines der gegenüberliegenden Gebäude war zertrümmert worden. Weitere Ziegel flogen bereits in benachbarte Auslagen. Irgendwo heulte eine Alarmsirene auf. Silhouetten schälten sich aus den Schatten. Jemand brach in die Geschäfte ein. Plünderer.

»Es geht los.« Sie schloss die Augen. Unternahm nichts.

* siehe DAS VOLK DER NACHT 2: *Die achte Plage*

2. Kapitel

Air Force One

Dankbar nahm Tom Covey die Pepsi-Dose entgegen, die ihm Constance Blackburn reichte. Die Farbige lächelte. Covey ging darauf ein und sagte: »Sie sind ja doch nicht so kratzbürstig, wie ich dachte. Zumindest nicht immer ...«

Ihr Grinsen wurde breiter. Tom öffnete den Verschluss, nahm einen tiefen Schluck und schnellte mit angewidertem Gesicht nach vorn. Beinahe hätte er die Cola wieder ausgespuckt. Wahrscheinlich hätte man dann den Teppich auf seine Kosten reinigen lassen.

»Was ist ...?« Die Blackburn setzte sich schmunzelnd neben ihn.

»Die Pepsi ist pisswarm!«, fluchte Covey.

»Seien Sie froh, dass sie nicht kocht. Ich konnte sie gerade noch rechtzeitig aus der Mikrowelle nehmen.«

»Sehr witzig.«

»Warum lachen Sie dann nicht?«

Tom seufzte und schob die Dose in den Getränkehalter seines Sitzes. Warum tat er sich das an? Vielleicht sollte er einen Rundgang durch das Flugzeug machen und sich in den Bereich zurückziehen, der für Medienvertreter reserviert war. Soweit er mitbekommen hatte, befand sich kein Berichterstatter an Bord.

Er stand auf.

»Streichen Sie immer so schnell die Flagge?«, fragte Overton, der den kurzen Schlagabtausch mitverfolgt hatte.

Tom warf ihm einen wütenden Blick zu. »Gibt das einen Vermerk in meiner Akte?«

»Ich habe keine Ahnung, wovon Sie reden, Agent Covey. Vielleicht leiden Sie neuerdings unter Verfolgungswahn?«

Tom hob die Schultern. »Wer weiß. – Hey, John! Ich hol mir nur eben eine *kalte* Cola, okay?«

Lefler hob den Kopf und blinzelte irritiert. Offenbar war er eingenickt gewesen. Er machte eine schwerfällige Handbewegung, die Zustimmung signalisierte, ehe ihm das Kinn wieder auf die Brust sank.

Tom schüttelte lächelnd den Kopf und verließ das Abteil. Eine schöne Truppe, die den Präsidenten der Vereinigten Staaten beschützen sollte ... Dennoch fühlte er sich hier an Bord sicher wie in Abrahams Schoß. Der Secret Service hatte auf dem Flug erst einmal Pause. Was konnte dem Präsidenten hoch über den Wolken schon zustoßen?

Tom bog in die Versorgungsnische für die Passagiere ein und wäre fast mit einer der Flugbegleiterinnen zusammengestoßen.

»Hoppla!«, rief er aus und beeilte sich, seine Hände unter das Tablett zu bekommen, ehe es mit heißem Kaffee zu Boden fallen konnte.

»Oh, danke!«, erwiderte die blauweiß uniformierte Blondine.

»Kein Ursache. Das ist schon das zweite Mal, dass ich hier fast den Boden versaue. Beim nächsten Mal schmeißt der Präsident mich höchstpersönlich raus.«

»Aus dieser Höhe?« Sie lachte.

Tom lächelte mit und bat um eine eisgekühlte Pepsi.

»Klar«, sagte sie und reichte ihm eine Dose aus dem Kühlschrank. »Kleine Wünsche erfüllt der liebe Gott sofort.«

Sie sah nicht aus wie der alte Herr, auf den sie sich berief. Erst recht nicht, als sie hüftschwingend den Gang hinunterstakste.

Tom nippte an seinem Getränk, ohne wirklich durstig zu sein.

Er trat auf den Gang hinaus und wäre beinahe erneut mit jemandem zusammengestoßen. Diesmal war es die brünette Tochter des Präsidenten.

»Hi Janet.«

Obwohl sie und ihre Schwester Zwillinge waren, gab es doch Unterscheidungsmerkmale, die Tom kannte.

»Agent Covey«, sagte sie mit gespieltem Tadel in der Stimme, »wissen Sie eigentlich, dass man Sie feuern wird, wenn Sie hier herumkleckern?«

Tom prustete lauthals los und Janet fiel in sein Lachen ein.

»Was macht deine Schwester? Ist sie noch sauer auf mich, weil ich die Superbowl-Wette gewonnen habe?«

Janet winkte ab. »Ich glaube nicht. Sie räkelt sich drüben auf der Couch und gibt vor, sich die Bundys anzuschauen, aber ich schätze, sie schläft. Das tut sie am liebsten.«

»War es anstrengend für euch in London?«

Die Präsidententochter verzog den Mund. »Ich bin froh, wenn wir wieder daheim sind«, sagte die Zweiundzwanzigjährige.

Tom gestand sich ein, dass Janet sehr hübsch war – ebenso ihre Schwester Beryl. Kaum vorstellbar, dass beide noch mit keinem Mann liiert waren. Sie studierten beide am selben College.

»Ja, mir geht es genauso«, sagte er. »Dieses widernatürliche Dunkel raubt einem den letzten Nerv.«

»Was hast du dort eigentlich gemacht, Tom?«, wollte Janet in ungewohnt vertraulichem Tonfall wissen. Sie hatten stets auf die Einhaltung der »Rangordnung« hier Präsidententochter, dort Secret Service Beamter verzichtet – sehr zum Unwillen des Präsidenten.

»Urlaub.«

»Na komm schon, jemand wie du macht keinen Urlaub in London.«

»So?«

»Es ging um eine Frau, was?«

Tom Covey hob die Brauen. »Jetzt weiß ich, wie dein Vater die Wahlen gewonnen hat – nur mit Unterstützung seiner geschwätzigen Töchter.«

Janet grinste. »Nun sag schon.«

Der Secret Service Agent atmete hörbar aus. Er sah aus einem der Seitenfenster, konnte jedoch nur das Weiß der Wolken erkennen.

Er überlegte, ob er Janet die Wahrheit anvertrauen sollte. Er wollte gerade dazu ansetzen, als er die Bewegung aus den Augenwinkeln heraus gewahrte.

Die Tür zum Präsidentenbüro hatte sich geöffnet, und Noah stolzierte heraus. Er warf den beiden einen geringschätzigen Blick zu und setzte dann seinen Weg in die entgegengesetzte Richtung fort. Tom sah noch, wie er die Wendeltreppe zur Kommandozentrale hochstieg, dann wandte er sich wieder Janet zu.

»Ist er dir nicht auch irgendwie ...«, sie zögerte, »*unheimlich*?«

Tom war überrascht, diese Frage aus ihrem Mund zu hören.

Sie hatten nie offen über ihren Adoptivbruder gesprochen, vermutlich weil Covey fürchtete, er könne dadurch ihre Gefühle verletzen. Immerhin gehörte Noah zur Familie.

»Ich mag ihn nicht«, gestand Tom nun ein. Sie nickte und warf einen Blick über die Schulter, wie um sich zu vergewissern, dass Noah nicht bereits wieder in Hörweite war.

»Ich weiß nicht, was Beryl an ihm findet.«

»Beryl?«, horchte Tom auf.

Janet schaute bekümmert drein. Sie blickte zu Boden, als sie sagte: »Sie hat mit ihm geschlafen.«

Covey prallte regelrecht entsetzt zurück. Ihm erschien es, als hätte jemand etwas Heißes über ihm ausgeschüttet. Seine Gedanken rotierten, und aus einem Impuls heraus nahm er Janets Hand und führte sie durch den Gang in die hintere Sektion. Sie gelangten ins Presseabteil, das vollkommen leer war. Hier waren sie ungestört.

»Sag, dass das nicht wahr ist.«

Ihre Augen schimmerten feucht. »Warum sollte ich mir so etwas ausdenken, Tom?«

»Aber der Junge ist ... Herrgott, er ist *viel zu jung*, um –!« Ihm fehlten die Worte.

»Manchmal denke ich, er ist älter als wir alle.«

»Wie meinst du das?« Tom fing sich wieder.

»Er macht uns allen etwas vor.«

Tom legte den Kopf schief, verschränkte die Arme vor die Brust und schnaubte.

»Sorry, aber jetzt kann ich dir nicht ganz folgen.«

»Du würdest mir ohnehin nicht glauben.«

»Habe ich dich schon einmal so enttäuscht?«

Plötzlich schoss ihre Hand vor, packte seine Krawatte und zog ihn zu sich herunter. Ihre Lippen waren dicht an seinem

Ohr, ihre Worte nur ein leises raues Flüstern, doch was er verstand, genügte, ihm eine Gänsehaut zu verursachen.

Tom Covey ließ sich in einen der Sitze sinken und starrte die junge Frau entgeistert an. Sie hatte gerade allen Ernstes behauptet, Noah schon in einem wesentlich älteren Zustand gesehen zu haben – was völlig verrückt war!

Janet setzte sich neben ihn. Ihre Hand suchte die seine und drückte sie sanft. In der Berührung lag eine Vertrautheit, die ihn verunsicherte.

»Okay«, meinte er, »der Reihe nach. Du willst Noah als ... als *erwachsenen jungen Mann* gesehen haben, sagst du? Und Beryl soll dir erzählt haben, dass sie ... dass sie mit diesem Mann ... ins Bett gegangen ist?«

»Ich habe gewusst, dass du mir nicht glauben wirst.«

»Was wohl nicht so ganz unverständlich ist. Was macht dich überhaupt so sicher, dass es ausgerechnet Noah gewesen sein soll, der ... du weißt schon. Ich meine, es könnte *irgendjemand* gewesen sein, den deine Schwester irgendwo aufgegabelt hat, um ...«

»Weil ich mit eigenen Augen gesehen habe, wie er sich verwandelte«, widerlegte ihn Janet mit einem einzigen Satz. »Und seit diesem Vorfall benimmt sich meine Schwester völlig merkwürdig. Als wäre sie völlig vernarrt in den kleinen Bastard. Dabei hat sie ihn vor ein paar Tagen noch genauso wenig leiden können wie ich.«

Tom glaubte ihr inzwischen kein Wort mehr. Er hatte nicht den blassesten Schimmer, warum sie versuchte, ihn derart auf den Arm zu nehmen. Aber er würde auf ihre spätpubertären Phantasien nicht hereinfallen. Sicher, er mochte Noah auch nicht; vielleicht war tatsächlich einiges merkwürdig oder gar unheimlich an ihm, doch den Bären, den Janet ihm gerade aufzubinden versuchte, würde Tom ihr nicht abkaufen.

Beryl sollte mit Noah Sex gehabt haben ... Was für eine verrückte Idee! »Wir sollten die Sache schnell wieder vergessen«, meinte Tom. »Wir beide.«

Janet war den Tränen nahe.

Tom seufzte. »Du musst doch selbst merken wie abstrus das klingt.« Er sah sie an. Sie tat ihm leid. Ihrem Blick nach zu urteilen schien sie von ihrer absurden These auch jetzt nicht abrücken zu wollen.

Tom leerte die Cola-Dose und spähte nach vorn. Zufällig streiften seine Augen dabei den Informationsmonitor, der vor ihnen an der Wand hing und stets über den aktuellen Zustand der Maschine Auskunft gab, wenn nicht gerade ein Film lief. Sekunden zuvor war dort noch der Verlauf der Flugroute eingeblendet gewesen, und jetzt zeigte der Monitor die aktuelle Geschwindigkeit sowie die Außentemperatur an.

»Ich hätte es dir nicht sagen dürfen«, murmelte Janet, zog die Knie an die Brust an und starrte beleidigt aus dem Fenster.

Tom kümmerte sich nicht darum. Denn in diesem Moment sprang das Bild darauf um.

Die Flugroute wurde wieder sichtbar, und sie zeichnete nicht den Weg nach Washington, D.C. auf, sondern ...

... führte dorthin zurück, von wo aus sie auch gestartet waren.

Nach England!

Tom drückte die Sendetaste des Sprechgerätes, das er im Dienst immer bei sich trug. Es gab zwei Frequenzen, die er anwählen konnte. Die erste stellte eine Sammelleitung dar, die von allen Agenten in Reichweite genutzt und empfangen werden konnte. Die zweite war der direkte Draht zum Einsatzleiter.

»John, hier Covey«, sprach er in das im Ärmel eingenähte Mikrofon und drückte sich mit der anderen Hand den winzigen Ohrhörer tiefer in den Gehörgang.

»Was gibt es, alter Knabe?«, kam die prompte Frage. »Wolltest du dir nicht nur fix 'ne Pepsi holen?«

»Sag mal, wohin fliegen wir eigentlich?«, überging Tom den Running Gag.

»Hast du jetzt einen Koffeinschock bekommen oder so was ...?«

»Nein, aber ich habe mir gerade den Infoschirm angeschaut und der behauptet, dass wir wieder Kurs auf England genommen haben.«

»Schwachsinn, komm sofort ins Abteil zurück.«

Tom bestätigte und nickte Janet zu.

»Glaubst du, dass etwas faul ist?«, fragte sie.

Covey zuckte die Achseln. »Keine Ahnung. Es kann Gründe geben, warum wir die Insel ansteuern, aber normalerweise hätte uns der Captain über jeden Kurswechsel informiert.«

»Ich kann Dad ja mal fragen«, schlug Janet vor.

»Okay.«

Sie verließen das Presseabteil. Tom bedeutete Janet, hinter ihm zu bleiben. Er wusste nicht, warum seine Beschützerinstinkte zum Vorschein kamen. Ein dumpfes Gefühl hatte ihn beschlichen, vage Besorgnis.

Tom bog in den Secret Service Bereich ein. Dort saßen noch immer Blackburn, Lefler sowie die CIA-Agenten Overton und Goldberg. Janet verabschiedete sich mit einem Augenzwinkern.

»Kann ich dich mal kurz sprechen, John?«, fragte Tom. »Unter vier Augen?«

Lefler seufzte, nickte dann aber und erhob sich. Sie gingen ins Büro des Einsatzleiters. Bevor er jedoch einen Fuß über die Schwelle setzen konnte, beugte sich Constance Blackburn vor.

»Ich frage mich, was Sie und die Kleine da hinten zu tuscheln hatten, Agent Covey«, sagte sie mit zynischem Unterton in der Stimme.

Tom hob drohend den Finger. »Passen Sie auf, dass Sie nicht zu weit gehen, Blackburn. Sie sind noch nicht lange genug bei uns, um jede Situation beurteilen zu können.«

Der Farbigen lag eine Erwiderung auf der Zunge, aber Tom gab ihr keine Gelegenheit, sie loszuwerden. Er schlug ihr einfach die Tür vor der Nase zu.

»Schieß los«, murrte Lefler.

»Hey, was ist los mit dir? Du bist doch sonst nicht so mürrisch drauf. Welche Laus ist dir über die Leber gelaufen?«

Lefler ließ sich in den Chefsessel fallen, legte die Beine auf den Tisch und verschränkte die Arme hinter dem Kopf.

»Diese scheiß Dunkelheit ist mir auf den Magen geschlagen«, gab er zu. »Sobald wir in Washington sind, werde ich ein paar Tage frei nehmen. Ich kann mich nicht mal mehr richtig konzentrieren.«

»Wir fliegen nicht nach Washington.«

Lefler hob eine Braue. »Jetzt fängst du schon wieder damit an ...«

Tom trat einen Schritt zur Seite und wies auf den Infomonitor, von denen es einige über die Maschine verteilt gab. Wie auf Stichwort sprang das Bild um auf die schematische Darstellung der Flugroute. Mit wachsendem Unglauben betrachtete Lefler die Computeranimation, die deutlich zeigte, dass sich die Air Force One in Richtung Großbritannien bewegte.

»Der Chef des Secret Service sollte über jede Kursänderung informiert sein, richtig?«

Lefler nickte entgeistert. Dann sprang er auf und schickte sich an, das Büro zu verlassen. Tom versperrte ihm den Weg.

»Warte, wohin willst du?«

»Ich erkundige mich beim Stabschef oder beim Präsidenten, was die Zieländerung zu bedeuten hat und warum ich nicht informiert wurde.«

Tom schüttelte bedächtig den Kopf. »Nein, du tust, als wüsstest du nichts davon.«

»Wie bitte? Warum sollte ich? Ich hab ein Recht zu erfahren, warum –»

»John! Ich hab ein verdammt ungutes Gefühl. Lass mich in der Sache vortasten.«

Lefler wand sich, schließlich gab er nach. »Ich will aber über jeden Schritt informiert werden.«

Covey tippte sich gegen den Ohrhörer. »Lass den Kanal offen.«

Damit verließ er das Büro durch eine zweite Tür, die es ihm gestattete, das Abteil des Secret Service zu umgehen. Er fand sich auf dem Gang wieder, passierte die Küche und nickte der Blondine von vorhin flüchtig zu. Sein Weg führte an dem großen Konferenzraum vorbei, der auch als Speisesaal für Staatsempfänge an Bord diente. Es folgten Aufenthaltsräume für Abgeordnete und das Büro des Präsidenten, schließlich die Treppe, die zur Kommandozentrale und dem Cockpit führte.

Eine weitere Flugbegleiterin kam gerade die Stufen herunter. Sie würdigte Tom keines Blickes, sondern ging stur an ihm vorbei. Der Agent spähte an der Treppe vorbei. Zwei seiner Leute waren auf ihren Plätzen in Bordlektüre vertieft. Ein ranghoher Militär mit dem berühmten Koffer, der die nuklearen Abschusscodes enthielt, saß außerdem in Sichtweite. Er döste mit geschlossenen Augen vor sich hin.

Aus dem Büro des Präsidenten drangen Stimmen.

Tom stieg die Stufen zur Zentrale hinauf. Links und rechts befanden sich Schaltpulte und Kontrolltafeln. Vier Controller saßen in bequemen Sesseln und überprüften alle Daten, die aus allen erdenklichen Teilen der Welt hier eintrafen, sobald der Präsident an Bord war. Von hier aus ließen sich alle Regierungsgeschäfte leiten und sogar ein Krieg führen, hätte die Lage es erfordert.

Einer der Controller wandte sich Tom zu.

»Sir?«

Tom nickte einfach zurück, weil er die Anrede als Begrüßung interpretierte. Die Taktik ging auf, der Offizier drehte sich wieder um und widmete seine Aufmerksamkeit dem Terminal, vor dem er saß. Tom fuhr sich unschlüssig durch die Haare und durchmaß die Zentrale, bis er vor der Tür zum Cockpit aufgehalten wurde.

Der Offizier auf dem letzten Platz schwang herum. »Sir? Sie dürfen da jetzt nicht hinein.«

»Ach!«, machte Tom in gespieltem Erstaunen. »Ich bin von Secret Service, falls Sie es vergessen haben. Die Sicherheitsinspektion des Cockpits fällt in meinen Zuständigkeitsbereich.«

»Ganz wie Sie meinen, Sir, aber *jetzt* gehen Sie *nicht* durch diese Tür!«

Tom kniff die Augen zusammen. Ehe er einen weiteren

Kommentar abgeben konnte, hielt der Offizier eine Pistole der Hand. Wahrscheinlich mehr ein Reflex. Toms Hand packte das Gelenk des anderen und drehte es, bis die Waffe den Fingern entglitt. Mit einer schnellen Bewegung hieb er dem Mann den Ellbogen ins Gesicht, hob die Waffe auf und richtete die Mündung auf den benommenen Offizier.

Tom behielt die anderen drei Controller im Auge. Sie wirkten völlig überrumpelt.

»Überlegt euch gut, was ihr riskieren wollt!«, fauchte er.

Der Offizier wischte sich über die blutende Lippe. Plötzlich sprang er vor. Tom hatte jedoch damit gerechnet, wirbelte herum und ließ den anderen ins Leere taumeln. Gleichzeitig hieb er ihm mit dem Kolben der Waffe in den Nacken.

Bewusstlos brach der Mann über den Armaturen zusammen. Einer der anderen Controller griff zum Bordtelefon.

»Lass das lieber bleiben!«

Der Mann hielt inne und legte den Hörer wieder auf. »Ich ... ich wollte den Secret Service verständigen ...«

»Wir klären das schon«, sagte Tom und setzte sich mit Lefler in Verbindung.

»John, ich hatte Recht, hier ist etwas oberfaul. Einer der Kommunikationsoffiziere wollte mich nicht zum Cockpit durchlassen. Ich gehe jetzt rein ...«

»Ich schicke Ridgers und Mallone zu dir hoch.«

»Nein, warte noch, ich weiß nicht, wer da noch mit drin hängt.«

»Du meinst, jemand von uns könnte ...?«

Tom verzichtete auf eine Antwort und ebenso aufs Anklopfen. Statt dessen nahm er seine ID-Card und schob sie durch den Codeblock an der Tür. Ein grünes Licht signalisierte freien Zugang.

Gut, dachte er, *wenigstens haben sie die Codes nicht geändert.*

Er schob die Tür auf, wollte die Schwelle übertreten, prallte statt dessen aber entsetzt zurück.

Der Leichnam des Piloten hing verstümmelt und blutüberströmt in den Gurten. Er sah aus, als wäre ein ausgehungertes Raubtier über ihn hergefallen. Das gleiche Schicksal hatte den Bordnavigator ereilt. Nur der Co-Pilot war noch am Leben. Er saß wie hypnotisiert in seinem Sitz und hielt die Maschine mit Kurs auf London.

»Das hätten Sie besser bleiben lassen, Freundchen!«, erklang eine Stimme hinter Tom, begleitet vom Klickgeräusch eines Sicherungsbügels.

Auch ohne sich umzudrehen, wusste Tom, dass eine Mündung auf ihn gerichtet war.

Und dass die Person, die die Waffe hielt, nicht zögern würde, sie auch einzusetzen ...

Janet war indes in den Aufenthaltsbereich der Präsidentenfamilie zurückgekehrt. Ohne Argwohn öffnete sie Minuten später die Tür zum Büro ihres Vaters und fand ihn über den prächtigen Holzschreibtisch gebeugt vor.

»Hi, Dad.«

Der Präsident blickte kurz auf und gab ein desinteressiertes »Hi, Janet« von sich, ohne seine Beschäftigung zu unterbrechen.

Seine Tochter ließ sich nicht beirren. Sie setzte sich auf die Schreibtischkante. »Dad, ich habe eine Frage.«

»Ich habe jetzt keine Zeit, Schätzchen«, antwortete der auch in den Augen seiner Tochter mächtigste Mann der Welt. »Warum gehst du nicht zu deiner Mom?«

»Behandele mich nicht wie eine Vierzehnjährige«, schnappte Janet, räumte dann aber doch das Feld, weil sie wusste, dass ihr Vater keinen Spaß verstand, wenn er bis zu den Ohren in Arbeit steckte.

Sie ging auf die Nebentür zu. Als sie den Drehknauf berührte, hielt sie die Stimme ihres Vaters zurück.

»Hey, Janet, warte. Es war nicht so gemeint, okay?«

Sie drehte sich um. »Wirklich?«

Er nickte, legte seinen Kugelschreiber beiseite, faltete einen dünnen Stapel Notizen und warf sie demonstrativ in einen der Ablagekörbe.

»Hör zu, Kleines ...«

»Nenn mich nicht so!«

»... was immer auch geschieht«, fuhr er fort, ohne den Protest zu beachten, »ich möchte, dass du eines weißt: Deine Mutter und ich sind immer für euch da. Wir lieben dich und Beryl, Janet!«

Janet runzelte die Stirn. »Was soll das jetzt, Dad?«

»Ich möchte, dass du uns vertraust, hörst du?«, sagte er. »Was immer auch geschieht ...«

Die junge Frau konnte die Worte ihres Vaters nicht deuten. Sie umfasste die Klinke, drehte den Knauf und öffnete die Tür.

Was immer auch geschieht, hallten die Worte in ihr nach.

Sie trat über die Schwelle und blieb wie angewurzelt stehen.

Ihr erster Gedanke galt Tom Covey. Sie wusste nicht warum. Vielleicht weil er ihr in diesem Moment als einziger realer Fixpunkt in einem Universum der Groteske erschien. Die Szene, die sich vor ihren Augen abspielte, war alles andere als real – zumindest empfand sie es so.

Vor ihr am Boden lag ihre Mutter – die First Lady. Ihre

Augen starrten selbst im Tod noch anklagend. Zwei Male an ihrem Hals waren auffällig. Der Anblick versetzte Janet einen Stich ins Herz. Als hätte sie jemand mit einer glühenden Speerspitze durchbohrt.

Janet krümmte sich unter der Wucht des Schmerzes. Sie musste sich am Türgriff festhalten, um nicht zusammenzubrechen. Ein plötzlich im Hals entstehender Kloß erschwerte ihr das Atmen. Sie war nicht einmal mehr in der Lage zu schreien, geschweige denn, einen vernünftigen Gedanken zu fassen.

Was immer auch geschieht, pochte die Stimme ihres Vaters in ihrem Kopf. *Wir lieben dich ...*

Ihr Blick wanderte an ihrer toten Mutter vorbei, hinüber zur lederbezogenen Couch und ...

Zuerst nahm sie die beiden Gestalten nur schleierhaft wahr.

... und Beryl!

Ihre Schwester hockte vornüber gebeugt auf der Couch und ließ sich von *ihm* rittlings nehmen. Ihre spitzen Schreie erfüllten das Zimmer, während *er* sie mit kraftvollen Stößen zur schieren Ekstase trieb.

Janet fragte sich, warum sie die Stöhnlaute nicht vorher gehört hatte. Sie brauchte auch nicht darüber nachzudenken, denn im nächsten Moment wandte *er* ihr sein Gesicht zu.

Es war Noah. Aber nicht der Neunjährige.

Er war gealtert zum Mann. Seine Augen spießten Janet förmlich auf, und während er ihrer Schwester Beryl weiter die Seele aus dem Leib vögelte, wischte er sich über den schaumbedeckten Mund und leckte hin und wieder mit der Zunge über Janets blasse Haut.

»Ah, das könnte interessant werden«, seufzte er, ohne vor Anstrengung zu keuchen. Beryl reagierte nicht. Sie war voll und ganz der Verzückung erlegen, und die Tatsache, dass ihre Mutter tot auf dem Boden lag, schien sie nicht im Geringsten zu stören.

Komm her!

Noahs Augen ...

Noahs verlockender Mund ...

Komm zu mir!

Janet machte einen Schritt nach vorn. Sie spürte, wie sich ihre Brustwarzen unter dem Shirt versteiften. Ihre Lippen zitterten, die Wangen röteten sich.

Komm her und mach mit.

Sie fühlte die Feuchtigkeit in ihrem Schritt, war kurz davor, sich die Kleidung vom Leib zu reißen. Janet wollte das Vergnügen mit ihrer Schwester teilen, wollte in Geilheit und Verlangen aufgehen. Sie wollte Noahs kleine Hure sein ...

Ein weiterer Schritt. Ihr Fuß stieß gegen ein Hindernis. Janet schaute nach unten und erblickte ihre Mutter.

»Nein!«, schrie sie auf. Der Bann war gebrochen. Sie wandte sich ab, hetzte zurück ins Büro und rannte ihren Vater, der sich ihr in den Weg stellen wollte, einfach über den Haufen. Mit drei Schritten war sie draußen auf dem Gang. Sie wandte sich nach links in Richtung der hinteren Abteile und lief, als säße ihr der Teufel persönlich im Nacken.

Ihr Geschrei wurde von einem Schuss übertönt, der plötzlich durch das ganze Flugzeug hallte.

Tom starrte in die Mündung der Pistole. Dahinter befand sich Constance Blackburn mit dem Finger am Abzug.

»Ganz ruhig Covey, und niemand muss leiden«, sagte die Farbige mit entschlossener Miene.

»Was tun Sie da, Blackburn?«, herrschte Tom sie an. »He, Leute, sehr Ihr denn nicht, was hier passiert?«

»Halten Sie den Mund«, zischte die Farbige.

»Der Pilot und der Navigator sind tot!«

»Und du auch.«

Ein Schuss peitschte. Tom erwartete das schnelle Ende aus nächster Nähe, doch Constance Blackburn verdrehte überrascht die Augen und kippte zur Seite. Einer der Controller hatte seine Waffe gezogen und die Agentin niedergestreckt.

»Danke«, keuchte Tom. »Das war Rettung in letzter Sekunde. Weiß einer von euch, was hier passiert ist?«

Die drei Männer schüttelten den Kopf.

»Noah war vorhin im Cockpit«, sagte dann der Offizier mit der Waffe. »Aber wir haben nichts Verdächtiges bemerkt und ... *Vorsicht!*«

Tom ließ sich fallen und rollte zur Seite. Dabei zerrte er die Glock 19 aus seinem Schulterholster.

Ein Schuss. Ein Schrei.

Covey landete auf dem Rücken und zog den Stecher durch. Zweimal brüllte die Pistole auf und jagte zwei wohlplatzierte Geschosse in den Schädel des Co-Piloten. Der Mann war auf der Stelle tot. Ebenso der Offizier, der Covey noch die Warnung zugerufen hatte.

Tom bedeutete den verbleibenden beiden Männern, die Waffen aufzunehmen und aktivierte das Mikro.

»Lefler?«

Keine Antwort.

»John, kannst du mich hören?«

Noch immer nichts. Tom wandte sich an die drei Offiziere.

»Kann einer von Ihnen die Maschine fliegen?«

Die Männer sahen ihn ungläubig an, schüttelten dann fast

synchron die Köpfe. Covey fluchte innerlich. Er ging nach hinten und blieb kurz an der Wendeltreppe stehen. Unten schien alles ruhig, aber genau das war das Merkwürdige. Mallone und Ridgers hätten die Schüsse auf jeden Fall hören müssen.

Tom stieg mit vorgehaltener Waffe die Stufen hinab, sicherte nach unten und durch das Geländer hindurch. Als er auf dem unteren Deck aufsetzte, fand er drei Leichen vor. Die beiden Secret Service Agenten sowie der Offizier mit den Abschusscodes waren von sauberen Kopfschüssen getötet worden. Schalldämpfer, um ihn nicht vorzeitig zu warnen.

Blackburn hatte ganze Arbeit geleistet.

Nur konnte Covey sich nicht den geringsten Reim darauf machen. Es fehlte das Motiv.

Tom stürmte weiter ins Präsidentenzimmer, um den zu beschützen, für dessen Unversehrtheit er bezahlt wurde.

Falsch, hämmerte es hinter seiner Stirn. *Ich werde bezahlt, um die gesamte Präsidentenfamilie plus Beraterstab zu schützen.*

Halb geduckt schlich er sich an den Türen vorbei und passierte die Küche. Eine der beiden Flugbegleiterinnen lag in ihrem Blut auf dem Boden. Die Wunden, die ihr zugefügt worden waren, entstammten eindeutig nicht einer Pistole. Sie sah ähnlich zugerichtet aus, wie Pilot und Navigator – ihr Brustkorb schien von scharfen Klauen aufgerissen und danach regelrecht ausgeweidet worden zu sein. Tom entgingen auch nicht die runden Male am Hals.

Er schritt weiter zum Abteil des Geheimdienstes. Es war leer. Schnell verschwand er in der Nische und stellte sich mit dem Rücken zur Wand, mit der Pistole den Gang sichernd. Erneut drückte er die Sprechtaste seines Funkgeräts.

»John, melde dich!«

Als er keine Antwort erhielt, wechselte er zum allgemeinen Kanal über. »Goldberg, Overton, Lefler ... irgendwer ...«

Es war still. Nur die leise dahinsummenden Fluggeräusche, die innerhalb des Spezialrumpfes merklich gedämpfter klangen als in einer herkömmlichen Linienmaschine, waren zu hören. Ansonsten wirkte die Air Force One wie ausgestorben.

Wenigstens ein, zwei Sekunden lang.

Dann drang der Schrei an seine Ohren. Er hatte nichts Menschliches an sich, glich nicht einmal dem Gekreische eines ihm bekannten Tieres, sondern schien seinen Ursprung in den pervertierten Träumen eines Wahnsinnigen zu haben.

Etwas krachte. Holz brach, und als Tom auf den Gang hinaus lugte, sah er eine Gestalt durch den Korridor wirbeln. Sie landete fast direkt vor seinen Füßen, und erst beim zweiten Hinsehen erkannte er in ihr den Präsidenten.

»Mr. President!«, entfuhr es ihm. Er wollte sich bücken, ihm aufhelfen, doch ein Schatten fegte ihn einfach von den Beinen und schleuderte ihn quer durch das Abteil bis zu den Fenstern.

Der Aufschlag trieb ihm die Luft aus den Lungen. Sterne tanzten vor seinen Augen, und er bemühte sich verzweifelt, bei Bewusstsein zu bleiben. Die Waffe hielt er krampfhaft umklammert, ihre Mündung wies in Richtung des Angreifers.

Obwohl er fast damit gerechnet hatte, war er doch erstaunt, Noah vor sich zu sehen. Der Knabe war um Jahre gealtert, wirkte nicht mehr kindlich, sondern wie ein ernstzunehmender Gegner.

Und was er tat, wie er *agierte,* sprach für sich.

Noah hockte mit grauenhaft entartetem Gesicht auf der Brust des Präsidenten und begann aus dessen Hals zu *trinken*!

Tom war geschockt, zog den Abzug durch. Die Glock brüllte auf. Dreimal, viermal. Er entleerte das Magazin. Mehr als die Hälfte der fünfzehn Geschosse schlugen im Körper des *gealterten Jungen* ein. Noah wurde von der Wucht der Einschläge förmlich vom Körper seines Adoptivvaters gestoßen und prallte gegen die Bordwand. Peitschend prallten die anderen Kugeln als Querschläger von der Panzerung aus Stahl und Glas ab, sirrten durch die Räume. Ein verirrtes Geschoss erwischte den Präsidenten, dessen Körper sich noch einmal aufbäumte, dann reglos liegen blieb.

»O nein«, stöhnte Tom, obwohl er wusste, dass nicht erst seine Kugel den ersten Mann im Staat auf dem Gewissen hatte. Die Verletzungen, die ihm das Monstrum Noah beigebracht hatte, waren vergleichbar denen der Stewardess.

Covey richtete sich auf und ächzte. Er glaubte, dass mindestens eine Rippe gebrochen war. Und einen Halswirbel hatte er wahrscheinlich ausgerenkt.

»Auf die Beine!«, befahl er sich selbst.

Er raffte sich auf, drückte einen Hebel hinter dem Abzugsbügel seiner Waffe und ließ das leere Magazin herausgleiten. Mit routinierten Griffen schob er ein frisches in den Kolben und ließ den Schlitten über den Fanghebel nach vorne schnellen.

Tom ging ins Büro des Secret Service, wo ihn der nächste Schock erwartete. Lefler saß in seinem Sessel.

Ausgeblutet.

Tot.

Covey schluckte und biss die Zähne zusammen. Er hatte den Chef des Sicherheitsdienstes lange genug gekannt, um in ihm einen Freund zu sehen.

»Johnny ...«

Er ging zum Schreibtisch und zog Leflers Lider über die totenstarren Augen. Was für eine Kreatur war dieser Noah?

Kein Mensch jedenfalls, flüsterte es hinter Toms Stirn.

Unsinn, schalt er sich im selben Atemzug und trat durch die zweite Tür auf den Gang hinaus. Die Waffe behielt er in der Hand.

Er erreichte die Tür zum Präsidentenzimmer. Sie war förmlich aus ihren Angeln gesprengt worden und lag nun auf dem Gang. Das Büro dahinter war leer, doch die Tür zum Nebenraum stand offen.

Tom federte leicht in den Knien. Die Waffe im Anschlag näherte er sich der Verbindungstür. Mit einem Satz war er im Zimmer ...

... und musste würgen.

Shelley und ihre Tochter Beryl boten einen scheußlichen Anblick. Die Blöße der Präsidententochter und die Haltung, in der sie gestorben war, ließen einen perfiden Verdacht keimen, *was* Noah zuvor mit ihr angestellt hatte.

Tom brach in die Knie. Tränen verschleierten ihm die Sicht. Man hatte ihn im Training zum Special Agent auf beinahe alles vorbereiten können – auf das hier nicht.

Der Mörder war kein einfacher Killer, sondern ein Psychopath.

Aber ich habe ihn erledigt.

Für einen Moment verlor Tom völlig die Kontrolle über sich. Wie von der Tarantel gestochen sprang er auf und hetzte hinaus auf den Gang. In blinder Wut wollte er dem Mörder ein weiteres Magazin voll Blei in den Körper pumpen, doch die Leiche des Präsidenten lag allein da.

»Suchst du vielleicht mich?«

Die Stimme ließ Tom herumwirbeln. Im selben Moment

erhielt er einen Schlag, der vergleichbar mit dem Tritt eines Elefanten war. Er wurde von den Füßen gehoben, schmetterte durch die Luft über den toten Präsidenten hinweg und rutschte schließlich über den Boden bis ins Presseabteil.

Schemenhaft sah er die Gestalt im Gang stehen, die sich schon durch die bloße Stimmlage verraten hatte.

Noah.

Sie kam sich vor wie ein lebender Leichnam. Für Janet hatte das *Leben* jeglichen Wert verloren.

Ihre Eltern und die Schwester waren einem Ungeheuer zum Opfer gefallen, wie es gar nicht hätte existieren dürfen. So etwas gab es eigentlich nur in Büchern oder Filmen, nicht in der ... Realität!

Realität, wisperte es spöttisch hinter ihrer Stirn.

Janet kauerte im entlegensten Bereich der Maschine auf dem nackten Boden und ertrug mit stoischer Gelassenheit das Krachen der Schüsse, die immer wieder aufklangen. Weil die Leute an Bord den Verstand verloren hatten und sich gegenseitig bekriegten!

Gerade lieferte sich Agent Goldberg von der CIA einen mörderischen Schusswechsel mit seinem Kollegen Overton.

Wer hatte die Welt so verdreht?

Janet glaubte begriffen zu haben, dass es hier um keine Verschwörung ging. Die Situation eskalierte einfach. An Bord hatte sich eine Massenhysterie ausgebreitet. Es schien, als hätte jeder die Kontrolle über sich verloren.

Steckte *er* dahinter?

Noah?

Janet hatte noch immer das Bild ihres Stiefbruders vor

Augen, wie er ihre Schwester vergewaltigte – ja, sie glaubte inzwischen nicht mehr daran, dass Beryl sich aus freien Stücken so hatte gehen lassen können, auch wenn ihr Gesicht pure Ekstase widergespiegelt hatte.

Noah stellte etwas mit ihnen an.

Manipulierte sie.

Offenbar war er, wie auch immer, in der Lage, Menschen zu beeinflussen. Auch bei ihr hatte er es versucht ...

Ein Querschläger sirrte dicht an ihrem Kopf vorbei. Sie zuckte nicht einmal zusammen.

Wieder ein Schuss!

»Verdammt, können Sie nicht treffen?«

Goldbergs Kopf ruckte herum. Sein Blick war finster und wütend – auch eine Spur von Angst lag darin.

Er wechselte wortlos das Magazin und wollte sich wieder dem »Gegner« zuwenden. Doch dann stockte er kurz, krempelte ein Hosenbein hoch und zog einen versteckten kleinen Revolver aus einem Miniholster am Fußgelenk. Zu Janets Überraschung reichte er ihn an sie weiter.

»Schießen Sie damit nur, wenn es unumgänglich ist«, sagte der CIA-Mann eindringlich. »Sie haben nur sechs Schuss. Und spannen Sie den Hahn, ehe Sie abdrücken.«

Janet nickte, schenkte dem Revolver jedoch keinen weiteren Blick. Sie hatte noch nie ein Faible für Waffen gehabt, traute sich aber zu, sie im Notfall einzusetzen. Ihr Zustand schwankte zwischen Resignation und Rachegefühlen. Nur für eine Sekunde fragte sie sich, welche Emotion letztlich die Oberhand gewinnen würde – und wann.

»Wie lange soll das noch so weitergehen?«, fragte sie.

»Er hat uns festgenagelt«, erwiderte Goldberg und gab zwei Schüsse ab, nur um sich danach sofort wieder in Deckung zurückzuziehen. »Ich werde einen Ausfallversuch unternehmen ...«

»Um sich eine Kugel einzufangen? Kommt gar nicht in Frage! Sie bleiben hübsch hier und beschützen uns.«

Goldberg verzog den Mund. »Personenschutz ist nicht gerade meine Stärke. Ich bin im Nachrichtendienst tätig.«

»Na toll!«

Plötzlich wurde es ruhig. Augenscheinlich hatte Overton das Feuer eingestellt. Goldberg spähte um die Ecke, vermochte seinen Kollegen jedoch nicht auszumachen.

»Verflucht noch mal ...«

»Was ist?«

»Dort ist der Junge.«

»Großer Gott!«, schrie Janet auf. »Dann erschießen Sie ihn!«

»Ich soll *was*?«

»*Töten Sie ihn!* Er ist für all das verantwortlich!«

Goldberg zögerte. Das kostete ihn sein Leben.

Noah sprang ansatzlos aus dem Stand. In der Luft verwandelte er sein so harmlos scheinendes Äußeres, das wieder dem eines Neunjährigen entsprochen hatte, und wurde zum mörderischen Ungetüm!

Goldberg hörte ein Rauschen, linste hinter seiner Deckung hervor und starrte genau in die hypnotischen Augen des Angreifers. Die tödliche Wunde entstand so überraschend, dass er den Schmerz zunächst gar nicht spürte. Er war nur erstaunt darüber, dass ihn zu Klauen entartete Hände vom Bauch bis zum Hals aufschlitzten und sich gleichzeitig spitze Fänge in seinen Hals bohrten.

Dann schwand ihm bereits das Bewusstsein.

Noah ließ von Goldberg ab und streckte die überlang

scheinenden Arme nach Janet aus. Sie floh panisch über eine Sitzreihe und gelangte zur anderen Gangseite.

Hinter sich hörte sie ein Schlürfen und Schmatzen, das nur einen Schluss zuließ. Eisige Schauder liefen über Janets Rücken. Sie hätte sich vor Entsetzen und Ekel übergeben können, doch ihr Überlebenswille war erwacht und unterdrückte jeden Impuls, der ein weiteres Handicap bedeutet hätte.

Hastig durcheilte sie den Gang. Overtons Gestalt wuchs aus den hinteren Sitzreihen empor. Seine Waffe blitzte auf. Der ohrenbetäubende Knall schmerzte in Janets Ohren. Sie ließ sich fallen. Die Kugel zerfetzte den Stoffbezug des Sitzes direkt neben ihr. Janet kam wieder hoch, legte mit dem Revolver an und schoss. Sie wusste nicht, ob sie getroffen hatte, rannte weiter. Im nächsten Abteil musste sie die Seite wechseln, da der Gang nur an Steuerbord verlief. Sie spürte förmlich, dass Overton ihr noch im Nacken saß.

Janet passierte die verschiedenen Abteile. Keine Spur von Covey. Dafür erblickte sie ihren toten Vater mitten auf dem Gang. Nur flüchtig nahm sie ihn wahr.

An der Treppe zum Oberdeck verharrte sie kurz, wirbelte herum und gab zwei weitere Schüsse ab. Dann bückte sie sich und zog die Bodenluke zum Gepäckdeck auf. Ohne zu zögern verschwand sie nach unten, lief vorbei an den Regalen mit dem Küchensortiment und erreichte endlich die Fluchtkapsel, die es dem Präsidenten im Notfall ermöglichen sollte, die Maschine sicher zu verlassen.

Die beiden Berater, die ihren Vater nach London begleitet hatten, lagen tot vor der Zustiegsluke. Ihre Körper waren brutal zerfleischt, als hätte Noah auch sie erwischt.

Janet horchte auf, als sie Schritte hörte.

»Gib auf!«

Overton.

Die junge Frau schluckte. Sie suchte nach einer Deckungsmöglichkeit. Die Fluchtkapsel erschien ihr die einzig machbare Lösung.

Janet gab sich einen Ruck und wandte sich der Kapsel zu. Die Luke war verschlossen. Ein Schlitz in der Umkapselung wies darauf hin, dass man nur mit der entsprechenden Security-Card Zugang erhielt.

Und die lag noch oben bei ihrem Vater.

»Sie sitzen in der Falle!«, rief Overton.

Plötzlich stand er vor ihr. Janet zitterten die Knie. Ihr Herz klopfte bis zum Hals.

»Hören Sie auf mit diesem Wahnsinn«, keuchte sie. »Ich ... ich will nicht sterben ...«

Die eigenen Worte schienen von weiter Ferne an ihre Ohren zu dringen – und sie hörten sich irgendwie *falsch* an. Hatte sie das wirklich gesagt?

Ihr Arme ruckte hoch, die Waffe im Anschlag. Overton reagierte ebenfalls. Und grinste dabei debil.

Overton drückte ab.

Der Kerl entblößte seine Zähne, und endlich erkannte Tom Covey, dass dies nicht das Gebiss eines *Menschen* war, sondern das eines ... Vampirs?!

Die gibt es doch nicht wirklich ...

Das Bild, das er sah, strafte seine Gedanken Lügen.

Tom glaubte, verloren zu sein, doch zu seiner Verwunderung drehte sich Noah plötzlich um und huschte behände die Treppe zum Flightdeck hinauf. Nur Augenblicke darauf waren die Schreie der Offiziere zu hören. Tom rollte sich auf die Seite und stemmte sich hoch. Die Bewegung kostete ihn mehr Kraft, als er erwartet hatte. Ein Schwindelgefühl erfasste ihn, ließ ihn stolpern und gleich darauf in eine der Sitzreihen fallen. Am Rande der Bewusstlosigkeit blieb er liegen.

Da hörte er Schritte. Noah kam zurück.

Toms Gedanken kreisten. Ein Vampir. Wie bekämpfte man einen Vampir? Noch immer streikte ein Teil seines Verstandes bei der Vorstellung, mit einem gestaltgewordenen Albtraum konfrontiert zu sein.

Die Schritte entfernten sich unvermittelt wieder. Tom wusste, dass ihm nicht viel Zeit blieb. Inzwischen war vermutlich die gesamte Besatzung tot. Wahrscheinlich gab es nur noch eine Möglichkeit, dieser Hölle zu entfliehen: Die Rettungskapsel des Präsidenten.

Tom Covey mobilisierte seine letzten Kraftreserven und kam auf die Beine. Wankend kehrte er zu den vorderen Abteilen zurück und blieb vor dem Leichnam des Präsidenten stehen. Rasch tastete er die Taschen des Toten ab und fand, wonach er suchte.

Anschließend beeilte sich, die Treppe zu erreichen. Er zog die Bodenluke auf. Im Abwärtssteigen verschloss er den Eingang wieder, hörte im selben Moment Geräusche von oben.

Tom überwand die letzten Stufen, lief jedoch nicht zur Kapsel weiter, sondern verbarg sich unter der Treppe im Halbschatten. Nur Sekunden später wurde die Luke aufgerissen und jemand stürmte herunter.

Janet!

Er wollte sich schon zu erkennen geben, als Overton hinter der Präsidententochter auftauchte und ihr nachjagte.

Tom verließ seine Deckung, folgte den beiden und hörte ihre kurze Unterhaltung. Overton legte auf Janet an. Tom war mit einem Satz bei ihm und hieb ihm die Waffe aus der Hand. Der Schuss löste sich dennoch und schlug in ein Gepäckstück ein.

Tom drängte Overton zur Seite, erhielt jedoch einen Stoß in den Rücken und wurde nach vorn gegen Janet geschleudert. Mit Mühe hielt er sein Gleichgewicht, fuhr herum und riss seine Pistole hoch.

Neben Overton stand Noah, das Gesicht zu einer Grimasse verzerrt, die Lippen blutbeschmiert und die Finger wie Klauen gekrümmt.

Aus, dachte Tom.

Doch Noah machte einen völlig unerwarteten Zug. Ohne ein Wort zu verlieren, *tauchte* er in Overtons Körper ein. Für einen Augenblick sah es aus, als würden sie miteinander verschmelzen, doch am Ende war der Junge verschwunden.

Noch während Tom damit beschäftigt war, das eben Erlebte zu verdauen, fasste sich Overton mit beiden Händen am Kopf.

Ein Ruck. Ein sprödes Knacken.

Dann sank der CIA-Agent mit gebrochenem Genick zu Boden.

Janet schien kurz vor einem Nervenzusammenbruch zu stehen. Tom ließ erschüttert seine Waffe sinken und nahm die Tochter des Präsidenten in die Arme.

Plötzlich ging ein Ruck durch die Maschine. Es fühlte sich an, als hätte Noah vor seinem Verschwinden auch noch den Autopiloten abgeschaltet.

»Schnell«, sagte Covey, »wir stürzen ab!«

Janet bewegte sich hölzern, als würde sie von unsichtbaren Fäden gelenkt.

Tom schlug ihr mit der flachen Hand ins Gesicht. Ein geröteter Abdruck entstand auf der Wange, doch ihr apathischer Blick klarte auf.

»Was ...?«, fragte sie leise.

»Wir müssen hier raus!« Tom fasste ihre Hand und führte sie zur Schleuse. Die ID-Card des Präsidenten, die er sich zuvor besorgt hatte, öffnete die Tür und gab den Blick ins Innere der Rettungskapsel frei. Es existierte nur ein einziger Sitz. Tom nahm Platz und zog Janet auf seinen Schoß. Dann schloss er den Sicherheitsgurt um ihre beiden Körper und aktivierte die Notkontrollen.

Zischend schloss die Luke. Ein Summen schwoll an. Dann ein Stoß, und die Rettungskapsel wurde aus dem Bauch der Maschine katapultiert.

In Sicherheit.

Wohl kaum, korrigierte sich Tom Covey, während sein Blick durch das Bullauge der Kapsel fiel. *Nur zurück in die Nacht ohne Ende ...*

Zwischenspiel 2

Etwas reift

N*ewsflash:*

»... sich alle Welt Gedanken über das Verschwinden von Päpstin Rahel I. macht, richten wir unser Augenmerk auf die britischen Inseln. Während das Militär England, Schottland und Wales unter Quarantäne gestellt hat und damit den Flüchtlingsstrom einzudämmen versucht, erreicht uns soeben eine neue Hiobsbotschaft: Nach dem Abflug vom Londoner Heathrow Airport ist die Maschine des US Präsidenten Air Force One aus bisher noch ungeklärten Gründen abgestürzt. Die Suche nach Überlebenden der Katastrophe war bisher erfolglos. Soweit wir informiert sind, befand sich der Präsident zusammen mit allen Familienangehörigen an Bord. Wir halten Sie diesbezüglich auf dem Laufenden.

Das war Kathy Flannigan, live von einem Schiff nahe der britischen Küste für CNN ...«

Diesmal wirkte der Tunnel anders. Nicht mehr so kalt, beinahe wie etwas Lebendiges. Wieder war es Caine von Anfang an klar, dass es sich nur um einen Traum handeln konnte. Ob er mit seinem Geist jedoch tatsächlich in die Traum*zeit* vorstieß, blieb unklar.

Vielleicht weil ihm die Umgebung schon vertraut war, kam

er diesmal schneller voran. Wie schwebend trieb er durch den schmalen Korridor.

Bildete er es sich nur ein, oder hatten sich die Lichtverhältnisse seit dem letzten Traum verändert? Er glaubte, dass der Gang unmerklich heller geworden war.

Wieder eilte er auf einen glühenden Punkt in der Dunkelheit zu, nur dass er ihn diesmal viel eher wahrnahm. Er ahnte bereits, dass er erneut auf Rahel treffen würde.

Ich bin nicht wirklich hier, versuchte er sich einzureden.

Der Fleck im Tunnel wurde größer. Flackerte.

Doch statt nur einer Kerze waren es diesmal zwei, die auf dem Tunnelboden standen und still vor sich hin brannten. Die einzigen Lichtquellen in den endlosen Weiten des *Pfades*, dessen Begehung im Wachzustand eine Erfahrung war, die man mit Worten nicht beschreiben konnte.

Abrupt wurde Caines Bewegung gestoppt. Er verharrte vor den beiden brennenden Kerzen, vor denen, wie erwartet, Rahel saß. Doch sie war nicht allein.

Caines Blick fand Noah, einen weiteren Neo und damit sein spiritueller »Bruder«. Caine wusste, dass Noah in die Obhut der amerikanischen Präsidentenfamilie gegeben worden war – so wie er und seine Schwester Leah einst in das britische Königshaus.

»Was tust du hier?«, fragte Caine verunsichert.

Rahel und Noah starrten ihn nur an. Ihre Lippen blieben stumm.

»Redet mit mir!«, forderte Caine die beiden auf, weil er das Schweigen nicht länger ertragen konnte. Er wusste, dass sie ihn als Verräter betrachteten.

Dann griff Rahel nach einer der beiden Kerzen. Noah folgte ihrem Beispiel und hob die zweite auf.

O nein! Panik schwang in Caines Gedanken mit. *Es ist genauso wie beim letzten Mal!*

Tatsächlich bliesen Rahel und Noah die Flammen gleichzeitig in seine Richtung aus ...

... und Caine war es, als explodierte er innerlich!

Die Kraft des Feuers hatte sich nicht nur verdoppelt, sondern vervielfacht. Er hatte das Gefühl, inmitten einer Sonne zu stehen und schutzlos den Gewalten eines atomaren Glutofens ausgesetzt zu sein.

Er schrie. Die Hitze fraß sich in seinen Mund, brachte jeglichen Laut zum Verstummen und verzehrte ihn von innen heraus. Seine Augen glühten, die sonst so bleiche Haut wurde feuerrot. Alles in ihm drängte danach, sich umzudrehen und fortzulaufen. Aber der Körper gehorchte den stummen Befehlen nicht, die sein Hirn formulierte, um ihn aus dieser Hölle zu retten.

Für eine Flucht war es ohnehin zu spät. Er spürte, wie sein sonst so widerstandsfähiger Körper in den Flammen verging.

Und plötzlich durchzuckten ihn wieder Bilder von Menschen und Orten, die er zeitlich nicht einzuordnen vermochte:

Ayers Rock.

Dutzende von Gestalten hatten sich in einer purpurerhellten Höhle versammelt und lösten sich dort eine nach der anderen auf ...

London.

Ein Flugzeug stürzte über den Dächern der Metropole ab und für den Bruchteil einer Sekunde blitzte Noahs Gesicht auf ...

Berlin.

Leichen. Überall Leichen auf den marmornen und teils

mit Teppichen bedeckten Böden eines Regierungsgebäudes ...

Dann gab es plötzlich wieder nur noch das Hier und Jetzt.

Verschwunden waren die Eindrücke samt dem Feuer. Die Hitze schien nur noch latent in seinem Körper zu schwelen. Mit nie gekannter Schärfe starrte er Rahel und Noah an. Er spürte, dass er wieder die Kontrolle über seinen Körper erlangt hatte. Ansatzlos federte er vom Boden ab und wollte sich auf die beiden werfen ...

Doch er kam nur ein kurzes Stück weit, ehe glühende Stäbe aus dem Boden schossen und ihn einkesselten. Abermals fand er sich hinter Gittern wieder.

Rahel trat dicht an die Stäbe heran. Ihr anmutiges Gesicht wirkte traurig, dennoch lag in ihrem Blick auch unbeugsame Härte. Sie streckte die Hände vor und umklammerte das lavaheiße Metall, ohne eine Regung zu zeigen.

»Caine!«

Der Neo zuckte zusammen, als er ihre Stimme hörte.

»Mutter ...«, krächzte er und bewegte sich einen Schritt auf die Abgrenzung des Gefängnisses zu.

»Komm zu mir.« Es klang fast wie ein Flehen.

»Ich bin doch schon hier.«

Kaum merklich schüttelte sie den Kopf. »Du musst mich ... aus der Traumzeit befreien!«

Caine streckte die Hand aus, berührte die Gitter und ...

... saß aufrecht im Bett.

Orientierungslos blickte er um sich, und nur zögerlich setzten sich die wogenden Schleier vor seinem Blick zu einem erkennbaren Bild zusammen. Er befand sich in der Londoner Pension. Draußen war es dunkel, und Lilith sah ihn vom Fenster her besorgt an.

»Wird das zu einer schlechten Gewohnheit?«, fragte sie.

»Ich ... weiß es nicht«, murmelte er.

»Kannst du dich dieses Mal wenigstens an den Traum erinnern?«

Caine hatte die Bilder noch deutlich vor Augen. Sie hatten sich wie Stigmata in seinen Verstand gebrannt. Es hatte zu real gewirkt, um es zu vergessen – und dennoch zweifelte er weiterhin, einen Ausflug in die Traumzeit gemacht zu haben.

Daran, dass der Traum eine *Bedeutung* besaß, zweifelte er nicht. O ja, Rahel war zwischen den Songlines gefangen und konnte sie offenbar aus eigener Kraft nicht mehr verlassen.

Sie rief ihn zu sich.

Ausgerechnet ihn, den Abtrünnigen!

Hatte sie ihm verziehen? Oder würde sie ihm verzeigen, wenn er nur dem Ruf folgte und sie rettete?

Er schaute zu Lilith. »Nein«, log er. »Leider ...«

Lilith seufzte und wandte sich wieder mit dem Gesicht dem Fenster zu. Offenbar gab es draußen etwas, das ihre Aufmerksamkeit fesselte. Sie hatte schon dort gestanden, bevor Caine eingeschlafen war.

»Gibt es Neuigkeiten?«, fragte er.

»Die Präsidentenmaschine soll abgestürzt sein. Aber das hast du ja selbst noch mitbekommen, bevor du dich hingelegt hast. Sonst ... Nein.«

»Ich meine dort draußen.«

»Sie ziehen immer noch plündernd durch die Straßen«, erwiderte Lilith irgendwie gleichgültig. Dann: »Oh-oh.«

Mit einem Ruck schwang sich Caine aus dem Bett und war bei ihr. Der Klang ihrer Stimme gefiel ihm nicht.

»Was ist?«

»Dort!« Lilith deutete nach unten, wo Gestalten auftauchten, die geradewegs auf die Pension zuhielten. Offenbar hofften sie dort auf Schutz. Sie schlichen geduckt und sichtlich bemüht, dem wütenden Mob aus dem Weg zu gehen.

Aber sie wurden entdeckt.

Jemand rief etwas. Die Pöbel hielt inne, ließ alles stehen und liegen und zeigte auf die Gestalten, die über die Straße eilten. Sofort hefteten sich mehrere Plünderer an die Fersen der Fliehenden und stellten sie, bevor sie die Pension erreichen konnten.

Liliths Hand fuhr hoch zum Fensterriegel, den sie mit einer schnellen Bewegung zurückschob. Kühle Luft schlug Caine entgegen, als das Fenster aufschwang und Lilith Anstalten machte, auf das Sims zu steigen.

»Moment, was hast du vor?«

Lilith sah ihn an. »Ich kann das nicht zulassen.«

»O doch«, widersprach Caine.

»Nein!«, versetzte sie mit Nachdruck.

»Du willst da runter und dein Leben für x-beliebige Fremde aufs Spiel setzen?«, fragte Caine, obwohl er die Antwort bereits kannte.

»Hilf mir«, konterte sie. »Damit würdest du mein Risiko merklich senken.«

Mit diesen Worten schwang sie sich aus dem Fenster und tauchte in die Nacht.

3. Kapitel

Gräueltaten

Die Berührungen hatten nichts Zärtliches, nichts Liebevolles. Finger mit Nägeln so scharf wie Klingen gruben sich in das weiche Fleisch und ignorierten die Marter, die das Opfer dabei erlitt. Die Bestie bedeckte jeden Zentimeter des Körpers mit grausamen Küssen. Spitze Zähne erschlossen sich den warmen Lebenssaft. Verdorbene Lippen stülpten sich über die entstandenen Wunden und tranken das magische Elixier voller Genuss.

Die Umarmungen waren grob und von abseitiger Leidenschaft. Keuchend drängte sich harte Männlichkeit zwischen die Beine der Frau, die dies alles geschehen ließ.

Anfangs hatte sie sich noch zur Wehr gesetzt, doch dann hatte sich *sein* Wille unter ihre Gedanken gemischt. Seither war sie ihm hilflos ausgeliefert.

Irgendwann begann sie es, begünstigt von dem, was er ihr suggerierte, scheinbar zu *genießen*. Doch es blieb eine Vergewaltigung. Ihr Körper bebte unter seinen Stößen, bis er seinen Trieb befriedigt hatte. Und von ihr abließ.

Ihre Lider waren verklebt, als sie versuchte, sie zu heben. Mühsam öffneten sich schmale Augenspalte. Das auftreffende Licht blendete in seiner Fülle.

Wo bin ich?

Die Frage sank in die Leere ihres Bewusstseins. Doch schon bald schoben sich weitere Fragen nach – Fragen, die sie nicht beantworten konnte.

Was war passiert? Wie kam sie hierher? Welche abscheulichen Bilder waren ihr durch den Kopf gegangen?

In einem Reflex riss sie die Hand hoch und betastete die spezielle Stelle an ihrem Hals. Sie wusste nicht, was sie dort vorzufinden erwartete – aber es beruhigte sie, als sie nur glatte, unbeschädigte Haut erfühlte. Und schon erlosch die vage Erinnerung.

Mit einem Ruck öffnete Janine Peters vollends die Augen. Gleißende Helligkeit regte die Tränendrüsen an, doch sie zwang sich, es auszuhalten.

Schwerfällig hob sie den Kopf. Die Bewegung ließ sie innerlich zusammenzucken. Ihr ganzer Körper schien ein einziges Schmerzgebiet zu sein.

Was ist passiert?

Die Frage hämmerte in ihrem Schädel und schien sie in die Polster (*Polster?*) zurückdrücken zu wollen.

Ehe Janine die Augen wieder zufallen konnten, richtete sie ihren Oberkörper auf, merkte aber sofort, dass dies wohl ein Fehler gewesen war. Der stechende Schmerz züngelte von ihren Lendenwirbeln das Rückgrat aufwärts, bis ins Hirn. Sie brüllte auf. Ihre Gedanken drohten sich zu verflüchtigen.

Erschöpft rieb sich Janine die Augen, beugte sich nach vorn und stützte die Ellenbogen auf die Oberschenkel.

»Okay ... ganz langsam«, murmelte sie gepresst. »Ich heiße Janine Peters und bin Beamtin des Bundeskriminalamtes. Zuletzt hielt ich mich in ... in ...«

Sie konnte sich nicht erinnern. So sehr sie sich bemühte,

aber das Letzte, das wirklich bewusst in ihrem Gedächtnis haften geblieben war, war der Personenschutz des Bundeskanzlers während eines Staatsbesuchs in Frankreich, aber ...

... das muss schon Wochen her sein!

Janine schüttelte den Kopf. Ihr war, als hätte jemand einen massiven Riegel vor ihr Gedächtnis geschoben. Oder ihr die Erinnerung einfach herausgeschnitten.

Erschöpft versuchte sie festzustellen, wo sie sich befand. Der Raum war stilvoll eingerichtet. Eher ein Büro als ein Ruheraum. Vor dem großen Panoramafenster befand sich ein schwerer Mahagonischreibtisch. Entlang der Wände standen unzählige Regalreihen mit Büchern – ausnahmslos Geschichtsbücher und politische Werke, wie Janine bei genauerer Betrachtung feststellte.

Sie kannte diesen Raum nicht, wohl aber den verwendeten Stil. Um sich zu vergewissern, dass ihre Vermutung richtig war, wagte sie es, sich von ihrem Lager zu erheben. Tatsächlich handelte es sich um eine Couch, die an der dem Schreibtisch gegenüberliegenden Wand aufgestellt war.

Mühsam schleppte Janine sich bis zum Fenster hinter dem Arbeitstisch. Sie schlug die Gardine zur Seite und blickte hinaus.

Sofort begriff sie, wo sie war: Unverkennbar in der Willy-Brandt-Straße in Berlin. Sie befand sich im neuen Kanzleramt.

Der pelzige Belag auf der Zunge wurde ihr erst jetzt bewusst. Dass sie Durst hatte auch. Sie drehte sich um und wünschte sich, es nicht getan zu haben. Das Zimmer rotierte in ihrer Vorstellung. Die Sicht verschwamm. Nur undeutlich konnte sie noch das Inventar ausmachen.

Taumelnd prallte Janine gegen den Tisch und hielt sich

daran fest, um nicht zu Boden zu stürzen. Sie tastete nach ihrem Schulterholster, das leer war.

Ganz ruhig, redete sie sich zu.

Sie kämpfte sich zur einzigen Tür des Zimmers vor und öffnete sie einen Spalt breit, um auf den Korridor hinaus zu spähen. Ihrer Schätzung nach – resultierend aus dem vorausgegangenen Blick aus dem Fenster – befand sie sich in der neunten Etage des Gebäudes, dem sogenannten Privattrakt. Hier waren mehrere Gästezimmer und die Dienstwohnung des Kanzlers untergebracht, in die sich Regierungsoberhäupter und Staatsgäste zurückziehen konnten.

Janine trat vorsichtig auf den Gang hinaus. Ihr war immer noch schwindelig.

Der Korridor lag verlassen da, obwohl zumindest an seinen Enden Wachen hätten postiert sein müssen.

Sich mit der Hand an der Wand abstützend, schritt sie zittrig über den weichen Teppichboden zum nächsten Zimmer. Auch dessen Tür war unverschlossen. Janine schlüpfte in den dahinter befindlichen Raum.

Es handelte sich um eines der Gästezimmer: Eine kurze Diele, dahinter eine einladende Couch, elegante Sessel, eine großzügig bestückte Bar, Telefon und Videoanlage.

Und ein Bad, dachte Janine, als sie über die Schwelle der Verbindungstür stolperte und vor einem Waschbecken stehen blieb. Den Blick in den Spiegel hätte sie besser nicht gewagt. Ihr Haar schien wie angeklebt, völlig verschwitzt und fettig. Dunkle Ringe hatten sich um ihre Augen gebildet. Die Wangen wirkten eingefallen und faltig, und um ihre Lippen lag ein nervöses Zucken.

»Herrgott«, flüsterte sie völlig entsetzt. »Was hat man denn mit mir angestellt ...?«

Die Bilder aus ihrem Traum waren längst verflogen. Vielleicht hätten sie dazu beigetragen, die Wahrheit zu finden. Doch Janine war momentan nicht einmal in der Lage, eins und eins zusammenzuzählen. Sie drehte den Wasserhahn auf und steckte ihren Kopf ohne Zögern in den kalten Strahl. Die Kälte stach wie ein scharfes Messer in ihr Bewusstsein. Langsam verteilte sich das Wasser in ihren Haaren, weckte verborgene Kraftreserven und belebte ihren Verstand.

Irgendwann fuhr Janine kurz hoch und stieß sich den Kopf am Hahn. Sie musste kurz eingenickt sein. Fluchend nahm sie Abstand vom Beckenrand und langte nach einem frischen Handtuch. Als sie nach dem Haartrocknen und einem Glas Wasser erneut in den Spiegel blickte, sah sie um keinen Deut besser aus. Aber sie *fühlte* sich zumindest nicht mehr so, wie es der Anblick vermuten ließ.

Janine verließ das Gästezimmer und kehrte auf den Gang zurück. Sie begab sich langsam zum Ende und rief dort den Aufzug. Den Signalton der ankommenden Liftkabine nahm sie gar nicht wahr. Noch immer wackelig auf den Beinen, lehnte sie mit dem Rücken gegen die Wand und wartete. Erst als sich die Fahrstuhltüren beiseite schoben und sie die Kabine betreten wollte, blieb sie wie versteinert stehen.

Der Anblick hätte im Normalfall eine Flut von Gedanken ausgelöst, doch Janine war wie gelähmt. Ihre Augen starrten ausdruckslos auf den Toten in der Liftkabine. Sie kannte ihn. Es war einer ihrer Kollegen vom BKA.

Flüchtig rannen Name und Dienstrang des Toten durch ihr Hirn, verflüchtigten sich jedoch sofort wieder. Er lag mit weit geöffneten Augen auf dem Rücken. Seine Miene verriet, dass der Tod nicht plötzlich über ihn gekommen war, sondern grauenhaftes Entsetzen vorausgegangen sein musste.

Janine löste sich aus ihrer Starre. Sie machte zwei Schritte auf die Leiche zu und griff wie automatisch unter das Jackett des Mannes. Dann lag seine Dienstwaffe in ihrer Hand.

Ihr Blick wanderte von den totenstarren Augen zum aufgerissenen Hals. Sein Kehlkopf war zerfetzt worden. Janines Blick ruhte auf der Pistole in ihrer Hand. Und damit wechselte sie von der Rolle der reinen Beobachterin in die einer aktiven Teilnehmerin. Es schien, als würde erst jetzt ihr bewusstes Denken wieder einsetzen.

Ein flüchtiges »O mein Gott« rann über ihre Lippen – dann übergab sie sich.

Sie sank in die Knie und kotzte sich die Seele aus dem Leib. So lange, bis nur noch gelber Schleim über ihre Mundwinkel rann. Janine zitterte am ganzen Körper. Ihre antrainierte Professionalität war dahin, und sie gestand sich ein, dass sie momentan nur noch ein körperliches und vielleicht sogar geistiges Wrack war. Aber dies konnte nicht von ungefähr kommen. Jemand war dafür verantwortlich. Ein Teil ihres vormals analytischen Verstandes verriet ihr, dass es sich bei diesem Jemand auch um den Dieb ihrer Erinnerungen handeln musste.

Absurd, sagte sie sich und stemmte sich gleichzeitig mit jeder Faser ihres Willens dagegen, dass es sich hierbei um die Realität handeln konnte. Sie träumte. Sie *wünschte* sich zu träumen.

»Ach verflucht!«, stieß sie plötzlich heiser hervor und kam wieder auf die Beine. Gedankenlos wischte sie sich mit dem Ärmel über den verschmierten Mund.

Routiniert überprüfte sie das Magazin. Es war voll, der Lauf der Waffe kalt. Kein Schuss war daraus in jüngster Zeit abgegeben worden. Das Entsetzen musste ihren Kollegen derart gelähmt haben, dass er nicht einmal in der Lage gewesen war, seine Pistole zu ziehen.

Janine atmete tief durch. Sie wollte endlich herausfinden, was mit ihr geschehen war. Entschlossen näherte sie sich wieder der Aufzugkabine und beugte sich über den Toten. Sie zog ihm den winzigen Lautsprecher aus dem Ohr und lauschte. Nur statisches Rauschen lag in der Leitung. Entweder war das Empfangsteil defekt, oder die interne Kommunikation des BKA war lahmgelegt worden.

Die Polizistin packte den Leichnam an den Beinen und zerrte ihn aus der Kabine. Dabei zog sie eine Blutspur über den Teppich. Der Lebenssaft war noch nicht getrocknet. Daraus schloss sie, dass die Gräueltat noch nicht lange zurückliegen konnte.

Janine betrat den Fahrstuhl und drückte den Knopf für die siebte Etage – die Kanzlerebene.

Ruckend lief der Aufzug an. Janine trommelte nervös mit den Fingerspitzen gegen die Wand. Der Griff um die Pistole wurde fester, als der Lift zum Stillstand kam und sich die Türen öffneten.

Wieder zwei Leichen.

Sichernd machte Janine einen Satz aus der Kabine heraus. Rasch durchwühlte sie die Taschen der Toten und stellte fest, dass es sich ebenfalls um BKA-Beamte handelte. Ihre Waffen steckten noch in den Halftern. Der Tod musste sie mit dem gleichen Schrecken heimgesucht haben, wie den Beamten im Fahrstuhl. Einer der beiden sah schlimmer zugerichtet aus als der andere. Irgendetwas war in seinen Brustkorb eingedrungen und hatte ihm förmlich das Herz heraus gerissen. Sein Hals wies zwei Male auf ...

»Das gibt es doch nicht«, flüsterte Janine.

Unbewusst streifte ihre Hand den eigenen Hals. Doch auch jetzt ertastete sie nur glatte Haut.

Die Polizistin richtete sich langsam auf und schlich geduckt den Korridor entlang. Nacheinander öffnete sie die Türen zu den angrenzenden Büros. Die ersten beiden Räume fand sie leer vor. Den dritten hätte sie am Liebsten erst gar nicht betreten.

Der Chef des Bundeskanzleramtes lag übelst zugerichtet über seinem Schreibtisch. Der Boden war gesäumt mit Leichen. Eine Sekretärin, die beiden Abteilungsleiter aus den gegenüber liegenden Büros sowie eine Frau und ein Mann – Janine kannte keinen von ihnen. Alle lagen mit offensichtlich durch*gebissenen* Kehlen da.

Janine fluchte und stieg über die Leichen hinweg. Sie ignorierte den toten Chef des Kanzleramtes und griff nach dem Telefonhörer auf dem Tisch. Die Leitung war tot. Jemand hatte gründliche Arbeit geleistet und dafür Sorge getragen, dass draußen wahrscheinlich noch niemand etwas von alledem ahnte.

Sie verließ das Büro und suchte nach weiteren Überlebenden. Der nächste Schock traf sie im Arbeitszimmer des Bundeskanzlers. Die Verwüstungen schienen hier ihren Höhepunkt erreicht zu haben. Sämtliche Regalwände waren umgerissen worden, Möbelstücke lagen kreuz und quer im Raum verstreut, bildeten zusammen mit unzähligen Büchern fast einen Wall um den großen Arbeitstisch. Die Fensterscheiben waren zersplittert. Es war eigentlich unmöglich, dass noch niemand im Regierungsviertel etwas von den Anschlägen auf das Kanzleramt mitbekommen hatte.

Janine räumte eine Bücherwand und einen umgeworfenen Sessel beiseite.

Dann stand sie direkt vor dem Schreibtisch des mächtigsten Mannes Deutschlands.

Die leeren Augen des Kanzlers stierten durch sie hindurch. Er saß zurückgelehnt in einem gepolsterten Sessel. Eine Hand hielt kraftlos einen Stift, mit dem er vor seinem Tod noch ein Dokument hatte unterzeichnen wollen. Er war auf die gleiche bestialische Art und Weise hingerichtet worden wie die anderen Opfer. Unter seinem Kinn klaffte ein Loch, ebenso in seiner Brust. Seine Hautfarbe wirkte seltsam fahl.

Janine schluckte. Das hier *konnte* einfach nicht passiert sein. Es war nicht ... real.

Sie hätte es für sich eher akzeptieren können, wenn all diese Toten von Kugeln durchsiebt gewesen wären, aber die Vorgehensweise trug nicht die Handschrift von Terroristen, höchstens von tollwütigen Tieren ...!

Im nächsten Moment erreichte Janine von unten ein unmenschlicher Schrei, der ihr durch Mark und Bein ging.

Janine hatte auch die nächsten beiden Etagen abgesucht und überall Spuren des Schlächters gefunden. Der Schrei, der sie aufgerüttelt hatte, war verstummt, kaum dass sie den Gang betreten hatte. Er musste aus den unteren Stockwerken gekommen sein. Wer ihn ausgestoßen hatte, blieb – zumindest vorerst – ungeklärt.

Statt des Aufzugs hatte sie die Treppe gewählt und mehrere Male einen Blick durch die gläserne Vorderfront geworfen. Draußen auf dem Vorplatz schien alles still. Ungewöhnlich für diese Tageszeit, denn es war früher Nachmittag. Das Regierungsviertel quoll sonst vor Menschen nur so über. Doch heute schien es, als veranlasse *etwas* einen jeden, einen großen Bogen um den Bereich des Kanzleramtes zu machen. Keine Menschenseele war auszumachen.

Die Polizistin wartete förmlich darauf, dass sie überschnappte. Irgendwie war sie erstaunt, dass dies nicht längst geschehen war.

Inzwischen hatte sie mehr Kraft zurück gewonnen, als sie in der kurzen Zeit und im Hinblick auf ihre vorherige Verfassung für möglich gehalten hätte. Langsam spürte sie Hunger in sich erwachen. Ihren Durst hatte sie erneut an einer Wasserleitung gestillt.

Sie ging weiter und gelangte in die dritte Etage.

Stimmen wurden laut. Jemand weinte.

Janines Finger legte sich um den Abzug der erbeuteten Pistole. Sie wollte kein Risiko eingehen – nicht nach allem, was sie schon gesehen hatte. Nahezu lautlos schlich sie die letzten Treppenstufen hinunter und verharrte an deren Ende. Sie legte den Kopf schief, um sich auf die Laute zu konzentrieren.

Schließlich entschied sie sich für den Korridor zu ihrer Linken.

Janine spähte um die Ecke. Niemand war zu sehen. Mit vorgehaltener Waffe bewegte sie sich durch den Gang. Die abzweigenden Büroräume ignorierte sie diesmal, weil das Schluchzen von anderswo herkam.

Nach einer Weile hörte sie auch gesprochene Worte.

Vorsichtig näherte sie sich der Quelle und blieb vor einer der Türen stehen.

Einzelne Gesprächsfetzen waren herauszuhören, aber die Beamtin verstand ihren Sinn nicht. Kurzentschlossen trat sie die Tür auf. Die Pistole im Anschlag, sprang sie in den dahinterliegenden Raum.

»Willkommen«, sagte jemand.

Janine drehte sich suchend um ihre eigene Achse.

»Es ist mir wirklich eine Ehre, Signor Perleone, Sie persönlich kennen zu lernen ...«

Janine hielt inne. Am liebsten hätte sie schallend aufgelacht. Doch nicht einmal dazu war sie imstande.

Die Stimmen kamen aus einem laufenden Fernseher.

Sie entspannte sich.

Aber nur kurz.

Aus der Ecke drang ein Wimmern. Eine Raumpflegerin in grauem Kittel kauerte dort. Sie schien einen Nervenzusammenbruch zu haben. Ihre Knie waren bis an die Brust gezogen und ihr Gesicht in den Händen vergraben.

Janine wollte sich um die Frau kümmern, als ihr Blick auf den Toten hinter dem Schreibtisch fiel. Es handelte sich um einen Mitarbeiter der Presseabteilung.

Die Frau schien noch gar nicht bemerkt zu haben, dass jemand den Raum betreten hatte.

Janine sicherte die Pistole und steckte sie ins Holster zurück. Langsam näherte sie sich der zitternden Gestalt. Sie bückte sich und berührte sacht ihre Schulter.

Ein Fehler.

Wie von der Tarantel gestochen sprang die Putzfrau auf und hieb auf Janine ein. Ihre Finger waren gekrümmt, die langen Nägel ritzten quer über das Gesicht der Polizistin. Ansatzlos setzte die Angreiferin nach und schlug planlos auf Janine ein, die überrascht zurücktaumelte, die Hände abwehrend erhoben. Erst jetzt besann sie sich auf ihre antrainierten Fähigkeiten. Sie bekam einen Arm der Angreiferin zu fassen und verdrehte ihn im Gelenk.

Die Raumpflegerin schrie vor Schmerz auf und überschlug

sich im Sturz. Janine war über ihr, nahm sie in einen Haltegriff, aus dem sie sich nicht mehr selbständig befreien konnte.

Mit der freien Hand griff sie ihr unter das Kinn und bog den Kopf in den Nacken.

»Beruhigen Sie sich!«, befahl sie hart. »Ich will Ihnen nichts tun. Kommen Sie zu sich.«

Der Atem der Frau ging stoßweise. Sie war kurz davor zu hyperventilieren. Der Schock musste ihr tief in der Seele sitzen.

»Ruhig!«, mahnte Janine noch einmal. »Es geschieht Ihnen nichts.«

Der Körper erschlaffte. Die Frau verfiel wieder in einen nahezu apathischen Zustand und schluchzte leise vor sich hin. Janine lockerte den Griff, und als sie sicher war, dass die andere nicht erneut zu einer Furie wurde, ließ sie sie gänzlich los. Dann ging sie zum Schreibtisch, packte den Toten von hinten unter den Achseln und schleifte ihn in einen Nebenraum. Dort ließ sie ihn liegen, kehrte ins Büro zurück, schaltete den Fernseher leiser und half der verstörten Putzfrau auf die Beine, leitete sie zu einem der Bürostühle. Danach besorgte sie der Frau und sich selbst ein Glas Wasser.

»Hier«, sagte sie. »Trinken Sie. Es wird Ihnen gut tun.«

Tatsächlich nahm die Raumpflegerin das Glas mit zittrigen Händen entgegen und leerte es in einem Zug. Sie wollte es auf dem Schreibtisch abstellen, doch es entglitt ihr und zersprang auf dem Boden.

Janine zog einen der anderen Stühle zu sich heran und setzte sich falsch herum darauf. Sie nippte nur kurz an ihrem Glas und stellte es auf dem Fernseher ab. Noch immer lief dort der Film. Sie wartete darauf, dass die Raumpflegerin sich beruhigte, klaubte die Fernbedienung auf und zappte durch die Kanäle, bis sie einen Nachrichtensender fand.

Die Sprecherin von n-tv berichtete vom Absturz der US-Präsidentenmaschine über London.

London!

Ein Blitz durchzuckte Janines Verstand.

Was assoziierte sie mit London?

Dunkelheit.

Nachtfall.

Sie ging zum Schreibtisch, schaltete den darauf befindlichen Monitor ein und versuchte, eine Internet-Verbindung herzustellen.

Doch die Leitung blieb tot.

Jetzt hielt sie es nicht mehr aus, setzte sich wieder auf den Stuhl und rückte näher an die Putzfrau heran. Sie schätzte die Frau auf höchstens fünfundzwanzig. Sie hatte langes, lockig-braunes Haar und einen braunen Teint.

»Hören Sie mir bitte zu«, sagte Janine und reichte der Frau ein Taschentuch aus ihrer Jeanstasche.

»Ich bin Kriminaloberkommissarin Janine Peters vom BKA. Haben Sie das verstanden?«

Die Frau blickte sie an. Der Blick ihrer verheulten Augen wurde aggressiv.

»Halten Sie mich für schwachsinnig?«, fauchte sie.

Janine seufzte. »Nein. Aber Sie waren vorhin nicht ansprechbar. Verraten Sie mir Ihren Namen?«

»Engelkamp«, erwiderte die andere, noch immer schluchzend. »Ilona Engelkamp. Ich mache in dieser Etage sauber.«

»Gut«, nickte Janine. »Okay, dann fangen wir von vorne an. Was ist hier passiert?«

Ilona Engelkamp schüttelte den Kopf und schnäuzte überlaut in das Taschentuch. »Ich weiß es nicht.«

»Bitte, versuchen Sie sich zu erinnern.«

»Ich weiß es nicht«, kam die bissige Antwort. »Meinen Sie, ich lüge?«

»Dann ... sagen Sie mir, was Sie erlebt haben«, bat die BKA-Beamtin schließlich.

»Kann ich noch Wasser haben?«

Janine überließ ihr das Glas, das auf dem Fernseher stand. Engelkamp trank in großen Schlucken. Diesmal stellte sie das Glas ordentlich auf dem Schreibtisch neben sich ab.

»Ich habe heute Mittag meinen Dienst angetreten und zwei Räume sauber gemacht, als es losging. Ich war gerade in dem Kopierraum, als ich einen Schrei hörte. Zuerst wollte ich rausgehen und nachsehen, doch es blieb nicht bei dem einen Schrei. Ich hörte, wie Türen aufgerissen wurden, jemand um Hilfe rief, dann, wie die Schreie verstummten. Mir wurde bewusst, dass jemand alle Räume durchsuchte, und ich versteckte mich hinter der großen Kopiermaschine. Irgendwann wurde auch die Tür aufgerissen, aber ich blieb unentdeckt. Später hörte ich dann Schreie aus der unteren Etage. Ich floh aus dem Kopierzimmer und kam in dieses Zimmer. Der ... der Fernseher lief bereits, aber Herr Koll war bereits tot.«

»Herr Koll?«, hakte Janine nach.

Frau Engelkamp nickte mit dem Kinn in Richtung des Ablagezimmers, und Janine verstand.

»Und dann haben Sie sich die ganze Zeit über hier versteckt?«

»Ja.«

»Sie haben den Mörder nicht gesehen?«

Ilona Engelkamp schüttelte den Kopf. Sie stand kurz davor, wieder in einen Weinkrampf zu verfallen. Janine bemerkte es, rückte noch näher an sie heran und nahm sie in die Arme, um ihr Trost zu spenden.

»Was ist in London passiert?«, fragte Janine plötzlich und ließ Engelkamp los. »Haben Sie davon gehört?«

»Wieso?«

»Nachtfall ...«

»Die ... die Dunkelheit. Sie wissen nichts davon?«

»Nein.«

»Aber lesen Sie keine Zeitung?«, fragte Engelkamp. »Schon seit zwei Wochen herrscht dort dieselbe Finsternis wie seit drei Jahren in Australien. Wo waren Sie denn die letzten Wochen?«

Die Frage stellte sich Janine auch. Hatte ihr jemand auf hypnotischem Weg die Erinnerung genommen? Aber wer? Das war lächerlich. Eher nahm sie an, dass sie in einen Unfall verwickelt gewesen war und nun unter partiellem Gedächtnisschwund litt.

England ... Die Insel ging ihr dennoch nicht aus dem Kopf, weil sie fühlte, dass irgendetwas sie damit verband. Etwas Wichtiges. Aber sie konnte sich beim besten Willen nicht erinnern, *was* dies sein sollte ...

Janine drehte sich zum Fernseher um. Das Bild zeigte gerade demolierte Büroräume, und automatisch zog sie den Vergleich zum Kanzleramt. Sie stellte den Ton lauter und erfuhr, dass es zu einer schrecklichen Katastrophe im französischen Regierungsviertel gekommen war. Offenbar waren der Staatspräsident und ein Großteil seiner Minister einem Attentat zum Opfer gefallen.

Die Worte der Kommentatorin, dass dies bereits nach

Dänemark und Österreich der dritte Terroranschlag auf höchste Regierungskreise sei, machten sie stutzig.

Der dritte?, fragte sich Janine und fuhr sich mit einer Hand durch die Haare.

Sie stand auf und ging zum Fenster. Noch immer tat sich unten auf dem Vorplatz nichts.

»Der vierte«, sagte sie leise vor sich hin.

»Bitte?«

Janine drehte sich um. Ilona Engelkamp blickte verständnislos.

»Es hieß gerade im Fernsehen, dass Frankreichs Regierung die *dritte* sei, die einem terroristischen Anschlag oder einem Amokläufer zum Opfer fiel«, antwortete sie. »Niemand ahnt offenbar bis jetzt, was hier in Deutschland vorgefallen ist. Dies hier ist dann schon der vierte Fall.«

»Wohl eher der fünfte oder sechste«, korrigierte die Frau, die sich wieder völlig gefangen zu haben schien.

Als Janine sie fragend anblickte, fügte sie hinzu: »Vorhin berichteten die Medien über den Absturz des US-Präsidenten-Flugzeugs mit ihm an Bord und ...«

Janine schnippte mit den Fingern. Sie ahnte, worauf die Frau im Kittel hinauswollte, und kam ihr zuvor: »Sie haben recht: Auch die Päpstin ist verschwunden, niemand scheint etwas über ihren Verbleib zu wissen ... Sie ist zwar kein Regierungsoberhaupt, aber möglich, dass auch sie ...« Sie verstummte. Dann fragte sie, wobei diese Frage mehr an sich selbst gerichtet war: »Und hat nicht alles mit Rahels Initiative begonnen? Die Waisenkinder, die sie den Staatsoberhäuptern antrug ... He, könnte nicht ...? Aber nein, das wäre wohl absurd ...«

»Was wäre absurd?«

»Nichts.« Je mehr sie darüber nachdachte, desto unwirklicher – absurder! – erschien ihr alles.

Einer Eingebung folgend, suchte sie den Nebenraum auf, beugte sich über den toten Pressebeauftragten und durchwühlte die Innentaschen von dessen Jackett. Sie fand ein Mobiltelefon. Der Blick aufs Display verriet ihr, dass es eingeschaltet war.

»Netz!«, rief sie erleichtert und kehrte zu Ilona Engelkamp zurück.

Sämtliche Telefonleitungen im Gebäude waren tot. Jemand musste die Hauptleitung gekappt haben. »Damit«, sie hielt das Handy triumphierend in die Höhe, »werde ich meine Dienststelle erreichen und Verstärkung anfordern können!«

Ilona Engelkamp runzelte die Stirn. »Leichenwagen«, murmelte sie, »wären wahrscheinlich nötiger.«

Janine tippte bereits die Nummer ein. »Später«, sagte sie. »Zuerst einmal brauchen wir Schutz. Denn ich vermute, dass der Wahnsinnige noch im Haus herumläuft ...«

Janine hatte ihre Einheit über das Mobiltelefon erreicht und von dem Massaker berichtet. Zuerst hatte man ihr keinen Glauben schenken wollen. Inzwischen war ein Sondereinsatzkommando unterwegs – zumindest war ihr das zugesagt worden ...

Seit dem Telefonat waren gute fünfzehn Minuten vergangen. Normalerweise genug Zeit, um das gesamte Gebiet abzuriegeln, doch noch immer war kein einziger Mann draußen zu sehen.

Janine hatte die ganze Zeit über am Fenster gestanden und auf ihre Kollegen gewartet. Zweimal waren mehrere VW

Iltis und ein Mannschaftstransporter auf das Gebäude zugefahren, dann jedoch rechts und links abgebogen. Allmählich gelangte sie zu der festen Überzeugung, dass die Menschenleere auf dem Vorplatz nicht mit rechten Dingen zuging.

»Wo fahren die hin?«, wunderte sich auch Ilona Engelkamp und klopfte tatsächlich gegen die Scheibe, als könne sie die Polizisten dadurch auf sich aufmerksam machen.

»Lassen Sie das«, forderte Janine sie auf.

Ilona warf ihren Kopf herum und funkelte die BKA-Beamtin wütend an.

»Die fahren wieder *weg*!«

»Das sehe ich selbst.«

»Ja ... und?«

»Kommen Sie«, sagte Janine, fasste die andere Frau am Arm und zog sie mit sich.

Der Protest Ilona Engelkamps erstarb ihr auf den Lippen. Sie verließen das Pressebüro, orientierten sich auf dem Gang nach rechts und gelangten nach knapp zehn Metern ins Treppenhaus.

Janine blieb stehen und bedeutete ihrer Begleitung, ruhig zu bleiben. Gleichzeitig zog sie wieder die Pistole aus dem Schulterholster, was ihr einen missbilligenden Blick einbrachte. Janine ignorierte die Frau und lugte um die Ecke. Angestrengt lauschte sie und glaubte irgendwo in der Ferne Geräusche zu hören, die sie allerdings nicht einzuordnen wusste.

»Was jetzt?«, fragte Ilona in die Stille hinein.

»Scht!«, mahnte Janine.

Am Rande des Außengeländers stiegen sie die Treppe hinab. Janine vorneweg, Ilona Engelkamp zwei Schritte hinter ihr.

Die Polizistin hatte die Waffe in Anschlag gebracht und erwartete jede Sekunde einen Angriff. Noch immer war sie sich sicher, dass der oder die Mörder sich im Gebäudetrakt aufhielten. Sie *spürte* förmlich eine Präsenz, auch wenn sie nicht hätte erklären können, wie dieses Gefühl zustande kam.

Am Ende der Treppe, im zweiten Stock, hielten sie inne. Janine sicherte nach links und rechts in den Korridor. Er war leer. Trotzdem blieb sie wachsam.

»Wo bleibt denn die Polizei?«

»Halten Sie den Mund!«, fauchte Janine scharf zurück. »Sie bringen uns noch in Teufels Küche. Haben Sie wirklich keine Ahnung, wer das hier angerichtet hat?«

»Ich ...«

»Sie sind alle *tot*!«, fauchte Janine. »Selbst der Kanzler ...«

Erschrocken zuckte Ilona Engelkamp zusammen. Sie erbleichte und hielt sich eine Hand vor den Mund. Offenbar hatte sie das wahre Ausmaß des Grauens immer noch nicht realisiert.

»Weiter!«, drängte Janine und nahm den nächsten Treppenabsatz. Ein Stockwerk trennte sie noch vom rettenden Ausgang.

Das Erdgeschoss wirkte nicht ganz so verwüstet wie die oberen Bereiche. Aber auch hier hatte es Opfer gegeben. Zwei Sicherheitsleute lagen mit gebrochenem Genick quer über dem Tresen des Empfangsschalters. Hier und dort entdeckte Janine weitere Leichen – alle auf bestialische, *unmenschliche* Weise verstümmelt.

»Samuel!«, murmelte Janine plötzlich, als sie die gläserne Ausgangstür bereits erreicht hatten. Abrupt blieb die BKA-Beamtin stehen und drehte sich um.

»Was?«, keuchte Ilona Engelkamp. Sie hatte bereits den Türgriff in der Hand gehalten und ließ nun wieder davon ab.

»Was mag aus Samuel, dem Adoptivsohn des Kanzlers, geworden sein?«, sinnierte Janine.

Ilona Engelkamp stöhnte. »Wen interessiert das? *Jetzt?* Die Kanzler-Familie residiert doch im Bundesgästehaus in Dahlem.«

Kaum merklich schüttelte Janine den Kopf. Vor ihrem inneren Auge war das Bild des Knaben aufgetaucht und wollte nicht mehr verblassen.

London – Schiphol – Covey ...

Die Begriffe zuckten durch ihr Bewusstsein, aber jedes Mal, wenn sie versuchte, sie wie Teile eines verworrenen Puzzles zusammenzufügen, verblassten sie wieder ohne jeglichen Sinn.

Nur Samuel hielt sich hartnäckig in ihren Gedanken.

»Gehen Sie«, entschied Janine und setzte sich zu ihrer eigenen Überraschung nicht in Richtung Ausgang in Bewegung, sondern hinüber zur Empfangstheke. Nur am Rande registrierte sie, wie sich Ilona Engelkamp an der Tür zu schaffen machte. Dann hörte sie Schritte und bemerkte, dass die Frau ihr gefolgt war.

»Was ist?«

»Ich ... ich kann nicht.«

Janine blickte zur Tür. »Verschwinden Sie!«

»Ich ... bleibe bei Ihnen!«

»Warum, um Himmels willen?«

Sie erhielt keine Antwort.

Neben dem Empfangstresen befand sich eine Tür, die zum Keller führte. Janine ließ Ilona Engelkamp einfach stehen, öffnete die Tür und fand sich in einem engen Treppenhaus wieder. Die Stufen führten nur in eine Richtung: abwärts.

Sie setzte sich in Bewegung.

Kaum hatte sie den ersten Treppenabsatz erreicht, folgte Ilona Engelkamp durch die Tür. Offenbar hatte die Menschenleere draußen ihr mehr Grauen eingeflößt als das Innere des Gebäudes, in dem sie wenigstens nicht *allein* war.

Oder gab es einen anderen Grund?

Janine selbst fühlte sich inzwischen wie magisch von der Tiefe angezogen. Sie versuchte sich einzureden, dass sie nur unterwegs war, um die Morde aufzuklären und den Täter dingfest zu machen ...

Irgendwo tropfte ein Wasserhahn.

Die Schritte der beiden Frauen hallten hohl von den Wänden wider. Sie kamen an einem Heizungsraum vorbei und nahmen eine weitere Treppe nach unten, die direkt in einen großen Lagerraum mündete.

Dort blieben sie wie angewurzelt stehen. Janine, weil sie nicht anders konnte. Ilona, weil das nackte Entsetzen jede ihrer Bewegungen einfror.

Der Keller glich einem Schlachthof. Blutbesudelte Leiber lagen auf dem Steinboden. Die Kleidung hing in Fetzen, als hätten die Menschen sie sich kurz vor ihrem Tod selbst in einem Wutanfall zerrissen.

Es roch nach Verwesung. Janine schnürte es die Kehle zu. Nur Ilona Engelkamp schrie auf.

Irritierenderweise wollte sich in Janine nicht einmal das normale Gefühl völligen Entsetzens einstellen. Sie nahm den Anblick des Leichenbergs beinahe gelassen hin ...

Hatten die Erlebnisse in den oberen Etagen sie dermaßen abgestumpft?

Kaum, flüsterte ein Rest ihres Verstands.

Janine machte einen Schritt auf die Leichen zu. Im selben Moment spürte sie Ilonas schwitzige Hand auf ihrem Arm.

»Lassen Sie uns gehen«, sagte die Frau mit brüchiger Stimme. *»Bitte.«*

Janine schüttelte nur den Kopf und befreite sich von der Berührung. Ehe sie jedoch weiter gehen konnte, löste sich aus den Leibern eine einzelne Gestalt. Im Gegensatz zu den Leichen war sie nicht nackt. Ihre Kleidung war dunkel, die Haut von beinahe vornehmer Blässe. Das Rot um den Mund und die sicheren, selbstbewussten Bewegungen zerstörten jedoch den Eindruck, es einfach nur mit einem Überlebenden zu tun zu haben.

Ilona Engelkampf keuchte. Janine legte den Kopf schief und betrachtete den Jüngling fasziniert.

Er war *in wenigen Tagen vom Kind zum Mann gereift*, wie sie mit einer Spur von Verblüffung feststellte.

Sie kannte den Jungen als Neun- oder Zehnjährigen.

Es war Samuel, der aussah wie ein Erwachsener von etwa Mitte Zwanzig.

Janine lächelte.

Sie spürte, er war ihr *Freund*, auch wenn er für all das (wie sie ebenfalls begriff) verantwortlich war ...

Der Junge, den das Kanzlerehepaar adoptiert hatte, fuhr sich genüsslich mit der Zunge über die Blutreste auf den Lippen. In seinen Augen loderte dunkle Glut. Auch Verwirrung glaubte Janine darin zu entdecken. Als wäre er von seiner eigenen Grausamkeit ... überrascht.

»Janine.« Er blickte kurz zu der anderen Frau hinüber und

setzte sich dann in Bewegung. Sein Gang war energisch, die Schritte weit ausgreifend.

Janine Peters sah ihm gelassen entgegen. In ihr war eine große Leere eingekehrt, die jegliches Gefühl und alle Fragen erstickte. Als sie ein Jucken an der linken Brust spürte, nestelte sie ihre Bluse auf und sah zwei blutverkrustete Male, von denen sie nichts gewusst hatte.

»Mein Gott!«, stieß Ilona Engelkamp neben ihr aus.

Samuel erreichte die beiden Frauen und drehte Ilona wie beiläufig im Vorbeigehen das Gesicht auf den Rücken, ohne dass sie überhaupt zu einer Gegenwehr ansetzen konnte. Noch während ihr Körper zu Boden stürzte, tat Samuel etwas, womit Janine nicht einmal jetzt rechnete.

Er *trat in sie.*

Und ging.

Sie begriff es bis zuletzt nicht. Noch während sie ins Leere starrte, richtete sie ihre Waffe gegen sich selbst.

Und drückte ab.

4. Kapitel

Reality TV

London im Nebel war gegen *das hier* das reinste Idyll ...«

Missgelaunt schlug Kathy Flannigan die Tür des Ü-Wagens hinter sich zu und stapfte durch den engen Gang.

Ihr Partner David Jefferson sah bekümmert auf und schüttelte nur den Kopf. Dann widmete er sich wieder den letzten Aufnahmen, um das Material für einen Bericht zusammenzuschneiden. »Du wusstest, was uns hier erwartet«, murmelte er lediglich.

Kathy blieb stehen und starrte den Kameramann aus schmalen Augen an. »Ach, wusste ich das?«

Sie stand kurz vor einem Wutausbruch, und David war normalerweise klug genug, sie nicht noch mehr zu reizen. Doch diesmal ließ er seine Arbeit ruhen und drehte sich auf dem Hocker zu ihr herum.

»In der Tat«, nickte David, der nur zu gern an ihre gemeinsame Zeit auf Tasmanien zurück dachte. Ihn hatte es gewiss nicht nach England gezogen, aber Kathy war von der Suche nach einer guten Story geradezu besessen. Er hatte aufgehört zu zählen, wie oft das Wort *Pulitzerpreis* gefallen war. Glaubte sie wirklich, hier die Story ihres Lebens zu finden, nachdem ihre Kollegin Melissa van der Houten schon in Australien über alles berichtet hatte, was es zu berichten gab?

England in der Dunkelheit – ja, es war eine Neuigkeit für

die Welt dort draußen. Aber eben nur für ein paar Tage, denn der Rest lief ähnlich ab wie in Australien. Vielleicht hatten die Menschen in Europa nun mehr Angst. Australien war weit weg, doch jetzt lag das Dunkel in greifbarer Nähe. Jeder musste fürchten, dass es auch bald seine Heimat traf.

Nichtsdestotrotz gab es nichts *Neues* aus England zu berichten. Der Traum von einer exklusiven Story war geplatzt, auch wenn Kathy dies nicht wahrhaben wollte.

»Wie meinst du das?«, fragte die Journalistin lauernd.

David zuckte die Achseln und wollte sich gerade wieder dem Schneidepult zuwenden, als Kathy ihn an die Schulter fasste und zurück hielt.

»Nun?«

»Schau dich doch um, Kathy«, sagte David. »Diese Dunkelheit verbreitet schlechte Laune und Lustlosigkeit. Jeden gottverdammten Morgen wachen wir auf und fühlen uns noch bedrückter als vorher. Es gibt hier keine Sensationen, von denen wir berichten könnten. Die Menschen dort draußen interessiert es sowieso nicht.«

Kathy trat einen Schritt zurück und starrte ihren Lebensgefährten entgeistert an. Meinte er wirklich, was er da von sich gab? Oder waren auch dies Auswirkungen des Nachtfalls?

»Du willst eine gute Story? Du willst den Pulitzerpreis? Fein, dann finde heraus, was die Dunkelheit down under und in England *verursacht* hat ... nein, noch besser: Finde einen Weg, es zu beenden. *Das* wäre der Aufmacher, den du so dringend suchst.«

Kathy schnappte nach Luft. Sie wollte auffahren und David in Grund und Boden stampfen. Doch sie hielt unvermittelt inne und dachte an ihre eigenen Worte, als sie den Ü-Wagen betreten hatte. *London im Nebel ...*

David hatte Recht. Draußen interessierte es niemanden, ob wieder eine Bande marodierender Jugendlicher über wehrlose Leute herfiel oder Lebensmittelläden ausplünderte. Nach mehr als zwei Berichten stumpften die Leute ab – es wurde zur Routine.

»Und wir haben noch ein Problem«, meinte David, als Kathy nicht antwortete. »Von Tag zu Tag wird unsere Sendeleistung geringer. Es ist wie verhext, aber elektromagnetische Wellen scheinen von der Dunkelheit einfach geschluckt zu werden. Selbst mit dem Antennenverstärker kommen wir mittlerweile nicht mehr über das Londoner Sendegebiet hinaus.«

Kathy ließ sich auf einen anderen Hocker sinken und blickte betrübt zu Boden. Dass sie mit ihren Reportagen die Außenwelt nur unter größten Anstrengungen erreichen würden, hatten sie gewusst, ehe sie englischen Boden betreten hatten. Es war ihnen ohnedies nur unter schwierigen Umständen gelungen, die britische Insel zu erreichen. Sowohl Kriegsschiffe der Royal als auch der US Navy hatten das Eiland nahezu hermetisch von der Außenwelt abgeschnitten. Sie hatten mehr Glück als Verstand gehabt, als sie mit einem geliehenen Boot durch die Patrouillen schlüpften.

Die beiden CNN-Reporter versuchten ihre Berichte auf zweierlei Art zu verbreiten. Zum einen informierten sie die englische Bevölkerung durch Live-Übertragungen über Missstände und Neuigkeiten – sofern es denn welche gab. Zum anderen schnitt David für die Außenwelt ein Tape zusammen, das sie über einen Vertrauten von der Insel schmuggelten, damit es über den deutschen Sender n-tv, an dem die CNN Germany Inc. beteiligt war, in die Welt gesendet werden konnte.

Von ihrem Informanten wussten sie, dass aber auch dieser Kanal demnächst nicht mehr zur Verfügung stehen würde, da die Vereinten Nationen über eine Komplett-Nachrichtensperre debattierten, wie man sie auch über Australien verhängt hatte. Weder n-tv noch CNN würden sich UNO-Resolutionen widersetzen können.

»Hast du etwas Neues rausgekriegt?«, fragte David.

Kathy erwachte wie aus einem Traum. Die ganze Zeit über hatte sie da gesessen, zu Boden gestarrt und war ihren Gedanken nachgegangen, während David den Bericht für die Außenwelt zusammen geschnitten hatte.

»Was?« Kathy blickte ihn verständnislos an.

»Du warst doch draußen, um ein paar Leute zu interviewen, oder?«

Kathy schnippte mit den Fingern. »Ja, ein Bauernehepaar hat die Rettungskapsel gefunden. Liegt irgendwo draußen auf einem Acker. Sie haben gesagt, dass zwei Personen daraus hervorgekrochen und stadteinwärts marschiert sind.«

David drückte die Auswurftaste, nahm das Tape aus dem Recorder und verschweißte es in einer wasserdichten Folie.

»Der Präsident?«, hakte er nach.

»Sie waren sich nicht sicher. Aber die zweite Person wollen sie als eine der beiden Präsidenten-Töchter erkannt haben.«

David schnalzte mit der Zunge. »Vielleicht kriegen wir doch noch unsere Story. Stell dir vor, wir finden unseren Präsidenten und seine Tochter als einzige Überlebende des tragischen Air Force One Absturzes ...«

Kathy nickte. »Das wäre sogar noch besser als London im Nebel statt unter einem Mantel ewiger *Nacht* ...«

David grinste. Er hielt das Tape hoch, doch ehe Kathy danach greifen konnte, dröhnte ein röhrendes Geräusch auf.

»Was war das?«, fragte David erschrocken.

Kathy ging nach vorn und zog den Vorhang zum Führerhaus auf. Scheinwerfer stachen durch die Dunkelheit, tasteten kurz durch die Sichtscheibe, ehe sie sich irgendwo zwischen den Häusern verloren. Die Journalistin fluchte und kehrte nach hinten zurück.

»Die Army«, erklärte sie.

»Die haben die Sendung unseres letzten Berichts angepeilt«, vermutete David. Er sprang auf, drückte Kathy das Beta-Tape in die Hand und zwängte sich an ihr vorbei. Als er im Fahrersitz landete startete er sofort den Motor des GMC Vandura und fuhr an. Kathy griff hastig nach einem Haltegriff, als der Wagen sich ruckartig in Bewegung setzte. Sie hangelte sich nach vorn und schaffte es irgendwie, sich in den Beifahrersitz fallen zu lassen, ehe David in eine scharfe Kurve fuhr und der Van für Sekunden auf nur zwei Rädern balancierte.

Doch die blitzschnelle Reaktion des Kameramanns änderte nichts an der Tatsache, dass sie entdeckt worden waren. Reifenquietschen war zu hören. Aufbrausende Motoren. Dann eine durch ein Megafon verstärkte Stimme.

»Achtung! Sie da in dem Van: Bleiben Sie stehen.«

»Den Teufel werd' ich tun«, knurrte David Jefferson. Er gab Gas, bog rechts, dann wieder links ab und gönnte sich erst dann einen Blick in den Seitenspiegel. Von Verfolgern war nichts zu sehen.

»Behalt den Spiegel im Auge, Kathy!«

Brewer Street, Regent Street – die Straßennamen zogen nur so an ihnen vorbei.

»Da sind sie!«, stieß Kathy hervor. »Zwei Wagen verfolgen uns. Sie kommen näher.«

»Verflucht! Halt Dich fest!«

David verlangte dem Van alles ab, konnte jedoch kaum verhindern, dass die Verfolger rasch aufholten. Er schaffte es bis Oxford Street und bog scharf links ab.

»Wo willst du eigentlich hin?«, fragte Kathy.

Nach Tasmanien, dachte David verbittert.

Verdammt, sie hatten dort eine wunderbare Zeit verlebt. Und was war ihnen geblieben?

»Ich versuche, bis zum Hyde-Park zu kommen«, erklärte er. »Vielleicht können wir sie dort abhängen.«

»Das glaubst du doch selbst nicht«, erwiderte Kathy skeptisch. »Außerdem müssen wir Kevin das Band bringen, sonst geht es heute nicht mehr über den Äther.«

»Und wenn schon«, fauchte David. »Wenn die uns kriegen, geht die Sendung gar nicht mehr raus – und wir beide werden mit Sicherheit kein weiteres Mal englischen Boden betreten.«

Unversehens bog Jefferson nach links in die New Bond Street ein. Es herrschte kaum Verkehr auf den Straßen. Die Leute, die sich noch in der Metropole aufhielten, verkrochen sich in ihren Häusern, um nicht von den Plünderern oder dem Militär erwischt zu werden. Ein alltägliches Leben gab es in England nicht mehr. Es machte auch keinen Sinn mehr. Die Leute hatten ihre Arbeit niedergelegt, keine Fabrik produzierte mehr. Wer schlau war, hatte bei den ersten Anzeichen der Dunkelheit das Land verlassen. Wer jetzt noch hier war, hatte Pech – gottverdammtes Pech.

Und nur Verrückte wie wir setzen freiwillig *den Fuß auf die Insel*, dachte David Jefferson grimmig.

Er bog mehrmals ab, schlug förmlich *Haken*, und Kathy glaubte fast, dass ihr Lebensgefährte und Partner die Orientierung verloren hatte, doch irgendwann kreuzten sie die Park Lane und hielten direkt auf den Hyde Park zu.

Das war der Moment, in dem die ersten Schüsse aufklangen. Eine Salve ratterte an ihnen vorbei. Asphaltbrocken spritzten hoch, schlugen gegen die Windschutzscheibe und ließen Kathy und David zusammen zucken.

»Sind die irre?«, kreischte der Kameramann.

»Ist deine Kamera bereit?«, fragte Kathy.

Er sah sie zweifelnd an. »Du willst ...«

»Du kannst ja nicht«, unterbrach sie ihn. »Fahr weiter.«

Sie stemmte sich aus dem Sitz und taumelte nach hinten. Da ertönte von neuem das Megafon: »Halten Sie sofort den Wagen an, oder wir verstärken das Feuer!«

Arschloch, dachte Kathy, klaubte die Digitalkamera auf und arbeitete sich bis zum Ende des Vans durch. Sie lugte aus dem Fenster der Hecktüren und zog rasch den Kopf ein, als sie von einem Scheinwerferstrahl erfasst wurde. Nur eine Sekunde darauf zerplatzte das Glas und Kugeln fegten durch den Wagen.

Kathy ließ sich fallen.

»Alles in Ordnung?«, kam von vorn die Frage.

Der Wagen schlingerte. Die Geschosse hatten mindestens einen Reifen zerfetzt, dennoch lenkte David ihn weiter auf den Park zu, als rechnete er sich echte Chancen aus, die Verfolger dort abschütteln zu können.

Wieder hörte Kathy Schüsse. In der Seitenwand entstanden Löcher.

Sie und David waren oft genug in brenzligen Situationen gewesen, als dass der Beschuss der britischen Soldaten sie wirklich in Panik versetzen konnte. Mit der Zeit wurde man kaltblütiger, redete sie sich gern ein – wahrscheinlicher war, dass man im Laufe der Jahre das Gefühl zum richtigen Einschätzen von Gefahren verlor.

Der Van holperte über unebenen Boden. Kathy hatte Mühe, sich irgendwo festzuhalten. Abermals krachten Schüsse, gingen aber fehl.

Kathy zog sich an der Hecktür hoch und wagte einen Blick durch das geborstene Fenster. Sie hatten tatsächlich Rasen und die ersten bewaldeten Ausläufer des Hyde Parks erreicht. Die Militär-Jeeps waren ihnen aber noch immer auf den Fersen, und ihr Vorteil, sich im Gelände besser als der Van voranbewegen zu können, zahlte sich jetzt aus. Rasch holten sie auf, verzichteten jedoch darauf, weitere Salven auf den Ü-Wagen abzufeuern.

Kathy hob die Kamera und visierte die Jeeps im digitalen Sucher an. Die Aufnahme lief. Kathy war in ihrem Element, doch schon in der nächsten Sekunde gefror ihr das Grinsen auf den Lippen.

Ein Schuss peitschte durch den Innenraum des Vans. Etwas zersplitterte. Kathy presste sich dicht an die Wand. Wütend starrte sie auf den zerfetzten Gegenstand in ihrer Hand, der einmal die Kamera gewesen war.

»Diese Bastarde!«, fauchte sie.

In diesem Augenblick hallte Davids Stimme durch den Van: »Ich kann sie nicht abschütteln!«

Wieder ein Knall. Der Wagen schlingerte heftiger. David fluchte. Nur kurz darauf kippte der Van zur Seite. Diesmal bekam ihn der Kameramann nicht mehr unter seine Kontrolle. Er schrammte einen Baum. Kathy überschlug sich, als der Van auf der Seite landete und über den Rasen schlitterte. Sie stieß sich den Kopf, schürfte sich den rechten Oberarm auf und bemühte sich redlich, sich irgendwo festzuhalten.

Irgendwann kam der Ü-Wagen völlig zum Stillstand. Kathy befand sich mittlerweile fast vorn im Führerhaus und blinzelte benommen zu David hoch, der wie leblos in den Gurten hing.

Auf seiner Stirn klaffte eine Platzwunde. Die Windschutzscheibe war geborsten, und die Fahrertür hing lose in den Angeln.

Kathy wartete ab, bis ein kurzer Schwindelanfall vorüber war und zog sich dann an der Rückenlehne des Sitzes hoch. Der Wagen lag auf der Fahrerseite. Sie mussten entweder durch die Beifahrertür oder durch die Heckklappen aussteigen. Draußen war deutlich das Röhren der Jeeps zu hören. Kathy wusste, dass sie eingekreist wurden.

Sie rüttelte vorsichtig an Davids Schulter. »Hey, Cowboy, komm schon, du wirst doch jetzt nicht schlapp machen ...?«

David öffnete die Lider und rang sich ein müdes Lächeln ab. »Wie '98 im Kosovo, was? Damals hatte ich wenigstens das Gefühl, die wollten uns nur Angst einjagen, auch wenn eine Kugel in meinem Bein steckte. Aber diese Tommys scheinen ganz versessen darauf zu sein, uns das Lebenslicht auszublasen.«

Wie auf Stichwort erstarben die Motoren der Jeeps. Draußen klangen Schritte auf. Dazu das metallische Klacken von Maschinengewehren, die durchgeladen wurden und schließlich eine megafonverstärkte Stimme mit britischem Akzent: »Hier spricht Colonel Haggerty von der Royal Army! Kommen Sie mit erhobenen Händen heraus, dann geschieht Ihnen nichts!«

Kathy und David sahen sich an.

»Er muss sich doch denken können, dass wir vielleicht bewusstlos sind«, mutmaßte der Kameramann.

»Da ist was faul«, nickte Kathy. »Wir müssen sofort hier raus, sonst überleben wir das nicht.«

Die CNN-Journalistin stemmte sich nach oben und kurbelte das Fenster der Beifahrertür herunter. Als sie den Kopf durch die Öffnung steckte, sirrten ihr zwei Schüsse um die Ohren. Sie zuckte zusammen, zog sich zurück steckte einen Finger ins rechte Ohr, um das taube Gefühl und Pfeifen loszuwerden.

»Schöne Scheiße, was?«

David befreite sich vom Sicherheitsgurt, streckte Arme und Beine und befand, dass nichts gebrochen oder verstaucht worden war. Sein Blick fiel auf die Windschutzscheibe. Das Sekurit war in tausend Splitter geborsten und hatte sich im Innenraum des Wagens verteilt.

»Wo stehen sie?«, fragte er Kathy.

»Hinter uns.«

Er deutete nach vorn. Wenn sie aus dem Frontfenster stiegen und geradeaus liefen, hatten sie vielleicht eine Chance, ungesehen bis zum Wald zu kommen.

Kathy schob sich vorsichtig über den Rand, schnitt sich an einigen scharfen Kanten in die Hände und rutschte dann am Kühlergrill hinab. Sie landete auf weichem Boden und duckte sich hinter dem Wagen. Kurz darauf folgte David. Er zeigte zum Wald.

Kathy rannte los. Sie kam zehn Meter weit, ehe die erste Salve aufpeitschte und den Boden um sie herum aufplatzen ließ. Lehm und Gras spritzte an ihr hoch. Staubwolken erschwerten ihr die Sicht, doch sie lief weiter. Sie erreichte einen Baum und suchte dahinter Deckung. Zwei, drei Schüsse verfingen sich im Stamm.

Dann wurde es ruhig. Zu ruhig.

Kathy atmete tief durch und lugte hinter dem Baum hervor. Die aufgewirbelten Rauchschwaden verzogen sich nur langsam. Dennoch erkannte sie deutlich die Gestalt, die am Boden lag, knapp auf der Hälfte der Strecke zwischen Van und ihrem Standort.

David!

Die CNN-Reporterin verspürte einen scharfen Stich in der Herzgegend. Das Blut wallte in ihren Adern, verursachte ein Rauschen in ihren Ohren. So durfte es nicht enden ...

»David!«, rief sie, ohne sich der Gefahr bewusst zu werden, dass sie die Soldaten jetzt erst recht auf sich aufmerksam machte.

Ihr Lebensgefährte antwortete nicht. Aber er bewegte sich. Alle Vorsicht ignorierend sprang Kathy hinter ihrer Deckung hervor und wurde sofort von einem Kugelhagel empfangen. Ein Querschläger, der vom Baumstamm abgeprallt war, ritzte ihren Oberarm. Sie sah die rote Spur auf ihrem Ärmel, doch der Schmerz hielt sich in Grenzen.

Nur ein Kratzer, sagte sie sich und tauchte zurück in der Deckung des Baumes.

»Kommen Sie heraus!«, rief Haggerty. »Dann geschieht Ihnen nichts.«

»So, wie Sie einfach David über den Haufen geschossen haben?«, schrie Kathy zurück.

Erneut spähte sie um den Stamm. Der umgestürzte Van versperrte ihr größtenteils die Sicht auf die Soldaten. Sie konnte nur zwei von ihnen im Schutz ihres Jeeps erkennen. Soweit sie es bei der Verfolgung ausgemacht hatte, waren beide Fahrzeuge mit jeweils zwei Leuten besetzt gewesen. Demnach befanden sich Haggerty und ein weiterer Soldat im Schatten des Ü-Wagens.

Du hast nicht die geringste Chance, erkannte sie.

Wie auch? Was sollte sie schon gegen vier bewaffnete und schießwütige Soldaten ausrichten?

»Okay!«, rief sie und atmete schwer, als schnüre ihr die Dunkelheit die Luft ab. »Ich komme raus! Hören Sie auf zu schießen!«

Keine Antwort.

Kathy fuhr sich mit beiden Händen über das Gesicht und löste sich aus dem Schutz des Baumes. David lag unverändert zwischen ihr und dem Van. Doch er hatte den Kopf angehoben und sah in ihre Richtung. Kathy bedeutete ihm, ruhig zu sein und entfernte sich zunächst drei, vier Schritte vom Baum. Als keine Schüsse abgegeben wurden, ging sie langsam weiter und hielt direkt vor David an.

»Was ist passiert?«, flüsterte sie.

»Fleischwunde«, ächzte er. »Eine Kugel steckt in meinem Oberschenkel.«

»Schmerzen?«

»Höllisch. Aber ich kann laufen, wenn ich mich zusammen reiße.«

Kathy schüttelte den Kopf. »Das hat keinen Zweck. Wir würden keine drei Schritte weit kommen.«

Hinter dem umgestürzten Van näherten sich die Soldaten. Sie trugen die Gewehre im Anschlag. Dann erschien Colonel Haggerty. Vor ein paar Tagen noch hatte Kathy versucht, ein Interview mit ihm zu bekommen. Damals hatte er sich im Heathrow-Tower aufgehalten, der hermetisch abgeriegelt war. In der Öffentlichkeit hatten sich seine Truppen nur in schwerer ABC-Schutzausrüstung bewegt, als wollten sie einen mit bakteriologischen Waffen geführten Angriff abwehren. Inzwischen schienen sie auch diesen Täuschungsversuch beendet zu haben. Jedermann wusste, dass die Quarantäne nur einen Vorwand darstellte. Wenn der Nachtfall tatsächlich eine Seuche war, hätte er sich schon vor Jahren in England und dem Rest der Welt ausgebreitet.

Die drei Soldaten bauten sich um Kathy und den immer noch am Boden liegenden David Jefferson auf. Haggerty gesellte sich dazu. Sein Gesicht wirkte wie in Stein gemeißelt. Er verzog keine Miene.

»Miss Flannigan«, sagte er dann. »Ist das Ihre Art, Interviews einzufädeln?«

»Sie können sich Ihr Interview sonst wohin schieben, Colonel«, antwortete Kathy. »Sie haben auf uns geschossen und meinen Partner verletzt. Sie ...«

»Schnauze!«

Tatsächlich schluckte Kathy ihre Worte herunter und starrte den Colonel nur aus zusammengekniffenen Augen an. Sie war nahe dran, sich auf ihn zu stürzen, ahnte aber, dass sie damit ihr Todesurteil unterschrieben hätte.

Haggerty ließ seinen Blick auf David ruhen. Dann wandte er sich um, und Kathy meinte, an seinem Hals einen dunklen Fleck zu sehen.

Eine Wunde?

Der Colonel hatte ihnen bereits den Rücken zugewandt und ging zum Jeep zurück. Seine Worte, die er an seine Männer richtete, schnitten dennoch glasklar in Kathys Bewusstsein:

»Tötet sie – beide!«

Kathy stand stocksteif da. Sie wollte nicht glauben, was sie gehört hatte. Erst als die drei Soldaten ihre Gewehre hoben und anlegten, realisierte sie, dass es jetzt um ihr und Davids Leben ging ...

»Nein!«

Ihr Schrei änderte nichts daran, dass die Soldaten ihre Waffen durchluden. Schüsse hallten durch die Nacht. Kathy glaubte den Einschlag der Kugeln in ihrer Brust zu spüren, statt dessen traf es die Soldaten: Der erste warf die Arme hoch und kippte hinten über. Im selben Augenblick erklang ein metallisches Scheppern. Der zweite Soldat verdrehte die Augen, als ein Schwall Blut aus seiner Halsschlagader spritzte. Der dritte wirbelte herum.

Da raste ein Schatten heran und rannte ihn einfach über den Haufen. Schneller als Kathy es mit bloßem Auge verfolgen konnte, wurde der Uniformierte mit Schlägen und Tritten eingedeckt, bis ihm der Angreifer das Gewehr entwenden konnte, in einer Drehung herumfuhr und den Stecher durchzog. Eine Salve zog ihre hässliche Spur über die Brust des Gegners.

Die Aktion hatte nur fünf, höchstens sechs Sekunden gedauert. Haggerty hatte sich hinter dem Van in Sicherheit und seine Pistole in Anschlag gebracht. Er schoss wahllos und verriet dadurch seinen Standort. Kathys Retter warf sich zur Seite, rannte zum Van und sprang ansatzlos auf die Karosserie.

Haggerty musste die Schritte auf dem Blech gehört haben.

Dennoch reagierte er zu langsam.

Mehrmals fauchte die Waffe des Unbekannten auf. Haggerty hatte keine Chance ...

Kathy versuchte in die Realität zurückzufinden. Vor ihren Füßen lagen drei tote Soldaten und ihr verwundeter Freund. Keine zehn Schritt von ihr entfernt stand eine menschliche Killermaschine auf dem umgestürzten Van, und als sie die kalte Hand in ihrem Nacken spürte, wäre sie fast vor Schreck gestorben.

Kathy fuhr herum, hob zur Abwehr die Hände. Sie blickte in die geröteten und von dunklen Ringen gezeichneten Augen einer jungen Frau, die ihr vage bekannt vorkam. Unvermittelt hielt sie inne, trat jedoch einen Schritt zurück.

»Mein Gott«, stöhnte David und richtete sich halb auf. Er verzog das Gesicht und streckte Kathy eine Hand hin. Gedankenverloren half sie ihm auf und stützte ihn.

»Ich ... ich begreife gar nichts mehr«, gestand sie und blickte ihn an. Davids Miene verdüsterte sich, als er erneut auf die andere Frau deutete. »Ja, Mensch, erkennst du sie denn nicht ...?«

Kathy runzelte die Stirn. Langsam drehte sich ihr Kopf zu dem Mädchen. Sie musterte es genauer und stellte fest, wie heruntergekommen es wirkte. Die junge Frau musste die Hölle durchgemacht haben. Ihre Kleider waren zerfetzt, nicht mehr als Lumpen. Ihr Gesicht von Schmutz bedeckt, das Haar fettig. In den Augen stand ein Ausdruck, den Kathy nicht zu deuten wusste. Eine Mischung aus Wut, Trauer, Schrecken und Hoffnungslosigkeit.

Endlich erkannte Kathy sie und stöhnte: »O mein Gott ...«

Es war nicht notwendig gewesen, Haggerty mit Blei förmlich vollzupumpen, und dennoch hatte er sich in dem Moment nicht unter Kontrolle gehabt und das halbe Magazin leer gefeuert ...

Seufzend sprang Tom Covey vom Van und vergewisserte sich, dass der Colonel tatsächlich tot war. Anschließend wechselte er das Magazin und brachte die Waffe des Toten an sich.

Mit gemischten Gefühlen ging er um den Van herum zu

den anderen zurück. Einmal mehr fragte er sich, welcher Teufel ihn geritten hatte, das Feuer auf Soldaten der Royal Army zu eröffnen. Wer war er, dass er hier Richter und Vollstrecker spielen zu müssen glaubte?

Tom wartete hinter den beiden Reportern und starrte an ihnen vorbei zu Janet. Nachdem die Präsidententochter und er mit der Rettungskapsel der Air Force One in London gelandet waren, waren sie herumgeirrt. Die einst so stolze Metropole glich einer Geisterstadt. Die *Nacht* hatte die Einwohner binnen kürzester Zeit zermürbt. Wer nicht aufs Festland entkommen war, der ließ sich kaum auf den Straßen blicken. Abgesehen von den marodierenden Banden und Regierungstruppen natürlich.

Mehr als einmal waren Tom und Janet auf Gangs gestoßen, die durch die Gassen spukten.

Bekümmert beobachtete Tom die Präsidententochter. Das Grauen, das sie an Bord der Air Force One erlebt hatte, entfaltete erst auf englischem Boden seine volle Wirkung. Seither wirkte Janet apathisch, hatte nicht mehr geschlafen und oft geweint.

Tom wusste, dass sie irgendwo einen harten Kern besaß und einiges wegstecken konnte, doch was sie *beide* erlebt hatten, war nicht mit normalen Maßstäben zu messen.

»Kathy Flannigan, wenn ich nicht irre«, sagte Tom.

Die Reporterin und ihr Begleiter drehten sich langsam.

»Wer, zum Teufel, sind Sie?«, keuchte der Verwundete.

Tom grinste schief. »Ich hätte eher ein *Danke* erwartet.«

Kathy schluckte. »Sorry, wir ... also schön ...«

»Schon gut«, wehrte Tom ab. »Ich bin Special Agent Tom Covey vom Secret Service. Die Dame dort dürfte Ihnen ja bekannt sein ...«

»Sie saßen in der Rettungskapsel, die hier runterging?«, fragte David Jefferson.

»Schon möglich.«

»Hören Sie auf mit dieser sinnlosen Geheimnistuerei«, sagte Kathy. »Wir wissen, dass die Maschine des Präsidenten abgestürzt ist. Und Augenzeugen haben berichtet, dass ein Mann und eine Frau aus der Rettungskapsel gestiegen sind.«

»Wittern Sie eine Story?«, fragte Tom.

»Es gibt nichts mehr zu berichten«, entgegnete Kathy. »Das Militär hat die totale Nachrichtensperre verhängt, und Sie sehen ja selbst, was sie mit denen machen, die sich nicht daran halten.«

Tom seufzte. »Sie denken, dass das allen blüht? Haggertys Verhalten war absolut irrational. Ich bin normalerweise nicht der Typ, der sich in solche Dinge einmischt. Meine Aufgabe ist es, die Familie des Präsidenten zu schützen. Aber das, was Haggerty hier abgezogen hat, ging wohl ein bisschen zu weit.«

»Was haben Sie jetzt vor?«, wollte Kathy wissen, ohne darauf einzugehen.

Tom steckte die Waffen weg, bückte sich zu den toten Soldaten hinunter und begann, auch deren Munition und Gewehre einzusammeln. Danach gab er sie an Janet und die beiden Reporter weiter, doch Kathy schüttelte den Kopf.

»Sie werden noch froh sein, wenn Sie sich verteidigen können«, prophezeite Tom.

»So?«

»Sie haben es doch gerade erlebt. Das Militär will anscheinend die Nachrichtensperre um jeden Preis durchsetzen und schreckt nicht einmal vor Mord zurück.«

Seine Worte schienen die CNN-Journalistin keineswegs zu

beunruhigen. Sie hielt an ihrer Meinung fest, keine Waffe zu benötigen. David schloss sich diesem Standpunkt an.

Die Präsidententochter schien die Sache von einer anderen Warte zu betrachten. Bereitwillig nahm sie eines der Gewehre an sich und stapfte zu einem der herrenlosen Jeeps hinüber.

Tom wollte sich ebenfalls umdrehen, doch Kathy trat zu ihm und legte ihm eine Hand auf die Schulter.

»Agent Covey ...«

»Tom«, korrigierte er.

»*Tom*«, sagte Kathy nun bestimmter. »Was ist an Bord der Air Force One passiert?«

Covey sah sie eine Zeitlang gleichgültig an. Dann rang er sich zumindest die Entscheidung ab, ihr zu antworten – eine Geste, die ihn noch vor einem Tag selbst überrascht hätte. Mittlerweile redete er sich ein, sich an die mysteriösen Umstände, in die er geraten war, gewöhnt zu haben. An eine Dunkelheit, die es nicht geben durfte, an *Vampire*, die Menschen meuchelten und aussaugten und an Militärs, die nicht davor zurück schreckten, grundlos Zivilisten zu erschießen.

Wahrscheinlich war dies sogar nur die Spitze des Eisbergs ...

»Ich weiß es nicht«, antwortete Tom ausweichend.

»Kommen Sie schon, ich kenne die Töchter des Präsidenten als fröhliche, lebenslustige junge Frauen. Was hat Janet so apathisch werden lassen?«

Tom blickte unschlüssig zu derjenigen hinüber, über die sie sprachen.

Janet hatte bereits auf dem Beifahrersitz des Jeeps Platz genommen und wartete. Ihre Miene war immer noch verschlossen. Tom wusste nicht, wie lange sie die Situation noch durchstehen würde. Er glaubte, dass sie ärztliche Hilfe benötigte, und das möglichst *vor* dem totalen Zusammenbruch.

»Wir ...«, nur eine Sekunde war er erstaunt, dass er im Begriff war, der Reporterin Rede und Antwort zu stehen, dann fuhr er fort: »... wir haben dort oben Dinge gesehen, die mit dem gesunden Menschenverstand nicht erklärbar sind.«

»Welche Dinge?«

»Sie würden mir nicht glauben.«

»Versuchen Sie es!«

David Jefferson hielt sich die ganze Zeit zurück. Kathy war die redegewandte Journalistin, die es verstand, ihren Gesprächspartnern Informationen zu entlocken.

Entgegen Kathys Hoffnung wehrte Tom Covey jedoch ab. »Lassen wir das. Ich weiß genau, wie es läuft. Ich erzähle ihnen, was ich gesehen habe und sie werden darüber Ihren Hohn und Spott ausschütten. Konzentrieren wir uns also lieber auf das Hier und Jetzt und auf eine Möglichkeit, die Insel zu verlassen.«

»Sie wollen fliehen?«, fragte David überrascht.

Tom schürzte die Lippen und nickte leicht. »Wollen Sie hier versauern? Nachrichtensperre ... Draußen vor der Küste lagern Kriegsschiffe ... Abfangjäger und Kampfhelikopter patrouillieren am Rande der Dunkelzone im englischen Luftraum ... Die ganze Insel gleicht mehr und mehr einem abgezäunten Getto für *Aussätzige.*«

Kathy Flannigan schluckte seine Worte. Sie ahnte, dass er damit nicht einmal übertrieb. Jeder mit gesundem Menschenverstand hätte das Weite gesucht, doch sie witterte noch immer die große Story, auch wenn ihr das Militär mit der Nachrichtensperre einen Strich durch die Rechnung machte und es immer schwieriger für ihren Mittelsmann wurde, ihre Videobänder aufs Festland zu schmuggeln.

»Es ist Zeit.«

Janets Stimme klang tonlos. Sie hatte nicht einmal laut gesprochen, dennoch zuckten die anderen zusammen.

»Wir gehen besser«, entschied Tom, drehte sich um und schritt zum Jeep. Erst als er im Wagen saß, bemerkte er, dass ihm die beiden Reporter nicht gefolgt waren.

»Worauf warten Sie?«

»Wir kommen nicht mit«, sagte Kathy bestimmt.

Tom verzog das Gesicht. »Schön, ich kann Sie nicht zwingen, aber in ein paar Minuten wird es hier von Gangs nur so wimmeln. Die Schüsse sind meilenweit zu hören gewesen und locken Neugierige an, wie Motten vom Licht angezogen werden!«

»Bis dahin sind wir längst weg«, behauptete David.

Tom beugte sich über das Lenkrad. Sein Blick verweilte fast eine halbe Minute bei den CNN-Reportern. Verdammt, er war nicht ihr Babysitter. Sein Job bestand darin, Janets Sicherheit zu gewährleisten – auch wenn sein eigentlicher Boss bereits tot war.

»Wenn Sie Glück haben, werden die Typen Ihnen, Mister, nur die Kehle aufschlitzen«, versetzte Tom langsam. »Kathy aber wird noch eine ganze Reihe anderer Dinge über sich ergehen lassen müssen ...«

Dieser Ausblick verfehlte seine Wirkung nicht. Die beiden CNN-Reporter setzten sich in Bewegung und kletterten ebenfalls in den Jeep. Tom startete mit grimmiger Genugtuung den Motor. Sein Blick fiel noch einmal auf die Leichen der Soldaten, insbesondere auf die von Haggerty. Er hatte den schwarzen Fleck an dessen Hals schon vorher bemerkt, doch jetzt schien er gewachsen zu sein und sich bis über das Kinn auszubreiten.

Tom schüttelte den Kopf und tat seine Beobachtung als Hirngespinst ab. Er fuhr an. Es war an der Zeit, sich darüber den Kopf zu zerbrechen, wie sie aus dem Land der immerwährenden Finsternis verschwinden konnten.

Die leeren Straßenzüge wirkten deprimierend auf die Stimmung der vier Flüchtlinge. Seit einer knappen Stunde schon fuhren sie durch London, doch wo immer sie hinkamen, herrschte beinahe gähnende Leere. Hie und da ließen sich vermummte Gestalten sehen, die beim Anblick des Jeeps rasch einen Unterschlupf in engen Nebengassen suchten; manche tauchten sogar wie Ratten in die Kanalisation ab. Nur hinter wenigen Vorhängen war schwacher Lichtschein auszumachen.

Polizei und Militär konzentrierten ihre Kräfte in der Nähe von – ihrer Ansicht nach – besonders schützenswerten Objekten. Das Regierungsviertel, die Königshäuser und Flughäfen waren weitestgehend sicher. Doch auch viele Beamte und Soldaten hatten sich schon früh den ersten Flüchtlingsströmen angeschlossen. Nun kämpfte die Army nicht nur gegen Marodeure, sondern auch gegen ihre chronische Unterbesetzung.

Während der Fahrt hatte Kathy die Wunde ihres Lebensgefährten provisorisch versorgt. Die Kugel steckte noch immer in seinem Oberschenkel und musste über kurz oder lang entfernt werden. Aber dazu mussten sie erst einmal einen Arzt finden.

Tom bremste ab und blieb vor einer Ampel stehen.

»Ist das Humor oder nur Dummheit?«, murmelte Kathy vom Rücksitz.

Covey wandte sich halb zu der Reporterin um. »Was?«

»Dass Sie ausgerechnet vor der Ampel stehen bleiben! Haben Sie Angst, ein Ticket zu kriegen? Es ist weit und breit kein anderes Fahrzeug zu sehen.«

Tom seufzte. Er hatte die Journalistin vorher nur aus einigen Fernsehreportagen gekannt. Dass sie eine solche Kratzbürste und Nervensäge sein konnte, hätte er daraus nicht unbedingt gefolgert, war inzwischen aber eines Besseren belehrt worden.

Ohne ein weiteres Wort zu verlieren, legte er wieder den Gang ein und gab Gas. Der Jeep preschte mit einem Satz nach vorn. Genau in dem Augenblick jagte ein anderes Fahrzeug von rechts heran. Reifen quietschten. Eine Hupe hallte durch die Nacht.

Tom trat die Bremse bis zum Anschlag durch und riss das Lenkrad herum, doch es war zu spät. Ein Lieferwagen rammte den rechten Kotflügel des Jeeps, schleuderte ihn herum und drängte ihn auf den Gehweg. Tom Covey brachte den Wagen dicht vor einer Hauswand zum Stehen. Der Motor erstarb.

»Verflucht«, knurrte er und blickte sich um. »Alles okay?«

Kathy und David Jefferson nickten. Janet sah aus, als hätte sie von dem Unfall gar nichts mitbekommen.

Tom sprang aus dem Wagen und sah sich nach dem anderen Fahrzeug um. Der Van war in etwa dreißig Metern zum Stillstand gekommen. Äußerlich wies er aus der Entfernung keine Beschädigungen auf.

»Ich sehe nach, ob denen was passiert ist«, sagte der Secret Service Agent. Doch noch ehe er sich in Bewegung setzen konnte, schwangen die Türen des Lieferwagens auf. Vier Gestalten sprangen aus dem Inneren und eröffneten das Feuer aus kurzläufigen Schrotflinten und Pumpguns.

Covey langte über den Türrahmen, bekam einen Ärmel zu fassen und zerrte daran. Keine Sekunde darauf landete David Jefferson mit schmerzverzerrtem Gesicht neben ihm. Kathy Flannigan folgte aus eigenem Antrieb.

»Wo ist Janet?«

Achselzucken.

Tom schoss hinauf und erblickte die Präsidententochter. Wider Erwarten hatte sie sich aus ihrem apathischen Zustand gelöst und die Gefahr erkannt. Anstatt sich jedoch in Deckung zu begeben, lud sie die Heckler & Koch durch und bestrich das Pflaster mit einer Salve. Kurzzeitig stellten die anderen das Feuer ein und zogen sich in den Schutz ihres Wagens zurück.

Tom nutzte die Gelegenheit, war mit einem Satz auf dem Jeep und packte Janet am Arm. Ihr Kopf ruckte herum. Sie starrte den Agenten finster an.

»Janet!«

Das Mädchen wirbelte herum, und plötzlich zielte die Mündung des Schnellfeuergewehres direkt auf Covey. Für einen Augenblick sah es tatsächlich so aus, als würde Janet den Abzug durchziehen. Dann blinzelte sie. Ihr Blick klärte sich, als erwache sie aus einem Tagtraum.

Im selben Moment klang eine Salve auf. Schüsse peitschten ihnen um die Ohren. Janet warf sich nach vorn, landete der Länge nach über den Vordersitzen. Tom griff zu und zog das Mädchen aus dem Wagen. Gerade rechtzeitig, denn schon zerfetzte ein Schrothagel die Polster.

Tom sah, dass Kathy um die Ecke des Jeeps spähte. Erst als

zwei weitere Schüsse durch die Dunkelheit bellten, zog sie den Kopf zurück.

»Haben Sie was gesehen?«, fragte er.

Die Reporterin versuchte ein Grinsen. »Vier Männer. Keine Soldaten. Vielleicht sitzt noch einer am Steuer und ist bewusstlos oder tot ...«

»Keine Soldaten?«

Kathy schüttelte den Kopf. »Sieht eher nach einer Gang aus.«

Covey lugte über den Rand des Einstiegs an der Fahrerseite hinweg. Eines der erbeuteten Gewehre befand sich zwischen den vorderen Sitzen auf der Handbremse. Unerreichbar für den Moment, wollte er sich nicht eine Ladung Blei einhandeln. Er lehnte mit dem Rücken gegen den Jeep und sah sich um. Etwa zehn Schritt von ihnen entfernt gab es eine Haustür. Tom vermutete, dass sie zu Apartments führte, war sich aber nicht sicher, da im Erdgeschoss des Gebäudes, gegen das ihr Wagen geschmettert worden war, ein Krämerladen untergebracht war.

Während sich Covey noch fragte, ob er es wagen konnte, mit dem verwundeten Jefferson und der unberechenbaren Präsidententochter die zehn Meter zurückzulegen, ergriff Janet bereits selbst die Initiative.

Das H&K-Schnellfeuergewehr nach wie vor in Händen haltend, schnellte sie plötzlich hinter der Deckung hoch und gab zwei Feuerstöße ab. Dann lief sie mit ausgreifenden Schritten zu dem Eingang, riss die Tür auf und verschanzte sich dahinter.

Die Bande bekam keine Gelegenheit, das Feuer zu erwidern. Janet gab Salve um Salve ab, bis sie das Magazin leer geschossen hatte.

Tom sprang auf, beugte sich zum Beifahrersitz und klaubte das Gewehr auf.

»Los!«

Kathy half David auf die Beine. Auf ihre Schulter gestützt, humpelte er zu Janet hinüber, die mittlerweile das Magazin gewechselt hatte und ihnen – unterstützt durch Tom – Deckung gewährte.

Die beiden Reporter verschwanden durch die Tür. Tom bewegte sich rückwärts auf den Eingang zu. Er gab einen letzten Feuerstoß ab, als es einer der Gangmitglieder wagte, den Kopf aus dem Wagen zu strecken. Dann schob er Janet über die Schwelle und zog die Tür hinter sich zu.

Im schmalen Gang, der in der Breite gerade genug Platz für eine Person bot, roch es moderig. Tom schaute nach oben. An der Decke hingen alte Petroleumlampen, die einen schwachen Schein verbreiteten und die Eindringlinge nicht gänzlich im Dunkeln stehen ließen. Der Krämerladen musste sich auf der rechten Seite hinter der dortigen Wand befinden. Einen Durchgang entdeckten sie jedoch nicht.

»Was ist mit den Typen?«

Kathys Worte erinnerten ihn daran, dass sie noch immer nicht in Sicherheit waren. Tom suchte nach etwas, mit dem er die Tür verbarrikadieren konnte. Als er nichts fand, bedeutete er den anderen, einfach dem Gang zu folgen. David Jefferson humpelte hinter Kathy her, nur Janet blieb stehen.

Die Präsidententochter machte nicht den Eindruck, als wäre sie inzwischen wieder bei klarem Verstand. Und dennoch hatte sie draußen die Lage klar erkannt und ihnen den Fluchtweg gedeckt.

»Janet, wir müssen weiter«, drängte Covey, worauf sie sich,

ohne ein Wort zu verlieren, doch umdrehte und hinter den beiden CNN-Journalisten herlief.

Der schmale Korridor mündete in eine Kreuzung. Tom zwängte sich an den anderen vorbei und überprüfte eine Tür. Dahinter führte eine Treppe in die Tiefe. Die Gänge links und rechts verloren sich in der Dunkelheit, denn hier gab es keine weiteren Lampen, die genügend Licht spendeten.

»Wir gehen nach unten«, entschied Tom.

»*Was?!*«, schnappten Kathy und David wie aus einem Mund.

Tom zog die Tür ganz auf. Janet marschierte wortlos an ihm vorbei.

»Da unten sitzen wir in der Falle«, zischte Kathy Flannigan.

»Die Gänge links und rechts führen ohnehin nur wieder zurück zur Straße«, behauptete Tom.

»Woher wissen Sie das?«

»Ich vermute es.«

»Ach?«, fauchte die Reporterin. Sie sog hörbar die Luft ein. Offenbar lag ihr noch ein Spruch auf den Lippen, doch sie schluckte ihn herunter und folgte Janet in den Keller.

Jefferson humpelte an Toms Seite. »Ich hoffe, Sie wissen, was Sie tun.«

Der Kameramann schlurfte die Treppe nach unten. Tom verschloss die Tür. Genau in dem Moment hörte er das Scheppern vom Ende des Ganges – dort, wo sie das Gebäude betreten hatten. Wer auch immer die Angreifer im Van waren, sie drangen jetzt in das Haus ein ...

Tom Covey beeilte sich, zu den anderen aufzuschließen. Erst als er die letzte Stufe erreicht hatte, registrierte er bewusst, dass auch hier Petroleumlampen an den Wänden hingen und so für ausreichend Licht sorgten.

Als hätte sich schon vor uns jemand hier unten verschanzt.

Wie er vermutet hatte, fanden sie sich in einem Lagerkeller wieder, der zu dem Krämerladen gehören musste. Reihenweise standen Kartons mit Lebensmitteln und Haushaltswaren übereinandergestapelt.

»Was war das für ein Geräusch?«, fragte Kathy Flannigan.

»Keine Ahnung«, sagte Tom und schaute sich in den entlegenen Winkeln des Kellers um.

»Sie sind ein miserabler Lügner«, meinte die CNN-Reporterin. »Ich dachte, beim Geheimdienst ist ›Leute bescheißen‹ ein Hauptfach während der Ausbildung.«

»Da hab ich wohl geschwänzt.«

Erneut wurde oben Gepolter laut. Tom war klar, dass die Rowdys jeden Augenblick auf die Idee kommen konnten, den Keller zu inspizieren. Er hob das erbeutete Schnellfeuergewehr und zielte auf den Ausgang. Kathy und David verbargen sich hinter einem Stapel Kartons. Janet stand wie geistesabwesend am Fuß der Treppe. Diesmal machte sie keine Anstalten, die Waffe einzusetzen.

»Janet!«, mahnte Tom eindringlich, aber sie reagierte nicht auf seinen Ruf.

Die Geräusche wurden lauter. Irgendetwas schlug gegen die Tür. Dann wurde es still. Tom stand regungslos da. Es war absolut unwahrscheinlich, dass ihr Versteck übergangen wurde ...

Covey wartete. Sein Zeigefinger berührte den Abzug, fand den Druckpunkt. Ein Seitenblick verriet ihm, dass Janet weiter wie teilnahmslos da stand.

»Worauf warten die?«, flüsterte Kathy.

Tom wünschte sich, er hätte die Frage beantworten können. Er spürte förmlich, wie jemand – *etwas* – hinter der Tür lauerte. Die Bande spielte mit ihnen.

Eine Schweißperle rann an Coveys Schläfe herab. Warum war die Luft plötzlich so stickig?

»Tom?«

Die Stimme Kathy Flannigans holte ihn wie aus einem tiefen Traum. Verwirrt blinzelte er zu der Reporterin, die plötzlich neben ihm stand.

»Alles okay?«, fragte sie leise.

»Was soll nicht okay sein?«

»Sie waren irgendwie ... weggetreten.«

»Schwachsinn.«

Kathy legte den Kopf schief und deutete auf die Waffe in seinen Händen.

»Ich glaube nicht, dass die noch da sind.«

»Wie kommen Sie darauf?«

»Seit einer halben Stunde hat sich da oben nichts gerührt.«

Tom runzelte die Stirn und starrte die CNN-Reporterin an, als zweifele er an ihrer Zurechnungsfähigkeit.

»Was reden Sie da? Wir sind doch erst ein paar Minuten hier unten!«

Kathy schüttelte den Kopf, sagte aber nichts. Erst David Jefferson brachte Klarheit, als er aus seiner Ecke hervorhumpelte und Tom mit der flachen Hand an die Stirn fasste.

»Das gibt es doch nicht«, murmelte der Kameramann. »Sie standen eine geschlagene halbe Stunde da, haben die Tür anvisiert und dabei jedes Zeitgefühl verloren?«

Tom senkte die H&K und spürte einen heißen Schmerz, der ihm durch die Armgelenke fuhr. Seine Schulter war verspannt, die Muskeln taten ihm weh.

Aber das kann nicht sein!, sagte er sich. Er konnte höchstens eine oder zwei Minuten dort gestanden haben.

Ehe er sich weiter den Kopf darüber zerbrechen konnte,

ging Janet plötzlich die Treppe hinauf. Tom wollte sie zurückhalten, doch Kathy und Jefferson zogen ihn hinter einen Kistenstapel in Deckung.

»Verdammt, loslassen!«, herrschte er die beiden an.

»Die Kleine ist vollkommen durchgedreht«, sagte David. »Wollen Sie auch noch die Kontrolle über sich verlieren?«

Tom ignorierte den Schmerz in den Armen, packte Jefferson am Kragen und zerrte ihn hoch. Er stemmte ihn gegen die Kisten, die bedrohlich ins Wanken gerieten.

»Jetzt hören Sie mir mal gut zu, Sie Klugscheißer«, schnappte Tom. »Ich werde die Kontrolle nicht verlieren. Mein Job ist es, die Tochter des *Ex*-Präsidenten zu beschützen!« Er ließ den perplexen Kameramann los, stürmte an Kathy Flannigan vorbei und mit der H&K im Anschlag die Treppe hinauf. Im Korridor hielt er inne.

Als erstes fiel ihm das viele Blut auf, das die Wände bedeckte. Er erinnerte sich genau, es vorher nicht gesehen zu haben. Tom hielt vor der gegenüberliegenden Wand an und betastete sie mit den Fingern. Die Spuren waren frisch.

»Was ist hier passiert?«, fragte Kathy Flannigan, die mit Jefferson zu ihm aufschloss. Beide hielten Petroleumlampen in den Händen. Tom griff nach der von Jefferson und gab den beiden Reportern zu verstehen, dass sie sich den rechten Gang vornehmen sollten.

»Wenn Sie Janet vor mir finden, rufen Sie mich.«

Er selbst wählte den nach links abzweigenden Gang. Der schwache Schein der Petroleumlampe offenbarte auch hier Blutspuren. Links und rechts zweigten Zimmer ab – allesamt verlassen, wie er feststellte. Entweder hatten die früheren Bewohner freiwillig ihr Heil in der Flucht gesucht oder sie waren vertrieben worden.

Der Gang endete vor einer Wand. Tom kehrte zur Kreuzung zurück und wurde dort bereits von den CNN-Journalisten erwartet.

»Nichts«, sagte Kathy. »Am Ende gibt es keinen weiteren Ausgang. Sie muss den Weg genommen haben, den wir gekommen sind.«

Tom gab ihr im Stillen Recht. Gemeinsam gingen sie in den schmalen Gang zurück, den sie ursprünglich gekommen waren. Covey öffnete die Haustür nur einen Spaltbreit und lugte nach draußen. Er verspürte nicht die geringste Lust, in eine Falle zu tappen, aber wenn sie länger zögerten, kam für Janet vielleicht jede Hilfe zu spät. Entschlossen zog er die Tür ganz auf und sprang mit der Waffe im Anschlag ins Freie. Nach allen Seiten sichernd sprintete er zum Jeep und verschanzte sich hinter dem Wrack.

Bei dem Van tat sich nichts. Auch sonst lag der Straßenzug wie ausgestorben da. Tom winkte Kathy und David zu sich heran. Als sie beim Jeep waren, schlich er geduckt weiter an der Hauswand entlang. In Höhe der Ampel hielt er kurz an, rannte dann quer über die Straße auf den Van zu.

Er war verlassen. Nirgends eine Spur von der Bande, die es auf sie abgesehen gehabt hatte.

Tom Covey ließ die Schultern hängen und drehte sich einmal um die eigene Achse. Aber auch Janet blieb verschwunden.

Weder der Jeep noch der Lieferwagen waren nach dem Unfall noch fahrtüchtig gewesen, so dass sie ihren Weg vorerst zu Fuß fortsetzen mussten.

Tom wusste, dass ihn keine Schuld am Tod des Präsidenten

traf. Aber er hätte Janets Verschwinden verhindern können, wenn er schneller gehandelt hätte, und das verzieh er sich nicht. Obwohl dieser Selbstvorwurf an ihm fraß, sah er keine Chance, die Suche nach Janet fortzusetzen. Sie war wie vom Erdboden verschluckt. Es gab nicht die geringste Spur oder einen Hinweis auf ihren Verbleib ... Kathy Flannigan war es schließlich gewesen, die auf ihn eingeredet hatte, dass er endlich anfangen müsse, an sich selbst zu denken.

Dem hatte er – widerwillig – zugestimmt. Und nun waren sie unterwegs nach Heathrow. Tom wusste nicht, was er dort zu finden hoffte. Seit seinem letzten Besuch war das Flughafen-Areal von der Royal Army hermetisch abgeriegelt worden. Es würde nichts helfen, wenn die Reporterin mit ihrem Presseausweis wedelte oder er seine Security ID-Card vorlegte. Sämtliche Auslandsflüge waren gecancelt.

»Wie weit ist es noch?«, fragte David Jefferson.

Tom blieb stehen, um sich zu orientieren. Hie und da waren sie auf Menschen gestoßen, ihnen aber ausgewichen. Der letzte Zwischenfall hatte sie vorsichtig gemacht.

»Ich kann nicht mehr«, fügte der Kameramann hinzu.

Sie waren am *Chelsea and Westminster Hospital* vorbeigekommen, doch das Krankenhaus schien komplett aufgegeben zu sein. Was nichts daran änderte, dass Jefferson unbedingt in ärztliche Behandlung musste. Seine Wunde hatte wieder zu bluten begonnen, und er hatte starke Schmerzen. Sie hatten seine Verbände in dem verlassenen Hospital erneuert, aber retten würde ihn das nicht.

»Na schön«, entschied Tom Covey, »machen wir eine Pause. Da drüben ist eine Pension. Vielleicht finden wir ein gemütliches Zimmer für die ...« *Nacht*, hatte er sagen wollen, aber das Wort kam ihm nicht über die Lippen.

Sie gingen über die Straße, als ein Geräusch sie innehalten ließ. Das Klirren von Glas hallte durch die Dunkelheit. Tom bedeutete den beiden anderen, sich zurückzuhalten. Sie suchten Schutz in der Passage zu einem Hinterhof und warteten.

Tom reichte Kathy das H&K SA-80 Sturmgewehr, zog seine Pistole und spähte vorsichtig um die Ecke. Keine dreißig Meter von ihnen entfernt war eine Gruppe Plünderer in einen Juwelierladen eingebrochen. Wenn sie jetzt die Straße überquerten und versuchten, die Pension zu erreichen, gerieten sie in den Sichtbereich der Bande.

»Es gibt sicherlich andere Hotels oder Pensionen, in denen wir eine Pause einlegen können«, sagte Tom, als er sich in die Schatten zurück gezogen hatte.

»So lange hält Dave aber nicht durch«, erwiderte Kathy.

Tom musterte den Kameramann prüfend. Schweißperlen standen auf dessen Stirn, und die Augen glänzten wie im Fieber.

»Okay, versuchen wir es.«

Tom stützte David und ging mit ihm voraus. Kathy sicherte nach hinten mit dem Gewehr. Sie schafften die Hälfte der Strecke, ohne bemerkt zu werden, doch dann ...

... registrierte Tom einen schwachen Lichtreflex aus einem der Pensionsfenster. Er sah nach oben und meinte, eine Gestalt hinter dem Fenster auszumachen. Gleichzeitig löste sich ein Schemen aus dem Schatten des Pensionseingangs, und als er die Gestalt ins Licht der Straßenlaterne geriet, rutschte Tom vor lauter Verblüffung ein Schrei über die Lippen: *»Janet ...!?«*

Aufmerksam geworden, tauchte eine Handvoll Plünderer aus dem Juwelierladen auf die Straße zurück.

»Covey, Sie verdammter Idiot!«, knurrte Kathy und zielte mit dem Gewehr auf die heranrückenden Gestalten, die sich dadurch nicht im Geringsten beeindrucken oder gar aufhalten ließen.

»Schießen Sie!«, fordert Tom die Reporterin auf und eilte voran, ohne Jefferson loszulassen.

Kathys Finger lag am Abzug. Sie blickte in die verzerrten Gesichter der Plünderer, stellte sich vor, wie sie sie niedermähte ...

... und warf das Gewehr fort!

Von ihrer eigenen Reaktion entsetzt, rannte sie hinter Tom und David her. Janet kam ihnen entgegen, übernahm den Verwundeten und verschaffte Covey die nötige Bewegungsfreiheit.

Der Agent lud die Glock durch und legte an.

»Keinen Schritt weiter!«

Die Bande ignorierte auch diese Warnung. Ihre Augen funkelten mordlustig.

Tom schoss. Die Kugel sirrte dicht über die Köpfe der Angreifer hinweg. Doch statt Fersengeld zu geben, warfen sie sich ihm jetzt förmlich entgegen.

Sie waren zu sechst oder zu siebt. Zu viele ...

Verzweifelt blickte Tom hinter sich. Janet, Kathy und David trennten noch etwa zehn Schritte von der Pension.

Plötzlich flog ein Stein. Er schleuderte Tom die Waffe aus der Hand. Schmerz und Verblüffung ließen ihn zurücktaumeln. Dann waren die ersten Plünderer heran und prügelten auf ihn ein.

Tom besann sich auf seine Ausbildung, blockte zwei Hiebe ab, schlug unter der Deckung eines Gegners durch und brachte den Mann mit einem Fußfeger zu Fall. Im selben

Augenblick trat er nach hinten aus und erwischte den zweiten in die Magengrube.

Im nächsten Moment waren die anderen heran. Zwei Schläge blockte er, einem dritten wich er aus, selbst den vierten steckte er noch weg, doch dann traf ihn etwas hart und erbarmungslos in den Rücken. Er kam zu Fall. Tritte in die Seite und Fausthiebe ins Gesicht folgten.

Er war nicht mehr in der Lage, sich zu wehren, hoffte nur, dass wenigstens Janet und die anderen hatten entkommen können ...

Plötzlich schoss von oben ein Schatten herab. Ein zweiter folgte. Tom begriff nicht, was geschah. Nur dass die Hiebe und Tritte aufhörten. Ehe er sich versah, lagen drei der Plünderer auf dem Boden.

Tom erkannte einen jungen Mann, der wie ein Berserker kämpfte – gegen die zahlenmäßige Übermacht.

Der Fremde wandte Tritt- und Schlagtechniken an, die ihn wie einen Artisten aus einem Hong-Kong-Streifen erscheinen ließen. Nacheinander schaltete er seine Gegner aus.

Unterstützt wurde er von einer schwarzhaarigen Frau, die ebenfalls so schnell agierte, dass Covey es mit bloßem Auge kaum verfolgen konnte.

In Windeseile war der Kampf entschieden, die Plünderer lagen am Boden und rührten sich nicht mehr.

Die Frau kam auf Tom zu. Er glaubte zu träumen, als er das anmutige Gesicht dicht vor seinem eigenen erblickte. Die selbst in diesem Zwielicht intensiv grün leuchtenden Augen sahen ihn an.

»Wer sind Sie?«, fragte Tom.

Die Fremde reichte ihm die Hand, und er griff dankbar danach. Vorsichtig kam er auf die Beine.

»Kommen Sie«, sagte die Erscheinung.

Sie gingen zur Pension. Unterwegs angelte sich Tom seine Waffe vom Asphalt.

Der Mob blieb auf der Straße zurück. Ob bewusstlos oder tot, vermochte Tom Covey nicht zu sagen.

Es interessierte ihn auch nicht wirklich. Ihm ging anderes durch den Kopf.

Zwischenspiel 3

Etwas endet

Die Augzähne drängten mit Nachdruck gegen seine Unterlippe. Er hatte Blut gewittert und sich daran erinnert, wann es zuletzt seine durstige Kehle genässt hatte. Das Verlangen, sich an einem der Geretteten gütlich zu tun, wurde schier übermächtig. Nur Liliths Anwesenheit hinderte ihn, die Kontrolle zu verlieren. Doch wie lange würde er sich noch bezähmen können?

Mit jedem verstreichenden Augenblick fühlte Caine sich mehr zu seiner Mutter hingezogen, die er vor Tagen noch gehasst hatte. Die Begegnungen mit ihr auf den Pfaden der Traumzeit hatten dazu beigetragen, ihn Schritt für Schritt auf ihre Seite zu ziehen ...

NEIN!

Caine sträubte sich dagegen, nur ein willenloses Werkzeug zu sein. Möglich, dass seine Brüder und Schwestern ohne zu zögern dem Ruf gefolgt waren, aber er ...

Sie wird mich nicht betören, schwor er sich, während er auf die Mattscheibe des Fernsehers starrte.

Nachdem sie die Flüchtlinge sicher in Mrs. Levinsons Pension untergebracht hatten, hatte Caine sich von den anderen abgekapselt und in das Zimmer zurückgezogen, das er sich mit Lilith teilte.

Die Halbvampirin kümmerte sich noch um die Verletzungen der anderen, insbesondere um die Schusswunde des Kameramanns. Caine konnte sich nicht dazu aufraffen, sie zu unterstützen. Was kümmerten ihn die Sterblichen? Er wusste ja nicht einmal, wofür er sich überhaupt interessierte. Früher hatte er eine Bestimmung gehabt. Auch wenn Rahel ihren Kindern nur vage Informationen gegeben hatte, so hatten doch alle gewusst, dass sie die Weltherrschaft anstrebten.

Und nun, bedrängt von widerstreitenden Gefühlen und Wünschen, stand Caine vor dem Scherbenhaufen seiner Existenz. Er versuchte, seine Gedanken zu ordnen und verfolgte dabei mit halbem Ohr die neuesten Nachrichten. Noch immer beschäftigte auch die Medien das rätselhafte Verschwinden von Päpstin Rahel I.

»Verdammt!« Wieder kehrten die Gedanken zu der Frau zurück, die ihm wie eine Mutter war. Alles in ihm schien sich nur noch um sie zu drehen.

Er wollte gerade den Kanal wechseln, als der männliche Reporter verschwand und dem Gesicht einer Nachrichtensprecherin Platz machte. Die Qualität des Bildes war zusehends schlechter geworden. Sicherlich war es nur eine Frage von Tagen, ehe kein einziges Signal mehr die Schwärze über England durchdrang.

Der Lokalsender berichtete vom Verschwinden der CNN-Reporterin Kathy Flannigan. Caine wusste mittlerweile, wer die geretteten Flüchtlinge waren und hätte auch hier die passende Antwort auf die Fragen der Medien gehabt. Er überlegte, ob er nicht ohne Lilith losziehen sollte, um seine Bedürfnisse zu stillen.

Genau wie er benötigte die Halbvampirin Blut, um zu überleben – aber sie tötete ihre Opfer nicht. Ihre Skrupel den Menschen gegenüber vermochte Caine nur schwer nachzuvollziehen.

Abermals wechselte das Bild auf dem Schirm. Eine Live-Reportage aus der deutschen Hauptstadt Berlin. Der Film zeigte ein völlig verwüstetes Gebäude und zahlreiche Leichen, die regelrecht abgeschlachtet in ihren Büros oder auf den Gängen herumlagen. Überall waren Uniformierte zu sehen, die Kamerateams wegscheuchten, aber die Reporter fanden immer wieder Schlupflöcher.

Ein Team drang offenbar »live« zu den Kellerräumen vor ...

Die Tür hinter Caine öffnete sich. Lilith und der Angehörige des Secret Service traten ein. Caine mochte ihn nicht. Wenn dieser Covey hinter ihre wahre Natur kam, würde seine Dankbarkeit über die Rettung vermutlich sehr schnell verfliegen. Caine hielt es für das Beste, ihn loszuwerden, solange es noch ohne Probleme möglich war.

»Gibt es etwas Neues?«, fragte Covey.

Caine seufzte. Er verspürte nicht die geringste Lust, sich mit dem Agenten zu unterhalten und tat, als hätte er die Frage überhört.

Lilith trat neben ihn und stieß ihn an. Sie war spürbar ungehalten.

»Das ist Berlin«, sagte Lilith, als sie auf den eingeblendeten Text schaute. »Das Kanzleramt?«

»Ein Amokläufer«, fügte Caine jetzt doch hinzu. Er ergriff ihre Hand und schaute zu ihr hoch. »Kann ich dich kurz sprechen?«

Lilith runzelte die Stirn.

»Nein!«

Der Schrei Coveys ließ beide herumfahren. Der Agent stand mit geweiteten Augen da und starrte auf die Mattscheibe. Er zitterte. Langsam hob er eine Hand und deutete auf den Fernseher. Er schien etwas sagen zu wollen, doch einzig und allein ein Name rann über seine Lippen.

»Janine ...!«

Caines Blick folgte Coveys ausgestreckter Hand. Auf dem Schirm war ein Berg von Leichen zu sehen. Die Polizei versuchte erneut, die Reporter wegzujagen. Dann erfasste die Kamera erneut den Körper jener Frau, die den Anlass zu Coveys Ausruf gegeben hatte. Sie lag in seltsam verkrümmter Haltung da, eine Schusswunde in der Brust.

»Sie kennen das Opfer?«, fragte Lilith.

Covey nickte mühsam.

»Ein Freundin?«, hakte Lilith nach.

»Ist das so wichtig?«, mischte sich Caine ein.

Die Halbvampirin entfernte sich von ihm und trat neben Covey, in dessen Augen es feucht schimmerte. Offenbar ging ihm der Tod der Frau ziemlich nahe.

»Wir ... wir kennen uns schon etwas länger. Sie arbeitet ... arbeitete bei der Berliner Polizei.«

»Wer mag dieses Massaker angerichtet haben?«, murmelte Lilith.

»Samuel.«

Der bloße Name elektrisierte Caine und ließ ihn zusammenzucken. Langsam wandte er sich dem Agenten des Secret Service zu.

»Was haben Sie da gesagt?«

»So heißt doch der Adoptivsohn des deutschen Bundeskanzlers, oder?«, fragte Covey zurück.

»Ja, aber ...« Lilith hielt inne. Ihr Blick traf den von Caine. Sie bedeutete ihm, sich zurück zu halten. Doch der Neo dachte nicht daran. Mit einem Sprung kam er aus dem

Sessel und baute sich vor Covey auf. »Wie kommen Sie darauf, dass Samuel dafür verantwortlich sein soll?«

Covey rieb sich die Schläfe. Sein Blick hing wie gebannt an den Fernsehbildern. Er umrundete Caine, ging auf den Schirm zu und blieb dicht davor stehen.

»Ich habe so etwas schon einmal gesehen ...«

»Wo?«

»An Bord der Air Force One.«

Lilith zog eine Braue hoch und warf einen fragenden Blick in Caines Richtung, doch der Neo sah nur den Agenten an.

»Was ist an Bord der Air Force One passiert?«, fragte Caine.

Covey antwortete wie in Trance. Seine Stimme senkte sich um eine Nuance, wurde monoton. Dann begann er zu erzählen, schilderte in allen Details die Geschehnisse an Bord der Präsidentenmaschine. Caine wunderte sich nicht, dass der zur Verschwiegenheit verpflichtete Secret Service Mann hemmungslos alles ausplauderte. Lilith hatte seine Zunge hypnotisch gelockert.

»Sie sollten sich um Janet kümmern«, riet Lilith ihm, als er geendet hatte.

Covey nickte nur und verließ das Zimmer.

»Na endlich«, kommentierte Caine säuerlich. »Musstest du ihn hierher schleppen?«

»Immerhin wissen wir jetzt mehr«, erwiderte Lilith und schlenderte nachdenklich zum Fenster.

Caine fragte sich, wie oft sie in den letzten Tagen einfach nur nach draußen gestarrt hatte.

Ihr Anblick weckte trotz der angespannten Situation Begehren in ihm, und ein Song, den er einmal irgendwo aufgeschnappt hatte, geisterte plötzlich durch seinen Kopf: *»Sleeping with the enemy ...«*

Ja, Feind! Das war sie – immer noch! Wie hatte er sich von ihr einlullen lassen können?

Für sie beide gab es keine gemeinsame Basis. Würde es nie geben. *Sie – ist – immer – noch – der – Feind –!*

Innerlich schrie er auf. Er wehrte sich vergeblich gegen diese Gedanken.

Dann ...

Übergangslos fand er sich in dem Tunnel wieder, den er schon kannte. Erneut hatte sich etwas verändert. Der Gang war in sich heller geworden. Zwar keineswegs freundlicher oder behaglicher, aber die feuchte Substanz an den Wänden loderte in einem leichten Grün wie Phosphor. Der Schimmer verbreitete eine faszinierende Atmosphäre, die Caine eine Weile auf sich wirken ließ. Er vergaß die Zeit um sich herum, nahm nicht einmal bewusst wahr, dass er sich vorwärts bewegte.

Plötzlich stand er vor Rahel. Sie hatte sich äußerlich kaum verändert. Nur ihre Miene wirkte nicht mehr so verzweifelt wie bei seinen vorherigen Besuchen. Das schien nicht weiter verwunderlich, denn sie hatte einige ihrer *spirituellen Kinder* um sich geschart: Noah und Samuel standen ihr zur Seite. Und noch andere hatten sich hinzugesellt: Boas, Asor und Zadok sowie Uria und Tamar, zwei bildhübsche Mädchen, deren Wirkungsfeld der Nahe Osten war.

Im Hintergrund erkannte Caine weitere seiner Brüder und Schwestern. Je länger er verweilte, desto mehr erschienen. Sie drängten sich um *Mutter.* Viele von ihnen wirkten erleichtert.

Caine registrierte, dass ihm einige seiner Geschwister offen feindselige Blicke zuwarfen. Für sie war er noch immer der Verräter. Er wusste nicht einmal sicher, ob sie ihn als einen der ihren akzeptieren würden, wenn Rahel ihm verzieh.

Wollte er es überhaupt?

Caine erforschte seine Gefühle. Die Leere war noch immer da. Leere und Hoffnungslosigkeit.

Was für ein Narr war ich, mich gegen meine wahre Bestimmung aufzulehnen?, fragte er sich nicht zum ersten Mal.

Rahel trat auf ihn zu. Sie legte den Kopf schief und sah ihn erwartungsvoll an.

»Wie hast du dich entschieden?«, fragte sie.

Ein Raunen ging durch die Reihen der anderen. Viele schienen dagegen zu sein, dass der missratene *Bruder* eine zweite Chance erhielt.

Caines Blick wanderte zu Samuel. Dann zu Noah. Ihre Mienen verrieten nichts über ihre wahren Gedanken.

»Nun?« Diesmal war die Stimme seiner Mutter drängender, als liefe ihr die Zeit davon.

Caine war bereit, die Worte auszusprechen, die seine Mutter hören wollte. Die Worte, nach denen sie ihm alles vergeben und ihn wieder aufnehmen würde.

Er öffnete den Mund und –

»Träumst du mit offenen Augen?«

Das war nicht Rahels Stimme.

Caine blinzelte. Vor ihm schwebte Liliths Gesicht. Die Halbvampirin wirkte besorgt.

Heuchlerin!, blitzte es durch Caines Gedanken.

»Nein«, log er. »Es ist alles in Ordnung.«

»Wirklich?«

Caine zuckte die Achseln. »Ja!«

Lilith streckte eine Hand aus und berührte ihn an der Wange. Er zuckte zusammen, bemühte sich aber, sich nicht von ihr abzuwenden.

Lilith entging seine Zurückhaltung nicht. Sie legte die Stirn in Falten. »Hör zu, nachdem wir wissen, dass etwas mit deinen ... Geschwistern nicht in Ordnung zu sein scheint, sollten wir ...«

»Sollten wir *was*?«

»Nun, sie laufen Amok und verschwinden danach auf Nimmerwiedersehen. Das macht mir Sorgen. Vielleicht gibt es einen besonderen Einfluss, der sie ... nun, dem sie ausgesetzt sind und der dies bei ihnen bewirkt, seit Rahel verschwunden ist ...«

»Unsinn.«

»Du weißt, dass es kein Unsinn ist. Fühlst du dich wirklich gut?«

Liliths Frage irritierte ihn. Er trat einen Schritt zurück und streifte dabei ihre Hand ab.

»Warum sollte ich mich schlecht fühlen? Ich meine: schlechter als üblich?« Er versuchte ein Grinsen, das nur Maskerade war.

Die Halbvampirin fuhr sich durch das Haar, das wie das Gefieder eines Raben glänzte. Sie zuckte die Achseln. »Du bist mir nicht egal«, sagte sie.

In ihm krümmte sich etwas.

Sie ist klug, dachte er. *Und deshalb gefährlich* ...

Er entschloss sich zu handeln.

Und dem Ruf – dem *Angebot* – seiner Mutter zu folgen.

Mit aller Konsequenz.

5. Kapitel

Rahels Ruf

Glühende Hitze und Eiseskälte, zwei Zustände, wie sie unterschiedlicher kaum sein konnten – aber hier draußen in der Wüste wirkten sie einträchtig wie Bruder und Schwester. Die Temperaturschwankungen waren enorm. Ein Umstand, mit dem auch die NATO-Soldaten nur schwer zurecht gekommen waren, als sie in die Vereinigten Arabischen Emirate und Kuwait eingefallen waren, um den kleinen Ölstaat aus der Hand Saddam Husseins zu befreien.

Abdul Kassim ben Dimir hatte es damals nur recht sein können, dass der irakische Staatsführer die Ölfelder der Kuwaiter in Brand setzen ließ. Auch hier draußen in der Wüste herrschte ein ewiger Konkurrenzkampf. Konnte Kuwait nicht liefern, übernahmen dies Abdul und die anderen Scheichs ...

Aber die Zeiten hatten sich geändert. Saddam Hussein stellte keine Gefahr mehr dar, und Abdul Kassim ben Dimir war jetzt ein gemachter Mann. Ein Auserwählter.

Seit *sie* damals zu ihm gekommen war und ihn gebeten hatte, die Kinder in seine Obhut zu nehmen.

Sie hatte von ihrem *gemeinsamen* Gott gesprochen – der im Koran derselbe sei wie bei den Christen, und er hatte erwidert: »Dein Gott ist hier nichts wert! Hier zählt nur Allah und sein Prophet Mohammed!«

Ihr bezauberndes Antlitz, ihre ätherischen Züge hatten sich kaum verändert. Abduls Einwand war einfach an ihr abgeprallt.

Die beiden kleinen Mädchen, um die es gegangen war, hatten ihn indes zutraulich angestarrt.

Abdul erinnerte sich noch genau an seine Gedanken: *Ihr könnt mich nicht einwickeln!*

Er war bereits Vater von elf Kindern, gezeugt mit den sechs Frauen seines bescheidenen Harems. Das Jüngste war gerade erst drei Jahre alt. Seine Hauptfrau Liyana hatte sie ihm geschenkt. Aber selbst der Anblick der dreijährigen Tochter weckte nie in ihm eine vergleichbare Freude und Zärtlichkeit, wie er sie seit damals für die beiden Mädchen empfand.

»Wie bist du überhaupt auf mich gekommen?«, hatte er die Besucherin zur Rede gestellt. »Ich bin nicht der einzige Scheich hier – nicht einmal einer der mächtigeren.«

»Ich habe dich erwählt. Das ist alles, was du wissen musst, wenn du diese beiden Mädchen in deine Obhut nimmst.«

Erneut war Abduls Blick zu den Kindern gewandert und schließlich hatte er zu seiner eigenen Überraschung erklärt: »So sei es denn, sie sind willkommen.«

Das Ganze war bereits drei Jahre her, doch für Abdul schien die Zeit seit diesem Augenblick wie eingefroren zu sein. Was war seither alles geschehen? Nun, er interessierte sich kaum noch für die Weltpolitik, lebte vor sich hin und ließ die Geschäfte durch seine Mitarbeiter abwickeln.

Das Öl muss fließen, hatte ihm sein Vater von Kindesbeinen an eingebläut – aber selbst diese Maxime vernachlässigte er zusehends ...

Abdul Kassim ben Dimir stand am Rande eines Sandhügels und starrte auf die fernen Bohrtürme, die unablässig das schwarze Gold aus dem Innern der Mutter Erde durch die Pipelines zu den Raffinerien förderten.

»An was denkst du?«

Die Stimme drängte sich nachgerade brutal in seine Gedanken. Erschrocken fuhr er zusammen und drehte sich ruckartig um.

Neben ihm stand Tamar, wie die Traumvorstellung einer jungen Frau. Ihre langen, dunklen Haare fielen ihr bis auf die Schultern, die ölschwarzen Augen musterten ihn mit lockenden Blicken.

»Wir sind hier heraus gefahren, um die Ölfelder zu kontrollieren«, erwiderte Abdul. »Aber wir pflegen nur das Nichtstun und warten. Ich frage mich, *worauf.*«

»Alles braucht seine Zeit.«

»Das sagst du schon seit ... seit ...« Seine Worte verloren sich in der leichten Brise, die aufkam und ihn umschmeichelte, wie es sonst nur Tamars Worte taten.

»Lass uns zurück ins Zelt gehen«, forderte die junge Frau ihn auf.

Sie fasste ihn bei der Hand und zog ihn mit sich die Dünen hinunter. In einer Senke war ein großes Zelt aufgeschlagen worden, davor parkten mehrere Mercedes der M-Klasse. Drei Wächter in für dieses Land eher untypisch anmutenden dunklen Anzügen hatten sich vor dem Zelteingang postiert und beobachteten die Umgebung. Als sie Abdul und Tamar kommen sahen, teilte einer von ihnen die Zeltbahnen, damit sie ungehindert eintreten konnten.

Der kühle Lufthauch eines Klimageräts wehte Abdul entgegen. Im Vorraum des Großzeltes befanden sich drei

Durchgänge, die zu verschiedenen Kammern führten. Hinter der mittleren lag der Aufenthaltsraum. Rechts daneben fand sich ein Bad, während die linke Kammer das Schlafgemach des Zeltes beherbergte.

Diese Unterkunft in der Nähe von Abduls Ölfeldern war stationär eingerichtet worden. Früher war er häufiger hier draußen gewesen, hatte die Sicherheit seiner palastähnlichen Wohnanlage in Dubai beinahe regelmäßig verlassen, um bei den Quellen nach dem Rechten zu sehen.

Doch seit er zwei neue Töchter zu den eigenen hinzubekommen hatte, war vieles anders geworden.

Abdul wollte in die Hauptkammer gehen, doch Tamar zog ihn mit Nachdruck nach links und schlüpfte durch die Stoffbahnen in den Schlafraum. Er folgte ihr und wusste schon, was sie von ihm verlangen würde.

Das Licht in der Kammer war gedämpft. Feine Tücher bedeckten die Lampen, die wie alle elektrischen Geräte Strom aus einem Generator erhielten, der sich an der Rückseite des Zeltes befand.

Tamar ließ sich in die Schlafkissen sinken und löste den Schleier vor ihrem Gesicht. Ihre Zunge fuhr über die vollen Lippen und neckte Abdul. Tamar räkelte sich in den Kissen, streifte wie beiläufig die Gewänder ab und entblößte ihre Brüste.

»Worauf wartest du noch?«, hauchte sie.

Abdul konnte nicht länger an sich halten. Er riss sich die Kleider vom Leib, sank auf die Kissen und vergrub seinen Kopf zwischen den Schenkeln der jungen Frau. Schnell fand seine Zunge ihren Weg und entlockte Tamar ein süßes Seufzen, während sich ihr Becken ihm begierig entgegenreckte. Abdul koste ihre herb schmeckende Scham, ließ seine Zunge über dem kleinen, spärlich behaarten Dreieck kreisen und dann höher hinauf zum Nabel wandern.

»Komm her«, forderte sie und zog ihn an den Schultern höher zu sich herauf.

Abduls Glied pochte hart gegen ihre Pforte. Er versuchte erst gar nicht, sich zu beherrschen, drang ungestüm in sie ein und bedeckte ihre kleinen Brüste mit Küssen.

Tamars Fingernägel krallten sich in seinen Rücken, zogen blutige Striemen. Nur wenige Stöße genügten, ehe sich Abdul in sie verströmte, doch die junge Frau ließ nicht so schnell von ihm ab. Sie schlang ihre Beine um sein Gesäß, presste ihn fest an sich und stimulierte ihn mit kreisenden Bewegungen ihres Beckens zu weiteren Anstrengungen.

Ihr Wunsch war ihm wie stets Befehl.

Die Anlage glich einem Hotel mit riesigem Freizeitareal. Ursprünglich war es auch als Tourismuszentrum geplant worden, bis Scheich Abdul Kassim ben Dimir beschloss, die gesamte Anlage kurzerhand zu kaufen und zu seinem Domizil zu machen.

Knapp sechshundert Meter feinster privater Sandstrand trennten die Wohnanlage vom Arabischen Golf. Wassersportzentren, fünf Tennisplätze, zwei große Swimmingpools, Fitness-Studios und ein Squash-Platz rundeten das Umfeld ab. Wären nicht die Männer in den dunklen Anzügen gewesen, die wie eine Meute Wachhunde um das Areal patrouillierten, hätte man das Domizil sicherlich für eine Touristenbleibe gehalten. Doch Wächter waren allgegenwärtig, riegelten Abduls kleines Reich nahezu hermetisch von der Außenwelt ab.

Manch ein Bewohner mochte sich wie im goldenen Käfig vorkommen. Eingeschränkt in seinen Freiheiten. Auf Schritt und Tritt beobachtet und verfolgt. Nicht so Uria. Sie genoss das Leben in dem palastartigen Gemäuer von Abduls Wohnanlage. Sie mochte die Umgebung, die Aussicht und das Schwelgen in Luxus.

Gewiss hatte es nicht alle ihre Geschwister so gut getroffen wie sie. Nicht alle Staatsoberhäupter und Wirtschaftsgrößen lebten auf diese ausschweifende Weise.

Uria offenbarte die Gestalt einer erwachsenen Frau nur wenigen Auserwählten. Den Angestellten und Dienern von Abduls Domizil war dieses Erscheinungsbild jedoch ebenso vertraut wie das kindliche.

Uria stand an der Brüstung eines Balkons im vierten Stockwerk und starrte hinaus aufs Meer. Der Glanz der Sonne spiegelte sich über den wogenden Wellen, und eine warme Brise wehte von der Golfbucht her.

»Ihr habt nach mir gerufen?« Die Dienerin trat scheu an Urias Seite. Ihr Blick war gesenkt.

»Wo ist Tamar?«

»Sie ... sie ist gestern Abend mit dem Herrn in die Wüste zu den Bohrtürmen gefahren«, berichtete die Dienerin.

Uria schnaubte verächtlich. Ihre Schwester konnte die Finger nicht von ihrem Adoptivvater lassen.

»Geh!«, schnappte sie, doch dann überlegte sie es sich anders, trat auf die Dienerin zu und *durch sie hindurch* ...

Die »Gegenstation« war der Körper eines Bodyguards. Uria schlüpfte wie selbstverständlich aus ihm heraus, drehte sich um und sah den Hünen reagieren. Doch als er Uria erkannte, ließ er die Waffe stecken.

»Abdul?«, fragte sie.

Der Bodyguard deutete auf das Zelt und machte gleichzeitig eine unmissverständliche Bewegung, die ausdrückte, dass der Scheich nicht gestört werden wollte.

Uria scherte sich nicht darum. Mit ausgreifenden Schritten durchpflügte sie den Sand, teilte die Zeltbahnen am Eingang und suchte geradewegs das Schlafgemach auf.

Wie erwartet, lag Abdul erschöpft auf weichen Kissen. Er war nackt, sein Körper schweißbedeckt. Neben ihm ruhte Urias dunkelhaarige Schwester. Sie schien nicht im Mindesten angestrengt, nur ... *gesättigt.*

»Tamar!«, fauchte Uria, trat an das Lager heran und rüttelte die Schwester an der Schulter.

»Was ist denn?«

»Wir müssen reden.«

Tamar ließ sich von ihrer Schwester auf die Beine ziehen. Doch als sie ihr aus dem Zelt folgen sollte, streifte sie die Hand der anderen ab.

»Ich sagte ...«

»Ich bin nicht taub«, unterbrach Tamar grob. »Was ist passiert?«

»Nicht hier. Komm!«

Die beiden Vampirinnen verließen das Zelt und gaben den Wächtern stummen Befehl, ihnen nicht zu folgen. Sie marschierten hinaus in die Wüste und gelangten in Sichtweite der Bohrtürme.

Unvermittelt stoppte Uria und drehte sich zu ihrer Schwester um.

»Es geht um Mutter«, sagte Tamar.

Urias Blick flackerte. Sie hatte nicht erwartet, dass ihre Schwester bereits informiert war. Sie selbst hatte es erst vor wenigen Stunden erfahren.

»Was weißt du über ihr Verschwinden?«, wollte Uria wissen.

Die andere Frau hob die Schultern. »Nichts Genaues. Es ist mehr ein ... Gefühl.«

»Ein Gefühl?«

»Ich habe von Mutter geträumt.«

»Geträumt? Seit wann achtest du auf Träume?«

Tamar machte eine unbestimmbare Geste. Ihr Blick wanderte zu den Öltürmen, als suche sie dort nach Antworten. Sie war so in Gedanken versunken, dass die Stimme ihrer Schwester sie zusammenzucken ließ.

»Was hast du in deinem Traum gesehen?«

Die Angesprochene senkte betreten den Kopf. Als sie antwortete, waren ihre Worte wenig mehr als ein Hauch. »Ich sah Mutter als Gefangene der Songlines.«

Uria schürzte die Lippen. »Das würde ihr Verschwinden erklären«, sinnierte die Vampirin. »Und vielleicht auch die anderen Dinge.«

»Welche anderen Dinge?«

»Noah und Samuel sind ebenfalls verschwunden.«

Tamar wandte sich ab.

Ihre Antwort erschütterte Uria.

»Ich ... ich hatte denselben Traum«, gestand sie ein. »Und mir war, als würde Mutter nach mir *rufen.*«

Plötzlich stürmte Tamar wie von Furien gehetzt zum Zeltlager zurück.

»Tamar!«, rief Uria der Schwester hinterher, die jedoch nicht darauf reagierte.

Uria beeilte sich, der anderen zu folgen.

Der Lärm riss Abdul Kassim ben Dimir unsanft aus dem, seiner Meinung nach, wohlverdienten Schlaf. Er fuhr abrupt auf und saß senkrecht auf dem Lager.

»Was, in Allahs Namen ...?«

Zuerst vermochte er die Geräusche nicht richtig zu deuten. Er rieb sich die Augen, und wälzte sich träge von den Kissen. Schreie drangen an sein Gehör.

Dann erklang ein Schuss!

Der Knall hallte in Abduls Bewusstsein wider und ließ ihn schlagartig sämtliche Müdigkeit abstreifen. Eilig schlüpfte er in seine Kleider und stürmte aus dem Schlafbereich des großen Zeltes. Nebenan schrieen einige Diener panisch auf. Dazwischen wieder Schüsse!

Was ist da draußen los?

Abdul teilte die Zeltbahnen und trat hinaus in den heißen Wüstensand. Draußen war es still geworden. Das Bild, das sich im bot, hätte schlimmer nicht sein können. Überall im Sand fanden sich Spuren des Kampfes, der hier stattgefunden haben musste.

Noch während sich Abdul fragte, wer wahnsinnig genug war, einen Angriff auf das gut gesicherte Zeltlager zu wagen, fand sein Blick die Leichen. Die Körper der Toten wiesen Verletzungen auf, die nur durch die Krallen wilder Tiere verursacht worden sein konnten, auch wenn Abdul bezweifelte, dass es hier draußen überhaupt derartige Bestien gab.

Zudem waren die Leichen geradezu *ordentlich* vor den Fahrzeugen gestapelt. Die drei Mercedes waren die stummen Zeugen der Gewalttaten. Vor ihren Reifen hatte sich der Sand dunkel verfärbt.

Der Scheich trat näher an den Totenberg heran. Es handelte sich ausnahmslos um Leute aus seiner Gefolgschaft.

Die besten Leibwächter, die er je besessen hatte. Und nirgendwo war die Leiche eines Täters zu finden ...

Schaudernd zog sich Abdul wieder ins Zelt zurück. Er musste wissen, ob wenigstens dort alles in Ordnung war. Einen Brechreiz unterdrückend, suchte er die Hauptkammer auf.

Entsetzt prallte Abdul Kassim ben Dimir zurück. Wer immer hier getobt hatte, hatte die totale Verwüstung hinterlassen: die gesamte Einrichtung war kreuz und quer durch das Zelt gewirbelt, als wäre ein Sandsturm hindurch gefegt. Der Zeltstoff war stellenweise gerissen und blutgetränkt.

Die Dienerschaft lag tot und zerfleischt am Boden. In der Nähe des zweiten Ausgangs waren sie ähnlich übereinander gestapelt wie die Bodyguards draußen.

Doch ein Leben war verschont worden. In einer Ecke hockte wimmernd der Koch. Er hatte das Gesicht in die Hände gegraben und zitterte am ganzen Leib. Seine Kleidung war zerfetzt. Blutige Striemen zogen sich über seine Haut.

Aber er lebt!, stellte Abdul fest und lief zu dem Mann hinüber.

Der Scheich ging vor ihm in die Hocke und versuchte ihn zu beruhigen.

»Was ist hier geschehen?«

Der Mann antwortete nicht.

»Wo ist meine Tochter?«

Unter den Toten hatte er Tamar nicht entdeckt. Nicht auszudenken, falls ihr etwas zugestoßen war ...

»Du suchst Tamar?«

Abdul zuckte zusammen und fuhr in der gleichen Bewegung herum. Im Zelteingang stand Uria, das zweite Mädchen, das ihm von Päpstin Rahel zur Vormundschaft überlassen worden war. Genau wie Tamar hatte auch sie die Hülle einer

Zehnjährigen abgelegt und präsentierte sich nun als junge Erwachsene.

»Uria!«, keuchte Abdul. »Was ... was tust du hier? Wo ist Tamar? Was ist hier passiert ...?«

»Tamar ist mir vorausgegangen.«

»Vorausgegangen? Ich ... verstehe nicht.«

»Wie solltest du auch?«, entgegnete Uria mit einem perfiden Lächeln auf den Lippen. »*Mutter* hat sie zu sich gerufen.«

»Eure Mutter ...?«

Sie antwortete in einer Weise, die er ihr nie zugetraut hätte. Vor seinen Augen streifte sie ihr Menschsein vollends ab, verwandelte sich in ein Monstrum, wie er es sich selbst in seinen schlimmsten Albträumen nie hätte ausmalen können.

Schneller als seine Augen zu folgen vermochten, fegte dieser Nachtmahr heran, hieb ihm die Kralle gegen den Kopf und sprang sofort weiter zu dem Koch.

Abdul spürte zuerst nur die Wucht des Aufschlags. Er merkte, wie er den Boden unter den Füßen verlor, durch die Luft flog und erst von der Zeltwand gestoppt wurde. Er schlug auf dem Boden auf und blieb röchelnd liegen, während er die Nässe fühlte, die förmlich aus ihm heraus sprudelte. Damit einher ging ein sengender Schmerz, der seinen Hals in Feuer badete.

Abdul versuchte zu schreien, doch kaum mehr als ein heiseres Krächzen kam ihm über die Lippen. Die Klaue hatte ihm Kehle und Stimmbänder zerfetzt. Er hob instinktiv beide Hände zum Hals, versuchte den Blutschwall, der unablässig aus der Wunde pulste, aufzuhalten, doch er wusste, dass alle Mühe vergebens sein würde.

Gebannt starrte er auf die entartete Uria, die sich über den

Koch hermachte – in einem weiteren sinnlos anmutenden Akt der Gewalt.

Abdul schwanden die Sinne. Er merkte, wie die Kraft aus seinem Körper floh. Seine Lider flatterten. Das letzte, was er wahrnahm, war das unheimliche Verschwinden seiner Adoptivtochter. Sie schlüpfte förmlich *in* den Leib des Kochs – wie in ein Nadelöhr, das sich beliebig jeder Größe anpasste.

Seufzend hauchte der Scheich sein Leben aus.

6. Kapitel

Am Ararat

In mehreren Kilometern Höhe verschwand der ganzjährig schneebedeckte Gipfel im wolkenverhangenen Himmel.

Mit wehmütigem Blick betrachtete der Mann das einzigartige Monument, das vor ihm aufragte. Wenn er je eine Heimat besessen hatte, dann lag sie hier am Großen Ararat ...

Landru ging in die Hocke und grub seine Hand in den harten Lehmboden der Hochebene. Landru ließ die Erde zwischen seinen Fingern hindurchbröckeln und lächelte schmerzlich.

Dann richtete er sich wieder zu voller Größe auf und klopfte sich die Hände an der Kleidung ab. Sein Blick schweifte zurück zu dem *Tross,* mit dem er die Reise bewältigt hatte: Neunundneunzig Aborigines, knapp zwei Dutzend Menschen *Proviant,* seine Gefährtin Nona und er.

Die Yacht des Skippers Ebenezar Dilber hatte sie bis Iskenderun gebracht. Landru war es ein Leichtes gewesen, einen ortsansässigen Busunternehmer zu »überreden«, ihm drei seiner Reisebusse nebst Fahrern zur Verfügung zu stellen. Der gute Mann hatte große Augen bekommen, als Landru ihm die imaginären Banknoten überreichte. Irgendwann einmal würde er aus der Hypnose erwachen und feststellen, dass ihm der Auftrag keinen Profit eingebracht hatte.

Ehe sie Iskenderun verließen, hatte Landru überlegt,

ihren Vorrat an Blutspendern zu erhöhen. Doch dann befand er, dass ihre Gruppe schon groß genug und unübersichtlich geworden sei. Er verteilte die Menschen auf die drei Busse und mahnte die Kelchkinder zur Räson. Sie sollten Maßhalten lernen. Auch Landru selbst hielt sich zurück. Er konzentrierte sich voll und ganz auf die vor ihm liegende Aufgabe und sein Ziel, die Neovampire zu vernichten, die nichts, aber auch gar nichts mit den Täuflingen der Alten Rasse gemein hatten.

Die Entfernung von Iskenderun zu den ersten Ausläufern des Doppelgebirges betrug rund achthundert Kilometer Luftlinie. Aufgrund des unwegsamen Geländes und der schlecht ausgebauten Straßen Anatoliens, mussten sie gut die doppelte Strecke einplanen und so erreichten sie die Hochebene nach drei Tagen Beinahe-Nonstop-Fahrt, die nur zum Auftanken und einer einzigen Ruheetappe für die Fahrer unterbrochen worden war.

So erreichten sie unbehelligt die Ausläufer des Großen Ararat, wo alle Straßen endeten und das Gelände nicht mehr befahrbar war.

»Da wären wir endlich.«

Landru wandte den Kopf nach rechts. Nona war neben ihn getreten und nickte in Richtung des Bergmassivs.

»Was wird uns erwarten?«, fragte die Werwölfin, die selbst schon einmal – allein – hier gewesen war und bei dieser Gelegenheit ihre Unsterblichkeit verloren hatte.

Der sie nicht einmal nachzutrauern schien. Immerhin: Geboren im fernen Jahr 1511 sah sie immer noch wie eine Endzwanzigerin aus und würde sich ihre Schönheit auch ohne Kelchmagie noch eine Weile bewahren.

Er streckte den Arm aus und deutete auf den Gipfel des

Bergmassivs, wo sich der einzige Zugang zur einstigen Heimstadt der Hüter befand. »Ich weiß es nicht«, sagte er. »Du kennst den Dom nur zerstört – und als ich zuletzt dort war, habe ich ihn völlig verheert hinter mir zurückgelassen ...« Er schüttelte den Kopf, als müsste er Erinnerungen, die er hasste, verscheuchen. »Wir werden hier unten ein oder zwei Tage Rast einlegen«, sagte er schließlich.

»Und dann?«

Landru lächelte geheimnisvoll. Er ließ Nona stehen und kehrte zu den Bussen zurück. Dort wies er die Fahrer an, nach Iskenderun zurückzukehren und alles zu vergessen, was mit ihrer Fahrt hierher zu tun hatte. Erst als die Fahrzeuge hinter einer Anhöhe verschwunden waren, kehrte Landru zu seinem Heer zurück.

Denn nichts anderes waren diese ersten Kinder des *neuen* Lilienkelchs:

Soldaten.

Die Aborigines blickten ihn erwartungsvoll an. Die Jugend war aus ihren Zügen geflohen. Die unheilige Taufe hatte sie wie im Zeitraffer reifen lassen.

Der Durst, der sie quälte, war ihnen anzusehen – nicht nur der Durst nach Blut, sondern auch das Verlangen nach immer mehr Wissen und der Erfüllung ihrer Bestimmung. Sie ahnten, dass ihnen eine große Aufgabe zugedacht worden war, ohne Einzelheiten zu kennen.

Landru scharte die Vampire um sich. Nona spürte, dass sie im Augenblick nicht gebraucht wurde und schlenderte davon, während sich der Hüter im Schneidersitz im Gras niederließ. Die Kelchgetauften taten es ihm gleich. Sie gruppierten sich um ihn wie Schüler um ihren Lehrer. Und tatsächlich war es Zeit für die nächste Lektion ...

Nona hatte sich zu den Menschen gesellt, die den Kelchkindern und Landru zum Stillen ihres Durstes dienten. Namentlich kannte sie nur den Skipper Dilber, der seine Yacht im Hafen von Iskenderun zurück gelassen hatte, und Sandy, die langbeinige Schönheit und Ex-Freundin des verstorbenen Sanders Hanson. Die anderen Leute stammten aus Darwin, der Stadt, in der die Zivilisation wie in ganz Australien zum Erliegen gekommen war. Die lange Reise hatte die ohnehin Verwahrlosten endgültig in menschliche Wracks verwandelt.

Nona störte es nicht. Aber es störte sie, dass Landru es ihr strikt untersagt hatte, sich an diesen Leuten zu vergehen. Sie waren ausschließlich der Sättigung der Aboriginal-Vampire vorbehalten.

Fasziniert beobachtete die Wölfin aus der Ferne Landrus Unterricht. Sie konnte nicht verstehen, was er sagte, aber sie ahnte, dass es um vampirische Fähigkeiten ging, die seine Zöglinge erlernen mussten, um seinen Zwecken dienen zu können.

»Er ist ein großer Mann«, sagte Kapitän Dilber neben ihr.

Nona runzelte die Stirn und musterte den anderen.

»Ja«, sagte sie nach einer Weile. »Das ist er.«

Nachdem Dilber seinen Worten nichts mehr hinzufügte und Nonas Interesse an Landrus Gesten schwand, wandte sich die Wolfsfrau ab und ließ die anderen hinter sich zurück. Sie brauchte sich keine Sorgen zu machen, dass eines der Opfer zu fliehen versuchte. Sie alle standen unter Landrus geistiger Knute.

Nona schlenderte durch das niedrige Gras. Sie war froh, sich in Iskenderun noch eine dicke Jacke besorgt zu haben – oder vielmehr Landru hatte sie ihr besorgt, denn sie besaß keinerlei Zahlungsmittel. Die hiesigen Temperaturen lagen um die drei Grad Celsius. In nur knapp dreihundert Meter höherer Lage erkannte Nona bereits die Schneegrenze. Landru und die Kelchkinder schienen die Kälte nicht zu spüren. Und die Menschenopfer lebten in der heilen Welt, die ihnen suggeriert wurde.

Für einen Augenblick spielte Nona mit dem Gedanken, sich in ihre Wolfsgestalt zu verwandeln, eine Metamorphose zu der sie jederzeit imstande war. Das unterschied sie von »gewöhnlichen« Werwölfen. Das Fell und die Konstitution des Wolfs hätten sie weit mehr gegen die Unbilden der Natur geschützt, als selbst der dicke Anorak es vermochte ...

Sie verzichtete dennoch darauf, um keine Unruhe unter den Menschen zu provozieren. Es schien zwar eher unwahrscheinlich, dass die Beeinflussten auf ihre Verwandlung reagierten, aber sie wollte kein vermeidbares Risiko eingehen.

Gedankenverloren schritt sie über eine Anhöhe und hielt ihren Blick auf den gewaltigen Berg gerichtet. Würden sich dort Landrus Träume erfüllen? In welchem Zustand würden sie den Dom vorfinden?

Landru hatte von Seths Engelsmorden und der Verheerung des *veränderten* Doms berichtet.

Aber was der Mechanismus, der Landru und Seth in die Vergangenheit geschleudert hatte*, dort im Berg hinterlassen hatte, wusste nicht einmal der Hüter selbst ...

Aus den Augenwinkeln nahm Nona Rauch wahr. Sie erspähte eine kleine Lehmhütte inmitten einer Senke. Zwei, drei Schafe grasten auf dem Feld davor, sonst war alles ruhig.

Ohne sich bewusst zu machen, was sie tat, setzte sich Nona in Bewegung. Auf halber Strecke zu dem Anwesen warf sie

* siehe Band 5 der Saga *Landru*

einen Blick zurück. Ihre Gruppe war hinter dem Hügel verschwunden. Niemand konnte sie sehen.

Fast ohne eigenes Zutun setzte die Transformation ein. Nona spürte ein leichtes Ziehen im Nacken. Schon sprossen Haare aus ihrer Haut hervor, dehnten sich Knochen und Sehnen. Eilig begann sie ihre Kleidung abzustreifen, warf Anorak, Pullover und Hose achtlos fort.

Hechelnd, auf allen Vieren, lief sie den Hügel hinab. Noch ehe die weidenden Schafe die herannahende Gefahr witterten, riss sie bereits eines der Tiere. Ihre Fänge gruben sich in die Kehle und zerfetzten sie regelrecht. Die anderen stoben davon, doch sie hatten keine Chance.

Die Wolfsfrau war hungrig ...

Nona hielt sich schadlos am Fleisch der Schafe, obwohl dies eigentlich nicht dem entsprach, wonach sie *gierte.* Hin und wieder ließ sie ein zufriedenes Knurren vernehmen. Als sie ihren ersten Hunger gestillt hatte, trottete sie auf die Hütte zu. Sie machte sich nicht die Mühe, die Tür zu erreichen, sondern sprang mit einem Satz durch ein offen stehendes Fenster.

Im Inneren war es nicht wesentlich wärmer als draußen. Nahezu restlos verkohlte Holzscheite glommen in der rußgeschwärzten offenen Feuerstelle. Lose Decken lagen auf dem Boden.

Mit hochgezogenen Lefzen nahm Nona Witterung auf, setzte sich in Gang und hielt vor einer abgeteilten Kammer inne. Dahinter lag eine Frau. Sie schien krank zu sein. Ihr Gesicht glänzte vom Fieberschweiß, und sie strich mit fahrigen Bewegungen über die vergilbten Laken.

Nona näherte sich der Schlafenden. Plötzlich ließ sie ein Geräusch an der Tür herumfahren. Sie rechnete mit Landru oder einem der Aboriginals, die ihr gefolgt waren, aber –

»Schaitan!«, keuchte der Ankömmling und ließ den Stapel frisch gehackter Holzscheite fallen, als er das Monstrum, halb Frau, halb Wolf in seiner Hütte entdeckte. Panisch schrie er: »Fatme, uyan!«

Feige wie er war, wartete er nicht darauf, dass seine Frau aufwachte, sondern floh ohne sie. Damit nahm er Nona die Entscheidung ab, wem sie sich zuwenden sollte.

Sie federte von den Hinterläufen ab und warf sich dem Fliehenden hinterher. Ihre Pranken prallten gegen seinen Rücken noch ehe er einen Fuß über die Schwelle gesetzt hatte.

In diesem Augenblick erwachte die Frau. Sie kreischte hysterisch auf. Nona machte sich darüber keine Sorgen. Die einzigen, die die Schreie hören konnten, standen auf ihrer Seite.

Glaubte sie.

Die Wölfin schlug ihre Reißzähne in den Nacken des Mannes und brachte seine hektischen Bewegung zum Erliegen. Mit letzter Kraft versuchte er sich über die Türschwelle zu ziehen, schaffte es aber nicht mehr. Nona biss immer wieder zu, steigerte sich in einen wahren Rausch.

Endlich ließ sie von dem Toten ab und bemerkte, dass die Schreie der Frau verstummt waren. Ruckartig drehte sie sich um und sah das Weib mit offenen Augen in ihre Richtung starren. Aber der Blick war leblos ...

Neben ihr stand Landru. »Was hast du getan?«, fragte er mit einer Spur von Zorn in der Stimme.

Nona richtete sich auf. In Windeseile zog sich der dichte

Fellbewuchs zurück. Ihre Haut glättete sich, und wie bei einem computeranimierten Morphing verwandelte sich ihre kraftstrotzende Wolfsgestalt wieder in den zierlichen Körper einer jungen Frau zurück, die aussah, als könnte sie niemandem auch nur ein Haar krümmen.

»Ich folge *meiner* Bestimmung«, sagte Nona lapidar.

Wenn sie erwartet hatte, ihn mit ihrer Antwort zu provozieren, sah sie sich getäuscht. Landru blieb die Ruhe selbst. Er ließ die Tote zu Boden gleiten und reichte Nona die Kleidung, die er draußen vom Boden aufgelesen haben musste.

Wortlos zog sich die Wölfin an und reinigte ihren Mund an einer Waschschüssel vom Blut ihres Opfers. Zum Schluss zog sie den Reißverschluss des Anoraks bis zum Hals hoch und wandte sich ihrem Geliebten zu.

Landru streckte eine Hand aus und berührte sacht ihre Wange. »Manchmal bin ich wirklich ein Egoist. Dann vergesse ich, dass du aus anderem Holz geschnitzt bist als ich selbst ...«

Gemeinsam verließen sie die Hütte und kehrten über die Anhöhe zu den anderen zurück. Die Kelchkinder hockten im seichten Gras und schienen in einer Art Meditation versunken zu sein.

Nona kehrte zu Kapitän Dilber zurück, während Landru sich wieder um den »Nachwuchs« kümmerte.

Noch am selben Tag wurden sie endgültig flügge.

Und lernten das Fliegen.

Zuerst war es nur einer der Schwarzhäutigen, der kurz mit dem Kopf zuckte und sich halb aufrichtete. Dann folgten zwei, drei weitere, denen sich der Rest anschloss.

Ihre Körper verformten sich. Einige zogen sich in die

Länge, während andere in sich zusammenfielen. Eine bizarre Szene spielte sich auf der Hochebene ab. Muskeln knackten, Sehnen knirschten. Hie und da waren leise Seufzer oder unterdrückte Schmerzensschreie zu hören.

Endlich glückte einem der Kelchvampire die Metamorphose, und im Gras hockte ein Geschöpf, das ebenso an eine Fledermaus erinnerte wie an die Flughunde ihrer Heimat. Sämtliche Vampire quälten sich noch durch den Prozess der Verwandlung.

Schließlich entfalteten neunundneunzig Wesen voll dunkler Magie ihre Schwingen und stießen sich vom Boden ab. Die Schar stob in die Höhe. Ihr Flattern übertönte das feine Rauschen des Windes. Ein damit einhergehendes Sirren erfüllte die Luft. Der Schwarm zog Kreise über dem Platz und jagte dann in den Himmel empor.

Landru erhob sich und blickte ihnen nach. Sein Lächeln war das eines selbstzufriedenen Lehrmeisters.

»Sie fliegen – und nun?«, fragte Nona.

»Nun können wir aufbrechen. Auf dich wartet ein harter Aufstieg – bist du bereit?«

»Wäre ich bis hierher mitgekommen, wenn ich nicht auch bereit wäre, den letzten Schritt zu tun?«

Der eiskalte Wind schnitt durch das Fell. Schneetreiben erschwerte die Sicht. Das Wetter war deutlich schlechter geworden. Sturm und Schnee peitschten über die Hänge.

Landru hatte Nona zum Aufbruch gedrängt, denn ihr Weg würde ungleich schwerer sein und mehr Zeit in Anspruch nehmen als der Flug der Vampire. Sämtliche Menschen in ihrem Gefolge waren vor dem Aufbruch getötet worden. Die

Vampire hatten sich noch einmal an ihrem Elixier der Macht betrunken.

Ihre Wolfsgestalt erleichterte den Aufstieg, den kein Mensch in so kurzer Zeit und ohne Ausrüstung geschafft hätte. Unermüdlich hetzte sie weiter. Irgendwann einmal hielt sie inne, als sie das starke Gefühl hatte, aus großer Entfernung beobachtet zu werden. Mit zusammengekniffenen Augen spähte sie durch das Schneetreiben. Sie schnüffelte in der Luft, doch nichts wies darauf hin, dass ihre Instinkte sich nicht getäuscht hatten. Eine Weile blieb sie unentschlos sen stehen, umkreiste einen Findling und schnupperte erneut.

Nein, da war niemand.

Landru war *überrascht*, als er sich nach dem Flug durch den Kaminschacht wieder in seine wahre Gestalt zurück verwandelte und mit beiden Beinen in dem geschichtsträchtigen Gewölbe stand.

Über ihm drängten bereits die neuen Kelchkinder nach. Sie hatten gelernt, mit ihren Fähigkeiten umzugehen. Auf ledrigen Schwingen schwebten sie herab, transformierten zurück.

Landru trat einen Schritt vor. Zuletzt war dieser Dom die Wiege von dreizehn Engeln gewesen. Schläfer, die auf den Tag X gewartet hatten, um einst die Menschheit, so sie sich bewährte, wieder vom Strafgericht Gottes zu befreien. Doch Seth hatte ihr Erwachen vereitelt. Seth, der Neo, war an jedes Lager, in jede der dreizehn Kammern des Doms getreten und hatte die schlafenden Engel erbarmungslos getötet. Daraufhin war alles zum Einsturz gekommen. Nur der

Sprung in den Schlund aus purer Zeit hatte Landru retten können.

Doch von den erwarteten Zerstörungen war weit und breit nichts zu sehen ...

7. Kapitel

Showdown in London

Caines Schlag kam ansatzlos und traf dennoch mit der Wucht eines Schmiedehammers.

Lilith ruderte durch die Luft und stieß mit dem Rücken gegen die Zimmerwand. Der Aufprall trieb ihr die Luft aus den Lungen. Schmerz stach durch ihr Rückgrat. Sie machte einen unkontrollierten Schritt nach vorn und fühlte, wie ihre Knie nachgaben.

Als sie aufblickte, nahm sie Caine nur verschwommen am anderen Ende des Raumes wahr. Sie blinzelte und versuchte die Benommenheit abzuschütteln. Gleichzeitig fragte sie sich, warum Caine nicht sofort nachsetzte, um ihr den Rest zu geben.

Nur ganz am Rande tauchte die Frage in ihr auf, *warum* der Neovampir sie überhaupt attackierte.

Großer Gott, er war doch schon zum Freund *geworden,* dachte sie, korrigierte sich jedoch augenblicklich selbst: Sie hatten eher eine Zweckgemeinschaft gebildet, um den gemeinsamen Feind zu bekämpfen. Dass Lilith aufgehört hatte, Caine ebenfalls als Feind zu betrachten, rächte sich nun ...

»Warum?«, keuchte sie, während sie ihre Situation glasklar zu begreifen begann.

Caine antwortete nicht. Aber Lilith erkannte an seinem gespannten Gesichtsausdruck, dass er mit sich rang. Was hatte den Aggressionsschub überhaupt ausgelöst? Hing es etwa damit zusammen, wovon die Medien seit Rahels Verschwinden berichteten? Gab es einen Zusammenhang zwischen den Attentaten auf die mächtigsten Männer der Welt und dem, was Caine gerade in seiner Rolle als *Neo* demonstrierte?

»Verschwinde!«, zischte er mit desorientiert flackerndem Blick und ballte die Hände so fest zu Fäusten, dass die Knöchel knackten.

Lilith hatte nicht vor, das Feld kampflos zu räumen. Wenn Caine die Kontrolle über sich verlor, stellte er nicht nur für sie eine Gefahr dar. Zu deutlich erinnerte sich Lilith an die erschütternden TV-Bilder aus Berlin, die zwar nur sehr verschwommen hatten empfangen werden können, aber doch deutlich genug, um sich eine Vorstellung von den dortigen Geschehnissen zu machen. Und aus Tom Coveys Schilderung wusste sie inzwischen, dass es an Bord der Air Force One nicht zivilisierter zugegangen war.

»Beruhige dich«, versuchte sie auf Caine einzuwirken.

Aber Caines Aggression hatte noch nicht den Höhepunkt erreicht. Als hätte jemand einen Schalter in seinem Hirn umgelegt, federte er vom Boden ab und flog auf Lilith zu. Noch in der Luft entgleisten seine Züge und offenbarten die Natur hinter der Fassade. Die Fratze eines Monstrums.

Lilith reagierte, indem sie ein *Gegen*ungeheuer entfesselte.

Wie man unter bestimmten Umständen versucht, Feuer mit Feuer bekämpfen.

Noch in der Transformation tauchte sie geschickt unter Caines Attacke weg, warf sich zur Seite, rollte über den Boden und kam vor der Couch wieder auf die Beine. Sie *fühlte* den Atem des Neos im Nacken. Instinktiv winkelte sie ihr Bein an und trat nach hinten aus. Caine wurde zurückgeschmettert. Lilith setzte nach. Aber Caine ging erneut zum Angriff über. Seine Füße schnellten hoch. Zwei, drei Trittkombinationen musste Lilith abblocken, einem Hieb wich sie seitwärts aus, doch dann hatte Caine sie dort, wo er sie haben wollte – mit dem Rücken zur Wand.

Der Neo ließ die Fäuste fliegen. Schlag um Schlag hagelte auf Lilith nieder. Nur jeden dritten vermochte sie zu blocken, doch ihre Abwehr erlahmte rasch ob der Zahl der Treffer. Ein taubes Gefühl breitete sich in ihrem Gesicht aus. Schwellungen traten deutlich hervor.

Als seine Hand nach ihrer Kehle schnappen wollte, ließ Lilith sich fallen, verwandelte sich und glitt auf ledrigen Schwingen zwischen den gespreizten Beinen des Neos hindurch in Richtung Fenster.

Bevor sie es jedoch erreichte, transformierte sie zurück und griff Caine von dieser Seite aus an.

Der Neo schwang herum. Er hatte Lilith unterschätzt. Ihre Fähigkeiten unterschieden sich voneinander. So wie sie die Songlines nicht bewandern konnte, war ihm die Transformation in das geflügelte Tier unmöglich.

Lilith prallte gegen Caine. Auch ihr sonst so anmutiges Gesicht war zur Grimasse verzerrt.

Caine war gegen die Wand getaumelt. Liliths Klauen gruben sich in sein Fleisch, rissen Fetzen heraus und durchtrennten Sehnen. Caine schrie auf, blockte die nächsten Schläge ab und trat zu.

Lilith krümmte sich, hielt sich den Unterleib und ging zu Boden. Caine war über ihr, ließ zwei weitere Tritte folgen und sprang dann wie ein Wrestler auf sie. Die Halbvampirin spuckte Blut. Sie fühlte, dass mehrere Knochen gebrochen waren. Die Selbstheilungskräfte arbeiteten in der *Nacht* nur eingeschränkt, mit deutlicher Verzögerung gegenüber sonst – zudem gönnte Caine ihr keine Pause.

Er kauerte auf ihr, packte ihre Handgelenke und drückte sie rechts und links neben ihrem Kopf zu Boden. Lilith starrte in seine funkelnden Augen, die jedes Zeichen von Menschlichkeit verloren hatten. Seine Augzähne wuchsen wie Fänge hervor, und gelber Geifer troff von seinen aufgeplatzten Lippen auf Liliths Gesicht.

Kurz spürte die Halbvampirin, wie ihre eigene Metamorphose zurückging, als habe sie innerlich schon mit ihrem Leben abgeschlossen.

NEIN!

Mit aller Gewalt stemmte sie sich gegen die Niederlage. Sie spürte, wie die Kraft in ihre Muskeln zurück kehrte, wie ihre Finger sich krümmten und zu dolchscharfen Krallen anwuchsen.

Caines Kopf fuhr zu ihr herunter. Seine Fänge schnappten zu. Blitzschnell zog Lilith die Knie an und katapultierte den überraschten Neo über sich hinweg. Sie rollte sich zur Seite, kam auf die Füße und sprang.

Im Flug streckte sie die Beine nach vorn und traf Caine in den Rücken. Er wirbelte nach vorn, überschlug sich und prallte mit Wucht gegen das Fenster, das einfach zerbarst. Caine selbst fand jedoch am Rahmen Halt.

Lilith setzte auf dem Boden neben ihm auf und rammte dem Neo ihre Füße in die Kniekehle. Caine knickte weg, Lilith glitt hinter ihn und hieb ihm die Handkante in den Nacken.

Diesmal war ein echter Schmerzensschrei zu hören.

Gleichzeitig schlossen sich Liliths Hände um Caines Hals und Kinn, bereit die entscheidende Bewegung auszuführen, die auch ein Geschöpf wie ihn unwiderruflich töten musste.

Caine zappelte in ihrem Griff. Er war stark, und Lilith merkte, dass sie ihn nicht lange würde in Schach halten können. Wenn sie es beenden wollte, dann musste sie es *jetzt* tun!

Aber sie zögerte.

»Caine, hör auf!«

Der Neo hörte nicht. Ihre Worte schienen nicht einmal bis zu ihm durchgedrungen zu sein. Lilith spürte, wie sich seine Muskeln unter ihrem Griff spannten.

»Caine, ich will dich nicht töten, hörst du?«, versuchte Lilith es noch einmal. »Es hat doch bisher ganz gut geklappt mit uns beiden, und ...«

Caine brüllte und war im Begriff, sich zu befreien. Lilith warf alle Bedenken über Bord. Sie vollführte die finale Drehung.

Das ausbleibende Knacken alarmierte sie.

Doch zu spät.

Caine war ihr durch die Arme geschlüpft, lag vor ihr auf dem Boden, und noch ehe sie verstand, mit welcher Technik er sich befreit hatte, schoss auch schon ein Bein von unten heran und sein Fuß traf ihr Gesicht.

Lilith glaubte nicht, je eine so grelle Lichtflut gesehen zu haben, die einzig und allein von ihrem Sehnerv produziert wurde. Für den Moment spürte sie nichts. Erst als sie hart auf dem Boden aufschlug, überflutete grauenvoller Schmerz sie.

Lilith sah den Tod vor Augen. Sie war unfähig, sich zu erheben. Das Brennen und Stechen in jeder Faser ihres Körpers paralysierte sie.

Hilflos wie eine auf dem Rücken liegende Schildkröte wartete sie die nächsten Sekunden ab.

Sie hörte Schritte. Ihr Atem beschleunigte. Sie versuchte, die Sterne vor ihren Augen wegzublinzeln.

Vergeblich.

Die Schritte entfernten sich. Eine Tür schlug. Lilith hörte Schüsse und Flüche. *Caine,* dachte sie. *Zur Hölle mit dir, du hinterfotziger Bastard!*

»Haben Sie einen Geist gesehen?«

Für eine Sekunde – vielleicht auch einen winzigen Augenblick länger – spielte Tom Covey in Gedanken durch, wie es wäre, seine Waffe zu ziehen und die CNN-Reporterin einfach zu erschießen.

Nur um weiteren nervtötenden Fragen vorzubeugen.

Der Secret-Service-Agent ließ sich neben Janet auf der Couch nieder. Zu viert hatten sie sich in einem der Zimmer von Mrs. Levinsons Pension einquartiert, nachdem Lilith Eden und ihr Freund Caine sie vor dem Mob auf der Straße gerettet hatten. Die alte Dame des Hauses hatte ihnen großzügig das Zimmer überlassen, ohne eine Bezahlung zu verlangen. Kreditkarten hätte sie ohnehin nicht akzeptiert, und sowohl die Reporter als auch Tom waren blank an Barem.

Tom langte nach einem kühlen Bier, das Kathy ihm auf den Tisch gestellt hatte. Er leerte die Flasche zur Hälfte in einem Zug und lehnte sich ermattet zurück. Wo war er da nur hingeraten? Zuerst das Vampirmonstrum an Bord der Präsidentenmaschine, jetzt der Tod Janines in Berlin ...

Gott, wann endet das endlich?

Wahrscheinlich hätte er sich selbst das Lebenslicht ausgeblasen, hätte er auch nur geahnt, dass das alles erst der Anfang dessen war, was noch auf ihn zukommen würde.

»Kommen Sie schon«, forderte Kathy ihn auf.

Müde wanderte sein Blick von dem fiebrigen Gesicht David Jeffersons zu der CNN-Journalistin. Auch die beiden hatten eine Menge durchgemacht, was sie so bald nicht vergessen würden.

Es klopfte an der Tür. Tom Covey war dankbar dafür, das Gesicht der alten Levinson zu sehen, da er sich so um eine Antwort drücken konnte. Der Anblick von Janines Leiche im Fernsehen hatte ihm den Rest gegeben. Er überlegte, ob er nicht einfach die Augen schließen und schlafen sollte. Ein paar Stunden der Erholung würden ihm sicherlich mehr als gut tun.

Oder – noch besser – für den Rest meines Lebens.

»Das Telefon funktioniert zwar nicht, aber ich habe den jungen Nigel losgeschickt, um einen Arzt zu holen.«

»Danke«, sagte Kathy mit Blick auf David, dem es von Stunde zu Stunde schlechter erging.

»Ich hab ja immer gesagt, dass man dem Militär nicht trauen kann«, fuhr Mrs. Levinson fort. »Constable Parker wollte mir ja nie glauben, aber wenn er hiervon erfährt, dann ...«

»Ich glaube es ist besser, wenn *niemand* hiervon erfährt«, fiel ihr Kathy Flannigan ins Wort.

Tom war dem Gespräch nur mit halbem Ohr gefolgt. Er brütete seine eigenen Probleme aus und vermochte im Moment nicht zu sagen, was als richtig oder falsch einzustufen war. Hatte die Öffentlichkeit nicht ein Recht darauf, die Wahrheit zu erfahren? Was wusste man draußen bislang überhaupt von den Hintergründen?

Dass die Päpstin und die auf ihre Empfehlung hin adoptierten Kinder offen nacheinander verschwanden oder bereits verschwunden waren. Niemand da draußen hatte jedoch wahrscheinlich *Beweise* dafür, dass die Zöglinge für die Massaker verantwortlich waren. Für die Öffentlichkeit musste es so aussehen, als wären sie selbst Opfer und möglicherweise entführt oder ermordet worden. Keiner ahnte auch nur, dass sich hinter den unschuldigen Kindergesichtern die Fratzen von Bestien versteckten, wie sie die Welt nie zuvor gesehen hatte. Oder zumindest glaubte, sie nicht gesehen zu haben, denn der Vampirmythos kam offenbar nicht von ungefähr ...

Sie waren die ganze Zeit unter uns, dachte Tom. *Und nur wenige, wie Janet und ich, kennen die Wahrheit.*

Irgendwie hatte Tom das Gefühl, dass Lilith Eden und ihr Begleiter ihm das abgenommen hatten, was er über die Vorkommnisse an Bord der Air Force One zu berichten gehabt hatte. Fast erschien es ihm, als *wüssten* sie noch sehr viel genauer als er selbst, womit sie es bei Samuel und den anderen Rahel-Schützlingen zu tun hatten.

Er wischte die trüben Gedanken beiseite. Mrs. Levinson hatte einen Blick auf Jeffersons Schussverletzung geworfen und war gegangen.

»Was haben Sie jetzt vor?«

Kathys Frage verursachte bei Tom ein Stirnrunzeln. Er sah sie nur fragend an, doch als sie nicht darauf einging, hakte er nach: »Wie kommen Sie auf die Idee, dass ich etwas vorhabe?«

»Das sieht man Ihnen an, junger Mann, Sie grübeln doch schon die ganze Zeit über etwas nach.«

Tom machte eine wegwerfende Handbewegung, griff nach der Flasche und kippte den Rest des Bieres hinunter.

»Es gibt in London ein Büro des Secret Service«, sagte er

dann. »Ich will versuchen, mich bis dorthin durchzuschlagen und dann zum Festland überzusetzen.«

»Allein?«, fragte Kathy. »Wir sind immerhin amerikanische Staatsbürger.«

»Sobald David über den Berg ist, können wir *gemeinsam* aufbrechen. Das entscheiden wir, wenn der Arzt hier gewesen ist.«

»Und dann?«

»Ich muss das Weiße Haus verständigen«, erklärte Tom. »Die müssen endlich erfahren, was mit dem Präsidenten und seiner Familie geschehen ist.«

Dabei wanderte sein Blick zu Janet. Das Mädchen befand sich noch immer in einem Zustand völliger Apathie und war kaum ansprechbar. Tom hatte nicht einmal herausfinden können, wohin es sich nach der Flucht aus dem Keller gewandt hatte, ganz zu schweigen davon, wer für den mutmaßlichen Tod der Bande verantwortlich war, deren Leichen sie nie gefunden hatten.

»Jan?«

Zu seiner Überraschung wandte die Präsidententochter den Kopf und sah ihn aus leeren Augen an. Sie wirkte bleich wie der Tod.

Tom machte sich ernsthaft Sorgen um sie. Gab es vielleicht doch jenen geheimnisvollen Erreger draußen in der *Nacht*, und hatte dieser Janet infiziert? Klar und deutlich hatte Covey noch die fäulnisartigen schwarzen Flecken an den Händen Colonel Haggertys vor Augen. Er glaubte nicht mehr, dass der Colonel aus eigenem Antrieb versucht hatte, die Reporter umzubringen.

»Ja, Tom ...?«

Die Stimme Janets riss ihn aus seinen Überlegungen.

»Wo warst du?«

»Wann?«

»Nachdem du aus dem Keller gestürmt warst.«

Irrte er sich, oder umspielte ein feines Lächeln Janets Lippen. »Bei *ihm.*«

Tom zog eine Braue hoch. Und auch Kathy Flannigan, die der Unterhaltung stumm gefolgt war, beugte sich nun interessiert vor.

»Bei *wem?*«, fragte die CNN-Reporterin.

»Ihr werdet ihn noch früh genug kennen lernen.«

»Na toll«, kommentierte Tom. »Meinst du nicht, dass wir diesen Unsinn bleiben lassen sollten?«

Janet starrte ihn an. »Aber er ist schon auf dem Weg hierher ...«

Tom öffnete den Mund, um etwas einzuwerfen, doch in diesem Moment erklang ein Stockwerk unter ihnen ein Poltern. Es hörte sich an, als würden Möbel gerückt oder umgestoßen.

Dann das Klirren von Glas – ein markerschütternder Schrei.

»Verflucht«, keuchte Tom Covey, und sofort lag die Glock durchgeladen und entsichert in seiner Hand.

»Beruhigen Sie sich«, mahnte Kathy, und als er sie nur verständnislos ansah, wies sie auf die Pistole in seiner Hand. »Ist das wirklich notwendig? Ihr Kerle vom Geheimdienst seid mir ein wenig zu schnell mit euren Kanonen.«

Tom ignorierte ihren Einwand, stand auf und begab sich zur Tür. Mit einer Hand bedeutete er den anderen, zurück zu bleiben. Leise drehte er den Knauf und zog die Tür einen Spaltbreit auf.

Deutlich hallten die Geräusche eines Kampfes über den

Flur. Unten geschah irgendetwas. Waren Plünderer in die Pension eingedrungen?

»Ihr bleibt hier!«, befahl Tom.

»Kommt nicht in Frage«, widersprach Kathy, doch sie hielt sich zurück, als David Jefferson ihr erschöpft eine Hand auf den Arm legte und langsam den Kopf schüttelte.

Tom huschte über die Schwelle, schloss die Tür hinter sich und pirschte sich an der Wand entlang bis zum Treppenhaus. Hinter den anderen Türen, an denen er vorbeikam, rührte sich nichts. Entweder waren die Zimmer nicht belegt, oder die Bewohner hatten zu viel Angst, um sich zu zeigen.

Der Kampflärm schwoll an. Tom hörte, wie eine Tür zugeschlagen wurde.

Dann: Schritte.

Sie kamen auf ihn zu.

Ein Schatten fegte über die Treppenstufen nach oben.

Tom handelte instinktiv. Seine Schulung zum Agenten hatte ihn auf kein Monstrum wie dieses vorbereitet, doch als er die Bestie vor Augen hatte, erinnerte er sich an die Geschehnisse in der Präsidentenmaschine.

Sein Arm ruckte hoch. Der Finger krümmte sich um den Abzug. Er spürte den Rückschlag kaum, jagte Kugel um Kugel in den Körper des Ungeheuers, das versuchte, die Treppe hinaufzustürmen.

Blut spritzte!

Die Grimmasse vor Tom verzerrte sich wie in unbeschreiblicher Qual. Ein animalischer Laut hallte in Coveys Ohren wider. Die Bestie wurde durch die Wucht der Einschläge zurückgeworfen und förmlich an die Wand genagelt. Fingerdicke Einschlusslöcher prangten in Brust, Schulter und Stirn.

Die Augen des Monstrums verdrehten sich so weit, bis nur noch das Weiße sichtbar war. Sein Körper zitterte unkontrolliert. Dann sank es an der Wand herunter und zog eine Spur aus dunklem, zähflüssigem Blut nach.

Tom drückte den Magazinauswurf. Laden, Entriegeln und Zielen waren eins.

Erst jetzt wurde ihm bewusst, was geschehen war. Und er merkte, wie er selbst zu zittern begann.

»Großer Gott ...«, flüsterte er.

Das Animalische zog sich aus dem Gesicht der Kreatur zurück. Die Haut glättete sich, und nur eine Sekunde darauf erkannte Tom Covey, wen er niedergestreckt hatte.

Vor ihm lag kein geringerer als Caine, Liliths Begleiter!

Der Kampf, erinnerte er sich. Es konnte nur bedeuten, dass Lilith jetzt ...

Er wollte den Gedanken nicht zu Ende denken. Konnte es auch nicht, denn Caines Seufzen ließ eine fürchterliche Ahnung in ihm aufkeimen.

Und tatsächlich, der Niedergestreckte schlug die Augen auf und starrte Tom mit stechendem Blick an. Im selben Moment wurde der Secret Service Agent Zeuge eines gespenstischen Heilprozesses: Das Blut gerann und die Wunden begannen sich langsam zu schließen. Dort, wo die Genesung schneller vonstatten ging, blieben nicht einmal Narben zurück.

Es geschieht wieder!, dachte Tom verzweifelt.

Schuss um Schuss fauchte auf, zerfetzte förmlich den Körper des Ungetüms. Der Fangschlitten der Pistole blieb in hinterer Position stehen. Das Magazin war leer geschossen. Tom wollte es wechseln, doch diesmal erholte sich Caine schneller als zuvor.

Er schnellte ansatzlos vom Boden empor und überwand die Distanz.

Caines Handrücken wischte über Toms Gesicht. Der Agent wurde zur Seite geschleudert und blieb benommen liegen. Am Rande der Bewusstlosigkeit spürte er kaum, dass ihn Caine am Kragen gepackt hatte und ihn durch den Korridor schleifte. Er stoppte vor dem Zimmer, in dem Janet und die anderen untergebracht waren.

Tom schwanden die Sinne. Als er das nächste Mal erwachte, hatte sich die Lage noch erheblich verschlechtert.

Glück ist, wenn der Schmerz nachlässt, lautete ein Sprichwort. Schade nur, dass der Erfinder dieser Redensart nicht auf die Idee gekommen war, dass man sich *noch* glücklicher schätzen durfte, wenn man erst gar keinen Schmerz zu erleiden hatte ...

Als Lilith in der Lage war, ihre Augen zu öffnen, war ihr ganzer Körper erfüllt von einem Kribbeln. Ihre vampirischen Selbstheilungskräfte hatten Wunden und Kratzer bereits von ihrer wieder makellosen Haut verschwinden lassen. Und als sie sich halb aufrichtete, merkte sie auch, dass die gebrochenen Rippen wieder verheilt waren. Dafür fühlte sie sich jedoch immer noch schwach.

Sie war überrascht, als sie erkannte, dass sie nicht mehr auf dem Fußboden des verwüsteten Zimmers lag, sondern auf der Couch. Lilith konnte sich nicht daran erinnern, sie aus eigener Kraft erreicht zu haben.

»Ich habe Sie getragen«, sagte Mrs. Levinson, die plötzlich neben ihr stand. »Nun ja, nicht richtig ... Sie haben schon viel mitgeholfen.«

Caine! Der Gedanke durchdrang ihr Hirn wie ein Stück glühend heißes Blei.

Warum hatte er sie nicht erledigt? Zuletzt hätte er doch leichtes Spiel mit ihr gehabt ...

Sie fand keine Antwort auf die Frage und konnte nur mutmaßen, dass der Neo die Situation falsch eingeschätzt hatte. Möglicherweise hatte er angenommen, dass Lilith gar nicht schwer verletzt war und sofort wieder auf den Beinen stehen würde. Es hatte nicht viel gefehlt und er wäre durch ihre Hand gestorben. Im Stillen verfluchte sich Lilith dafür, dass sie es nicht sofort zu Ende gebracht hatte.

»Wo ... wo ist er?«, fragte sie.

Die alte Lady beugte sich zu ihr herunter und drückte sie zurück in die Kissen. »Sie müssen sich ausruhen, Kindchen.«

Lilith verdrehte die Augen. Eine alte Frau, die sie bemuttern und ihr sagen wollte, was sie zu tun und zu lassen habe, hatte ihr gerade noch gefehlt. Auch wenn Mrs. Levinson es sicherlich nur gut meinte.

»Wo ist – Caine?«

Mrs. Levinson sah sie nur verständnislos an.

»Der Mann, der bei mir war!«

Die Alte senkte den Blick. Sie wirkte traurig, als sie sich ans Fußende der Couch setzte und das verwüstete Zimmer betrachtete, das Caine und Lilith wie ein Schlachtfeld hinterlassen hatten.

»Er ist nach oben gerannt«, berichtete Mrs. Levinson. »Als die Bewohner dieser Etage den Lärm hörten und sahen, was hier geschehen ist, haben sie das Weite gesucht. Ich glaube nicht, dass sie noch einmal zurück kommen werden. Als wäre diese Finsternis nicht schon genug, jetzt haben mich auch die wenigen Gäste, die ich noch hatte, verlassen ...«

»Heißt das, niemand außer Caine, Ihnen und mir befindet sich noch im Haus?«, wollte Lilith wissen. Sie setzte sich wieder auf. Ein Schwindel erfasste sie, doch sie kämpfte dagegen an und blieb aufrecht sitzen.

»Nächste Woche wird die Hypothek für das Haus fällig. An Edgars Grab müssen Ausbesserungsarbeiten gemacht werden, seit der letzte Sturm den Friedhof verwüstete. Wer soll das alles bezahlen? Womit soll ich ...«

»Mrs. Levinson!« Die Schärfe in Liliths Stimme hätte vermutlich nicht ausgereicht, die Alte innehalten zu lassen, wohl aber die suggestive Kraft, die in ihr lag.

Die Pensionsbesitzerin beantwortete die Frage, ohne dass Lilith sie noch einmal wiederholen musste.

»Oben war niemand untergebracht ... außer Ihren Freunden. Ihr Begleiter, mit dem Sie kamen, ist jetzt bei ihnen.«

»Wie lange ist das alles her?«

»Fünf Minuten – allerhöchstens.«

Demnach war Lilith nicht lange ohne Bewusstsein gewesen.

Sie schwang die Beine über den Rand des Sofas und stand vorsichtig auf. Ihre Knie gaben nach. Sie musste sich an Mrs. Levinsons Schulter festhalten, um nicht zu fallen. Die alte Frau stöhnte. Lilith verstärkte ihren geistigen Griff und rückte näher an Mrs. Levinson heran.

»Tut mir leid«, hauchte sie, als sich ihre Zähne in den Hals der Dame gruben. Das erste Blut, das ihre Lippen benetzte, kam ihr vor, wie das Erfrischendste, das sie je zu sich genommen hatte. Warm und süß rann es ihre Kehle hinunter. Ihre vollen Lippen pressten sich fest um die Wunde, um ja keinen Tropfen zu vergeuden.

Lilith sog die Lebenskraft in sich auf, spürte wie die Müdigkeit verging und Vitalität in ihren geschwächten Körper zurückkehrte. Ein Seufzen Mrs. Levinsons erinnerte sie daran, dass sie nicht zu weit gehen durfte. Sie zwang sich förmlich dazu, von der Alten abzulassen, ehe sie sich in einen Rausch steigern konnte, der nur schwerlich zu bezwingen war.

Schmatzend lösten sich Liliths Lippen vom Hals der Frau. Feine Rinnsale roten Bluts flossen aus den beiden Wunden. Lilith leckte sie mit ihrer Zunge auf und sah zu, wie der Keim das Blut an den Malen gerinnen ließ und die Einstiche verkrusteten. Sie unterzog Mrs. Levinson noch einer hypnotischen Behandlung und ließ die Alte dann vor sich hindösend auf dem Sofa zurück. Wenn sie erwachte, würde sie sich an nichts erinnern und die Bissmale für Mückenstiche halten.

Lilith verließ das Zimmer und schloss sorgsam die Tür hinter sich. Auf dem Korridor war es ruhig. Als sie lauschte, vernahm sie auch von oben keinerlei Geräusche. Zuerst spielte sie mit dem Gedanken, in ihre Fledermausgestalt zu wechseln und von draußen anzugreifen, verwarf die Idee jedoch rasch wieder. Caine rechnete sicherlich damit. Sie musste es auf die konventionelle Weise angehen.

Zuerst überprüfte sie die restlichen Zimmer im Erdgeschoss. Sie waren ausnahmslos verlassen. Die Gäste hatten überstürzt die Unterkünfte verlassen und zum Teil sogar ihre Habe zurück gelassen. Beim Anblick eines rasenden Monsters wie Caine war dies auch nicht weiter verwunderlich ...

Behände hetzte Lilith die Treppe hinauf. Oben angelangt, wartete sie auf verdächtige Geräusche. Entfernt nahm sie Stimmen wahr.

Lilith schlich auf das entsprechende Zimmer zu.

»Das ist nahe genug!«

Caines hysterisch verfärbte Stimme schrillte ihr durch das Türholz entgegen. Lilith hielt abrupt inne. Sie glaubte nicht, dass Caine sie wirklich gesehen hatte, aber offenbar konnte er ihre Nähe *spüren*, so wie sie auch seine Präsenz jetzt deutlich mit ihren vampirisch geschärften Sinnen erfasste.

»Was hast du vor?«, rief sie ihm durch die geschlossene Tür zu.

»Ich bringe alle um, wenn du näher kommst!«

Sicherheitshalber zog sich Lilith zwei, drei Schritte zurück.

»Also, was willst du?«, wiederholte sie.

»Ich will *dich*!«, kreischte Caine.

»Das hättest du einfacher haben können, oder? Warum hast du nicht gefragt?«

Zumindest redet er jetzt, dachte Lilith. Seine blinde Wut, die ihn vorhin hatte ausrasten lassen, schien sich gelegt zu haben. Nicht aber der Hass auf sie, der offenbar noch immer in ihm loderte. Welchen Einfluss Rahel – beziehungsweise ihr Verschwinden – auch immer auf ihre *Kinder* ausübte, er betraf auch Caine. Zwar zögerte er noch, wahllos Menschen umzubringen, aber Lilith wusste nicht, wie es in den anderen Fällen begonnen und sich gesteigert hatte.

»Ich werde dich töten, Lilith!«, versprach er. In seiner Stimme lag eine gewisse Atemlosigkeit, als brenne ihm die Zeit unter den Nägeln. Was trieb ihn an? Wovor fürchtete er sich?

»Dann komm raus und wir bringen es zu Ende«, schlug Lilith vor. Innerlich wappnete sie sich bereits für den unvermeidlich scheinenden Kampf. Ihre Muskeln spannten sich.

»Für wie blöd hältst du mich?«, fauchte Caine.

Er hat Angst, dachte Lilith beklommen. *Vor mir ...*

Während ihres letzten Zweikampfes musste sie ihm doch irgendwie deutlich vor Augen geführt haben, wie verletzbar er war. Bislang hatte er sich wahrscheinlich für nahezu unsterblich und unbesiegbar gehalten.

»Bist du feige?«, verhöhnte sie ihn in der Hoffnung, ihn aus der Reserve locken zu können.

Doch Caine hatte sich in der Gewalt und tat ihr diesen Gefallen nicht.

»Ich habe hier vier Geiseln!«, rief er. »Die Vier, die du vorhin vor den Ratten draußen gerettet hast ...«

»*Wir beide* haben das getan«, korrigierte Lilith.

»Tom Covey ... Erinnerst du dich noch an Tom Covey? – Oder an die hübsche Janet?«, fuhr Caine fort.

»Lass diese Leute gehen!«, verlangte Lilith.

»Nur gegen dich im Austausch!«, rief Caine zurück.

Lilith fragte sich, was er vorhatte. Ließ er die Geiseln wirklich frei, wenn sie sich stellte? Aber was sollte er dadurch gewinnen? Sie hatte ihn einmal fast bezwungen – sie konnte es wieder tun und diesmal beenden!

»Und dann?«, fragte sie. »Willst du, dass ich dich von deinem zerrissenen Dasein erlöse?«

Schweigen.

Sie versuchte einen Schuss ins Blaue.

»Du hättest mich vorhin erledigen können ...«

Immer noch Stille.

»Warum hast du mich geschont?«, bohrte Lilith weiter.

»Halt endlich die Klappe!« Caines Stimme zitterte.

Lilith beschloss, ihn nicht länger zu reizen, um das Leben der Geiseln nicht unnötig zu gefährden.

»Mach einen Vorschlag«, sagte sie.

»Ich schicke diesen Typ vom Secret Service raus«, erklärte

Caine nach einer Weile. »Er wird dich fesseln und reinbringen. Dann lasse ich die anderen gehen.«

»Hört sich ganz simpel an.«

»Verspotte mich ruhig, du – du ...!«

Lilith sog scharf die Luft ein.

Der Neo wusste, dass herkömmliche Fesseln sie nicht groß beeindrucken konnten. Bestimmt plante er noch weitergehende Maßnahmen. Aber ihre Sorge galt in erster Linie den Geiseln und dann ... Caine selbst. Wenn sie zu lange zögerte, trat der Neo vielleicht die Flucht nach vorn an, biss eine seiner Geiseln und zog sich in die Songlines zurück.

»Ich brauche Bedenkzeit!« Lilith versuchte Verzweiflung und Ratlosigkeit in ihre Stimme zu legen. Wahrscheinlich hätte Caine in seiner Rage ohnehin keinen Unterschied bemerkt.

»Zehn Minuten«, gewährte er ihr.

Lilith seufzte. Sie erwiderte nichts, zog sich wieder in die untere Etage zurück und blieb vor der Tür ihres Zimmers stehen. Sie erinnerte sich an Mrs. Levinson, die sich noch schlafend in dem Raum aufhielt. Rasch nahm sie die Hand von der Klinke und wollte sich abwenden, als sich die Tür öffnete.

Mrs. Levinson blickte verschlafen zu ihr auf. Eigentlich hätte sie noch nicht erwachen dürfen, doch noch während Lilith darüber nachgrübelte, und sich ein anderer Teil ihres Bewusstseins mit dem Dilemma befasste, in dem sie sich befand, zogen weitere dunkle Wolken an ihrem Sorgenhimmel auf.

Es klopfte an der Haustür.

»Das wird der Arzt sein«, murmelte Mrs. Levinson und drängte sich an Lilith vorbei.

Eine angebrochene Rippe, zwei ausgeschlagene Zähne, etliche Prellungen und Verstauchungen ... Keine schlechte Bilanz, fand Tom Covey, jedenfalls nicht nach dem Schlag, dem er ausgesetzt gewesen war. Dieser Caine hatte mehr Power als Noah. Vielleicht redete er sich das auch nur ein, denn der Kampf gegen den anderen Vampir schien Jahrzehnte zurück zu liegen.

Tom blinzelte und schaute in Kathy Flannigans besorgtes Gesicht. Er versuchte ein Grinsen, atmete dabei ein und verspürte ein Stechen in der Brust.

»Bleiben Sie ruhig liegen«, sagte die CNN-Reporterin.

Tatsächlich lag er auf der Couch des von Mrs. Levinson zur Verfügung gestellten Zimmer. Ihm gegenüber saß David Jefferson im Sessel, während Janet am Fenster stand und unentwegt nach draußen starrte.

Caine hielt sich in Türnähe auf und stritt sich mit Lilith.

Laut.

Tom versuchte die Situation zu analysieren. Er wusste nicht viel über die rassige Schönheit und ihren Begleiter, außer dass sie ein Paar zu sein schienen. Offenbar hatte es Caine ebenso gut verstanden wie Noah, sein wahres Wesen vor der Öffentlichkeit zu verbergen ...

Der Secret Service Agent hörte auf zu grübeln und lauschte den beinahe hysterisch klingenden Worten des Monstrums. Der Vampir hatte sich in seine menschliche Gestalt zurück verwandelt. Einzig allein seine glühenden Augen zeugten von seiner wirklichen Natur.

Covey konnte sich keinen genauen Reim auf den Wortwechsel der beiden machen.

Lilith schien auf ihrer Seite zu stehen und verhandelte mit Caine wegen der Geiseln.

»Wir müssen etwas tun«, flüsterte Tom zu Kathy, die ihn nur verwirrt ansah.

»Gegen *den*?«, fragte sie leise und deutete mit dem Daumen in Caines Richtung.

Tom nickte nur, wusste selbst, dass sein Vorhaben aberwitzig und selbstmörderisch war. Schon an Bord der Air Force One hatte er nicht die geringste Chance gegen Noah gehabt, und nur dem Umstand, dass der Vampir sich quasi in Luft aufgelöst hatte, verdankten er und Janet ihr Leben.

Aber was hat diese Bestie vor?, fragte sich der Agent. Noah hatte regelrecht gewütet und alle ermordet, die ihm in die Quere kamen. Das gleiche Bild hatte das Fernsehen in Berlin gezeigt.

Worauf wartete Caine? Warum beendete er die Sache nicht?

Tom hörte weiter dem zornigen Reden des Vampirs zu. Nach einer Weile dämmerte ihm, dass Caine nicht völlig übergeschnappt war, sondern sich irgendwo einen Funken seines Verstandes bewahrt hatte. Ihm ging es nicht darum, ein möglichst großes Leichenfeld zu hinterlassen.

Er wollte Lilith!

»Sie hat uns draußen gerettet«, redete Tom im Flüsterton auf Kathy ein. Deren Blick wurde noch skeptischer. Sie schaute von Tom zu Caine, dann hinüber zu David.

Covey verstand, was sie ausdrücken wollte: Zwei verletzte Männer, ein lethargisch dastehendes Mädchen und eine CNN-Journalistin, die mittlerweile einsah, dass es besser gewesen wäre, in die Staaten zurückzukehren, als sich nach London versetzen zu lassen ... Beim geringsten Versuch, Caine mit dieser »Übermacht« zu überrumpeln, würden sie alle mit aufgeschlitzten Kehlen enden!

»Nicht mehr lange«, flüsterte Janet plötzlich scheinbar zusammenhanglos neben den beiden.

Weder Kathy noch Tom hatten bemerkt, dass die Präsidententochter vom Fenster zu ihnen herüber gekommen war.

»Was meinst du damit?«, wollte der Secret Service Agent wissen. Seit dem Vorfall im Keller des Krämerladens verhielt sie sich noch merkwürdiger als vorher. Entweder phantasierte sie oder sie wusste mehr als alle anderen. So unglaublich es auch für Tom selbst war, er tippte auf letztere Möglichkeit. Bloße Hirngespinste killten keine ganze Bande von Plünderern ...

Janet beugte sich dicht zu Tom hinunter und sagte fast verschwörerisch: »*ER* wird bald hier sein und es beenden.«

Schon wieder sprach sie von jemandem, den sie offensichtlich draußen auf der Straße getroffen hatte, als sie kurze Zeit von ihnen getrennt gewesen war.

»Wer?«, fragte Tom. »Los, sag schon!«

Caine fuhr herum. Erst jetzt wurde Covey bewusst, dass er lauter als beabsichtigt gesprochen hatte. Der Vampir funkelte ihn wütend an.

»Ihr da!«, schrie er. »Was heckt ihr aus? Weg von ihm!«

Sofort entfernten sich Kathy und Janet von dem Sofa. Tom sah Janet nach, und seine Augen weiteten sich, als er etwas an ihrem Hals entdeckte, was dort an Bord der Air Force One definitiv noch *nicht* gewesen war.

Zwei Bissmale.

Es war nicht der Arzt, wie Mrs. Levinson vermutete. Die alte Lady öffnete die Tür, ohne die leiseste Vorstellung zu haben, was sich im oberen Stockwerk abgespielt hatte. Sie war um

David Jefferson besorgt. Wie hätte sie ahnen können, dass seine Wunde noch den allergeringsten Anlass zur Sorge gab?

Der hochgewachsene Mann mit den asketischen Zügen trat unaufgefordert in den Flur der Pension. Er trug eine bequeme Stoffhose, modische Schuhe, ein Flanellhemd und eine Lederjacke. Sein Haar war kurz, der Vollbart wirkte gepflegt.

Er sah völlig anders aus, als Lilith ihn in Erinnerung hatte. Aber er hätte sich noch so sehr verändern können, sie hätte ihn aus Tausenden heraus erkannt.

»Jadon!«, stieß die Halbvampirin ungläubig hervor.

Der Mann schloss die Tür hinter sich und lächelte. Seine enorme Ausstrahlung war körperlich fühlbar. Und selbst die alte Mrs. Levinson gaffte ihn nur verwirrt an. Anzeichen von *Erkennen* stahlen sich in ihre Züge.

»Er ist es«, flüsterte die Pensionsbesitzerin ehrfürchtig.

Jadon ließ sie einfach stehen, schritt auf Lilith zu und verharrte direkt vor ihr.

»Dich habe ich gesucht.«

»So?«, machte Lilith. »Warum hast du mich dann überhaupt verlassen?« Sie spielte auf sein plötzliches Verschwinden in Sydney an.

Jadon verschränkte die Hände vor der Brust und behielt sein Lächeln bei. »Ich hatte zu tun. Und jetzt wirst du mich begleiten«, sagte er ihr auf den Kopf zu.

»Wohin?«

»Das wirst du noch früh genug erfahren.«

»Da gibt es ein kleines Problem«, erklärte Lilith.

»Ich habe mit Widerstand gerechnet.«

»Das meine ich nicht. Oben«, die Halbvampirin deutete mit ihrer Hand zur ersten Etage der Pension, »wartet ein alter Freund von mir, und der wird ziemlich sauer sein, wenn ich nicht in ein paar Minuten vor seiner Tür stehe.«

Jadon schloss kurz die Augen. Er schien nicht die geringste Sorge zu haben, dass Lilith ihn mit einer Attacke überraschen könnte.

Als Jadon wieder die Lider öffnete, atmete er tief durch und sagte: »Der Neo.«

»Du weißt von ihm?«

»Ich habe euch eine Weile beobachtet. Euer kleines Scharmützel mit Rahel und der Schweizergarde im Vatikan ...«

In Rom?!

Lilith konnte es nicht fassen. Andererseits war sie in Rom zu sehr mit Rahel beschäftigt gewesen, als dass sie ihrer Umgebung genügend Aufmerksamkeit hätte schenken können.

Und warum sollte Jadon lügen?

»Geh zu ihm«, befahl er.

Lilith zog eine Braue hoch. Der Vampir deutete mit dem Kinn ein Nicken an, um seine Worte zu unterstreichen.

»Und dann?«, fragte Lilith.

»Du wirst dich ihm stellen«, antwortete Jadon einfach.

Die Halbvampirin sah ihn für eine Minute einfach nur stumm an. Seine Blicke brannten sich förmlich in ihre Augen. Sie ahnte seit einiger Zeit, dass in ihm etwas steckte, was ihn von herkömmlichen Kelchgetauften unterschied, wusste aber auch jetzt nicht zu sagen, was.

Schließlich drehte Lilith sich um. Ihr Blick fiel auf Mrs. Levinson, die zitternd wie Espenlaub in der Ecke des Flurs stand und ihre Hände zum Gebet gefaltet hatte. Geflüsterte Worte rannen über ihre welken Lippen, dabei starrte sie unentwegt den Mann an, in dem sie den neuen Messias erkannt zu haben meinte, an dessen Erscheinen so viele schon zum Millenniumswechsel geglaubt hatten ...

Lilith packte die Alte am Ärmel ihrer Strickjacke und zog sie mit sich fort. Jadon duldete es schweigend.

»Er ist ...«, setzte die alte Dame an.

»... nicht der, für den Sie ihn halten, Mrs. Levinson«, fuhr ihr Lilith harsch ins Wort und verfrachtete sie in eines der leerstehenden Zimmer. Erst dann näherte sie sich der Treppe, um Caine aufzusuchen und ihm ihre Kapitulation anzubieten.

»Ich habe mich entschieden!«, rief Lilith durch den Flur der oberen Etage und verharrte am Treppenabsatz.

»Das wurde auch Zeit«, gab Caine zurück. »Ich hatte gerade mit dem Gedanken gespielt, diese widerborstige Reporterin zur Hölle zu schicken. Ich schicke jetzt Covey raus. Keine miesen Tricks, sonst sterben die anderen in einer einzigen Sekunde!«

Lilith traute ihm dies sogar zu. Sie wartete geduldig, bis sich die Tür des Zimmers öffnete und Tom Covey heraus schlurfte.

Der Secret Service Agent sah angeschlagen aus. Er hielt sich die Brust und machte ein verkniffenes Gesicht.

»Das hätten Sie nicht tun sollen«, raunte er ihr zu, als er dicht vor ihr stehen blieb.

»Das sollten Sie mir überlassen.«

»Er wird Sie töten, Miss Eden!«

»Besser mich als Sie und den Rest der Geiseln, oder?«

Covey versuchte ein Grinsen, das ihm jedoch auf den Lippen gefror. »Ist das Ihre Art von Humor?«

»Möglich«, seufzte Lilith. »Was nun?«

»Ich soll Sie fesseln.«

»Nur zu.«

Lilith streckte ihre Hände aus. Tom schnalzte mit der Zunge und schüttelte den Kopf. Er fasste Lilith an der Schulter, drehte sie um und bog ihr die Arme auf den Rücken. Handschellen rasteten ein.

Damit, dachte Lilith, *wird er mich nicht aufhalten*.

Tom stand auf und klopfte ihr fürsorglich auf den Rücken.

»Das war alles?«, fragte sie verwundert.

Der Agent runzelte die Stirn. »Nun, für mich sehen Sie schon recht wehrlos aus.«

Lilith rückte noch dichter an Tom heran, bis ihre Lippen fast sein Ohr berührten. »Warten Sie hier, bis die anderen draußen sind. Verschwinden sie mit ihnen aus dem Hinterausgang der Pension!«

Eine steile Falte bildete sich zwischen Coveys Brauen.

»Tun Sie es einfach. Wir haben unerwarteten Besuch bekommen, und er ist keinen Deut besser als der Bastard da drinnen.«

Covey spannte sich an. Er erwiderte nichts, nickte nur und ging zur Treppe.

Die Tür zum Zimmer stand noch einen Spaltbreit offen. Caine ließ sich nirgends blicken.

»Okay, Caine, ich bin gefesselt.«

»Komm her!«

»Erst die Geiseln.«

Caine murmelte etwas, das sie durch die Tür nicht verstand. Dann waren Schritte zu hören. Ein Fluch. Schließlich riss jemand die Tür auf und David Jefferson stolperte ins Freie. Er wäre gefallen, wäre Kathy Flannigan nicht zur Stelle gewesen, um ihn zu stützen.

Sie gingen an Lilith vorbei und blieben bei Covey stehen.

»Ist der Arzt gekommen?«, fragte Kathy, während Covey ihr mit dem Verletzten half.

Lilith schüttelte den Kopf. »Beherzigen Sie meinen *Rat*, Covey.«

»Alles, was Sie sagen, Teuerste, aber erst, wenn Janet hier ist.«

Caine rief Lilith wieder zu sich. Seine Stimme zitterte. Er schien die Geduld zu verlieren. Lilith wusste nicht, ob er wirklich unter Zeitdruck stand oder die Sache nur dramatisierte.

»Schick Janet heraus, dann komme ich zu dir.«

»Nein, die Göre ist mein Pfand«, widersprach Caine. »Erst wenn ich dich sicher habe, darf sie gehen.«

Lilith warf einen Blick zurück zu Tom Covey. Der Secret Service Agent schüttelte den Kopf. Er wollte unter keinen Umständen, dass seine Schutzbefohlene in der Hand des potentiellen Mörders blieb.

»Ich gehe rein«, entschied Lilith, an Covey gewandt.

»Und Janet? Ich lasse nicht zu, dass ihr irgendetwas –«

»Ich verspreche Ihnen, dass ich sie unversehrt da rausbringen werde.«

»Und Sie?«

Lilith zuckte die Achseln. Ihr Dilemma war umso größer, da unten Jadon auf sie wartete. Selbst wenn es ihr gelingen sollte, Caine zu bezwingen – was sie mittlerweile bezweifelte –, wären damit ihre Probleme noch nicht gelöst.

Sie stieß die Tür mit dem Fuß auf. Das dahinter liegende Zimmer wirkte noch recht ordentlich. Keine umgeworfenen Möbel, kein zerstörtes Inventar. Caine hatte sich zurück gehalten oder war zwischenzeitlich wenigstens einigermaßen zur Vernunft gekommen. Er stand in der Ecke, lässig mit der

Schulter gegen die Wand gelehnt, die Arme vor der Brust verschränkt. Nur in seinen Augen flackerte ein Licht, das den Eindruck des kühlen Taktikers zerstörte.

Caines Körperhaltung war die eines Menschen, der nur noch ein einziges Ziel hatte und darauf hinarbeitete, es mit allen Mitteln zu erreichen.

»Hier bin ich«, sagte sie überflüssigerweise und schaute sich im Zimmer um. Janet befand sich in der Nähe des Fensters. Seit Lilith sie kannte, hatte sich ihr lethargischer Zustand nicht verändert. Teilnahmslos blickte sie in Caines Richtung, geradezu als starre sie durch ihn hindurch.

Oder als ob sie auf etwas warten *würde*, dachte Lilith. Der Gedanke verblasste, als Caine sich zu Wort meldete.

»Das sehe ich, Schätzchen.« Er grinste breit. In seinem Blick flackerte Triumph auf. Vermutlich wähnte er sich unmittelbar vor seinem Triumph.

Lilith trat über die Schwelle. Sie war bereit, ihre Fesseln jederzeit zu sprengen, doch zuerst musste Janet in Sicherheit gebracht werden.

»Hat dir unsere letzte Nummer nicht gefallen?«, spottete Lilith. »Oder warum bist du plötzlich sauer auf mich?«

»Du hast ... sie verraten!«, schnappte Caine und fletschte dabei die Zähne. Er löste sich von dem Schrank und schlenderte fast gemütlich zu einem der Sessel.

Lilith brauchte nicht zu fragen, wen er meinte.

»Und du nicht?«

Kurz loderte Caines Blick auf. Doch er beruhigte sich wieder und schenkte ihr sogar ein Lächeln. Doch es hatte nichts Warmherziges an sich.

Lilith war verwundert, keine Anzeichen von Wahnsinn in seinen Augen zu erkennen. Er schien sich seiner Taten sehr wohl bewusst zu sein. Caine hatte einfach seine *Meinung* geändert – und die Seiten zum zweiten Mal gewechselt.

»Du hast mich geblendet!« Hass vibrierte in seiner Stimme. Lilith sah, wie sich seine Hände zu Fäusten ballten. »Und ich bin darauf hereingefallen.«

»Entschuldige, wenn ich dich korrigiere«, warf Lilith ein, »aber du hattest deine ›Schwester‹ umgebracht, *bevor* wir uns begegneten.«

»Halt's Maul!«

Lilith blieb ruhig. Caine befand sich gefährlich nahe bei Janet. Sie wollte ihn nicht doch noch zu einer unüberlegten Tat verleiten.

»Lass Janet gehen«, bat sie eindringlich, und zur Unterstreichung ihrer Worte drehte sie sich leicht zur Seite, so dass Caine die Handschellen sehen konnte.

Der Neovampir machte eine Geste, wie um Janet aufzufordern, das Zimmer zu verlassen.

Doch es kam ganz anders.

»Worauf warten wir?« In Kathy Flannigans Stimme lag eine gewisse Unruhe, die Tom Covey deutlich heraus hörte.

»Auf Janet«, antwortete der Secret Service Agent gelassen, obwohl er innerlich alles andere als das war.

»Wir müssen endlich zu einem Arzt!«

Tom nickte nur.

»Gehen Sie mit David nach unten und warten am Hinterausgang auf uns.«

»Am Hinterausgang? Aber wieso?«

»Keine Ahnung«, gestand Tom. »Lilith hielt es wohl für eine gute Idee.«

Kathy drehte sich wortlos um, hakte sich an Davids rechtem Arm unter und stieg mit ihm die Treppe hinab. Tom sah den beiden hinterher. Jefferson würde es nicht mehr lange machen. Er befand sich schon jetzt am Rande einer Ohnmacht.

Covey wandte sich wieder ab, doch Kathys Stimme holte ihn ein.

»Tom?«

Er schaute nach unten und sah, dass die beiden Reporter nicht mehr allein waren. Der Fremde weckte eine gewisse Vertrautheit in ihm, doch Tom wusste nicht, woher sie rührte.

»Sie kommen jetzt herunter.« Die Stimme des Mannes war kaum mehr als ein leises Wispern. Gleichzeitig spürte Covey etwas *Mächtiges, Unsichtbares* auf sich einströmen und seine Gedanken in eine bestimmte Richtung lenken. Bohrender Kopfschmerz flackerte kurz auf, ließ Tom die Augen zusammenkneifen und sich an die Schläfe fassen.

Dann zog sich das Unbekannte zurück.

In den Augen des Fremden war Enttäuschung zu lesen. Er wiederholte seine Aufforderung, und um ihr Nachdruck zu verleihen, schnellte plötzlich eine Hand vor und umschloss David Jeffersons Kehle.

Tom hob abwehrend die Hände. »Schon gut, Mann, ich komme.« Er setzte sich gerade in Bewegung, als er ein Poltern aus dem Zimmer hinter sich vernahm ...

Der Zug war unvorhersehbar und überraschte sowohl Lilith als auch Caine. Ohne Vorwarnung sprang Janet über das Sofa hinweg auf den Neovampir zu. Noch im Flug entarteten ihre Finger zu dolchartigen Krallen, die Mundpartien verformten sich zu einem raubtierartigen Gebiss.

Caine nahm die Gefahr nicht wahr. Erst als Janet gegen ihn prallte und ihn die Wucht von den Füßen holte, ließ er einen erstaunten Ausruf vernehmen.

Lilith konnte nicht glauben, was sie sah, aber die Tochter des Präsidenten war vor ihren Augen zur *Vampirin* mutiert.

Jadon, dachte sie. Nur er als Kelchgetaufter konnte eine Dienerkreatur erschaffen haben ...

Janet setzte Caine hart zu. Sie gewährte ihm keine Pause. Unentwegt hieb sie wie eine Berserkerin auf ihn ein, bedeckte seinen Körper mit Schlägen und Tritten und schmetterte ihn gegen die Zimmerwand.

Lilith war zur Seite getreten und verfolgte den ungleichen Kampf. Die Präsidententochter hatte das Überraschungsmoment auf ihrer Seite gehabt, doch sobald sich Caine gefangen hatte, würde er kurzen Prozess mit ihr machen.

Die Schellen rissen.

Janet fauchte und sprang vor. Sie rannte in den vorschnellenden Fuß Caines und wirbelte zwei, drei Meter durch das Zimmer.

Lilith wollte ihr helfen – *helfen?* –, doch da jagte eine schemenhafte Gestalt heran und schloss ihre Hände um Caines Hals.

Caine zappelte in Jadons Händen, versuchte sich zu befreien, schaffte es aber nicht.

Lilith verspürte nicht die geringste Lust, den Ausgang des Kampfes abzuwarten. Sollten sie es unter sich ausmachen.

Sie wandte sich zum Gehen, als Jadons Blick sie traf.

Nein!, dachte sie mit einem Anflug von Panik. *Das kann nicht sein!*

Wie angewurzelt stand sie da, einzig und allein *seinem* Willen ausgeliefert. Er wandte den Blick in Caines Richtung, doch noch immer konnte Lilith sich nicht rühren. Sie wollte es auch gar nicht mehr.

Was geschieht mit mir?!

Wie gebannt verfolgte sie den Zweikampf. Janet rappelte sich wieder auf. Ein stummer Befehl ihres Herrn dirigierte sie zu Lilith.

»Komm!«, befahl die Präsidententochter, deren Gesichtszüge wieder die eines Menschen waren. Sie führte Lilith über die Türschwelle aus dem Zimmer. Die beiden blieben draußen auf dem Flur stehen.

Jadon schleuderte Caine quer durch das Zimmer. Möbelstücke gingen zu Bruch, der Beistelltisch ächzte unter dem Gewicht des Neos und zersplitterte in tausend Teile. Caine krümmte sich unter Schmerzen. Er stemmte sich hoch, taumelte und fiel der Länge nach zu Boden. Blut troff aus unzähligen Blessuren. Sicherlich hatte er sich auch einige Knochen gebrochen.

»Wer, zur Hölle, bist du?«, keuchte der Neo, um Zeit zu gewinnen.

Jadon fegte einen Sessel beiseite und trat an Caine heran. Nur drei Schritte trennten die beiden Kontrahenten voneinander.

Lilith spürte die befremdliche Aura, die den Zwillingsbruder von Jesus umgab. Seine Präsenz war unglaublich, jeder Gedanke an Auflehnung wurde im Keim erstickt. Caine duckte sich unter der unsichtbaren *Macht,* die auf ihm lastete und in ihn eindrang.

»*Was* bist du?«, schrie der Neovampir. Er drückte sich hoch und stand auf wackeligen Beinen da. Noch immer blutete er, als hätten ihn seine vampirischen Selbstheilungskräfte im Stich gelassen.

Jadon blieb gelassen. Die Wut des Neos prallte an ihm ab, als schütze ihn seine Aura vor jeglichem äußeren Einfluss. Und selbst als Caine aus dem Stand hochfederte und auf ihn zu jagte, bedurfte es nur einer leichten Körperdrehung Jadons, um dem Gegner auszuweichen.

Der Zwilling stieß kurz zu, verlängerte dadurch Caines Sprung und ließ ihn gegen die Wand prallen. Der Neo durchschlug den Putz und das Gestein, rollte über den Flur an Lilith und Janet vorbei, durchbrach das Geländer und stürzte in die Tiefe, wo er genau vor Tom Coveys Füßen zum Liegen kam.

Lilith schickte sich an, ihm hinterher zu springen, doch da erschien Jadon auf dem Gang. Seine Anwesenheit veranlasste die Halbvampirin, sofort stehen zu bleiben.

In stoischer Gelassenheit schritt Jadon die Treppe hinunter. Lilith und Janet folgten. Als sie unten ankamen, lag Caine noch immer am Boden und spuckte dunkel glänzendes Blut. Er zitterte am ganzen Leib, atmete schwer.

Lilith hätte nicht für möglich gehalten, dass dem Neo dermaßen zugesetzt werden konnte. Ihr Blick traf den von Covey. Der Agent war nicht geflohen, wie sie ihm aufgetragen hatte. Am Rande ihres Bewusstseins verstand sie, dass auch er unter Jadons unerklärlichem Bann stand, der wenig mit normaler vampirischer Hypnose gemein hatte.

Caine raffte sich auf, hielt sich an der Wand fest, um nicht wieder das Gleichgewicht zu verlieren. Er sah seinem Widersacher mit einer Mischung aus Respekt, Furcht und kindlichem Trotz entgegen.

Dann – schneller als das menschliche Auge verfolgen

konnte, sogar noch schneller als Lilith es je für möglich gehalten hätte – rannte der Neo plötzlich an Jadon vorbei, hechtete nach vorn und rollte über den Boden. Er kam direkt hinter Jadon hoch, der im selben Augenblick herumschwang. Doch diesmal war er zu langsam.

Im Sprung wirbelte Caine um die Achse, streckte ein Bein hervor und zog den Absatz seines Schuhs durch Jadons Gesicht. Noch in der Drehung schwang er den zweiten Fuß nach und bohrte ihn in die Seite des dunklen Zwillings.

Jadon wurde gefällt wie ein Baum. Er schlug auf die Treppenstufen. Caine setzte nach, holte mit der Faust aus und rammte sie in Jadons Gesicht ...

So hatte er es zumindest geplant, doch ehe die Knochen des anderen zertrümmerten, schoss Jadons Hand vor und blockte den Hieb ab.

Verdutzt stierte Caine Jadon an, dann schloss sich die zweite Hand des Kelchvampirs um die Kehle des Neos und ... zerquetschte sie.

Caine röchelte. Seine Augen quollen hervor. Ein gellender Ton verließ seinen Rachen und dann ...

Lilith sah genauer hin.

Sie glaubte zu halluzinieren.

Aber das Bild verschwand nicht: Ein feiner, zartbläulicher Glanz schien Caines Mund zu verlassen. Das Band ähnelte schwachem Dunst. Ein paar Sekunden hing er wie eine kleine Wolke in der Luft, transparent und schwach glimmend.

Ehe sich Lilith einen Reim darauf machen konnte, *inhalierte* Jadon bereits den Odem, saugte ihn vollständig in sich auf.

Lilith sah deutlich, wie seine Augen für den Bruchteil einer Sekunde ebenfalls bläulich aufglommen.

Dann sank Caine leblos in sich zusammen. Sein Körper war nur noch tote Hülle.

Jadon stieß ihn von sich und erhob sich vom Treppenabsatz. Er klopfte sich demonstrativ den Staub des Kampfes von den Kleidern und trat dann auf Lilith zu.

»Sehr eindrucksvoll«, hauchte sie tonlos. Sie hatte das Gefühl, *irgendetwas* sagen zu müssen.

»Wir sind hier fertig«, entschied Jadon.

Die Halbvampirin runzelte die Stirn. »So? Dann muss ich mich jetzt wohl bei dir bedanken?«

»Dein Sarkasmus wird dich auch nicht retten.«

Lilith wandte sich ab, trat an Jadon vorbei, winkte Covey, Kathy und Jefferson zu sich heran und schritt den Flur entlang zum Ausgang der Pension. In Gedanken kam sie bis zur Tür, ehe Jadons *Stimme* sie in die Realität zurückholte.

Sie stand immer noch vor ihm. Gesicht an Gesicht.

Über welche Macht gebietet er?, fragte sie sich nicht das erste Mal. Seine Aura war deutlich zu spüren. Etwas Ähnliches hatte sie nur einmal empfunden, als sich ihr Blick und der Jesu getroffen hatten, vor zweitausend Jahren in Jerusalem ...

Jadon schien weder eindeutig böse noch »gut« zu sein. Aber seine bloße Nähe, sein Charisma genügte, Lilith zu unterwerfen.

»Na schön«, seufzte sie. »Und wie geht es jetzt weiter? Willst du mich nicht auch töten?«

Ein Lächeln umspielte Jadons Lippen. Offenbar hatte er seinen Trumpf bis zum Schluss bewahrt und kostete nun den Moment aus, der Lilith wie ein Schlag ins Gesicht treffen musste.

»Töten? Ich? Nein ... Wir besuchen einen alten Freund«, verriet Jadon.

Lilith dachte sofort an den Magier, der samt seinem Domizil verschwunden war.

Doch sie wurde eines besseren belehrt, als Jadon den Namen jenes »Freundes« aussprach.

»Landru ...«

8. Kapitel

Jenseits der Nacht

Die beiden verkrusteten Narben an seinem Hals fühlten sich merkwürdig an. Ihn schauderte, als er sich daran erinnerte, wie sie entstanden waren. Der Schmerz war kurz und heftig gewesen, ehe ein süßes Verlangen ihn abgelöst hatte. Die Versprechungen, die darin geschwungen hatten, waren jedoch nie erfüllt worden, im Gegenteil.

Für Tom Covey war mehr als sein Weltbild zerstört worden. Das Phänomen des Nachtfalls über Australien und England mochte irgendwann als bizarre Laune der Natur entlarvt werden. Vampire jedoch gehörten definitiv nicht in die Kategorie »normal« oder »natürlich».

Kreaturen der Nacht ...

Lächerlich?

Urängste einflößend, traf es wohl eher!

In Gedanken versunken berührte Covey erneut die Bissmale am Hals. Wunden, so tief, dass sie ihn getötet hätten, wären sie nicht auf erstaunliche Weise verheilt und dann vernarbt.

Tom fühlte sich als Gefangener in einem Albtraum, aus dem ein Erwachen unmöglich schien.

Wer immer das Spiel für ihn inszeniert hatte, ersann von Minute zu Minute neue Schrecken und Abnormitäten, um ihn zu quälen. War die ungeheuerliche *Tatsache,* dass blutsaugende Monstren auf Erden wandelten, nicht schon erschreckend genug?

Nur ein einziges dieser Wesen hatte quasi innerhalb weniger Minuten seinen gesamten Lebensinhalt zerstört.

Und jetzt war der imaginäre Pfahl, den man ihm ins Herz getrieben hatte, noch tiefer in die Wunde eingedrungen und von unsichtbarer Hand umgedreht und hin und her bewegt worden, um die Qualen noch zu erhöhen.

Zum ersten Mal in seinem Leben spielte Tom Covey mit dem Gedanken, sich eine Kugel in den Kopf zu jagen. Beim Secret Service gab es ein Szenario, in dem die zivilen Agenten darauf trainiert wurden, sich selbst zu liquidieren, falls sie ohne Aussicht auf Entkommen in die Hand des Feindes – wer auch immer das sein sollte – gerieten. Vielleicht machte man sich Gedanken über ein gewisses Berufsrisiko, aber Tom Covey hatte auch nicht im Entferntesten die Möglichkeit in Betracht gezogen, dass er sich selbst einmal umbringen würde, um Geheimnisse nicht in falsche Hände gelangen zu lassen.

Dabei ging es hier nicht einmal darum, Staatsgeheimnisse auszuplaudern. Er war schlicht und einfach der Situation nicht mehr gewachsen. Kein Training der Welt hätte ihn auf diese Kreaturen vorbereiten können. Niemand hätte ihm je plausibel machen können, dass sich die Tochter des Präsidenten eines Tages in eine blutsaugende Furie verwandeln würde ...

Tom schüttelte sich, als er den Kopf zur Seite wandte und Janet im Profil betrachtete. Waren die alten Legenden also wahr? Hatte dieser Jadon das Mädchen zu einer der Seinen gemacht ...?

Eine Antwort darauf hatte Tom bisher nicht gefunden. Er

wusste nur, dass er ihre Apathie nicht länger nur dem Verlust ihrer Familie zuschreiben konnte, sondern auch ... dem Einfluss des aufgetauchten Vampirs.

Noch fragte sich Tom, wie Lilith in dieses Bild passte. Was hatte sie mit den Blutsaugern zu schaffen? Und warum hatte Caine ihr erst geholfen, die Plünderer zu vertreiben, um sich danach gegen sie zu stellen?

Tom zermarterte sich den Kopf, ohne Antworten auf die elementaren Fragen zu finden. Das Einzige, was er sicher wusste, war, dass der Albtraum noch lange nicht vorüber war. Er sah nach vorn und bog rechts ab. Dem Wegweiser zufolge waren es noch zehn Meilen bis Liverpool, doch Tom hatte nicht vor, die englische Großstadt direkt anzusteuern. Oder anders ausgedrückt: *Jadon* wollte dies nicht.

Nachdem sie zu fünft die Pension der alten Mrs. Levinson verlassen hatten, musste sich Tom um einen fahrbaren Untersatz kümmern. Seine Wahl fiel auf einen Dodge Caravan, den sie verlassen in einem Hinterhof fanden. Der Wagen war mit einer Diebstahlsicherung ausgestattet – nichts, was einen Secret Service Agenten davon abhalten konnte, ihn für seine Zwecke zu missbrauchen.

Jefferson war in der Pension zurück geblieben. Jadon hatte gemeint, dass er sie auf ihrer Reise mit der Verletzung nur behindern würde, wobei er sich wohlweislich nicht über das Reiseziel ausließ. Tom hatte sich anfangs gewundert, warum Kathy Flannigan bereitwillig mitging, obwohl ihr Lebensgefährte sie nicht begleiten würde. Jefferson würde ohne ärztliche Versorgung seiner Verwundung erliegen, daran gab es kaum einen Zweifel.

Mittlerweile wusste Tom Covey um die Suggestivkraft der Vampire. Sie erstickte jeden Widerstand im Keim. Dennoch schien Jadon diese Macht nicht uneingeschränkt über ihn, Tom, ausüben zu können.

Lilith hatte dies beiläufig damit erklärt, dass er bereits der hypnotischen Wirkung eines anderen Vampirs ausgesetzt gewesen war und wohl deshalb nicht mehr vollständig von Jadon kontrolliert werden könne.

Dabei ließ sie offen, woher sie ihr Wissen bezog und welcher andere Blutsauger dies gewesen sein sollte. Tom tippte auf Caine.

Für Jefferson würde der Höllentrip also in London enden – so oder so. Nur Tom, Kathy und Lilith war dieses »Glück« nicht vergönnt. Inzwischen ahnte Covey auch, was Jadon damit gemeint hatte, als er davon sprach, Kathy und ihn als *Proviant* mitnehmen zu wollen. Während sich der Vampir an Kathys Blut schadlos halten würde, musste Tom wahrscheinlich Janet zur Verfügung stehen.

»Wir sind bald da«, sagte Tom Covey, um das eisige Schweigen zu brechen, das sich seit zwei Stunden im Wagen ausgebreitet hatte.

Auf der mittleren Rückbank saßen Lilith, Jadon und Kathy. Janet hatte auf dem Beifahrersitz Platz genommen. Die letzte Sitzreihe, die noch einmal Raum für zwei Personen bot, war leer. Wie Lilith führte auch Jadon kein Gepäck mit sich, so dass Tom erst vermutet hatte, ihre Reise würde noch vor Liverpool enden. Doch mittlerweile glaubte er dies nicht mehr ...

Innerer Aufruhr war das vorherrschende Gefühl in Lilith. Sie mühte sich ab und versuchte die mentalen Fesseln zu sprengen, die Jadon ihr auferlegt hatte. Nicht bloße Hypnose war es, die sie zwang ihm zu gehorchen, sondern etwas ... anderes, das sie nicht einmal in Worte fassen konnte.

Der Name *Landru* hallte noch immer in ihrem Bewusstsein nach. Ihr war klar gewesen, dass ihr alter Feind es war, der Jadon geschickt hatte. Doch die Pläne des ehemaligen Kelchhüters lagen nach wie vor im Dunkeln. Sie verstand auch nicht, warum Landru nicht den Befehl gegeben hatte, sie an Ort und Stelle zu töten.

Besorgt lugte sie mehrmals zu Kathy und Tom hinüber. Die CNN-Journalistin stand ganz im Bann des vampirischen Keims, mit dem Jadon sie infiziert hatte. Sie würde ihm bedenkenlos bis in den Tod folgen und zur Dienerkreatur werden, sobald sie ihr eigenes Leben aushauchte.

Wie Janet, dachte Lilith.

Bei Tom Covey verhielt es sich hingegen anders. Jadon hatte ihn nicht gebissen. Und Janet vermochte den Keim nicht weiterzugeben. Da der Secret Service Agent jedoch schon einmal hypnotisch von Lilith beeinflusst worden war, widerstand er Jadons Suggestionen bis zu einem gewissen Grad, auch wenn es Jadon schaffte, Covey *grundsätzlich* unter seine Knute zu zwingen.

Im Licht der Scheinwerfer schälte sich ein weiteres Straßenschild aus der ewigen Dunkelheit. Nur wenige Minuten noch bis zum nordwalisischen Ferienort Rhyl ... Die kleine Stadt schien Jadons Ziel zu sein. Zumindest ein Etappenziel.

»Erwartet uns Landru dort?«, fragte Lilith leise.

Jadon antwortete nicht. Einmal mehr versuchte Lilith, gegen ihn aufzubegehren, doch ehe ihren Gedanken Taten folgen konnten, resignierte sie bereits wieder.

Sie wünschte, sie hätte gewusst, auf welchem Prinzip die Macht beruhte, die Jadon auf sie ausübte.

Diese vollkommene Lähmung ihres Wunsches nach Widerstand ...

Sie passierten die Stadtgrenze von Rhyl. In der Hochsaison glänzte die Ortschaft mit Attraktionen und war von Touristen überlaufen. Rhyl bot mit seinem Freizeitpark, dem großen Skytower und einer Reihe von Wassersportaktivitäten den bunten Rahmen, der viele Reisende anzog.

Seit dem Nachtfall glich Rhyl jedoch eher dem, was man als *verschlafenes Nest* bezeichnete. Das Städtchen wirkte wie ausgestorben. Nur hinter einigen Fenstern brannte Licht. Hier und dort liefen Menschen über die Straße, doch Lilith vermochte nicht zu sagen, ob sie zu einem Einkauf unterwegs waren oder sich nur die Beine vertraten. Den Alltag gab es nicht mehr. Genau wie anderenorts hatten auch hier die meisten ehemaligen Bewohner das Land inzwischen verlassen und sich zum europäischen Festland oder nach Irland gerettet. Tatsächlich verlassen war ihre Stadt jedoch nicht.

Andere waren gekommen.

Hatten die Häuser und Straßen vereinnahmt ...

Die Scheinwerfer der Militärfahrzeuge tauchten Rhyl in kaltes, grelles Kunstlicht. Doch so leistungsfähig sie auch sein mochten, die Dunkelheit konnten sie nur zu einem verschwindend geringen Teil zurückdrängen, und dort, wo ihre Kegel hinstachen, bildeten sich monströse Schatten in einem unwirklichen Grau. Schatten, die scheinbar nur darauf warteten, dass sich eine Seele aus dem Kern des Lichts in die Dunkelheit hinaus wagte.

»Anhalten«, befahl Jadon.

Seine Stimme war wie ehedem ruhig und ohne Spuren von Nervosität.

Die Soldaten fürchtete er sicher nicht, er wollte nur allen

Unannehmlichkeiten, die ihre Reise verzögern konnten, aus dem Weg gehen.

Covey stoppte den Wagen am Straßenrand und schaltete ohne Aufforderung die Scheinwerfer aus. Eine Weile saßen sie schweigend im Wagen und starrten zu den sich bewegenden Lichtern hinüber.

Noch während Lilith sich fragte, wie lange das Spielchen, das Jadon offensichtlich trieb, gut gehen konnte, überraschte sie der Zwilling ein weiteres Mal. Jadon beugte sich vor, tippte Covey kurz auf die Schulter und reichte ihm die Dienstwaffe zurück. Der Agent gaffte nur verblüfft auf die Pistole, nahm sie und steckte sie wortlos in sein Holster. Lilith entging nicht das Zucken in Coveys Augen. Für den Bruchteil einer Sekunde hatte er überlegt, ob er die Waffe gegen Jadon richten sollte, sich dann aber anders entschieden.

»Steigen wir aus.«

Anstatt froh darüber zu sein, das Fahrzeug endlich verlassen zu können, steigerten Jadons Worte nur Liliths Unbehagen.

Die Türen rasteten leise hinter ihnen ein. Sie ließen den Wagen am Straßenrand zurück und bewegten sich stadteinwärts, mieden jedoch die Hauptstraßen, auf denen die Soldaten offenbar häufiger patrouillierten. Einer schweigenden Prozession gleich, näherten sie sich der Uferregion. Sie überquerten die Eisenbahnlinie an der Tynewydd Road, machten einen Schlenker bei der Oakville Avenue ...

... und liefen dem Militär schließlich doch am Hilton Drive in der Nähe eines Parkplatzes direkt in die Arme.

»Stehen bleiben!«

Der heisere Befehl schnitt eisig durch die Dunkelheit.

Sofort richteten sich mehrere Suchscheinwerfer auf sie. Schatten huschten durch die Nacht und nahmen strategische Positionen ein. Das metallische Geräusch von Waffen, die entsichert wurden, klang auf.

»Thomas«, sagte Jadon leise, so dass es nur die Leute in seiner Begleitung hören konnten. »Regeln Sie das.«

Lilith spannte sich innerlich. Vielleicht konnte die jetzige Situation eine Wende herbeiführen. Aber schon bei dem Gedanken fühlte sie erneut die Stärke Jadons in sich aufwogen, und sie wusste instinktiv, dass es Tom Covey nicht anders erging.

Covey trat vor, griff in die Innentasche seiner Jacke und zückte seinen Ausweis. Er hielt ihn hoch ins Scheinwerferlicht und rief: »Ich bin Special Agent Tom Covey vom United States Secret Service. Wer ist hier der ranghöchste Offizier?«

Eine Gruppe von fünf Soldaten in ABC-Schutzausrüstung trat ins Licht. Der Mittlere von ihnen nickte kurz, woraufhin die anderen sich verteilten und ihre Waffen neu in Anschlag brachten.

»Die Offiziere«, sagte der Mann mit durch die Gasmaske gedämpfter Stimme, »ziehen es vor, an Land, auf See und in der Luft zu bleiben.«

Lilith erkannte an seiner Uniform die Abzeichen eines Sergeants.

»Was wollen Sie hier?«, fragte der Soldat schroff, ohne sich selbst vorzustellen.

Tom Covey deutete hinter sich und antwortete: »Diese Leute sind Flüchtlinge aus der Londoner Botschaft. Da Heathrow gesperrt ist, suchen wir eine sichere Passage.«

»Das tut mir Leid«, erwiderte der Sergeant, ohne ehrliches Mitgefühl in seine Stimme zu legen. »Die britische Insel steht unter Quarantäne. Niemand darf rein oder raus. Ich werde Ihnen einen Wagen rufen, der Sie nach Liverpool ins Hauptquartier bringt.«

Covey machte einen energischen Schritt nach vorn. Sofort hoben die vier Soldaten ihre Gewehre höher. Die plötzliche Anspannung war körperlich spürbar. Gleichzeitig stachen aus dem Dunkel jenseits des Scheinwerferlichts rote Punkte hervor, die Lilith und die anderen unruhig flackernd abtasteten.

»Hören Sie«, versuchte es Covey noch einmal, »diese Leute genießen diplomatische Immunität. Wir haben wichtige Informationen für Washington, die den Absturz der Air Force One und den Verbleib des Präsidenten betreffen.«

Scheinbar ohne Aufforderung setzte sich Janet in Bewegung und trat neben Tom Covey.

»Erkennen Sie diese Frau?«

Der Sergeant musterte Janet, zeigte jedoch keine Anzeichen von Erkennen, bis ihm einer seiner Kameraden zufauchte, dass es sich um die Präsidententochter handele.

»Scheiße«, flüsterte der Sergeant laut genug, dass die Umstehenden es hören konnten. »Warum muss ausgerechnet mir das passieren?« Lauter fügte er hinzu: »In Ordnung, ich werde nicht viel für Sie tun können. Meine Befehle sind eindeutig: Niemand darf das Festland oder andere bewohnte Territorien jenseits der Dunkelzone betreten. Ich lasse Sie mit einem Schnellboot zum amerikanischen Flugzeugträger *U.S.S. Enterprise* bringen, dort sitzt der Generalstab Ihrer Landsleute.«

»Na sehen Sie«, meinte Covey. »Es geht doch.«

Er drehte sich um und kehrte zu Lilith und Jadon zurück.

»Ein Schnellboot«, sinnierte Jadon und lächelte leicht.

Eine gute Viertelstunde später wurden sie von zwei Militärfahrzeugen zum Hafen von Rhyl gebracht, wo einige Boote der britischen Marine vor Anker lagen. Der Sergeant erklärte dem Kommandanten eines der Boote kurz die Lage und deutete immer wieder auf Lilith und die anderen. Schließlich nickte der Mann am Bootsrand und winkte dem vermeintlichen *Botschaftspersonal* zu.

Sie stiegen an Deck und wurden angewiesen, sich auf die Seitenbänke nahe der Reling niederzulassen. Kurz darauf starteten die mächtigen Außenbordmotoren mit einem alles durchdringenden Röhren und bugsierten das Militärboot aus dem Hafen hinaus, der ursprünglich nur für Segelyachten und Fischerboote angelegt worden war.

Lilith blickte mit ein wenig Wehmut zurück, als sich die Scheinwerfer in der Dunkelheit verloren. In England hatten sich für sie erneut die Weichen gestellt. Und nun schien sie Landru auf Gedeih und Verderb ausgeliefert zu sein, denn sie sah nicht die geringste Chance, sich aus Jadons Einfluss zu befreien.

Und Jadon war doch selbst nur ein Diener des Kelchhüters ...

Die Besatzung des Schnellbootes zählte fünf Marines der Royal Navy. Genau wie die Soldaten auf der Insel waren sie in dicke ABC-Schutzkleidung gehüllt und trugen Gasmasken, weil man sie wohl noch immer in dem Glauben ließ, auf der Insel wäre eine Epidemie ausgebrochen, hervorgerufen durch den Nachtfall.

Zwei der Marines standen dicht bei den vermeintlichen Diplomaten, während einer vorne an der Zwillingssockellafette Position bezogen hatte. Die anderen beiden hielten sich am Ruder des Schnellbootes auf, das mit gut dreißig Knoten durch die Irische See pflügte.

Die Kursänderung schien unbedeutsam. Keinem der Marines fiel sie auf, nicht einmal dem Steuermann, der routiniert seine Instrumente im Auge behielt und in festem Glauben war, die Isle of Man anzusteuern, vor der die amerikanische Flotte lag, die die Royal Navy in diesen Gewässern unterstützte.

Irgendwann war der Blick wieder frei auf die Sterne des Himmels.

Die Dunkelzone war überwunden.

Neben Lilith sog Jadon die Luft hörbar ein, als empfände auch er das Verlassen der *Nacht* als Wohltat.

»Endlich«, ließ sich Tom Covey vernehmen.

Alle spürten, wie der Druck, die Beklemmung von ihnen abließ, wie sie wieder frei durchatmen konnten, ohne den Hauch von ... ja von *was* eigentlich? ... einzuatmen.

»Wohin geht es jetzt?«, wandte sich Lilith an Jadon.

»Du bist zu neugierig.«

»Das liegt wohl in meiner Natur«, erwiderte sie lapidar.

Jadon faltete die Hände ineinander. Er nickte mit dem Kinn in eine unbestimmbare Richtung.

Lilith folgte seinem Blick, doch das Ziel lag noch zu fern, um es zu erkennen.

»Dublin«, sagte Jadon nach einer Weile.

»Und dann?«

»Sehen wir weiter.«

Lilith schlang ihre Arme um die Schultern. Sie fror ein wenig, trug sie doch seit ihrem Aufbruch nur ein T-Shirt, das für einen Ausflug auf Hohe See definitiv nicht geeignet war.

Wo immer Jadon auch hin wollte, sie würde ihn bitten müssen, wärmere Kleidung zu organisieren.

Bei dem Gedanken an mögliche Ziele Jadons schauderte Lilith unwillkürlich. Was, wenn sie durch ihre bloße Anwesenheit erneut zum Initialzünder des Nachtfalls wurde und die Dunkelheit in andere Länder, auf andere Kontinente trug? Bisher hatte sie den Umstand, dass Rom bei ihrem Besuch vom Nachtfall verschont geblieben war, der Vermutung zugeschrieben, dass es einfach noch nicht genügend Keimträger der Neos auf dem europäischen Festland gab. Wie aber würde es in Irland aussehen? Ein großer Teil der Engländer war auf die grüne Insel geflüchtet. Würde sie dort ungewollt den Nachtfall »zünden»?

Sie bemerkte Jadons selbstgefälliges Lächeln.

»Was ist?«

»Deine Gedanken sind leicht zu durchschauen«, sagte der hochgewachsene Bruder des gekreuzigten Heilands.

Sie schwieg.

Es dämmerte bereits, als sie die Küste Irlands in der Ferne ausmachen konnten. Langsam wanderte die Sonne als glutroter Ball über den Horizont. Nur vereinzelt waren weiße Wolken am Himmel auszumachen, und die Wärme tat Lilith gut.

Abermals ließ Jadon das Boot eine Kurskorrektur durchführen. Es steuerte nun nicht mehr den Hafen Dún Laoghaire an, sondern hielt sich südlich davon, um irgendwo am Ufer, in Sichtweite Dublins, festzumachen.

Jadon wies die Soldaten an, die Fahrt hierher zu vergessen. Falls sie in Rhyl gefragt würden, wo ihre Passagiere abgeblieben waren, so würden sie jeden Eid schwören, sie ordnungsgemäß auf der *U.S.S. Enterprise* abgeliefert zu haben. Ehe der Schwindel aufflog, würden die Vermissten längst über alle Berge sein – *wo auch immer das liegen mag,* dachte Lilith.

Sie hielten einen Truck an. Jadon »überredete« den Fahrer, einen Abstecher zum Flughafen zu machen. Während Tom Covey in Gesellschaft von Janet und Kathy Flannigan mit der Ladefläche Vorlieb nehmen musste, ließ Jadon Lilith nicht aus den Augen und wies ihr den Platz zwischen sich und dem Fahrer zu.

Mittlerweile schaffte es auch das Tageslicht nicht mehr, das Gemüt der Halbvampirin aufzuheitern. Langsam, aber sicher meldete sich der Durst. Noch war der Hunger auf den Lebenssaft klein, aber er würde unaufhaltsam wachsen, wenn sie ihn nicht stillte.

Ihre Blicke wanderten zum Hals des Fahrers, der stur geradeaus sah, ohne sich wirklich auf Verkehr und Straße zu konzentrieren – eine bloße Marionette Jadons. Für einen Moment spielte sie mit dem Gedanken, sich an ihm satt zu trinken. Doch sie bezähmte sich, nahm sich nur vor, bald eine andere Gelegenheit wahrzunehmen.

Der Dublin Airport lag im nördlichen Bereich der irischen Hauptstadt. Um sich verstopfte Straßen zu ersparen, dirigierte Jadon den Fahrer in einer weiten Schleife um die City herum. Dennoch war das Verkehrsaufkommen enorm. Die Fluchtwelle aus England war offenbar auch hier nicht spurlos vorübergegangen.

Ein Straßenschild verriet Lilith, dass es nur noch wenige Meilen bis zum Flughafen waren. Sie fragte sich immer nervöser, wohin ihre Reise wohl gehen sollte. Wo würde Landru sie erwarten? Sicherlich hatte er seine Falle bis ins kleinste Detail ausgetüftelt und vorbereitet. Und er schwelgte bestimmt schon in Erwartung seiner Erzfeindin.

Bilder der Vergangenheit wurden in Lilith wachgerufen, zogen an ihrem inneren Auge vorbei und verblassten wieder. Zurück blieb die Frage, warum sie sich das alles noch antat. Hatte sie nicht längst ihre Bestimmung in jeglicher Hinsicht erfüllt? Warum setzte sie sich dennoch unermüdlich für die Menschheit ein, riskierte Kopf und Kragen wie ehedem?

Weil ich dazu geboren wurde, gab sie sich selbst müde die Antwort. Eine Viertelstunde darauf, als sie den Airport Terminal erreichten, vermochte Lilith nicht einmal mehr sicher zu sagen, ob der Gedanke überhaupt ihr eigener gewesen war.

Sie verließen den Truck auf dem Gelände des Dubliner Airports und betraten die Eingangshalle. Ebenso wie auf den Straßen herrschte hier reger Andrang.

»Ziemliches Durcheinander«, seufzte Lilith.

»Ich habe Schlimmeres in London erlebt«, gab Tom Covey zurück.

Ehe das Gespräch ausufern konnte, dirigierte Jadon sie zum Informationsschalter und musterte angestrengt die Tafel, auf der die Abflüge angezeigt wurden. Lilith fand es bemerkenswert, wie schnell er sich im 21. Jahrhundert zurechtgefunden hatte.

Ohne ein Wort zu sagen, suchte Jadon mit ihnen im Schlepptau einen Lufthansa Check-in-Schalter auf. Er wartete geduldig, bis sich die Schlange vor ihm langsam lichtete. Merkwürdig daran erschien nur, dass einige der Passagiere aus der Reihe traten, ohne überhaupt abgefertigt worden zu sein. Als hätten sie plötzlich das Interesse an einem Flug verloren.

Schließlich war Jadon an der Reihe. Die Mitarbeiterin in der blauweißen Uniform mit gelbfarbenem Halstuch war auffallend zuvorkommend.

Aufmerksam verfolgte Lilith das Gespräch zwischen Jadon und der Lufthansa-Angestellten.

Der Zwilling buchte einen Flug für fünf Personen nach Malatya in die Türkei. Lilith sog scharf die Luft ein. Jadon drehte sich halb zu ihr um und lächelte. Anscheinend hatte er erwartet, dass sie so reagierte.

Die Halbvampirin nagte an ihrer Unterlippe. Die Türkei als Ziel konnte nur eines bedeuten ...

Dort hat sich Landru also verkrochen, dachte Lilith, und ihre Kehle schnürte sich zu, als sie an den gewaltigen Felsendom im Ararat dachte.

»Ihre Pässe, bitte«, sagte die freundliche Dame gerade hinter dem Schalter.

Weder Lilith noch Jadon besaßen zeitgerechte Ausweispapiere. Und es war sicherlich nicht ratsam, der Angestellten Coveys Secret Service Marke unter die Nase zu halten. Sie konnten von Glück sagen, wenn Janet nicht erkannt wurde.

... von Glück sagen, hallte es in Liliths Bewusstsein nach. *Herrgott, jetzt denke ich schon für Jadon. Wie lange braucht er noch, um mich erst ganz ›umzudrehen‹?*

»Sie haben unsere Pässe schon gesehen«, sagte Jadon mit sonorer Stimme. Die Angestellte schenkte ihm ein bezauberndes Lächeln, nickte und händigte ihnen die Bordkarten aus.

»Einen guten Flug ...«

Ein Sonnenstrahl blitzte durch ihre geschlossenen Lider über die Netzhäute und weckte sie. Blinzelnd schlug sie die Augen auf und sah gerade noch, wie eine zarte Hand die Blende vor das Fenster zog und damit die gleißende Helligkeit aussperrte.

Liliths Blick wanderte zu der Person neben sich. Janet schien zu schlafen.

Jadon saß zusammen mit Tom Covey und Kathy Flannigan in der mittleren Platzreihe.

»Wo sind wir?«, wandte sich Lilith an ihn.

Jadon antwortete nicht. Dafür öffnete Janet unvermittelt die Augen, streckte ihren Arm aus und deutete auf den Monitor am Ende des Ganges. Dort war die schematische Darstellung einer Landkarte und das Symbol eines Flugzeugs mit der eingeschlagenen Route zu sehen, während links und rechts die aktuelle Höhe, Geschwindigkeit und Außentemperatur angezeigt wurden.

Die Maschine befand sich noch über dem Ärmelkanal. Offenbar hatte der Kapitän erst einen südlichen Kurs von Dublin aus eingeschlagen, um der Dunkelzone über England auszuweichen und den von Amerikanern und Briten kontrollierten Luftraum zu umfliegen.

Lilith starrte noch eine Weile auf den Monitor. Dann fielen ihr die Augen zu.

Besorgt betrachtete Tom Covey die junge Frau, die neben Jadon saß. Sie waren in Frankfurt zwischengelandet, hatten dort eineinhalb Stunden Aufenthalt gehabt und waren anschließend in eine Maschine der Turkish Airlines umgestiegen, die sich mittlerweile auf halber Strecke nach Istanbul befand. Während des Fluges mit der Lufthansa-Maschine und auch auf dem Frankfurter Flughafen war Lilith Eden kaum ansprechbar gewesen. Wenn sie saß, schien sie zu dösen. Beim Gehen hatte sie zwar die Augen offen, trottete aber eher mechanisch vor sich hin – oder besser: hinter Jadon her –, als dass ihre Bewegungen von freiem Willen zeugten. Tom glaubte nicht, dass sie noch in der Lage war, das Blatt zu wenden. So wenig wie er selbst.

Jadon hatte sie die Plätze tauschen lassen. Nach wie vor zog es der Vampir vor, in der mittleren Reihe zu sitzen. Lilith hing teilnahmslos neben ihm im Sessel; auf der anderen Seite saß Kathy neben ihr.

Covey hatte viel über den Sinn ihrer Reise nachgegrübelt, war jedoch zu keinem Ergebnis gekommen. Dafür ließ Janet ihn zur Ader. In einem unbeobachteten Moment schmiegte sich die Präsidententochter an ihn, küsste ihn zärtlich auf den Hals und biss zu.

Tom Covey wusste nichts von Dienerkreaturen oder der generellen Hierarchie unter Vampiren. Er sah auch keinen Unterschied zwischen Jadon oder Caine. Für ihn waren sie alle gleich: Monstren, die einfach nicht in diese Welt gehörten. Und so erschien es ihm logisch, dass der verderbliche Keim dieser Blutsauger nun auch in ihm steckte. Auch wenn er bislang noch kein abnormes Begehren an sich selbst bemerkte.

Angeekelt schüttelte er sich. Janet hatte von ihm abgelassen. Der Schmerz an seinem Hals ebbte ab. Zurück blieb das leichte Jucken einer schnell verheilenden Narbe.

Er sah Janet an, die ihn jedoch keines Blickes würdigte, worauf Covey zu Lilith hinüber schaute. Dabei musste er zwangsläufig an Jadon vorbei sehen.

Er stutzte. Täuschte er sich, oder existierte das zartblaue, transparente Band zwischen Jadon und der schönen Frau wirklich? Ähnliches glaubte er schon in Mrs. Levinsons Pension beobachtet zu haben, als Jadon Caine tötete ...

»Was haben Sie mit uns vor?«, wandte sich Tom an Jadon.

Der Mann mit dem asketischen Gesicht blickte scheinbar angestrengt auf den Monitor, über den ein amerikanischer Spielfilm mit türkischen Untertiteln lief. Aber Tom war sicher, dass Jadon alles um sich herum wesentlich intensiver wahrnahm als diesen »cineastischen Leckerbissen«.

»Wollen Sie sich die ganze Vorfreude nehmen lassen?«, spottete Jadon.

Eine Flugbegleiterin schritt durch den Gang, erkundigte sich nach dem Wohlbefinden der Passagiere und nahm Getränkewünsche entgegen. Covey bat um ein Glas Wasser und sank zurück in die Polster, nachdem Jadon keine Anstalten machte, ihm seine Absichten näher zu erklären.

Zweimal hatte Tom die Toilette aufgesucht und sich einen Plan überlegt, wie er den Fängen des Vampirs entkommen könnte. Zunächst würde er sich zum Flightdeck begeben und versuchen müssen, die Piloten zu einer Kurskorrektur zu bewegen. Doch wann immer er dieses Vorhaben in die Tat umsetzen wollte, erlosch sein Tatendrang wie ausgeknipst, und er hatte nur noch den Wunsch, zu seinem Sitz zurückzukehren.

Sinnlos, dachte Covey resigniert. Er war nicht einmal in der Lage, seine Waffe gegen Jadon zu richten.

Über diesen Gedanken schlief der Secret Service Agent ein und erwachte erst wieder beim Landeanflug auf Istanbul. Sie mussten erneut umsteigen und nahmen einen Inlandsflug nach Malatya.

Als sie dort gelandet waren, wähnte sich Covey am Ziel ihrer Reise.

Doch seinen Irrtum erkannte er bald.

Noch lag eine anstrengende Restetappe vor ihnen ...

Sie bestiegen einen völlig überfüllten, schmutzigen Bus, der schon erheblich bessere Tage gesehen haben musste. Jadon sorgte dafür, dass sie ohne Ausnahme Sitzplätze bekamen, obwohl es um sie herum von schwitzenden Einheimischen, die schwere Koffer und sogar Haustiere bei sich hatten, nur so wimmelte.

Der Fahrer des Busses entpuppte sich als Idealbesetzung, um den bisherigen Albtraum fortzusetzen. Er pflegte einen geradezu halsbrecherischen Fahrstil. Selbst die schmalsten Bergstraßen schien er als persönliche Herausforderung zu betrachten. Statt zu bremsen, trat er das Gaspedal jedes Mal bis zum Anschlag durch.

Auch wenn ihnen Fahrzeuge in schwindelerregender Enge entgegenkamen, hupte er nur wild, ohne die Geschwindigkeit zu drosseln.

Meist sah Tom bedrückt zum Fenster hinaus. Er nickte mehrere Male ein, und jedes Mal, wenn er wieder erwachte, fühlte er sich elender als zuvor. Ab und zu suchte sein Blick nach Lilith, der es noch schlechter zu ergehen schien. Sie war kreidebleich.

Lange hält sie das nicht mehr durch, dachte er dann.

Sämtliche Knochen taten ihm weh von der holprigen Fahrt. Außerdem wurden Hunger und Durst immer quälender. Seit sie die Londoner Pension verlassen hatten, war Tom nicht mehr zum Essen gekommen ...

Der Bus hielt in einem kleinen Nest mitten im Nirgendwo. Tom hatte nicht die leiseste Ahnung, in welchem Teil der Türkei sie sich mittlerweile befanden. Der Bus leerte sich. Offenbar war hier Endstation.

Zumindest für Reisende mit einem normalen Ticket.

Der Fahrer bemerkte, dass Jadon und seine Begleiter als einzige keine Anstalten machten, das Fahrzeug zu verlassen. Er drehte sich um und kam laut in seiner Heimatsprache schimpfend auf sie zu. Covey verstand kein Wort. Fragend blickte er zu Lilith hinüber, die nur noch ein Schatten ihrer Selbst war und gar nicht begriff, was er von ihr wollte.

Jadon erwiderte den Wortschwall gelassenen. Seine hypnotische Stimme wirkte auf den Fahrer ein. Schließlich nickte dieser, drehte sich um und klemmte sich wieder hinter sein Lenkrad.

Tom rieb sich die Augen. Als er sich streckte, hörte er seine Knochen und Gelenke knacken und massierte sich den Nacken.

»Wo, zur Hölle, sind wir eigentlich?«, knurrte er mit Blick durch die Scheibe.

»Nicht mehr weit von unserem Ziel entfernt«, antwortete Jadon genauso diffus wie schon die ganze Zeit über.

»Kommen Sie schon, es wird mir nicht die Vorfreude nehmen, wenn Sie etwas präziser werden!«

»Das hier ist ein kleines Dorf namens Bereket. Es liegt in Ostanatolien.«

Der Dorfname sagte Tom nichts. Es war auch sinnlos, nach einer Karte zu fragen.

»Wie weit ist es von hier bis zur Grenze?«

Jadon zuckte die Achseln.

Lilith stöhnte und richtete sich halb auf. Ihre Bewegungen

wirkten kraftlos, und als ihr Blick den von Tom streifte, bemerkte er, dass sämtlicher Glanz aus ihren Augen verschwunden war. Ihre Wangen waren eingefallen, dunkle Ringe malten sich unter ihren Augen ab, die sich tief in die Höhlen zurückgezogen zu haben schienen.

»Wir befinden uns an der Grenze zu Iran und Irak, Jadon«, sagte Tom plötzlich. »*Deshalb* fährt der Bus nicht weiter. Wenn Sie den Fahrer zwingen, den Weg fortzusetzen, wird das Militär unweigerlich auf uns aufmerksam! – Wollen Sie das?«

Jadon blieb ihm die Antwort schuldig. Der Bus fuhr an. Er holperte über die staubige Straße, nahm ein Schlagloch nach dem anderen mit und rollte aus Bereket hinaus.

Doch schon bald darauf bewahrheitete sich Toms Prognose.

Ihr Fahrzeug bremste abrupt und kam in einer Wolke aus ausgewirbeltem Staub zum Stehen. Die Türen öffneten sich, und zwei bewaffnete Angehörige türkischer Miliz stürmten das Fahrzeug.

Draußen blockierten ein Geländewagen und ein Truppentransporter die Straße.

»Hände hoch und alle raus aus dem Wagen«, schrie der Anführer.

Seine Worte waren auch ohne Kenntnis der Sprache, allein anhand der Drohgebärden, zu verstehen.

Tom Coveys Hand wanderte unter seine Jacke zur Waffe, die ihm Jadon überlassen hatte. Doch er zog sie nicht. Stattdessen musste er mit ansehen, wie die beiden türkischen Polizisten ihre Pistolen wieder einsteckten und lauthals loslachten, als hielten sie mit Jadon, der ihnen entgegengetreten war, einen vergnüglichen Plausch.

Dann befahl Jadon seinen Gefangenen auszusteigen. Kathy ging voran. Tom stützte Lilith. Sie war ihm keine große Hilfe und ließ sich mehr schleppen, als dass sie selbst lief. Janet bildete das Schlusslicht. Sie hatte am Flughafen von Istanbul eine Sonnenbrille ergattert, die sie jetzt trug, um ihre empfindlicher gewordenen Augen vor dem Tageslicht zu schützen.

Tom hustete, als er ins Freie trat. Der Staub brannte in seinen Augen. Jemand dirigierte ihn zum Transporter. Ein halbes Dutzend Polizisten stieg aus und verteilte sich auf der Straße. Ehe sich Covey versah, bugsierte ihn der Lauf eines Gewehres ins Innere des Lastwagens. Er legte Lilith auf einer der beiden Längsbänke ab und setzte sich neben sie. Kurz darauf stiegen auch Kathy Flannigan und Janet zu.

Jadon palaverte draußen noch eine Weile mit den türkischen Beamten, schwang sich dann selbst ins Wageninnere und ließ die Zeltplane hinter sich zufallen. Mit zufriedenem Gesichtausdruck ließ er sich gegenüber von Covey nieder.

»So reist es sich sicherer«, meinte er zynisch. »Danke für den Tipp, Covey.«

Tom verzog keine Miene.

Mit einem Ruck setzte sich der Transporter in Bewegung. Als sie das nächste Mal wieder Tageslicht zu sehen bekamen, befanden sie sich bereits am Fuß des Großen Ararat.

9. Kapitel

Die Bastion

Der Schneefall war heftiger geworden und behinderte Nona selbst in ihrer Werwolfgestalt. Sie kam nur schleppend voran. Die letzte Mahlzeit schien eine Ewigkeit zurückzuliegen. Dennoch kämpfte sie sich unermüdlich durch die weiße Pracht des Ararat voran.

Bei jeder Bewegung versank sie wadentief im Schnee. Sie gelangte auf einem Plateau an einen Felsvorsprung. Dahinter hatte sich eine kleine Höhle im Bergmassiv gebildet. Sie suchte dort Schutz, um sich zu erholen und wieder zu Kräften zu kommen.

Wie lange war sie jetzt unterwegs? – Sie wusste es nicht!

Würde Landru auf sie warten? – Sie wusste es nicht!

Innerlich kochte sie vor Zorn darüber, dass es keinen anderen Weg für sie gab, um in den Felsendom zu gelangen. Landru und seine Kelchkinder waren längst oben. Warum sollten sie Zeit vergeuden und ihr Vorhaben erst in die Tat umsetzen, wenn Nona eintraf.

Nein. Die Werwölfin machte sich nichts vor. Sollte sie je lebend im Dom ankommen, war es sicherlich schon vorbei. Warum dann nicht einfach warten? Oder umkehren?

Nona merkte, wie die Erschöpfung sie zu übermannen drohte. Wenn sie jetzt den Verlockungen eines süßen Schlafs nachgab, mochte sie gar nicht mehr erwachen. Es war selbst für eine Frau ihrer Art zu kalt in diesen Gefilden. Noch dazu ohne Nahrung ...

Die Wolfsgestalt schüttelte sich. Sie stieß ein Knurren aus, das jeden Beobachter sofort in die Flucht geschlagen hätte, denn es war das Zeichen eines hungrigen Wolfes auf der Jagd. Aber hier gab es nichts zu jagen. Selbst die Hoffnung, Bergziegen vorzufinden, hatte sich nicht erfüllt.

Nona zog die Lefzen zurück. Ihre scharfen Reißzähne wurden entblößt, bereit, sich in das warme Fleisch eines Opfers zu schlagen. Doch es gab nichts, das ihren Hunger zu stillen vermochte. Und oben im Felsendom? Landru hatte ihren Vorrat an Proviant unten auf der Grasebene auslöschen lassen. In der Heimstatt der Hüter würde sie auch keine Nahrung finden ...

Eine kalte Brise wehte Nona über das Gesicht, streifte ihre empfindliche Schnauze und ließ sie in der Luft schnüffeln. Ihr anfängliches Knurren steigerte sich zu einem tiefen Grollen.

Da war etwas.

Draußen im Schnee.

Nona legte den Kopf schief, tapste zwei Schritte vor und hielt ihre Schnauze direkt in den heulenden Wind. Ihre Ohren stellten sich auf, und sie versuchte mit all ihren Sinnen das zu erfassen, was dort draußen zu finden war.

Außer dem tobenden Schneesturm war nichts zu hören. Ihre Augen konnten das Treiben der dichten Flocken nicht durchdringen, und auch der seltsame Geruch, den sie für den Hauch einer Sekunde aufgenommen hatte, war und blieb verschwunden.

Nonas Wolfskörper zitterte in der Kälte. Das dichte Fell schaffte es schon seit geraumer Zeit nicht mehr, sie zu schützen. Dennoch konnte sie jetzt nicht aufgeben. Sie musste zu ihrem Geliebten! Wie konnte sie nur an seiner Loyalität zweifeln? Hätte er sie nicht längst in Australien getötet, als sie, beeinflusst durch den Geist der Wondjinas, Amok gelaufen war, wenn er sie nicht mehr an seiner Seite haben wollte?

Mit einem Satz sprang die Wölfin aus der Höhle, sank mit den Läufen im Schnee ein, kämpfte sich jedoch wieder hervor und setzte den Weg zum Gipfel fort. Der Gedanke an Landru und die gemeinsame Zukunft ließ sie ihre sämtlichen Kraftreserven mobilisieren. Sie achtete nicht darauf, wie sehr sie sich verausgabte, bemerkte nicht, wie die Erschöpfung Überhand zu nehmen drohte.

Dann endlich: Stille.

Das Schneetreiben versiegte, der Himmel riss auf, und eine letzte Böe schien die dunklen Wolken zu zerfasern. Heller Sonnenschein gleißte auf den mit einem weißen Teppich bedeckten Fels herab.

Nona blieb stehen und genoss das warme Prickeln der Strahlen auf den nackten, von Fell ausgesparten Hautstellen. Es wurde nicht wirklich warm, aber die Temperaturen lagen nun deutlich höher als während des Sturms.

Nona drehte sich um und blickte zurück. Vom Tal war keine Spur zu entdecken. Es lag tief unter der Wolkendecke. Plötzlich richteten sich ihre Fellhaare steil auf. Nona schüttelte sich und sah sich alarmiert um.

Da ist etwas! Sie fühlte sich eindeutig beobachtet.

Doch so sehr sie sich auch bemühte, sie konnte niemanden entdecken.

Das Gefühl schwand. Wieder nur Einbildung?

Nein, dachte sie, *etwas* ist *hier. Ich muss Landru warnen.*

Die Wölfin preschte in Richtung des Gipfels weiter. Hier

oben war der Schnee lockerer, wechselte sich mit nacktem Felsgestein ab, so dass sie rascher voran kam. Als sie eine Anhöhe erreichte, entging ihr nicht der purpurne Schimmer, der aus einer bestimmten Richtung das Licht der Sonne überstrahlte und ihr den Weg zu ihrem Geliebten wies.

Danke, Landru.

Er hatte ihr eine Fährte gelegt, damit sie sicher zu ihm fand. Nona folgte ihr in der Gewissheit, dass all die Mühen, die sie auf sich genommen hatte, es letztendlich wert sein würden.

Das Gefühl, beobachtet zu werden, stellte sich nicht mehr bei ihr ein.

Im weiteren schirmte sich der heimliche Beobachter gegen ihre wölfischen Instinkte ab ...

Die neunundneunzig Aborigines standen unschlüssig da. Sie wagten es nicht, die gewaltige Höhle, in die der Hüter sie geführt hatte, auf eigene Faust zu erkunden. Eher schienen sie noch selbst verblüfft über ihre wundersame Fähigkeit, sich nach Belieben in geflügelte Wesen verwandeln zu können. Nun harrten sie auf der Bodenplatte des unterirdischen, domartigen Gewölbes aus und warteten darauf, neue Anweisungen zu erhalten.

Sie sprachen nicht. Sie schienen aneinander kein Interesse zu haben. Nur der riesige Dom beschäftigte ihre Blicke.

Landru hatte sich indes auf den Weg gemacht, die frühere Heimstatt der Hüter zu untersuchen, die zuletzt zu einem Hort für *Engel* zweckentfremdet gewesen war.

Er kehrte den Kelchkindern den Rücken und prüfte die Felswände. Sie wirkten so stabil wie zu Zeiten, als die Hüter von hier aufgebrochen waren, um ihre tausendjährige Pflicht zu erfüllen.

Und damit *anders* als Landru ihn hinter sich gelassen hatte.

Ohne Eile überprüfte Landru die stollenartigen Zugänge zu den Kammern (es waren immer noch dreizehn, nicht zwanzig wie ursprünglich), in denen die Engel geschlafen hatten.

Aber die Leichen der Schläfer, denen Seth den Garaus gemacht hatte, waren spurlos verschwunden.

Landru suchte eine Kammer nach der anderen im weiten Rund des Doms auf.

Überall bot sich ihm das gleiche Bild: Die Engelsleichen blieben verschwunden, als hätte es sie nie gegeben.

In der letzten Kammer kniete sich Landru neben dem altarähnlichen Ruhelager nieder und berührte den verwaisten Stein mit seinen Händen. Er war aus einem Stück geformt, glatt und kalt.

Waren die sterblichen Überreste der Getöteten verwest, ohne ein Stäubchen zu hinterlassen?

Erneut strich Landru über den Stein.

Grünes Blut war hier vergossen worden, ohne auch nur einen *Schatten* zu hinterlassen ...

Er erhob sich und schritt durch den Stollen zurück ins Gewölbe. Von weitem warf er einen Blick auf seine Schützlinge, die gehorsam auf ihn warteten. Er fragte sich, wann sie Initiative entwickeln würden. Noch waren sie eher hilflos und befangen, benötigten seine Führung.

Das wird sich bald ändern, dachte er und schritt auf die Mitte der Domplatte zu.

Bei seinem letzten Besuch hatte sich dort ein schwebendes

Modell der Erde befunden, ein Abbild, das sich schließlich in entgegengesetzter Richtung zu drehen begonnen und einen Zeitwirbel erzeugt hatte, durch den der Sturz in die Vergangenheit möglich geworden war.

Auch jetzt befand sich dort etwas, was Landru bislang übersehen hatte.

Verblüfft trat er darauf zu.

Wie hatte es seiner Aufmerksamkeit entgehen können?

Es war schwarz und groß. Zu groß, um übersehen zu werden ...

Landru trat näher an das schwebende Gebilde heran und suchte in seinen Gedanken nach einem Begriff, der ihm am ehesten gerecht wurde.

Es glich einem traubenförmigen Insektennest ... nein, vielleicht nicht ganz. Eher erinnerte es an einen überdimensionalen Kokon.

Landru befand sich jetzt dicht vor dem Gebilde und war versucht, es zu berühren, doch eine innere Stimme mahnte ihn zur Vorsicht.

Der Kokon ähnelte in gewisser Weise auch einem altertümlichen Sarkophag, besaß jedoch keine sichtbaren Fugen und Einkerbungen, die darauf hindeuteten, dass man etwa einen *Deckel* hätte abheben können. Seine Form entsprach auch nicht der stilisierten Darstellung eines Menschen, wie die Ägypter es bei den Gefäßen für ihre toten Pharaonen praktiziert hatten.

Landru besann sich des Lilienkelchs und zauberte ihn unter seiner Kleidung hervor.

Dann nahm er Kontakt zu dem wiedergewonnenen magischen Kleinod auf. Von einem Augenblick zum anderen glomm feiner purpurfarbener Schimmer auf. Zuerst war er nur auf dem Boden der Schale zu sehen, dann nahm seine Intensität zu, breitete sich über den Rand des Gefäßes aus, kroch Landrus Hand hinauf und sank in feinen, gasähnlichen Schwaden zum Boden herab.

Nur kurze Zeit darauf war das gesamte Innere des Felsendoms in purpurnen Schein getaucht. Das Glühen erfüllte jeden Winkel der Höhle, doch etwas vermochte es nicht zu durchdringen:

Die Hülle des »Kokons«!

Fasziniert betrachtete Landru das Gebilde. Der Purpurschein wurde von seiner schwarzen Oberfläche einfach aufgesogen, vollkommen geschluckt. Es gab keine Spiegelung, keinen Reflex. Das Ding schien pure kondensierte und von unbekannten Kräften geformte Schwärze zu sein.

Plötzlich spürte Landru eine unbekannte Präsenz.

Er ging in Abwehrstellung. Der Kokon, nein, die gesamte Höhle strahlte plötzlich etwas Befremdliches, geradezu Bedrohliches aus.

Der Hüter fuhr herum, starrte zur Decke, versuchte das Unsichtbare zu lokalisieren.

Vergeblich.

»Spürt ihr es auch?«, rief er zu den Kelchkindern hinüber.

Ein Junge trat vor und nickte. Landru winkte ihn und vier weitere zu sich. Er bedeutete ihnen, sich dem Kokon zu nähern. Die Aboriginal-Vampire gingen auf die dunkle Hülle zu. Sie umfassten das schwebende Gebilde und versuchten es auf den Boden herabzuziehen.

Es ließ sich keinen Millimeter verrücken.

»Lasst es gut sein«, sagte Landru und schickte die neuen Vampire zu ihren Plätzen zurück.

Auf sein Geheiß hin fuhr ein magischer Blitz aus dem

Lilienkelch, prallte aber wirkungslos von der schwarzen Oberfläche ab.

»Unmöglich!«, keuchte Landru.

»Was ist unmöglich?«

Landru schwang herum und gewahrte Nona, die sich gerade in ihre menschliche Gestalt zurück verwandelte. Die Attribute ihrer wölfischen Natur verschwanden. Nackt stolzierte Nona an den Kelchkindern vorbei und kam direkt vor ihrem Geliebten zum Stehen. Die hinter ihr liegenden Strapazen waren ihr deutlich anzusehen.

»Du hast es geschafft!«, begrüßte Landru sie.

»Hast du daran etwa gezweifelt?«

»Natürlich nicht«, erwiderte Landru. Er schüttelte den Kopf und rief einen der Täuflinge zu sich. Dieser trug ein Bündel bei sich, das er als Fledermaus in seinen Klauen festgehalten und hierher transportiert hatte. Als er es auf den Boden warf, ließ Landru wieder die Magie des Kelches wirken. Der Packen entfaltete sich, blähte sich auf, bis Kleidung auf dem Boden lag.

Nona lächelte und zog sich an.

Dann zeigte sie auf das schwebende Gebilde.

»Was ist das?«

»Das wüsste ich auch gern.«

Nona ging furchtlos darauf zu, blieb jedoch zwei Schritte davor abrupt stehen und griff sich an die Brust.

Landru verfolgte ihre Reaktion, die ihn überraschte.

»Fühlst ... *du* es nicht?«, keuchte Nona.

»Was?«

Sie schüttelte den Kopf, machte einen Schritt zurück. Dann noch einen. Schließlich drehte sie sich um und flüchtete über die Domplatte bis hin zu den Kelchkindern.

»Was hast du gespürt?«, wollte Landru wissen. Er stand immer noch unmittelbar neben der geronnenen Schwärze.

Er ballte die Rechte zur Faust und klopfte mit den Knöcheln dagegen.

Der Gegenstand fühlte sich unglaublich hart an, widerstandsfähiger noch als Granit. Und es gab keinen Klang, als Landru dagegen schlug. Das Ding schien nicht hohl, sondern durch und durch massiv zu sein.

»Es war ...«, ächzte Nona in diesem Moment, »... als schnüre sich mir die Kehle zu. Mein Herz begann zu rasen, meine Schläfen pochten. Ich fühlte ... eine unheimliche Beklemmung, als würde sich mein Innerstes verkrampfen ...«

»Und jetzt?« fragte Landru.

Nona atmete tief durch. »Es geht wieder.«

Landru warf einen letzten Blick auf den Kokon, dann wandte er sich ab. Zwischen Nona und den Kelchvampiren blieb er stehen und hob bedeutungsvoll den Kelch an.

»Was hast du vor?«, verlangte Nona zu wissen.

»Ich werde wieder erschaffen, was *meinen* Vorstellungen dieses Ortes entspricht«, erklärte er fast lapidar.

Eine steile Falte bildete sich zwischen Nonas Brauen. »Mit Hilfe des Kelchs?«

Es war eine rhetorische Frage, auf die Landru auch keine Antwort gab.

Er schloss die Augen und ließ seinen Geist mit der *Seele* des neuen Kelchs verschmelzen. Auf den Innenseiten seiner Lider gleißte es purpurn auf. Bilder huschten über seine Netzhäute, uralte Erinnerungen. Er sah den Dom, wie er einmal gewesen war, und brachte die Kelchmagie zum Einsatz, um die Materie nach seinem Willen zu formen.

Ein Raunen ging durch die Aborigines. Nona stöhnte auf.

Donner grollte durch die Höhle. Der Boden bebte. Einzelne Gesteinsbrocken lösten sich aus den Wänden, polterten herab, doch noch bevor sie Schaden anrichten konnten, war der ganze Spuk auch schon wieder vorbei.

Als Landru die Lider hob, sah er sein geheimstes Sehnen erfüllt.

Er stand wieder in der Heimstatt der Hüter!

»Nein«, flüsterte er fast wehmütig und korrigierte sich: »Die Heimstatt *des* Hüters.«

Denn es würde fortan nur noch einen geben.

Er war der Letzte seiner Art.

Dann fand Landru Blick etwas, was nicht hierher gehörte und der Verwandlung getrotzt hatte.

Seine Hoffnung, den rätselhaften Kokon mit der Neuschöpfung des Dunklen Doms quasi *auszuradieren*, hatte sich nicht erfüllt.

Das schwarze Ding schwebte unangefochten im Zentrum des Gewölbes – und die bedrohliche Präsenz, die von ihm ausging, schien eher noch stärker geworden zu sein ...

Landru hatte drei geschlagene Stunden vor dem unheimlichen Kokon gesessen und das Gebilde eingehend studiert. Es war nicht gelungen, das Objekt zu durchleuchten – geschweige denn, es zu öffnen.

»Es wahrt seine Geheimnisse«, sagte Nona, die nicht länger mitansehen wollte, wie Landru sich nur noch mit dem schwebenden Anachronismus befasste; mit nichts anderem mehr. »Lass es gut sein.«

»Noch nicht«, widersprach Landru. »Ich werde das Rätsel schon lösen ...«

Nona saß in seiner Nähe und konnte sich die Frage nicht verkneifen: »Wolltest du nicht ursprünglich einen Rachefeldzug gegen die Neos starten?«

»Hier wird die finale Schlacht geschlagen«, bestätigte er.

»Wann?«

Über diese Frage ging Landru lächelnd hinweg.

»Was, glaubst *du*, befindet sich in dem Kokon?«

»Keine Ahnung«, erwiderte sie.

»Vielleicht gar nichts«, sinnierte er. »Aber ich habe eine vage Ahnung, wer ihn hier platziert haben könnte.«

Nona horchte auf. Sie lockerte ihre verkrampfte Haltung und richtete sich ein wenig auf. »Und wer?«

»Dieselbe Macht, die auch die Engel hier stationiert hatte«, erklärte Landru. »Wer könnte sich sonst Zugang zum Dom verschafft haben?«

Plötzlich erhob er sich, kehrte dem Kokon den Rücken zu und ließ den Kelch in den Weiten seines Mantels verschwinden.

»Was hast du vor?«, fragte Nona.

Landru rief einen der Kelchvampire zu sich. Der Aboriginal verneigte sich knapp und blickte erwartungsvoll. Der Keim hatte ihn äußerlich bereits zu einem jungen Mann reifen lassen.

»Wie ist dein Name?«, fragte Landru. Er hatte auch bewusst auf die Tradition verzichtet, den Kelchkindern neue Namen in die Wiege zu legen.

»Lewis Guguyalanji«, antwortete der Aborginal-Vampir.

Landru lächelte, als er den Vornamen vernahm. Er bedeutete Nona, beiseite zu treten, und blickte dem Jungen fest in die Augen. »Wir beginnen mit unserem ersten Zug, Lewis. Du sollst mein Kundschafter sein.«

»Was habe ich zu tun, Herr?«

»Ich habe lange Zeit nichts von unserem Verbündeten gehört. Jadon ... Ich muss wissen, ob seine Mission erfolgreich war und die *Mutter der Brut* getötet wurde. Du wirst zum Vatikan aufbrechen und mir anschließend Bericht über die dortige Situation erstatten.«

Lewis sah Landru aus großen Augen an. Ein wenig unschlüssig stand er da. Offenbar verstand er noch nicht ganz, was genau der Hüter von ihm erwartete.

»Du wirst die Songlines benutzen«, sagte Landru. »Und mich als *Tor* benutzen ...«

Auf Lewis Gesicht zeichnete sich Begreifen ab.

Er schloss kurz die Augen, konzentrierte sich und *ging*.

Mit weit aufgerissenen Augen verfolgte Nona das unheimliche Spektakel: Lewis prallte nicht *gegen* Landru, sondern *verschwand* in dessen Körper wie durch eine offene Tür.

Dann war er fort.

Nona marschierte die unterirdische Halle auf und ab, vermied es jedoch, der Domplatte näher als nötig zu kommen. Noch immer war die Felsenhöhle von einer unbegreiflichen Magie erfüllt, deren Herkunft sich weder von der Werwölfin noch von Landru eindeutig lokalisieren ließ. Der Hüter schien dies nicht weiter zu beachten, denn seit Lewis' Aufbruch durch die Songlines hatte er den Unterricht der übrigen Kelchkinder wieder aufgenommen. Innerhalb weniger Stunden vervollkommneten sie ihre Fähigkeit zur Metamorphose. Sie verwandelten sich in Fledermäuse, ließen ihre Klauen und Zähne wachsen und mutierten nach Belieben zu reißenden Bestien.

Nach weiteren ermüdenden Lektionen gestattete Landru sich und seinen Schützlingen eine Pause. Der Hüter fragte sich selbst, ob es klug gewesen war, den kompletten Proviant aufzubrauchen, und ob die Aboriginal-Vampire nicht doch noch eine Stärkung vor der alles entscheidenden Schlacht benötigt hätten.

»Glaubst du, Jadon war erfolgreich?«, fragte Nona und setzte sich neben ihren Geliebten, der sich auf dem spiegelglatten Boden niedergelassen hatte und mit dem Rücken an der Felswand lehnte.

»Wir werden es bald herausfinden.«

»Er hatte doch die Macht, es zu schaffen, oder?«

Landru machte eine wegwerfende Handbewegung und ließ einen obszönen Laut vernehmen, den Nona nicht zweifelsfrei zu deuten vermochte. Dann erklärte er: »Rahel ist nicht zum Kämpfen geboren. Selbst Lilith hätte sie besiegen können. Aber ihre Brut ist unglaublich stark. Ich habe es beim Kampf gegen Seth an eigenem Leib erfahren ...«

»Und wenn er erfolgreich war?«

»Dann wird er bald mit Lilith hier eintreffen«, verkündete Landru mit einem geheimnisvollen Lächeln um die Lippen.

»Warum lässt du sie herbringen?«, wollte Nona wissen. Eine Spur von Zorn mischte sich in ihre Stimme. Sie war nicht erpicht darauf, Lilith Eden zu begegnen. Dafür hatte die Halbvampirin schon zu häufig ihre und Landrus Pläne durchkreuzt. Nona hielt es sogar für gefährlich, Lilith in diesem Stadium des Geschehens in der Nähe zu haben.

»Nun ...«, meinte der Hüter mit einem Augenzwinkern, »... falls es Jadon gelingt, Lilith zu mir zu schaffen, ist das auch in Ordnung. In erster Linie hatte ich gehofft, dass sich die beiden gegenseitig zerfleischen.«

Nona war überrascht. »Ich kann dir nicht ganz folgen.«

Landru breitete die Hände aus, klatschte einmal und rieb sie gegeneinander, als hätte er etwas Besonderes ausgeknobelt. Dann sagte er: »Ich misstraue Jadon trotz der Kelchtaufe. Zwar hab ich ihn zum Vampir gemacht und er sollte mir treu und ergeben sein, aber gewisse Verhaltensweisen lassen mich befürchten, dass seine Loyalität auf tönernen Füßen steht. Der Tag, an dem er für immer die Augen schließt, wird ein beruhigender Tag für mich sein. Er hat selbst für mich etwas ... Unheimliches.«

»Wie dieser Kokon?«, fragte Nona.

Landru hob die Schultern. »Vielleicht.«

Er klatschte in die Hände. »Wie auch immer, Jadon wird durch seinen Kampf gegen Rahel geschwächt sein. Und auch Lilith hat sich bisher immer als erstklassige Gegnerin erwiesen ...«

Nona überlegte einen Moment. Es konnte ihr nur Recht sein, wenn Lilith und Jadon sich gegenseitig umbrachten. Dennoch nagten Zweifel in ihr. Sie kannte die Halbvampirin nur zu gut. Bisher hatte sie immer einen Weg gefunden, Pläne der Hüter und der Alten Rasse zu vereiteln.

»Und wenn Jadon als Sieger über beide zurückkehrt?« Ihre Stimme klang leise, zögerlich. Sie wusste, dass sie damit den Teufel an die Wand malte.

»Dann«, erwiderte Landru lakonisch, »haben wir ein Problem.« Lächelnd fügte er hinzu: »Ein klitzekleines allerdings nur, mit dem wir sicher fertig werden ...«

Als Lewis die Traumzeitpfade verließ, war er vorbereitet. Die Umgebung der Songlines verschwand vor seinen Augen und machte einer weiträumigen, von Säulen gestützten Halle Platz.

Lewis trat einen Schritt vor, gewahrte hinter sich ein erstauntes Einatmen und keilte ansatzlos nach hinten aus. Seine Ferse grub sich in etwas Weiches. Ein Stöhnen war zu hören, dann ein Scheppern.

Lewis drehte sich um und sah den am Boden liegenden Schweizergardisten, dem die Hellebarde entfallen war und der sich mit beiden Händen den Bauch hielt.

Trotz Schmerzen rollte sich der Soldat in der orangeblauen, altertümlichen Uniform rückwärts über die Schulter ab und kam wieder auf die Beine. Lewis war jedoch schneller. Er setzte nach und zerfetzte die Kehle des Gardisten. Dann stülpte er die Lippen über die klaffende Wunde und soff den Erkaltenden wie ein Verdurstender aus.

Forschend sah sich der Neo danach um.

Die weitläufige Halle war von den Zerstörungen des Feuers, das vor ein paar Jahren im Vatikan getobt hatte, verschont geblieben. Es schien sich jedoch um einen eher unbedeutenden Ort zu handeln, da Lewis keine weiteren Wächter entdecken konnte. Er bückte sich, packte den Toten am Uniformrock und schleifte ihn über den Boden zu einer Tür. Sie war unverschlossen. Dahinter befand sich eine ungenutzte Studierstube. Lewis verfrachtete die Leiche hinein und trat zurück auf den Gang.

Seine Schritte hallten von den Wänden wider. Am Ende der Halle folgte ein T-Stück mit weiteren Gängen. Lewis blieb vor der Kreuzung stehen und lauschte. Von irgendwoher klang Gesang auf. Er schloss die Augen und versuchte, die Richtung zu bestimmen.

Der Vampir folgte der Melodie und gelangte auf einen

Hof, der von zwei Gardisten bewacht wurde. Lewis griff ohne Vorwarnung an. Doch er erlebte eine böse Überraschung.

Denn noch ehe er die beiden erreichte, drehte sich einer von ihnen um, erfasste blitzschnell die Situation und schwang die Hellebarde.

Zwar ging der Hieb ins Leere, doch war durch die Aktion sein Kamerad aufmerksam geworden. Dieser holte aus und stach zu. Die Spitze der Waffe bohrte sich in Lewis' Bauch und trat am Rücken wieder heraus.

Der Vampir schrie auf. Mit einem zornigen Ruck riss der Gardist das Mordinstrument aus ihm heraus und setzte nach. Lewis wich mit einem Sprung zurück. Ein Schwall schwarzen Blutes schoss aus der Wunde.

Bevor die Gardisten eine weitere Attacke starten konnten, wurden sie Zeugen der wundersamen Selbstheilung des Vampirs. Die Blutungen hörten abrupt auf, und die Wunde schloss sich wie von unsichtbarer Hand vernäht.

Lewis stieß sich vom Boden ab. Seine Nägel wischten durch das Gesicht des ersten Gardisten. Den zweiten traf er mit einem brutalen Tritt.

Doch die erwartete Schockwirkung bei den Gardisten blieb aus.

Sie waren bereits *präparierte* Diener Rahels und ihrer Neovampire und mit Monstrositäten vertraut ...

Der Stich mit der Hellebarde kam ansatzlos. Landru hatte Lewis eingebläut, dass die Gardisten ebenso hervorragend im Umgang mit den antiken wie auch mit modernen Waffen geschult seien. Und der »Unterricht« am Fuße des Ararat zahlte sich aus.

Mit einem Sidestep wich der Vampir der Stichwaffe aus, drehte sich herum und bekam den Schaft der Hellebarde zu fassen. Er entriss dem Gardisten die Waffe und drehte sie um.

Blankes Metall schlitzte dem Gegner den Brustkorb auf.

Lewis wirbelte herum, parierte den Schlag des zweiten Angreifers und prellte ihm die Waffe aus der Hand. Der Kelchvampir bleckte seine entarteten Zähne.

Der Mann mit dem zerkratzten Gesicht gab sich noch nicht geschlagen. Er bezog Abwehrposition und riss das Schwert aus der Gürtelscheide. Mit beiden Händen umfasste er den Schaft der Klinge und nahm Kampfhaltung ein.

Lewis lächelte und besann sich endlich auf eine weitere Stärke, die ihm in die Wiege gelegt worden war: Er zwang dem anderen seinen Willen auf.

Zumindest wollte er es. Doch die gesamte Schweizergarde stand bereits unter fremder mentaler Knute. Der Gardist blinzelte nur kurz, schüttelte den Kopf und warf sich nach vorn.

Lewis tauchte unter dem Schwertstreich weg und streckte in der Drehung ein Bein aus. Der Gardist stolperte und schlug der Länge nach auf dem Marmorboden auf. Er wollte sich gerade hochstemmen, als Lewis schon über ihm war und ihm das Gesicht auf den Rücken drehte.

Es knackte, als würde ein morscher Ast zerbrechen.

Der Vampir ließ den Toten los und blickte an sich herab. Prüfend betastete er seine Bauchdecke und stellte fest, dass seine Haut nicht mehr den geringsten Kratzer aufwies. Nur sein Hemd blieb zerrissen.

Lewis lächelte und bedankte sich im Stillen für die »ererbten« Fähigkeiten. Er beschloss, noch vorsichtiger zu sein. Immerhin hatte er eine Aufgabe zu erfüllen.

Er konzentrierte sich kurz und löste den Impuls zur

Transformation aus. Sein Körper schrumpfte. Die Kleidung wurde magisch zu feinem Pelz, und nur einen Lidschlag später flog eine übergroße Fledermaus dicht unterhalb der Decke durch die Unheiligen Hallen ins Freie. Sie überquerte den Hof, erreichte den gegenüberliegenden Eingang und entging im Gleitflug den Blicken weiterer Gardisten, die hier Wache standen.

Lewis gelangte in einen Bereich, bei dem die Restaurationsarbeiten noch in vollem Gange waren. Hie und da bewegten sich Architekten und Bauarbeiter. Niemand bemerkte die Fledermaus, die sich unter der Decke festkrallte und eine drei Meter hohe Doppeltür ins Visier nahm, vor der zwei Wächter postiert waren.

Der Vampir brauchte nicht lange zu warten. Alsbald wurde einer der beiden Türflügel geöffnet, und ein grauhaariger Mann in einer Soutane trat herein. Lewis ließ sich fallen, breitete seine Schwingen aus und schlüpfte durch den enger werdenden Spalt der sich schließenden Tür. Dahinter befand sich ein geräumiges Büro, das von einem hohen Würdenträger und seinem Sekretär besetzt war. Die beiden unterhielten sich auf Italienisch. Lewis konnte dem Gespräch nicht folgen, da er diese Sprache nicht beherrschte.

Er stieß von der Decke herab, landete auf dem Sekretär und verbiss sich in dessen Nacken. Der Mann schrie panisch auf und ruderte wie wild mit den Armen. Lewis lies nicht locker und grub seine Fänge noch fester ins Fleisch seines Opfers. Dabei transformierte er in seine menschliche Gestalt zurück.

Der Würdenträger sprang auf, polterte rückwärts gegen den Stuhl und stürzte. Lewis stieß den Sekretär beiseite und warf sich auf den Amtsinhaber. Wie auch alle anderen

Geistlichen und Bediensteten in den Hallen des Vatikans befand sich dieser in der mentalen Gewalt Rahels und der Neos. Lewis würde mit seinen eigenen hypnotischen Fähigkeiten rein gar nichts bewirken können.

Er packte den Mann am Kragen und fletschte die Zähne. Der Geistliche wirkte ängstlich, und auch wenn er unter Rahels Kontrolle stand, so hing er doch offensichtlich an seinem Leben.

»Wo ist die Päpstin?«, herrschte Lewis ihn an.

Der ältere Mann stierte ihn nur stumm und verwirrt an. Dann räusperte er sich und brachte einen Krächzlaut zustande, den selbst Lewis unmöglich verstehen konnte.

»Hat es dir die Sprache verschlagen?«, schnappte der Vampir. Seine scharfen Krallen ritzten durch das Gesicht des Alten und hinterließen tiefrote Spuren in dem faltigen Antlitz.

In diesem Moment schwangen die Türen auf, und die beiden Schweizergardisten stürmten das Büro.

Lewis fluchte – und handelte!

Er packte den Geistlichen am Arm und zerrte ihn mit sich. Der alte Mann konnte nichts anderes tun, als hinter dem Vampir herzustolpern. Sie liefen geradewegs auf die Hellebardenträger zu, die bereits ihre Waffen zum Stoß senkten.

Lewis vertraute auf seine Reaktionsschnelligkeit. Er wich leicht seitwärts aus, stieß den Schaft einer Hellebarde beiseite und sprang in den Mann, der sie hielt, *hinein.*

Den Alten riss er mit sich.

Und dessen Schrei verstummte erst wie abgeschnitten, als sie aus einem anderen Körper hinaus katapultiert wurden und sich jäh in einer gewaltigen, domartigen Höhle wiederfanden.

10. Kapitel

Krieg

Langsam rollte der schwere Truppentransporter auf dem Feldweg aus, bis ihn ein Bremsmanöver vollends stoppte. Lilith fuhr sich müde über das Gesicht. Ihre Kehle war wie ausgedörrt, ihre Bewegungen erfolgten matt. Jadons Nähe schien sie nicht nur zu fesseln, sondern regelrecht zu strangulieren.

Niedergeschlagen ließ sich die schöne Halbvampirin durch Janet von der Ladefläche des Lkws scheuchen. Es war merklich kälter geworden, und als Lilith über die Grasebene zu den ersten hügeligen Ausläufern eines gewaltigen Bergmassivs schaute, wusste sie auch, warum. Sie hatten ihr Ziel fast erreicht, waren am Fuß des Großen Ararats angelangt ...

Lilith stolperte mehr, als dass sie ging. Ihre Augzähne waren bereits seit geraumer Zeit angewachsen und dürsteten danach, sich in warmes Fleisch zu bohren. Jadon erlaubte es nicht. Er wollte sie geschwächt wissen, wenn er sie an Landru übergab.

Bastard, dachte Lilith und merkte, wie ihr wieder die Lider zufielen. Lange würde sie sich nicht mehr wach halten können. Von den Flügen und der anschließenden Fahrt hatte sie kaum etwas mitbekommen. Nur hin und wieder war sie aus ihrem lethargischen Zustand hochgeschreckt, hatte festgestellt, dass sie noch lebte und war schließlich wieder in die geistige Dämmerung abgedriftet. Längst hatte sie erkannt, dass nicht allein der Durst nach Blut für ihre schlechte Verfassung verantwortlich war. Jadon stellte irgendetwas mit ihr an, schien ihr die Kraft zu entziehen, um sie gefügig zu machen.

»Ist es hier, wohin er will?«

Lilith drehte sich um. Schon die Bewegung kostete sie große Anstrengung. Mitleidig sah sie zu Tom Covey hinüber, der die Frage gestellt hatte. Sie wünschte sich, sie hätte die Menschen aus der Pension retten können, doch auch für sie würde die Reise hier enden.

»Ja«, antwortete Lilith knapp. Die eigene Stimme klang seltsam hohl in ihren Ohren.

»Was ist dort?«, hakte Covey nach und kratzte sich dabei an den verkrusteten Malen am Hals.

Lilith blickte hinauf zum Gipfel des riesigen Bergmassivs. Dort, wo sie den Eingang ins Innere des Ararats wusste, in den uralten Felsendom – die frühere Heimstatt der Hüter.

»Wer«, sagte sie. »Die richtige Frage müsste lauten: *Wer* ist dort ... Sein Name ist Landru. Er ist ein Vampir ... und mein Feind.«

Jadon gesellte sich in Begleitung Janets zu ihnen. Sein und Janets Mund waren blutverschmiert, und als Lilith zurück schaute, gewahrte sie den Fahrer des Transporters, der leblos neben dem Wagen auf der Erde lag. Seine Augen starrten tot zum Himmel empor. Der Kopf stand in unnatürlicher Haltung vom Hals ab, was darauf hindeutete, dass Jadon Vorsorge getroffen hatte, nicht einen weiteren Diener zu erschaffen.

»Gehen wir«, sagte der hochgewachsene Vampir und deutete auf Lilith.

Sie versuchte gar nicht erst, sich seinen Wünschen zu widersetzen, sondern trottete hinter ihm her. Als sie zurück blickte, sah sie, dass Covey, Janet und Kathy nicht folgten.

»Was ist mit ihnen?«, wollte Lilith wissen.

»Du solltest eigentlich wissen, dass sie uns nicht dorthin begleiten können.«

Lilith zog die Brauen hoch und sah Jadon verdutzt an. Sie hatte damit gerechnet, dass sie den beschwerlichen Weg zum Gipfel nehmen würden, um sich anschließend irgendwie durch den Schacht, der zum Dom führte, abzuseilen. Aber Jadon war von Landru in der Vergangenheit mit dem echten Lilienkelch getauft worden und musste dementsprechend auch über die Fähigkeit zur Metamorphose verfügen ...

»Was ist damals geschehen?«, fragte die Halbvampirin, während sie mit Jadon über einen Hügelkamm streifte. Sie stolperte, fing sich aber wieder und war bemüht, den Anschluss zu halten. Mit jedem Schritt wurde sie schwächer.

»In der Vergangenheit?«, fragte Jadon zurück, obwohl er genau wusste, worauf Lilith hinaus wollte. »Für die lange Version haben wir keine Zeit mehr.«

»Dann die Kurzfassung.«

Jadon blieb stehen und wandte sich Lilith zu, die bereits jetzt dankbar für eine Pause war. Sie wäre fast in den Knien eingeknickt und am Liebsten zu Boden gegangen, um die nächsten vierundzwanzig Stunden durchzuschlafen. Doch der Wille ihres Bezwingers hielt sie auf den Beinen – wie eine Marionette.

»Du warst dazu auserkoren, meinen Bruder vor dem Kreuztod zu retten und in diese Gegenwart hier zu bringen, um das Strafgericht des Herrn zu beenden. Er sollte die Schuld der Menschen auf sich nehmen und den Nachtfall rückgängig machen. Landru ist durch einen Zufall in die Vergangenheit geschleudert worden und hat Wind von dem Plan bekommen.«

»Aber wie?«, fuhr Lilith.

Jadon schaute hinauf zum Gipfel, dann wieder zurück zu der Halbvampirin und setzte sich ins Gras. Er gestattete Lilith jedoch nicht, sich ebenfalls niederzulassen. In knappen Worten berichtete er ihr das wenige, was er von Landru erfahren hatte. Er erzählte ihr von den im Dom aufgebahrten Engeln, die statt Landru einst in die Zeit Jesu' hätten aufbrechen und den Plan umsetzen sollen. Doch Seths Amoklauf hatte dies unmöglich gemacht.

Als Jadon seine Schilderung im Stenogrammstil beendet hatte, wankte Lilith.

»Landru ...«, flüsterte sie verzweifelt, »... ist also jetzt im Besitz eines *neuen* Kelchs, mit dem er Vampire zeugen kann ...?«

Das veränderte die Lage völlig. Sie hatte die ganze Zeit über damit gerechnet, dass Landru in der Lage sein würde, Rahel und ihre Neovampire auszurotten und dass sie, Lilith, ebenfalls den Tod durch Landrus Hand finden würde. Das Schicksal der Welt sah damit zwar nicht gerade rosig aus, aber was konnte Landru allein oder zusammen mit Jadon schon bewegen? Zwei Vampire in der weiten Welt. So mächtig sie auch waren, sie würden die Erde nicht unterjochen können.

Der Kelch änderte alles!

Mit ihm würde Landru wieder in der Lage sein, vampirischen Nachwuchs zu zeugen und die Alte Rasse aufleben zu lassen. Sicherlich ein langwieriger und beschwerlicher Weg, doch der Hüter und seine Nachkommen waren potenziell unsterblich und hatten alle Zeit der Welt.

Geschockt sank Lilith nun doch in die Knie. Nur ganz schwach keimte in ihr der Gedanke, dass sie dies verhindern musste. Angesichts ihrer Lage eine eher lächerliche Vorstellung, die aus purer Verzweiflung geboren wurde.

»Ich sehe, das ganze trifft dich«, sagte Jadon. Sein Grinsen wirkte deplaziert, verfehlte aber nicht seine Wirkung. Er hatte ihr die Ausweglosigkeit der Situation vor Augen geführt. Mehr denn je.

»Ich verstehe nur nicht ...«, begann Lilith, verstummte dann.

»Was?«, fragte Jadon.

»Wie konntest du das zulassen?«

Jetzt war es an Jadon, überrascht zu sein. Er sah Lilith eine Weile nachdenklich an, ehe er sich aus dem seichten Gras erhob.

»Du bist SEIN Sohn!«, betonte Lilith.

Jadon stand ungerührt da. Er wusste, dass sie nicht Landru meinte. Dennoch verzog er ein eher abfälliges Gesicht, als die Sprache auf IHN kam.

»Mein Bruder und ich waren so verschieden, wie Brüder nur sein können.«

Lilith schüttelte den Kopf. »Das glaube ich nicht! Nicht bei *diesem* gemeinsamen Vater.«

Jetzt lachte der Vampir schallend auf. Er schien sichtlich amüsiert über Liliths Naivität.

»Du glaubst, Gott zu kennen?«, fragte er, noch immer lachend.

»Ich bin ihm bereits begegnet«, gab Lilith stur zurück.

»Und? Hat er dir nur seine guten Seiten gezeigt? Glaubst du, das Böse hätte seinen Ursprung allein in den Menschen oder jenem Weib, das Gott als erste Frau für Adam schuf?

Gut ... Böse ... nichtssagende Begriffe für weitaus größere Dinge, von denen du nicht einmal einen Bruchteil verstehst.«

Zorn schwang in Jadons Stimme mit. Lilith wollte noch etwas erwidern, aber diesmal ließ er ihr keine Chance. Sie gingen ein Stück weiter, ehe Jadon erneut stehen blieb und dann seine Wandlungsfähigkeit offenbarte. Er leitete die Transformation ein. Sein Körper schrumpfte, verformte sich, wurde dunkler, bis vor Liliths Füßen eine hundgroße Fledermaus im Gras kauerte. Zur Krönung der Absurdität hatte Jadons Kopf die Metamorphose jedoch nicht mitgemacht. Zwar war er proportional zum Fledermauskörper geschrumpft, zeigte jedoch noch immer das menschliche Haupt des Vampirs.

Lilith schüttelte sich vor Ekel bei dem Anblick. Ohne ihr Zutun wurde sie an ein anderes Hybridwesen erinnert, das in der Teilmetamorphose stecken geblieben war: Fee!

Wir hätten Seite an Seite kämpfen können, dachte Lilith verbittert. Doch Fee hatte es vorgezogen, sich zu verkriechen, wohin auch immer.

Das eigenwillige Wesen zu Liliths Füßen sah sie mit stechendem Blick an. Sie fühlte erneut die Macht Jadons über sich kommen, und mit einem Schlag entzog die unsichtbare Gewalt ihr weitere Kräfte. Unsägliche Erschöpfung nistete sich in Liliths Körper ein. Sie war kaum in der Lage, sich noch länger auf den Beinen zu halten, und dennoch *zwang* Jadon sie einfach dazu.

»Was ...?« Erstaunt darüber, dass der Impuls zur Verwandlung beinahe selbständig auch in ihr ausgelöst wurde, schrie Lilith auf. Ein stechender Schmerz durchzuckte ihre Glieder, brannte sich in ihr Hirn. Am Ende ihrer Energien kostete die Metamorphose ihre letzten Reserven. Als wesentlich kleinere, zitternde und hechelnde Fledermaus lag Lilith am Boden. Der Schmerz verebbte nicht. Vor ihren Augen tanzten Schleier, blitzten Sterne, und in ihrer Kehle machte sich ein Würgreiz breit.

Ehe sie sich übergeben konnte, stieß sich Jadon vom Boden ab und flatterte zum Himmel. Lilith wusste nicht, wie ihr geschah. Als sie sich aufrichtete, begann sie mit den Flügeln zu schlagen und ebenfalls in die Luft aufzusteigen. Sie fühlte sich wie an einem unsichtbaren Band hinter Jadon her gezogen – nur dass sie ihre eigene Kraft dafür verwenden musste.

Dem inneren Zwang gehorchend, kämpfte sie, um weiter in die Höhe zu steigen. Aufkommender Wind zerrte an dem kleinen, pelzigen Leib. Mehrmals wurde Lilith aus der Flugbahn geworfen, geriet ins Trudeln und drohte abzustürzen. Doch sie entkam den Turbulenzen und folgte Jadon unverdrossen.

Lilith verlor jegliches Zeitgefühl. Sie hatte die Augen geschlossen, flog *blind*. Ihr kleines Herz raste wie wild und drohte unter der Anstrengung schier zu zerreißen. Das Blut rauschte in ihren Schläfen. Bohrender Kopfschmerz erschwerte ihren Flug, und ihre Schwingen erlahmten zusehends.

Plötzlich prallte sie gegen ein Hindernis. Instinktiv versuchte sie, sich irgendwo festzukrallen. Schroffer Fels schrammte unter ihrem Leib entlang. Ihre Haut platzte verschiedentlich, der Pelz verfärbte sich dunkel.

Verletzt schlug Lilith auf dem Felsplateau auf. Ihr kleiner Körper rollte über das Gestein und blieb liegen.

»Steh auf«, sagte der menschliche Kopf zwischen den ledrigen Schwingen der Riesenfledermaus. »Wir sind gleich da«, erklärte er. »Der Schacht ist da drüben.«

Die Worte schafften es nicht, Lilith zu beruhigen. Erst die Gewalt des übernatürlichen Willens, der ihr auferlegt wurde, zerrte sie wieder auf die Beine und gab ihr ein letztes Mal den Antrieb, sich in die Lüfte zu erheben.

Jadon flog voran und stieß in den Schacht. Widerwillig folgte ihm Lilith. Sie machte sich nicht mehr die Mühe, ihre Flügel zu bewegen, winkelte sie einfach eng an den Körper an und ließ sich in die Tiefe fallen.

In der Hoffnung, dass der Aufschlag ihre Qualen beenden möge ...

Fröstelnd zog Tom Covey den Kragen der Jacke enger um den Hals zusammen. Jadon hatte ihnen befohlen, hier zu warten. Anfangs hatte er nichts dagegen gehabt, denn er war nicht erpicht darauf, den Gipfel des Großen Ararat zu erklimmen.

Nun aber, da Jadon aus seinem Blickfeld verschwunden war, lockerten sich die Zügel ein wenig, schwand der Einfluss, den der seltsame Mann wie beiläufig auch auf Tom ausübte. Er spürte, wie sich seine Gedanken langsam klärten und wieder in Bahnen verliefen, die er als seinen eigenen Willen bezeichnen konnte.

»Das ist weit genug!«

Janets schneidende Stimme riss ihn unsanft aus seinen Gedanken. Irritiert blickte er sich um und stellte fest, dass er sich gute zehn Schritt von dem verlassenen Miliztransporter entfernt hatte.

Eigentlich keine so schlechte Idee, wie er fand.

»Wir sollten drüben hinter dem Hügel warten«, schlug Tom vor.

»Jadon hat uns aufgetragen, *hier* auf ihn zu warten«, widersprach Janet.

Bald würde sie wieder Hunger bekommen, und Tom graute schon jetzt vor dem erneuten Aderlass. Die Sonne stand tief am Horizont und sandte ihre letzten, wärmespendenden Strahlen über die Grasebene. Covey wusste nicht, wie kalt es nachts werden würde, aber ihm behagte der Gedanke nicht, sich dann im Freien aufzuhalten.

Toms Überlegungen kehrten zu der Idee zurück, sich vom Transporter zu entfernen. Er stakste auf Janet zu und musterte das Mädchen, das ihrem Verhalten zufolge eine Vampirin sein *musste.*

»Schau mal, irgendwann wird man in Bereket den Wagen vermissen und sich auf die Suche machen«, versuchte er ihr begreiflich zu machen. »Vielleicht wird er auch schon vorher von russischer oder amerikanischer Satellitenüberwachung geortet. Möglich, dass die iranische oder armenische Luftraumaufklärung uns eher entdeckt. Egal was passiert, wenn Truppen hier aufkreuzen, sind wir im Arsch, *capiche?*«

Janet sah zurück zum Wagen und betrachtete den toten Fahrer. Für den Augenblick schien sie zwischen der Weisung ihres Meisters und Toms durchaus logischer Ausführung hin und her gerissen. Schließlich beugte sie sich dem gesunden Menschverstand und legte Jadons Befehl einfach neu aus, sodass ein paar hundert Meter mehr oder weniger keine Rolle mehr spielten.

»Also gut«, entschloss sich die Präsidententochter und nickte mit dem Kinn in die Richtung, in der Jadon und Lilith entschwunden waren. »Wir werden uns da drüben hinter dem Hügel ein Versteck suchen. Nur für den Fall.«

Sie machten sich zu dritt auf den Weg. Als sie den Hügelkamm passierten und der Lkw aus ihrer Sicht verschwand, fragte sich Tom, ob es wirklich eine so gute Idee gewesen war, die Nähe des Fahrzeugs zu verlassen. Es hätte ihnen zumindest in der Nacht Unterschlupf gewährt und sie gegen die Kälte geschützt, die Janet wahrscheinlich weniger berührte als Kathy und ihn.

»Wir sind weit genug gegangen«, sagte Janet irgendwann.

Tom blickte zurück. Selbst der Hügelkamm war nicht mehr zu sehen und weiteren Anhöhen gewichen, die sie überwunden hatten. Er versuchte sich am Stand der untergehenden Sonne zu orientieren, ob die eingeschlagene Richtung noch stimmte.

»Nur noch ein Stückchen«, meinte er dann.

»Nein!«

»Da vorn steigt Rauch auf«, sagte Tom und deutete geradeaus. »Sicher ein Bauernhaus. Dort können wir uns während der Nacht wärmen.«

Janet schien unschlüssig, doch diesmal stand sogar Kathy auf Coveys Seite.

»Er hat Recht. Es wird merklich kälter. Wir sollten uns einen Unterschlupf suchen.«

Die Blicke von Kathy und Tom trafen sich. Der Secret Service Agent wusste das Blinzeln jedoch noch nicht zweifelsfrei zu deuten. Er nahm sich vor, die Reporterin in einem unbeobachteten Moment darauf anzusprechen. Dafür mussten sie allerdings über kurz oder lang Janet loswerden.

»Na schön, aber weiter geht es nicht mehr«, befand die Präsidententochter.

Sie setzten ihren Weg durch das seichte Gras und über aufgeplatzten Lehmboden fort, der unter ihren Schuhen knirschte. Ehe sie jedoch die vermeintliche Hütte erreichten, gelangten sie auf ein sprichwörtliches Schlachtfeld: In einer Bodensenke lagen etwa zwanzig Leichen. Einige von ihnen waren bestialisch zugerichtet. Andere wiesen typische Bissmale an den Hälsen auf. Knapp die Hälfte von ihnen lag mit gebrochenem Genick da. Der Rest schien einfach nur ... *ausgeblutet* zu sein.

»Mein Gott!«, stieß Tom Covey hervor und musterte die Toten. »Was mag hier passiert sein?«

Kathy Flannigan, offenbar auch weitestgehend von Jadons Einfluss befreit, warf sich zu Boden und übergab sich.

Ein Schwarm Fliegen kreiste über den Leichen. Es war nur eine Frage der Zeit, bis auch Aasfresser aufmerksam wurden und sich über den »gedeckten Tisch« hermachten. Der Gestank biss in Coveys Nase. Er kramte in seiner Jacke und holte ein Taschentuch hervor, das er sich vor das Gesicht hielt und sich so einem der Opfer näherte. Er kniete neben ihm nieder.

Es handelte sich um einen Mann mit aufgerissenem Brustkorb und zerfetzter Kehle. Das Blut war kalt, aber es gerann noch nicht. Der Mann konnte allerhöchstens ein paar Stunden tot sein.

Janet trat an den Secret Service Agenten heran. »Es wird Zeit.«

Erschrocken blickte Covey auf. Janet hatte die Sonnenbrille abgenommen und sah ihn erwartungsvoll an. Ihre Zunge bewegte sich lasziv über die vollen Lippen. Doch es war nicht die Lust, die sie zu der Geste veranlasste, sondern reine Gier.

»Schon wieder Durst?«, fragte Tom angeekelt. Seine Rechte näherte sich der Innenseite der Jacke unter der die Pistole verborgen war, die ihm Jadon zurück gegeben hatte. Der

Einfluss des Vampirs war so gut wie erloschen. Nichts hinderte ihn also daran, die Waffe zu ziehen, Janet niederzuschießen und mit Kathy zu fliehen.

Egal, wohin.

Die Präsidententochter trat einen Schritt vor und entblößte ihre entarteten Zähne.

Verdammt, dachte Covey. Für eine Sekunde hatte er Hemmungen, die letzte seiner Schutzbefohlenen einfach niederzustrecken. Aber dann dachte er an Noah und Caine. Mit konventioneller Munition war ihnen nicht beizukommen gewesen. Sicherlich würde es bei Janet nicht anders sein.

Tom ließ die Waffe stecken und präsentierte Janet den ungeschützten Hals. Sofort hing das Mädchen wie eine Zecke an ihm. Sie verbiss sich in ihn und schlürfte gierig aus seinen Adern. Ihre Fingernägel gruben sich durch den Stoff seiner Kleidung ins Fleisch. Janet schien nicht mehr von ihm ablassen zu wollen. Ihre Saug- und Schluckbewegungen wurden immer fordernder. Plötzlich glaubte Tom, dass es wohl doch keine so gute Idee gewesen war, die Vampirin gewähren zu lassen. Vielleicht hatte Jadon ihr vor seiner Abreise versprochen, dass sie den Agenten gänzlich leertrinken durfte.

Tom fühlte seine Kräfte schwinden. Die Knie wurden weich und gaben schließlich nach. Ein Schwindelgefühl erfasste ihn. Tom sank zu Boden, doch Janet ließ es nicht zu, hielt ihn fest umklammert und trank weiter. Er hörte das hässliche Schmatzen, spürte das Dunkle, das sich in Leib und Seele der schönen jungen Frau eingenistet hatte.

Aus den Augenwinkeln gewahrte Tom Kathy Flannigan, die wie teilnahmslos dastand und einfach nur zusah. Funken begannen vor seinen Augen auf und nieder zu tanzen. Seine rechte Hand bekam den kühlen, geriffelten Schaft der Pistole zu fassen.

Wie ... tötet ... man ... einen ... Vampir?

Sein Finger krümmte sich um den Abzug der durchgeladenen und entsicherten Waffe.

Ein ohrenbetäubender Knall.

Die Stichflamme des Mündungsfeuers fraß sich in Janets Leib, ebenso das Geschoss, das an ihrem Rücken wieder heraustrat und irgendwo in der Dämmerung verschwand.

Die Wucht des Treffers trieb das Monstrum mehrere Meter weit zurück.

Janet schrie.

Covey ging zu Boden. Das Brennen an seinem Hals verebbte, doch die Schwäche blieb. Mit einer Hand hielt er sich die beiden Bissmale. Das Blut wurde bereits dickflüssig, die Wunde begann zu verkrusten. Er blinzelte und versuchte Janet auszumachen.

Die Vampirin hielt sich die Brust, lag etwa vier Meter von Tom entfernt auf einer der Leichen und starrte ungläubig auf das klaffende Loch in ihrem Körper.

»Du!«, kreischte Janet wie eine Furie. Blutroter Geifer tropfte von ihren Lippen. Ihr vormals hübsches Gesicht war zur animalischen Fratze verzerrt.

Sie sprang auf.

Tom erkannte, dass ihre Wunde bereits im Begriff war, sich zu schließen. Langsamer zwar als bei Noah oder Caine, aber immerhin noch schneller als bei jedem *Menschen.*

Er schoss erneut. Die Glock bellte auf. Drei Kugeln durchschlugen Janets Brust, eine vierte explodierte in ihrer Nasenwurzel.

Die Blutsaugerin stieß einen Schmerzensschrei aus, brüllte

wie ein waidwundes Tier und fiel rückwärts um. Am Boden zappelte und zuckte sie, schlug um sich und kreischte wie wahnsinnig.

Tom ließ die Waffe sinken. Mit beinahe letzter Kraft hatte er gezielt und gefeuert.

Worauf wartest du?, herrschte er sich selbst an. *Gib ihr den Rest!*

Aber selbst wenn er das ganze Magazin in Janets Leib gepumpt hätte, wäre sie noch in der Lage gewesen, sich zu erholen und furchtbare Rache an ihm zu üben.

Seine und Kathys einzige Chance bestand darin zu fliehen, solange die Vampirin noch angeschlagen war. Doch selbst dann war zweifelhaft, wie weit sie kommen würden.

Er zitterte am ganzen Körper und war bemüht, bei Bewusstsein zu bleiben. Die Umgebung drehte sich um ihn. Er konnte keinen festen Punkt mehr finden, der ihm Halt geboten hätte.

»Tom!«

Die Stimme schien wie aus weiter Ferne zu ihm zu dringen. Er erinnerte sich daran, sie schon einmal gehört zu haben, konnte sie aber im ersten Moment nicht richtig einordnen.

»Tom, wachen Sie auf!«

Kathy!

Er schlug die Lider auf und sah in das Gesicht der Reporterin. Ihre Arme waren blutbesudelt, die Augen starrten erschöpft.

»Gott sei Dank«, stieß sie hervor, als er sie anblickte. »Ich dachte schon, Sie wären tot.«

»Unkraut vergeht nicht«, murmelte er, obwohl ihm gar nicht nach dummen Sprüchen zumute war. »Was ... ist geschehen?«

Er blickte hoch, suchte den Boden nach Janet ab. Erst als Kathy etwas zur Seite rückte, sah er die Präsidententochter im Gras liegen, den Kopf in unmöglichem Winkel vom Rumpf abstehend.

Tom richtete sich mühsam auf. Kathy Flannigan half ihm dabei. Deutlich spürte er, wie sie dabei bebte. Sie hatte Angst.

»Sie ... sie ist tot«, stammelte die CNN-Journalistin mit Blick auf Janet .

Ungläubig sah Tom Covey genauer hin.

»Ich wünschte, es wäre so«, meinte er, obwohl er in leblose Augen blickte. »Schnell, bevor sie sich wieder erhebt ...!«

»Sie ist *tot*«, beharrte Kathy.

»Ich sehe aber keinen Holzpflock, den Sie ihr durchs Herz getrieben haben. So tötet man doch *Vampire*, oder?«

Die Reporterin sprang hoch und stieß Tom von sich.

»Herrgott, was weiß denn ich?« Ihre Stimme überschlug sich.

Ruhig sagte er: »Okay, okay, sie ist also tot. – Was haben Sie mit ihr gemacht?«

»Erinnern Sie sich an den Fahrer des Lkws?«, fragte Kathy.

Tom nickte nur.

»Ich sah, wie Jadon ihm das Genick brach nachdem er ... nachdem er aus ihm getrunken hatte. Es war eine bloße Vermutung von mir, dass er damit verhindern wollte, ihn zu einem der Seinen zu machen. Ich ... ich hatte wohl Recht ...«

Covey runzelte die Stirn. »Sie haben Janet das Genick gebrochen?«

»Als sie am Boden lag und sich in Krämpfen wand. Ja.«

»Wo haben Sie das denn gelernt? Sagen Sie jetzt bitte nicht bei den Pfadfindern!«

Kathy schüttelte den Kopf. »Mein Lehrer für Selbstverteidigung in Atlanta wäre sicherlich stolz auf mich, wenn er den Schlamassel sehen könnte.«

»Ich habe sie alle verloren«, flüsterte Tom. »Zuerst den Präsidenten, seine Frau, die Minister und jetzt ... seine Tochter ...«

Selbst wenn er das alles lebend überstand, was sollte er der Nachwelt berichten? Niemand würde ihm die Geschichte von Vampiren abnehmen. Und wie sollte er erklären, dass er sich plötzlich in der Türkei aufhielt, während die Air Force One über London abgestürzt war ...?

Tom Covey fuhr sich mit beiden Händen über das Gesicht. Der Albtraum war noch nicht zu Ende. Noch lange nicht.

»Müsste sie nicht zu Staub zerfallen?«, fragte er beiläufig.

»Heiße ich van Helsing?«, gab Kathy zurück. Der Sarkasmus zeugte davon, dass sie langsam ihre Fassung zurück gewann.

»Machen wir, dass wir von hier verschwinden«, schlug sie vor.

»Das brauchen Sie mir nicht zweimal zu sagen«, erwiderte Covey und ließ sich von ihr auf die Beine helfen. Er warf einen letzten Blick auf die Leichen, zu denen jetzt auch Janet zählte. Dann setzten sie sich gemeinsam in Richtung des Transportwagens in Bewegung.

Sie kamen nicht weit.

Schon kurz darauf öffnete um sie herum die Hölle ihre Pforten.

Angenehm war die Erfahrung nicht, und Landru hatte sich auch noch nicht wirklich daran gewöhnt: Das Gefühl, als Tor benutzt zu werden, war mit nichts vergleichbar, was er sonst je erlebt hatte. Ein Ruck ging durch seinen Körper. Er taumelte. Dann schlüpften zwei Gestalten aus ihm hervor ...

Landru erblickte Lewis und war überrascht, dass er jemanden mitgebracht hatte. Der Aborignal-Vampir drehte sich zu seinem Herrn um und deutete auf die Gestalt in Priesterrobe, die die Szene aus schreckgeweiteten Augen verfolgte.

»Ich sehe, wir haben Besuch«, nickte Landru und trat an den Geistlichen heran. Er erkannte, dass es sich bei dem Mann um einen hypnotisch beeinflussten Diener der verhassten Päpstin handelte. »Welch nette Überraschung«, fuhr Landru spöttisch fort. Dann wandte er sich an Lewis: »Was hast du herausgefunden?«

»Ich war gerade dabei, diesen Kerl zu verhören, als ich von Wachen angegriffen wurde«, antwortete der Vampir.

»Was ist mit *Rahel*?«

»Keine Ahnung«, gestand Lewis. »So weit konnte ich nicht vorstoßen.«

Landru schürzte die Lippen und widmete seine Aufmerksamkeit dem Priester. Er beugte sich leicht zu dem kleineren Mann hinunter, bis sie sich Auge in Auge gegenüber standen und sich ihre Nasenspitzen fast berührten.

»Wo ist die Päpstin?«, fragte der Hüter eindringlich.

Gebannt starrte ihn der Priester an. Sein Leib begann zu zittern, der Blick flackerte. Landru spürte den mentalen Widerstand, den Rahels Hypnoseblock aufbot. Der Priester war ihr Werkzeug. Zerbrach der psychische Schild um seinen Geist, konnte es sein, dass der Wahnsinn ihn verschlang.

Aber das war nichts, wovon sich Landru hätte stoppen lassen.

»Sie ... ist fort«, stammelte der Priester schweißüberströmt, als sich die Barriere in ihm auflöste.

»Wohin?«

»Niemand ... weiß es! Sie ist schon seit Tagen verschwunden ...« Die Worte sprudelten nun regelrecht aus dem Mund des Priesters.

Landru trat zurück und sagte: »Er gehört dir, Nona.«

Ein zufriedenes Knurren wurde hörbar, dann ein Fauchen. Plötzlich fuhr die Gestalt des Priesters zusammen. Sein Mund öffnete sich zu einem stummen Schrei, und schon rissen ihn die monströsen Kräfte der Werwölfin fort. Nona zerrte ihn in eine entfernte Ecke des Doms und machte sich über ihn her.

Landru gönnte ihr den Schmaus und dachte über die Worte des Geistlichen nach. Wenn Rahel verschwunden war und niemand etwas über ihren Verbleib wusste, hieß das nichts anderes, als dass Jadon Erfolg gehabt hatte.

Damit war *ein* Störfaktor seines Planes eliminiert.

Blieben noch die Neovampire.

Ein rauschendes Flattern erregte Landrus Aufmerksamkeit. Er schwang herum und sah in Richtung des einzigen Zugangs zum Felsendom. Zwei Fledermäuse drifteten aus dem Kaminschacht hervor.

Während die eine erst im allerletzten Moment ihre Schwingen ausbreitete, um den Sturz abzufangen und dann unsicher auf dem felsigen Untergrund aufsetzte, kam Landru nicht umhin, die andere mit einer Mischung aus Faszination und Abscheu zu betrachten: Auf ihrem Hals prangte der Kopf eines Menschen.

Jadons Schädel!

Vor Landrus Augen verwandelte sich der Mann, der als

Zwilling von Jesus geboren worden war, wieder in seine menschliche Gestalt zurück, bückte sich und packte die zweite Fledermaus mit beiden Hände. Er hob sie kurz an und schleuderte sie dann Landru vor die Füße.

Diesmal war sie nicht in der Lage, den Aufschlag abzubremsen.

Das kleine pelzige Tier rollte quiekend über den Boden, bis Landrus Stiefelspitze es stoppte. Nur wenige Sekunden darauf transformierte auch diese Fledermaus. Landru trat einen Schritt zurück.

»Sieh an«, meinte er, als Lilith Eden geschunden und am Ende ihrer Kräfte vor ihm auf dem kalten Felsgestein erkennbar wurde. Sie hatte die Augen halb geschlossen, schien ihn nicht einmal wahrzunehmen.

»Du hast also Rahel getötet und mir meine ›Lieblingsfeindin‹ mitgebracht, Jadon, mein Freund?«

»Nicht ganz«, widersprach Jadon und trat näher. »In Rom belauschte ich, dass sich Lilith mit einem der Neovampire verbündet hatte. Sie war in den Vatikan eingedrungen, um die Konfrontation mit Rahel zu suchen. Doch nach kurzem Kampf gegen die Päpstin flohen sie und der Neo ins Netz der Songlines. Rahel folgte ihnen. Seither gilt sie als verschollen.«

»Der Neo?«

»Ist tot.«

Gut, dachte Landru, *noch ein Gegner weniger.*

Er beugte sich zu Lilith hinab und hob ihr Kinn leicht an, so dass sie gezwungen war, ihm in die Augen zu blicken.

»Wo ist Rahel?«

Die Halbvampirin deutete ein Schulterzucken an.

An ihrer Stelle antwortete Jadon: »Sie verriet mir unterwegs, dass die Päpstin die Songlines offenbar *nicht wieder verlassen* hat.«

Landru ließ Lilith los. Ihr Hinterkopf schmetterte auf den Fels.

»Verloren in der Traumzeit ...«, sinnierte er. »Wie ›tragisch‹ ...«

Inzwischen hatte Nona ihr Mahl beendet und kehrte zurück. Sie stockte kurz, als sie Jadon und Lilith gewahrte, doch Landru winkte sie zu sich. Ihm passte es zwar nicht ganz ins Kalkül, dass Jadon überlebt hatte, doch vorrangig galt es nun, eine Schlacht zu schlagen.

Nein, einen Krieg *zu gewinnen!*

Er wies eines seiner Kelchkinder an, Lilith vom Boden aufzuheben. Sie wurde unter den Achseln gepackt und auf die Füße gestellt. Der Aboriginal-Vampir hielt sie auch weiterhin fest, damit sie nicht sofort wieder hinsinken konnte. Ihre Lippen waren aufgeplatzt, die Haut an den Wangen aufgeschürft und die Augen völlig ohne Glanz.

»Ich sehe, Jadon, du hast es verstanden, sie zu brechen«, kommentierte Landru. »Sag mir, Lilith, was es für ein Gefühl ist, vollkommen am Ende zu sein, den eigenen Tod vor Augen, und auch noch hinnehmen zu müssen, dass das Schicksal der Welt besiegelt ist ...?«

Er holte den neuen Kelch aus seinen Gewändern hervor und präsentierte ihn Lilith. Die Halbvampirin zeigte sich äußerlich nicht im Mindesten beeindruckt, starrte das Unheiligtum, das einen schwachen Purpurglanz verströmte, nur teilnahmslos an.

Landru spürte Zorn in sich aufwallen. Warum reagierte sie nicht? War ihr nach den zurückliegenden Strapazen und Demütigungen schon *alles* gleichgültig geworden?

Der Hüter wandte sich ab. »Nun gut, teuerste Feindin, du darfst Zeuge dessen sein, was nun geschieht – bevor ich auch dich töte ...«

Schmerz gab es kaum noch in ihrem Körper. Zumindest registrierte Liliths Hirn ihn nur noch schwach.

Ich bin abgestumpft, diagnostizierte sie, während sie total erschöpft in den Armen von jemandem hing, den sie nicht sehen konnte. Der Anblick des Lilienkelchs in Landrus Händen hatte ihr einen Stich ins Herz versetzt. Jadon hatte nicht gelogen. Ihr Erzfeind befand sich im Besitz eines *neuen* Kelchs, mit dem er von neuem Unheil über die Menschen bringen konnte. Und es schien niemanden mehr zu geben, der sich ihm in den Weg stellen konnte.

Lilith fühlte sich am Ende, aber sie gönnte ihm nicht den Triumph und starrte deshalb das Gefäß in seinen Händen an, als könnte es sie nicht beeindrucken.

Was ihn störte.

Wütend machte.

Ganz offenkundig hatte er gehofft, sich an ihrer Verzweiflung weiden zu können.

Als er sich unvermittelt von ihr entfernte, versuchte Lilith, den Kopf zu bewegen. Sie schaffte es kaum.

Doch dann erfasste ihr Blick die dunkelhäutigen Gestalten, die sich in der Höhle aufhielten. Lilith erkannte Aborigines in ihnen. Und sie fühlte, was aus ihnen *geworden* war.

Vampire!

Liliths Augen verengten sich, als sie die Reihe der Aborigines abtastete. Sie ahnte, dass Landru sie mit dem neuen Kelch getauft hatte.

Sie machte sich nicht die Mühe, die genaue Zahl der Kelchvampire zu ermitteln.

»Du siehst nicht sonderlich glücklich aus«, frohlockte Landru, ihr wieder zugewandt.

In seiner Nähe entdeckte Lilith eine andere vertraute Gestalt: Nona. Landrus Gefährtin durch die Jahrhunderte ...

Gerne hätte sie beiden zum Abschied noch ein paar markige Worte entgegen geschleudert, doch selbst dazu war sie schon zu schwach.

Der Dunkle Dom würde ihr Grab werden.

Vor ihrem inneren Auge zogen die Abenteuer und Gefahren vorbei, die sie erlebt hatte – rasend schnell.

Indes streckte Landru den Kelch von sich und aktivierte die ihm innewohnende Magie.

Lilith zwang sich hinzusehen.

Das schwache Leuchten im Innern der Kelchschale gewann an Intensität. Landru hatte die Augen geschlossen und fokussierte seine eigene Kraft auf die Macht des Kelches.

»Was ... tust du?«

Es war Nona, die die Frage stellte. Unruhe schwang in ihrer Stimme mit, doch Lilith konnte nicht einordnen, was die Werwölfin so nervös an dem machte, was Landru tat.

War sie nicht eingeweiht?

»Erinnerst du dich an die Schockwelle, die ich bei unserer Ankunft in Australien auslöste?«, entgegnete Landru.

Lilith ahnte nicht einmal, wovon er sprach.

»Du willst es wieder tun? Aber es gibt hier keine Aborigines, die du herbeirufen –«

»Das habe ich auch nicht vor«, unterbrach Landru sie.

»Ich sehe ... sehe die Traumzeit deutlich vor meinen Augen. Ihre unergründlichen Pfade ... *JETZT!*«

Donner rollte durch das Gebirge. Lilith kniff die Augen zusammen, als das Purpurlicht durch den Felsendom gleißte und für den Augenblick so hell strahlte wie eine Sonne. Heller noch!

Das Glühen brannte sich in Liliths Netzhäute. Es trug Bilder mit sich, Bilder, die nicht aus dem Dom stammten, sondern in einer anderen, befremdlichen Dimension beheimatet waren.

Gespenstische Schemen huschten umher. Ein eisiger Luftzug schnürte Lilith die Kehle zu, drohte ihr den Atem in den Lungen zu gefrieren.

Dann war es so plötzlich vorbei, wie es begonnen hatte. Lilith öffnete die Augen und blinzelte. Landru stand unverändert mit dem Kelch in den Händen da und lächelte selbstgefällig. Anscheinend hatte er erreicht, was er hatte erreichen wollen, doch die Halbvampirin begriff auch jetzt noch nicht, *was* das gewesen war.

Die Frage brannte ihr auf der Zunge, doch wiederum nahm Nona es ihr ab, sie zu stellen.

»Was war das?«, fragte die Wölfin, die immer noch größeren Abstand zu Landru hielt.

Landru antwortete nicht unmittelbar. Er hatte weiterhin die Lider geschlossen.

Wankte er tatsächlich, oder bildete Lilith es sich nur ein?

Ihr Blick glitt an ihm vorbei. Erst jetzt sah sie das tropfenförmige Etwas, das über der Mitte der Domplatte hing. Vorhin hatte sie es aus den Augenwinkeln heraus zwar bemerkt, aber nicht beachtet, doch jetzt erkannte sie, dass es etwas sehr ... Eigenartiges war.

Es erinnerte an eine verpuppte Larve, die kurz davor stand, als vollendetes Insekt zu schlüpfen – nur ungleich gigantischer.

Lilith lenkte ihre Aufmerksamkeit zurück auf das Geschehen.

»Ein Lockruf ...«, sagte Landru gerade.

Nona trat zu ihm heran. Sie wirkte angespannt.

»Für ... die Neos?«, fragte sie.

Landru nickte.

»Sie kommen hierher?«

»Nein. Ich habe sie in die Songlines gelockt. Rahel steckt dort irgendwie fest, und ich habe einen gefälschten Hilferuf ausgesandt, der ihre ganze Brut in die Traumzeit lockt, als hätte Rahel selbst darum gefleht.«

»Aber – warum? Du willst sie retten? Aus den Songlines bergen?«

Landru lachte schallend. »Wie kommst du auf diesen absurden Gedanken?«

Lilith seufzte. So wie es Caine zu Rahel gezogen hatte, waren nun offenbar alle Neos von dem Drang erfasst worden, sich ins Netz der Songlines zu begeben. Wo ihre ›Mutter‹ Hilfe brauchte. Festsaß, aus unerfindlichen Gründen ...

Landru unterhielt sich noch eine Weile mit Nona. Ihr Gespräch schien hektisch zu verlaufen, doch sie waren nun clever genug, es im Flüsterton zu führen, so dass Lilith nicht das Geringste verstand. Schließlich drehte er sich zu der von ihm geschaffenen Vampirschar um und rief sie zu sich.

Nona kam zu Lilith, packte sie an ihren Haaren und zog sie zum Rand der Domplatte.

Die Halbvampirin spürte die Schmerzen kaum. Sie rutschte an der Wand herab und blieb am Boden kauernd sitzen.

Wie gebannt starrte sie in Landrus Richtung und fragte sich, was *genau* er vorhatte – und was Nona dagegen haben könnte.

Diesen Eindruck zumindest hatte Lilith beim Verfolgen des gestenreichen Disputs gewonnen.

Als sie kurz zur Seite schaute, erkannte sie, dass sich Jadon nicht von der Stelle gerührt hatte. Der Bruder Jesu verfolgte die Szene mit ausdruckslosem Gesicht.

Ein Penny für deine Gedanken, dachte Lilith. Doch dann fesselte Landrus Auftritt sie erneut.

Irgendwie fand sie die Kraft, eine Frage zu stellen.

»Was ... tut er da?«

Nona lehnte mit dem Rücken gegen die Felswand und hatte die Arme vor der Brust verschränkt. Geringschätzig blickte sie auf Lilith herab.

»Er schickt seine Armee in den Krieg«, antwortete sie.

Noch ehe Lilith nachhaken konnte, konnte sie bereits sehen, was die Werwölfin damit meinte.

Landru hatte die Arme ausgebreitet und den Kelch in seiner Kleidung verschwinden lassen. Der erste seiner Krieger ging auf ihn zu und ...

... *in* ihn hinein!

Ihm folgte der Zweite, dann der Dritte. Nacheinander verschwanden die kelchgetauften Aborigines in Landrus Körper. Immer schneller verlief die unheimliche Prozedur, die Lilith noch bei keinem Kelchvampir beobachtet hatte, wohl aber bei Rahels Neovampiren.

Welche spezielle Taufe hatte Landru ihnen angedeihen lassen?

Neunundneunzig Aborigines verschwanden in Landru – scheinbar.

In Wirklichkeit benutzten sie ihn offenbar als *Tor* in die Songlines!

Als das letzte Kelchkind verschwunden war, sah es einen Moment aus, als würde Landru unter der Anstrengung, die ihn die Bereitstellung der Passagemöglichkeit gekostet hatte, zusammenbrechen.

Er wankte, aber er fiel nicht.

Landru sog scharf die Luft ein, streckte sich und stand wieder aufrecht und unerschütterlich da wie ein Fels in der Brandung. In diesem Moment begannen die ersten Beben den Dom zu erschüttern.

Keine zwei Schritte weit waren sie gekommen, als das Unheil seinen Lauf nahm.

Tom Covey war angeschlagen. Die gebrochenen Rippen schmerzten mehr denn je, und obwohl er am Ende seiner Kräfte war, konnte er sich keine Schwäche leisten – nicht, wenn er überleben wollte.

Da geschah es.

Für einen Moment schien es, als schlüge die ganze Welt einen Salto über ihn und Kathy Flannigan, als reiße die Erde unter ihren Füßen auf und speie alle Schlechtigkeit aus, die in der Unterwelt verborgen war.

Der Himmel hatte sich bedrohlich verdunkelt. Obwohl vor einer Sekunde noch die letzten Strahlen der Sonne über den Horizont gedrungen waren, ballte sich nun Finsternis am Firmament.

Covey sah zurück und gewahrte tiefschwarze Wolkenformationen, die sich um den Gipfel des Ararat gebildet hatte.

Grundgütiger, und Lilith ist jetzt dort oben!

»Was geht da vor?«, schrie Kathy Flannigan über den plötzlich aufbrausenden Wind hinweg.

»Wir müssen hier weg!«, antwortete Tom. Er musste ebenfalls brüllen. »Und zwar schnell!«

Der Sturm gewann an Kraft. Zum Heulen des Windes gesellten sich seltsam hämmernde Geräusche, die Tom Covey vage bekannt vorkamen. Er hielt Kathys Hand und hetzte so schnell es ihm möglich war den Hügel hinauf. Zweimal stolperte er, fing sich und ächzte.

Das Hämmern wurde lauter, dröhnte in Tom und Kathys Ohren und begleitete den Orkan wie den Aufmarsch einer Armee, die über die Ebene hinweg fegte. Noch einmal drehte Covey sich um, versuchte den Ursprung des Tosens auszumachen. Er hechtete ins Gras und riss Kathy mit sich.

»Was ist?«, rief die CNN-Reporterin, sah aber bereits, was Tom zu seiner Reaktion veranlasst hatte.

Zwei dickbäuchige Kampfhubschrauber rauschten, fliegenden, waffenstarrenden Festungen gleich, über den Hügelkamm. Ihre grellen Suchscheinwerfer bestrichen das Leichenfeld, wanderten hinauf zu den beiden Flüchtlingen und blendeten sie mit der vollen Stärke des künstlichen Lichts.

»Woher kommen die?«

»Wir müssen weg!«, wiederholte Tom. Das gleißende Licht trieb ihm die Tränen in die Augen. Doch zuvor hatte er den Helikopter-Typ erkannt. Es waren HIND-Kampfhubschrauber, und er war sicher, dass sie an ihren Flanken Hammer und Sichel als Hoheitsabzeichen trugen ...

Tom raffte sich auf, zog Kathy mit sich und stolperte den Hügel hinauf. Sie schafften es bis zur Kuppe, ehe die Bordwaffen losratterten und die Grasfläche mit Bleigarben bestrichen.

Tom schlug einen Haken. Um ihn und Kathy herum platzte der Boden auf. Erdreich wurde aufgewirbelt, Lehmbrocken, die wie zusätzliche Geschosse auf die Fliehenden einprasselten.

Tom ließ sich fallen. Kathy landete neben ihm. Er drückte sie nach unten und legte schützend die Arme um sie.

»Sind die verrückt geworden?«, keuchte die Reporterin.

»Vermutlich«, schnappte Tom, »die haben hier nämlich nichts zu suchen. Wir befinden uns auf türkischem Hoheitsgebiet.«

Die Waffen verstummten. Nur das Rattern der Rotorblätter übertönte noch den Wind, der langsam wieder abzuflauen begann. Covey bedeutete Kathy am Boden zu bleiben, wälzte sich selbst auf den Rücken und sah dem Gegner entgegen.

Die HINDs schwebten über den Hügeln. Ihre Scheinwerferkegel stachen durch die Dunkelheit und beleuchteten wieder die verstreut liegenden Toten.

Tom suchte den Berggipfel ab, wo sich das Unheil zusammen braute. Was auch immer dort oben geschah, er war sich nicht sicher, ob er freiwillig mit Lilith Eden die Rolle getauscht hätte.

In diesem Augenblick glomm ein aureolenhaftes Licht um die Bergspitze herum auf.

Zuerst dachte Tom, einer der Hubschrauber hätte mit Leuchtspurmunition geschossen oder eine Signalrakete abgefeuert, doch dann erkannte er, dass die Besatzungen der Helikopter nichts damit zu tun hatten und ebenso von dem Geschehen überrascht wurden wie er.

Ein purpurfarbener Glanz tauchte den Himmel in schwelendes Feuer, das nicht von dieser Welt zu sein schien.

Plötzlich drehten die beiden HINDs ab, gingen in Schräglage und stoben in Richtung armenischer Grenze davon. Doch das Geräusch von Rotoren verebbte nicht, schwoll im Gegenteil noch an.

Ungläubig sah Tom Covey, wie drei schlanke Körper über den Hügelkamm schossen und die Verfolgung der russischen Hubschrauber aufnahmen. Im Vorbeiflug identifizierte er sie als Apache-Kampfhelikopter der U.S. Army. Ihnen folgte ein Transportchopper, der seine Geschwindigkeit drosselte und zur Landung ansetzte.

»Amerikaner!«, rief Tom. »Wir sind gerettet!«

Kathy kam mit verstörtem Blick hoch und sah gerade noch, wie der Heli auf dem Boden aufsetzte und eine Schar Landetruppen entließ, die die Maschine mit Schnellfeuergewehren sicherten.

Covey und die Reporterin schleppten sich den Hügel hinab, den Soldaten entgegen.

In diesem Moment erlosch das purpurfarbene Leuchten um den Berggipfel. Die pechschwarzen Wolkenformationen stoben auseinander und lösten sich auf. Vereinzelt waren Sterne am Abendhimmel zu sehen, und ein letztes Mal loderte der Schein der am Horizont versunkenen Sonne über das Firmament.

Als wollte sich doch noch alles zum Guten wenden, dachte Covey, der bereits in die Jackentasche griff, um seinen Dienstausweis vorzeigen zu können.

Da klangen hektische Stimmen und Flüche von den Soldaten auf. Irgendetwas erregte ihre Aufmerksamkeit.

Etwas bei den Leichen.

Tom und Kathy erreichten den Einflussbereich der Rotoren und spürten den mächtigen Sog. Ein einzelner Soldat trat ihnen entgegen.

»Halt!«

Abrupt blieb Tom stehen und hielt Kathy zurück. Er hob seinen Ausweis und zeigte ihn. Der Soldat zückte eine Taschenlampe. Auf die Distanz von fünf Metern versuchte er, Coveys ID zu entziffern.

Ein Schrei schnitt durch die Nacht. Dann noch einer. Vereinzelte Schüsse peitschen auf, gefolgt von ganzen Salven aus den automatischen Waffen der Soldaten.

Alarmiert fuhr der Wächter herum und brachte seine Waffe in Anschlag. Covey war mit zwei, drei schnellen Schritten bei ihm und griff nach seiner eigenen Dienstwaffe.

»Ganz ruhig, ich bin auf Ihrer Seite«, redete er auf den Soldaten ein. Vorsichtig spähte er um den Hubschrauber herum, konnte aber nicht erkennen, auf wen oder was geschossen wurde.

Wieder Schreie, diesmal gellender, als brüllten Menschen ihren letzten Atemzug hinaus, ehe sie für immer verstummten ...

Der Soldat löste sich aus seiner Deckung und rannte zu seinen Kameraden.

Covey packte Kathy und schob sie ins Innere des Helikopters. Er selbst schwang sich nach ihr hinauf und wurde von den beiden Piloten angebrüllt. Doch als er die Mündung seiner Pistole in ihre Richtung zucken ließ, stellten sie ihren Protest ein.

»Keine Sorge«, wechselte Tom in die Rolle des Vermittlers, »ich werde Ihnen nichts tun. Ich bin Agent des U.S. Secret Service und stehe auf ihrer Seite.«

»Und was suchen Sie so weit draußen?«, wollte der Co-Pilot wissen.

»Später«, drängte Covey. »Los, heben Sie ab und drehen

Sie den Chopper in die Richtung, in der Ihre Männer verschwunden sind. Wir müssen wissen, was da vorgeht!«

»Ein paar armenische Rebellen, die die Grenze überquert haben«, vermutete der Pilot und bediente die Instrumente. Ein Rucken ging durch die Bell UH1-D, dann hob die Maschine sanft ab. Die Scheinwerfer flammten auf. Tastende Lichtkegel durchstachen die Nacht und erfassten die bizarre Szenerie, die sich wenige Meter unter ihnen bot.

Tom Covey hielt den Atem an. Kathy unterdrückte einen Aufschrei, während der Pilot einen Fluch ausstieß und schon wieder abschwenken wollte.

»Bleiben Sie!«, herrschte Tom den Mann an, während er das Spektakel verfolgte und nicht glauben konnte, was er sah.

Die Soldaten wurden angegriffen. Einer nach dem anderen fiel. Sie feuerten ihre Waffen ab, doch was sie auch trafen, die Geschosse richteten keinen Schaden an. Immer wieder sah Tom das Mündungsfeuer der M-16-Gewehre, sah, wie Salven von Kugeln durch die Körper der Angreifer fetzten, wie die pure Durchschlagskraft der Geschosse Fleisch wegsprengte ... Und doch kamen die Gegner ungehindert näher, schnappten sich die Soldaten und ...

... soffen sie, blindbegierig wie tollwütige Tiere, aus!

»Allmächtiger!«, entfuhr es Tom.

»Was – soll das werden?«, keuchte der Pilot verzweifelt.

Tom konnte sich endlich einen Reim auf den unheimlichen Kampf machen, der unter ihnen tobte. Ein paar der Leichen hatten sich wieder erhoben. Wenn er Zeit gehabt hätte, sich davon zu überzeugen, hätte er wahrscheinlich festgestellt, dass es sich dabei nur um Tote handelte, deren Genick *nicht* gebrochen war.

Die Vampiropfer waren selbst zu Wiedergängern geworden.

Zu Untoten mit einem unstillbaren Durst und Verlangen nach ... Blut!

Eiskalt lief es Tom über den Rücken, und er schauderte noch mehr, als sich Kathy auf seine Schulter stützte, um besser sehen zu können.

»Setzen Sie sich!«

»Mein Gott«, stöhnte die CNN-Reporterin und beugte sich Coveys Worten zum Trotz noch weiter vor.

Etwa acht der ursprünglich zwanzig Leichen hatten auf abnorme Weise die Fessel des Todes abgestreift. Der Kommandotrupp der U.S. Army wurde ihre leichte Beute. Nur noch zwei G.I. lagen bäuchlings am Boden und gaben Feuerstöße ab.

Deutlich sah Tom, wie eine Garbe einen der untoten Körper durchschlug. Der Vampir wurde kurz nach hinten geworfen, hielt sich jedoch auf den Beinen und wankte weiter auf die letzten Überlebenden des Trupps zu.

Zur gleichen Zeit hatten zwei andere Blutsauger seinen Kameraden erreicht, ihn mit ihren Klauen gepackt und auf die Füße gezerrt. Nur einen Lidschlag später hingen sie an seinem Hals und stahlen ihm das Blut aus dem Körper!

Tom spähte durch das Dunkel und meinte in den beiden Vampiren einen älteren Mann mit vergammelter Kapitänsmütze und ein jüngeres Mädchen zu erkennen. Doch ganz gleich, wer diese Leute auch einmal gewesen sein mochten, sie hatten es nicht verdient, ihr unseliges Dasein fortzusetzen ...

Covey legte auf die beiden an. Er ignorierte Kathys überraschten Ausruf und schoss.

Die Kugel bohrte sich genau zwischen die Augen des angegriffenen Soldaten. Als die Bestien merkten, dass ihr Opfer tot war, ließen sie mit einem enttäuschten Schrei von ihm ab.

»Verdammt, was haben Sie getan?«, kreischte Kathy.

»Ich habe ihn erlöst«, erwiderte Covey lapidar.

In diesem Moment hatte der letzte überlebende G.I. begriffen, wie ausweglos seine Situation war. Er stemmte sich hoch, gab noch zwei Salven auf die heranrückenden Vampire ab und suchte dann sein Heil in der Flucht, rannte dem rettenden Helikopter entgegen. In seinen Augen loderte die nackte Panik. Schaumbläschen hatten sich vor seinem Mund gebildet.

»Starten Sie!«, befahl Tom.

»Wir nehmen ihn mit!«, widersprach der Pilot kopfschüttelnd.

Tom schob Kathy beiseite und presste die Pistolenmündung an den Hals des Piloten.

»Starten Sie«, wiederholte er mit einem undefinierbaren Unterton in der Stimme. »Wir wissen nicht, ob er bereits infiziert ist.«

»Infiziert?«, echote der Co-Pilot. »Wovon, zur Hölle, reden Sie?«

»Noch nicht begriffen? Das sind gottverfluchte Vampire, Sie Idiot«, fauchte Tom. Die Mündung dellte das Fleisch am Hals des Piloten tiefer ein.

»Schon gut, Mann ...«

Der Pilot zog die Maschine höher. Unten brüllte der Soldat verzweifelt auf. Tom verstand nicht, was er ihnen nachrief, konnte es sich aber in etwa vorstellen.

In diesem Moment hob der im Stich gelassene Soldat seine M16, legte sie an und feuerte auf den enteilenden Hubschrauber.

Ein gutes Dutzend Geschosse brach durch die Scheiben und das Metall. Funken sprühten. Querschläger sirrten. Einige Instrumente gaben ihren Geist auf. Der Pilot sank über den Armaturen zusammen, während der Co-Pilot hektisch versuchte, die Maschine unter Kontrolle zu halten.

Ein Aufstöhnen ließ Tom herumfahren. Er blickte direkt in Kathy Flannigans flehende Augen. Die Reporterin lehnte gegen die rückwärtige Wand des Helikopters und hielt sich mit beiden Händen den Bauch. Sie hustete. Spuckte Blut.

Tom war bei ihr. Er hob sie an, bettet ihren Kopf in seinen Schoß. »Kathy, verdammt, machen Sie jetzt keinen Scheiß ...!«

Sie hörte seine Worte nicht mehr. Kraftlos sank sie in sich zusammen.

Tom schloss ihre Lider, legte sie sanft auf dem Boden des Helikopters ab und biss sich selbst die Lippen blutig, ohne es zu merken.

»Fliegen Sie zurück zur Basis«, rief er matt nach vorn. Der handlungsfähig gebliebene Pilot gehorchte.

Der Bell UH1-D ging in Schräglage und jagte über die Hügelkette Richtung Westen davon. Gleichzeitig nahm der Pilot Kontakt zum Hauptquartier auf, um den Wachhabenden über ihre Rückkehr und den Verlust des Trupps zu unterrichten.

Covey hinderte ihn nicht daran.

Nach guten fünfzehn Minuten Flug schlossen auch die Apache-Helikopter, die die Verfolgung der HINDs aufgenommen hatten, wieder zu ihnen auf. Es waren jedoch nur noch zwei.

Tom Covey kümmerte es nicht. Er starrte unentwegt den Leichnam Kathy Flannigans an und fragte sich, warum er als Einziger verschont geblieben war, während alle um ihn herum weggestorben waren.

Irgendwann forderte der Blutverlust, den Janet ihm zugefügt hatte, seinen Tribut. Die Erschöpfung übermannte ihn, und er sank in einen unruhigen Schlaf.

Die Armee stürmte lautlos über Pfade, die kein Mensch je hätte begreifen können. Anders als Menschen schienen sie nichtstofflich zu sein, aber trotzdem waren sie mindestens ebenso »wirklich«.

Wie eine todbringende Schwadron jagten die neunundneunzig Geschöpfe durch die Songlines. Auch Lewis befand sich in der Schar.

Wie ein Magnet zogen die Auren der *anderen* die Jäger und Vollstrecker an. Lewis spürte tiefe Befriedigung in sich, dem *Zweck* dienlich sein zu dürfen.

Er und seine Mitstreiter hatten die visuelle Gestalt von Fledermäusen angenommen – was auch immer dies in einer Umgebung wie der Traumzeit aussagen oder bedeuten mochte.

Sie schienen durch das tunnelartige, monströse Aderwerk eines unbekannten Lebewesens zu fliegen, paarweise nebeneinander. Aus den Wänden glomm ein tiefroter Schimmer, als wären sie durchblutet. Die dunkelsten Albträume mochten sich hier manifestiert haben. Sie konnten einen Unkundigen in tiefste Schlünde zerren, ihn tausend Tode sterben lassen und ihn immer wieder aufs Neue mit dem Schrecklichsten quälen, das er sich nur vorzustellen vermochte ...

Doch Landrus Armee war kundig. In ihr schlummerte das Urwissen der Aborigines. Die Kelchvampire kannten sich in den Gefilden der Songlines aus, instinktiv.

Plötzlich zweigte der Tunnel ab, gabelte sich in drei weitere Gänge, die noch tiefer in die dunklen Bereiche führten.

Der Knall kam ohne Vorwarnung.

Die »Wände« schienen zu beben. Die Schar stob auseinander.

Lewis fragte sich, was geschehen war, ließ sich von dieser Frage jedoch nicht von seinem Auftrag ablenken.

Dann die zweite Explosion.

Lauter.

Näher.

Die Fledermäuse setzten ihren Flug ungerührt fort.

Der scheinbare Boden vibrierte. Brach plötzlich auseinander. Auch ein Teil der Decke stürzte ein. Die Fledermäuse gingen in einen Zickzackkurs über, wichen den auf sie herabregnenden Illusionen von Trümmern (oder waren sie doch *wirklich?*) aus, hielten auf den fernen Schimmer zu, der am Ende des »Stollens« aufgeglommen war.

Unser Ziel, dachte Lewis und verdoppelte seine Anstrengungen, überholte einige seiner Mitstreiter. Er schaffte es nicht, bis an die Spitze vorzudringen, was aber auch nicht notwendig war.

Auf jeden von ihnen wartete irgendwo ein Gegner ...

Die Detonationen kamen jetzt häufiger und heftiger. Immer wieder wurden die Traumzeitgefilde erschüttert. Der Tunnel brach hinter ihnen zusammen. Flammenzungen schienen aus dunklen Wunden zu lecken, und orkanartige »Winde« erschwerten den Flug.

Was geschieht da?, fragte sich Lewis erneut.

Schreie klangen auf, gellten wie von Todesqual gefärbt durch die Songlines.

Lewis' Schwadron näherte sich dem Leuchten, das nun die Form einer Kugel angenommen hatte und unaufhörlich anwuchs.

Den scharfsichtigen Augen des Vampirs entging nicht das Herannahen von Objekten, die sich aus dem Zentrum gelöst hatten.

Der Feind!

Das ... *Ziel* ...

Augenblicklich gingen die Fledermäuse in einen Gleitflug über, bremsten ab und transformierten, noch ehe sie gänzlich gelandet waren.

Lewis setzte in seiner originalen Gestalt auf dem vermeintlichen Boden auf. Seine Füße versanken knöcheltief wie in einer Art Morast. Nachbeben grollten durch das System der Wege.

»Mir gefällt das nicht«, sagte ein Vampir neben Lewis.

»Wir haben einen Auftrag zu erfüllen«, erinnerte dieser.

Weitere Worte ersparte er sich.

Lewis spürte den unheimlichen Sog, in den sich der »Wind« umgekehrt hatte. Selbst wenn er jetzt noch gewollt hätte, wäre ein Verlassen der Songlines wahrscheinlich unmöglich gewesen.

Sie hatten sich verändert.

Schienen selbst *entartet* ...

Der Gegner nahte.

Aus der Dunkelheit schälten sich Gestalten hervor.

»Für Landru!«, rief ein Vampir neben Lewis.

Dann warf er sich auf seinen Kontrahenten.

Der Zusammenprall war fatal. Eine gleißende Stichflamme

schoss aus ihren beiden Körpern hervor. Für eine winzige Zeitspanne sah es aus, als wollten sie miteinander verschmelzen – doch dann expandierten sie zu purer Energie!

Neo *und* Kelchvampir vergingen in einer blendenden Explosion, die die Struktur der magischen Pfade bis in die Grundfesten erschütterte.

Lewis und die anderen starrten betroffen auf den vergehenden Feuerball. Sie versuchten abzubremsen, umzukehren, um zunächst einmal den Grund der Tragödie zu ermitteln, doch so sehr sie sich auch anstrengten, sie trieben unaufhaltsam auf ihre Gegner zu.

Jeder Kelchvampir auf eines der »Kinder« Rahels ...

Die nächste Kollision – derselbe Effekt.

Die Explosion riss weitere Wunden in das Gefüge.

Mit jeder der folgenden Detonationen erloschen Segmente der künstlich erweiterten Pfade!

Lewis sah einen der Neovampire auf sich zustürmen. Das Gesicht des Ankommenden spiegelte Entsetzen wider. Offenbar war der Feind ebenso wenig in der Lage, das Unheil zu stoppen wie sie ...

Landru, dachte Lewis. *Warum ... warum hast du uns das angetan,* Vater *...?*

Es war sein letzter Gedanke. Der Versuch, dem Verhängnis auszuweichen, scheiterte, und der nur flüchtige Kontakt reichte schon aus, um den Vernichtungsprozess auszulösen.

Lewis und der andere vergingen in einem lodernden Glutball.

In diesem Krieg gab es nur einen Sieger.

Und dieser befand sich weitab der Front ...

Rahel hatte das Eindringen der Fremden sehr wohl bemerkt. Es fühlte sich wie eine Störung im Kontinuum der erweiterten Traumzeitpfade an. Und die Zahl der Störenfriede war gewaltig, schien die ihrer spirituellen Kinder noch zu übertreffen! Instinktiv erfasste sie, dass nur einer dafür verantwortlich sein konnte: Landru, ihr ehemaliger Paladin, den sie von den Toten erweckt und der sich später gegen sie gestellt hatte ...

Wie hatte sie nur so anmaßend sein können, einen ehemals Mächtigen wie ihn zu ihrem Diener zu degradieren?

Jetzt schien es, als müsse sie für ihre Verfehlungen bezahlen. Aber sie wollte sich nicht geschlagen geben. Noch nicht. Ihre »Kinder« waren bei ihr. Sie waren ihrem Ruf gefolgt und würden ihr beistehen ...

Die Eindringlinge waren völlig überraschend ins System der geheimen Wege eingebrochen.

»Was ist, Mutter?«, hatte Samuel gefragt und war zu ihr gerückt.

Rahel hatte sich unter dem mentalen Schock gekrümmt. Das dunkle Feuer, das in ihr brannte, hatte begonnen, sie zu verschlingen.

»Ich ...«, hatte sie erwidert, »... ich spüre eine starke Erschütterung der Traumzeit ...«

»Was hat das zu bedeuten?« Noah war herangeglitten.

Rahel hatte ihre geistigen Fühler ausgestreckt und nach der fremden Präsenz getastet, die sich des Netzes bemächtigte.

So war sie auf die seltsamen Feinde gestoßen.

Vampire. Ehemalige Aborigines ...

Sie ahnte sofort, was dies bedeutete.

Dass Gefahr dahintersteckte.

Ein Angriff!

»Noah, Samuel, Boas, Asor, Zadok, Uria und Tamar, ihr bleibt bei mir! Der Rest verteilt sich auf die anderen Songlines! Wartet, bis der Feind näher gerückt ist und dann – *vernichtet* ihn!«

Die genannten spirituellen Kinder scharten sich um ihre »Mutter«, und die anderen verstreuten sich über die Weiten der Traumzeitstraßen.

»Wer wagt es, uns *hier* zu attackieren?«, fragte Tamar.

»Landru«, erwiderte Rahel nur.

Ihre Tochter wollte eine weitere Frage stellen, doch genau in diesem Moment berührten sich die ersten beiden Kontrahenten und eine gewaltige Explosion pflanzte sich durch das Netz.

Rahels Seele schrie auf.

Sie fühlte sich endgültig in Stücke gerissen.

Als der Schmerz abebbte, musste sie verbittert feststellen, dass eines ihrer »Kinder« gestorben war.

Wieder eine Erschütterung, dann noch eine.

Rahel brüllte nun unaufhörlich.

Ihre verbliebenen »Kinder« wurden zusehends hilfloser, waren von der Situation überfordert. Sie wussten nicht, warum ihre Mutter solche Qualen litt, blieben sie selbst doch von den Echos der Tode verschont.

»Kämpft!«, stieß Rahel hervor.

Ihre Kinder lösten sich aus ihrer Lähmung und stoben davon.

Rahel blickte an sich herab.

Sie hatte längst ihre Körperlichkeit eingebüßt.

Und sich damit abgefunden.

Aber nun begann auch noch ihre ... Seele zu sterben ...

Was passierte?

Wie hatte Landrus Brut Zugang zu den geheimen Pfaden gefunden?

Und wie hatte er sie mit Kräften ausstatten können, die denen *ihrer* Brut ebenbürtig, wenn nicht gar überlegen waren ...?

Im nächsten Augenblick erfuhr sie es. Während sie von weiteren Schmerzschüben heimgesucht wurde, gewahrte sie die gespenstische Schlacht, die allenthalben entbrannt war.

Sie musste mit ansehen, wie zwei grundverschiedene Vampire aufeinander trafen und sich gegenseitig durch ihre Andersartigkeit vernichteten.

Als träfe Materie mit *Anti*-Materie zusammen.

Die nachfolgenden Beben spürte sie schon nicht mehr. Sah auch nicht mehr, wie die über Australien hinaus gewucherten Traumzeitpfade zusammen brachen und alles, was *falsch* war, aufhörte zu existieren.

Sie selbst eingeschlossen ...

11. Kapitel

Die Stimme

Ein Zittern durchlief den Fels, begleitet von Donnergrollen. Der Boden unter Lilith vibrierte. Für einen Moment glaubte sie, dass das Gestein aufbrechen und der entstehende Höllenschlund Lava speien würde.

Dies geschah jedoch nicht. Die Erschütterungen ebbten wieder ab.

»*Ahhhhh!*«, rann es über Landrus Lippen. Er hatte die Lider geschlossen und atmete genüsslich durch die Nase ein. Vor nur wenigen Augenblicken hatte sich sein Körper noch in unerklärlichen konvulsivischen Zuckungen gewunden. Mittlerweile aber schien er sich erholt zu haben. Er öffnete die Augen und blickte selbstgefällig in die Runde. Für einen Moment ruhte sein Blick auf Lilith, ehe er weiter zu Nona wanderte und schließlich auf Jadon verweilte.

Lilith konnte sich darauf keinen Reim machen – noch nicht.

»Was ist passiert?« Nona nahm Lilith die Frage ab, die ihr selbst auf der Zunge brannte.

Landru machte einen Schritt nach vorn, den Lilienkelch fest in der Hand.

»Es ist vollbracht!«, verkündete er. »Sie sind vernichtet!«

»Die Neos?«, fragte Nona.

»Die Neos. Alle. Ausnahmslos.«

»Die ... Kelchvampire auch?«

Landru marschierte von der Domplatte. Statt Nona direkt zu antworten, sagte er: »Die entarteten Traumzeitpfade, die über die Welt wucherten, existieren auch nicht mehr.«

Lilith stutzte. Dann begriff sie, dass Landru die Kelchvampire vorsätzlich in den sicheren Tod geschickt hatte.

Dieser Bastard, dachte sie, *opfert seine eigene abseitige Brut.*

Im Grunde hatte er neunundneunzig *Menschenkindern* das Leben geraubt, um seinen perfiden Plan in die Tat umzusetzen ...

Heiße Wut kochte in Lilith hoch. Sie mobilisierte letzte Reserven. Vermutlich würde es nicht reichen, um Landru zur Strecke zu bringen, aber sie musste es wenigstens versuchen, bevor sich ihm *nichts* und *niemand* mehr in den Weg stellen konnte!

Liliths Blick wanderte nach rechts. Nona stand noch immer in ihrer unmittelbaren Nähe. Sie wog ihre Chancen ab, Landrus Verbündete anzufallen, ihr genügend Blut zu stehlen, um zu Kräften zu kommen und sich *dann* auf Landru zu stürzen.

Lilith spannte sich innerlich an. Sie war bereit, alles zu wagen – und nur Landrus Worte ließen sie zögern.

»Nun wird es Zeit, mich von meinen restlichen Feinden zu trennen, dann steht der Wiedergeburt der Alten Rasse nichts mehr im Wege ...«

Lilith sah, wie er den Kelch anhob. Sie erwartete den vernichtenden Schlag.

Landru sah sie kurz an, doch dann drehte er sich plötzlich in Jadons Richtung und entließ die Magie des Kelchs. Es flackerte purpurn auf. Ein Blitz sprang über den Kelchrand – genau auf Jadon zu!

Eisiger Lufthauch streifte Liliths Wange, schien kurz um ihr Gesicht zu wehen und erfüllte plötzlich ihr Inneres. Für einen winzigen Augenblick schien es, als klammere sich eine kalte Hand um ihr Herz. Instinktiv hielt sie den Atem an, während ihre Augen starr auf den Blitz gerichtet waren. Sie fragte sich, warum sie ihn noch immer sehen konnte und er nicht schon längst in Jadons Körper eingeschlagen war.

Da begriff sie.

Und doch nicht ...

Verwirrt starrte sie auf das stromlinienförmige, purpurfarbene Etwas, das seinen Ursprung im neuen Kelch hatte und dessen Ende sich irgendwo auf halbem Weg in Jadons Richtung befand – mitten in der Luft hängend!

Lilith sah genauer hin. Landru stand noch immer an derselben Stelle, den triumphierenden Blick auf Jadon gerichtet. Und in Jadons Augen hatte sich Überraschung breit gemacht, während Nona recht verständnislos drein blickte.

Niemand bewegte sich. Es war, als wäre die Zeit selbst eingefroren.

Warum kann ich dann noch denken?, fragte sich Lilith und krümmte zur Probe einen Finger. Es gelang ihr mühelos. Offenbar war sie von dem Zeitphänomen nicht betroffen. Kurz erinnerte sie sich an den kalten Hauch, den sie gespürt hatte, doch ehe sie ihre Schlüsse ziehen konnte, wurde ihre Aufmerksamkeit von etwas anderem gefesselt.

Die Zeit stand nicht wirklich still!

Sie verlief nur ungleich langsamer ab als zuvor!

Noch immer bewegte sich der Blitz – wenn auch im Schneckentempo – auf Jadon zu.

Lilith sah, wie Jadon unendlich langsam blinzelte, wie sich Landrus Lippen zu einem sardonischen Grinsen verzogen ...

Vor ihren Augen schien das Bild plötzlich von etwas überlagert zu werden: Ein Schemen überholte mühelos den Purpurblitz, erreichte Jadon und zog ihn aus der Schusslinie.

Genau in diesem Moment kehrte der normale Zeitablauf zurück. Lichtschnell jagte die Entladung an Jadon vorbei und fuhr ins Felsgestein hinter ihm.

Zwischen Landrus Brauen bildete sich eine steile Falte. Er versuchte zu verstehen, warum seine Magie versagt hatte.

»Wir sind nicht allein«, stellte Nona in diesem Moment trocken fest.

Landrus Blick wanderte an seiner Gefährtin vorbei zur Domplatte, über der noch unverändert der pechschwarze Kokon hing.

Plötzlich huschte der Schemen, der Jadon aus der Schusslinie gezogen hatte, quer durch den Dom und verharrte neben dem Mann aus biblischer Zeit, dessen Bruder als Messias verehrt – oder gefürchtet worden war.

Aus der flirrenden Erscheinung heraus manifestierte sich eine seltsame Gestalt. Auf den ersten Blick schien sie menschlich, doch das täuschte, wie ein genaueres Hinsehen verriet.

Lilith musterte den Fremden.

Er schien nackt zu sein und wirkte seltsam androgyn. Trotz seiner Blöße waren nirgends eindeutige Geschlechtsmerkmale zu entdecken. Selbst in seinem Gesicht waren feminine *und* maskuline Züge zu erkennen.

Ein Neutrum, dachte Lilith.

Einzig die schlangenähnlichen, monströsen Auswüchse auf seinem Rücken ließen die Abstammung erahnen.

Lilith hatte ein solches Geflecht schon mehrmals in ihrem Leben gesehen.

Exakt so oft, wie sie Kontakt mit ... Engeln gehabt hatte. Mit Erzengeln.

»Wer bist du?«, fauchte Landru in die mit einem Mal eingetretene Stille hinein.

Die physische Präsenz des Wesens war so enorm wie seine psychische. Eine Aura absoluter Macht schien von ihm auszugehen, und widerwillig erinnerte sich Lilith an den eisigen Hauch, der sie gestreift, nein, der sie *berührt* hatte.

Sie merkte wie ihr Puls zu rasen begann, und damit einher ging ein seltsamer Effekt, dessen Auswirkung sie erst nach einer Weile erkannte: Sie *erholte* sich spürbar, auch ohne Blutzufuhr!

»ICH BIN *METATRON*!«, donnerte die Stimme der Erscheinung.

Ein Grollen, wie ein nahes Gewitter, erfüllte den Dunklen Dom, während die Worte über die Lippen des Wesens kamen. Ihm folgte etwas, das dem Aufbrausen eines heftigen Sturms nahe kam, obwohl kein Lüftchen wehte. Doch *etwas* fegte durch die Körper und Köpfe der Anwesenden, ließ sie innerlich schaudern, als sie der Machtfülle gewahr wurden, die ihren Schatten auf sie warf.

Metatron?, dachte Lilith.

Sie war Salvat begegnet. Und dem gefallenen Engel Luzifer. Und – –

Aber Metatron ...?

Sie war überrascht, als sie an Landrus Miene abzulesen glaubte, dass *ihm* das Engelsgeschöpf offenbar nicht *völlig* unbekannt war.

Gott hat doch alle Engel mitgenommen – als Armageddon fehlgeschlagen war, wunderte sich Lilith. *Obwohl ... Wie oft wurde ich von IHM schon in die Irre geführt und belogen ...?*

Metatron stellte sich schützend vor Jadon. »Und dies ...«, tobte erneut ein Sturm durch die Herzen der Versammelten, »... ist SEIN Sohn!«

Landru schien seine Überraschung überwunden zu haben. Überheblich wie er war, machte er zwei, drei Schritte auf den Fremden und Jadon zu. Es war Landru anzusehen, wie es hinter seiner Stirn arbeitete.

»Der Sohn, den ER verleugnet hat!«, höhnte der Hüter und wandte den Blick nicht von Metatron. »ER und sein verfluchtes Engelsgezücht! Wer ersann denn den Plan, ihn an Jesu statt zu richten und am Kreuz sterben zu lassen?«

Lilith schaffte es, sich leicht aufzurichten. Sie blickte kurz zu Nona empor, aber die Wölfin kümmerte sich nicht um sie. Sie sah gebannt in Metatrons Richtung, unfähig, angesichts der Machtaura auch nur ein Wort zu sagen.

»Du wagst es, SEINEN Plan in Frage zu stellen?«, fragte der Engel und breitete wie zur Demonstration seiner Macht das Geflecht der Flügel noch weiter aus. Der Zwilling war nun nicht mehr zu sehen.

»Ich sage es noch einmal in aller Bestimmtheit: Jadon ist SEIN Sohn! Wer ihm schadet, hat Leben und Seele verwirkt!«

O ja, dachte Lilith und spürte, wie immer weiter neue Energien durch ihren Körper fluteten. *Töte ihn endlich. Landru hat ihm schon genug geschadet, indem er ihn mit vampirischem Blut taufte.*

Sie klammerte sich an der Felswand fest und zog sich hoch. Langsam, schleppend, entfernte sie sich von Nona, die unbeweglich dastand, und wankte hin zu Metatron und Jadon.

Der Engel würdigte sie nur eines kurzen Blickes, konzentrierte sich dann wieder auf Landru.

»Wer *bist* du?«, fragte Lilith, und die Art der Betonung verriet, dass sie nicht nur seinen Namen wissen wollte, den er bereits preisgegeben hatte.

»Ein gottverfluchter Cherub!«, rief Landru höhnisch.

Der Kelch glomm kurz auf, noch aber wagte sein Hüter keinen Angriff, sondern versuchte, den Gegner aus der Reserve zu locken, ihn zu einer Reaktion zu reizen.

Eine Rechnung, die bei Metatron nicht aufzugehen schien.

»Komm her!« Diesmal hallten die Worte des Engels nicht stimmgewaltig durch die Höhle, sondern klangen fast wie die eines normalen Menschen. Nur ein seltsam kehliger Beiklang wollte nicht ganz dazu passen.

Lilith ging auf Metatron zu. Mit jedem Schritt schienen sich ihre Kräfte zu regenerieren. Sie schöpfte neuen Mut und hoffte, dass sich das Blatt wirklich gewendet hatte.

Als sie vor dem Engel stand, streckte er eine Hand nach ihr aus und berührte sie sacht an der Stirn. Lilith zuckte zusammen. Etwas Schleichendes tastete sich in ihren Geist, bemächtigte sich ihrer Gedanken.

Dann hörte sie die STIMME.

SEINE Stimme ...

Für Ewigkeiten trieb Lilith Eden im milchigen Meer der Unendlichkeit. Ihre Gedanken konnten sich nicht entfalten. Sie erlebte nur den Augenblick, fühlte nichts, hörte nichts.

Dann plötzlich erblickte sie das LICHT. *Es wirkte seltsam vertraut. Tief verschüttete Erinnerungen an eine Begegnung mit* GOTT *wurden in ihr wachgerufen.*

Sie war bei ihm gewesen.

Hatte mit ihm gesprochen. Damals ...

Es schien so unendlich lange her zu sein, dass sie ihre ursprüngliche Bestimmung erfüllt und die Urmutter aller Vampire aus ihrem Stasisgrab befreit hatte, damit sie sich mit Gott versöhnen konnte.

Die Begegnung mit IHM war aus ihrem Gedächtnis gestrichen worden. Nur die vage Erinnerung, dort gewesen zu sein, im Lichter-glanz der himmlischen Entität am Anbeginn der Schöpfung, war in ihrem Gedächtnis haften geblieben.

Nun aber pflügte etwas ihre verborgensten Gedanken um. Grub tief in den Schlünden ihres Unterbewusstseins und förderte zu Tage, was sie vergessen geglaubt hatte.

Sie hörte die STIMME und glaubte zunächst, dass es SEINE sei.

Dann erkannte sie ihren Irrtum. Nicht GOTT selbst hatte zu ihr gesprochen, sondern ...

»Ich bin Metatron«, echote es in ihrem Verstand. »Ein Seraph, kein Cherub, aber ein Engel des Herrn. Seine Worte sind meine Stimme. Ich verkünde seinen Willen, denn ich bin sein Sprachrohr. Ich bin die Stimme des Herrn.«

»Wo bist du?«, fragte Lilith, während sie versuchte, sich in dem Nebel zu orientieren. Es gab kein Oben, kein Unten. Kein Vor, kein Zurück. Alles Dasein konzentrierte sich allein auf den Augenblick.

»Ich bin bei dir.«

Liliths Gedanken machten einen Sprung, schlugen eine Brücke von der Vergangenheit zur Gegenwart. Ihrer Gegenwart. Sie wurde sich bewusst, dass dies nicht die bloßen Erinnerungen an ihr damaliges Gespräch mit Gott waren, sondern dass Metatron ihr eine andere Form der Kommunikation anbot.

»Wo sind wir?«

»In deinem Geist«, hallte die Stimme des Seraph in ihr wider. »Und in meinem.«

»Ich ... kenne dich.«

»Ich war schon einmal bei dir«, erklärte Metatron. »Im Haus.«

Der Wächter!, schoss es Lilith durch den Sinn.

Sie hatte im Netz des Hauses in der Paddington Street dieselbe Präsenz gespürt. Metatron und kein anderer war es gewesen, der ihr und Esben Storm den Weg in die Vergangenheit geebnet hatte – sie auf die Reise schickte, um Jesus Christus vor der Kreuzigung zu bewahren und ihn mit in diese Zeit der Prüfungen zu bringen.

»So hatte es den Anschein«, gab Metatron zu, der jeden ihrer Gedanken zu lesen vermochte.

»Den Anschein?«, fragte Lilith erregt. »Wenn du der Wächter bist, mit dem ich im Haus sprach, dann ... dann hast DU mir gesagt, meine Aufgabe bestünde darin, den Messias vor dem Kreuztod zu retten und ...«

»Habe ich das?«, fragte Metatron. »Erinnere dich an unser Gespräch«, riet er ihr. »An den genauen Wortlaut. Ich sprach lediglich von der Aufgabe, dem Angebot, das ich dir unterbreiten könne. Du warst diejenige, die daraus schloss, Jesus retten zu müs-sen.«

»Aber ...«, warf Lilith ein. »Der Gekreuzigte hat zu mir gesprochen. Er bat um Hilfe.«

»Eine weitere freie Interpretation deinerseits, die sich auf deine Sicht der Dinge stützt.«

»Heißt das, es war von vornherein geplant, dass ich Jadon, nicht Jesus hierher bringe?!«

Lilith prallte zurück. Sie taumelte, ruderte mit den Armen und fand ihr Gleichgewicht wieder, ehe sie zu Boden gehen konnte. Die eigenen Worte hallten in ihrem Ohren nach, und voller Schrecken musste sie feststellen, dass sie sie laut ausgestoßen hatte.

Irritiert blickte sie sich um. Landru hatte ihr Frage sehr wohl verstanden und starrte finster drein. Er hasste es zweifellos ebenfalls, Spielball einer höheren Macht zu sein.

»Ja«, sagte Metatron, und seine Stimme schwoll wieder zu dem orkanartigen Brausen an, das den gesamten Dom erfüllte.

»Doch dieser Narr«, er deutete auf Landru, »ließ ihn sein Blut aus dem Kelch trinken und machte ihn zu einem *Sklaven*!«

Ein Zittern durchlief die Höhle. Landru sog scharf die Luft ein, jederzeit bereit, den Kelch in seinen Händen zu aktivieren und seine Magie gegen den Engel zu schleudern.

»Das dürfte dir genauso wenig gefallen haben wie die Tötung der Engel, die in *meinem* Dom zur Ruhe gebettet wurden!«, rief Landru wütend. Die purpurnen Elmsfeuer loderten höher im Kelch.

»Verbiege nicht die Wahrheit, Ausgeburt der Lilith!«

Der Seraph gewährte Lilith einen weiteren Einblick in die Vergangenheit. Erneut spürte sie, wie er sich in ihr Bewusstsein vortastete und sich ihr offenbarte. Sie sah den Dachstuhl des Hauses in der Paddington Street, das *Netz*, das dort errichtet worden war. Sie erinnerte sich an das letzte Gespräch mit dem Wächter, der ihr einen Blick in die ehemalige Heimstatt der Hüter gewährt hatte. Noch einmal sah sie die Miniaturausgabe des Erdballs vor ihrem geistigen Auge. Und sie erblickte Landru und Seth ...

Voller Entsetzen musste Lilith miterleben, was Metatron vor wenigen Wochen herausgefunden hatte. Der Neovampir Seth hatte die schlafenden Engel ermordet, danach war unbeabsichtigt der Zeittunnel aktiviert worden.

»Jadon ist dazu ausersehen, die Finsternis, die ER den Menschen sandte, auch wieder von ihnen zu nehmen.«

Metatrons Stimme beendete Liliths Rückschau. Ihre Wut auf Landru wuchs ins Unermessliche. Sie war nahe dran, sich doch noch auf ihn zu stürzen. Nur die Gegenwart des *Dieners Gottes* hinderte sie daran. Aber es verschaffte ihr unheimliche Genugtuung, dass jetzt auch ihr ärgster Feind bestraft werden würde. Lilith glaubte nicht, dass Landru einem Erzengel gewachsen sein würde.

»Die Gabe der Erlösung«, sinnierte Landru laut vor sich hin. »Aber der dunkle Keim verhindert, dass Jadon seine Bestimmung erfüllen kann ... Habe ich das richtig verstanden?«

»Wahr gesprochen, *Vampir*«, entgegnete Metatron, wandte sich dann an Lilith. »Aber es gibt einen Weg, seine Kräfte zu reaktivieren. Die Gabe schlummert immer noch in ihm, wird ewig ein Teil von ihm bleiben, so wie sie ein Teil seines Bruders war.«

»Reaktivieren?«, fragte Lilith verwundert. »Wie?«

Diesmal teilten sich die Lippen des Engels zu einem fast menschlichen Lächeln. Gleichzeitig schien die Machtaura, die ihn umgab, aber auch noch an Intensität zu gewinnen. Das Licht im Dom, das von überall und nirgendwo zu strömen schien, verdunkelte sich. Eine Woge aus Kälte durchstreifte die Höhle, und Lilith beobachtete sich dabei, wie sie vor Metatron zurückwich.

Landru versteifte sich. Er schien den Zeitpunkt für günstig

zu halten, endlich die Initiative an sich zu reißen und gegen das *Wesen* vorzugehen.

Eine Purpurwelle schwappte über den Rand des magischen Kelchs. Sie war ungleich todbringender, als bei dem Versuch, Jadon einzuäschern.

Doch sie erreichte Metatron nie.

Er streckte eine Hand aus.

Hinter ihm stockte selbst Jadon der Atem, und auch Lilith versuchte etwas von dem zu begreifen, was um sie herum vorging.

Eine unsichtbare Gewalt riss Landru den Lilienkelch aus der Hand. Das Gefäß wirbelte durch die Luft, flog auf Metatron zu und landete unversehrt zwischen seinen Fingern.

Plötzlich schoss ölig schwarzes Blut durch die Luft.

Landrus Pulsadern hatten sich auf unheimliche Weise geöffnet und spieen den Lebenssaft des Hüters in einer hohen, bogenförmigen Fontäne aus ihm heraus!

Nona stöhnte auf.

Landru schrie.

Das Blut ergoss sich in die ehemalige Abendmahlschale, aus der der neue Lilienkelch geformt worden war, füllte das Gefäß bis zum Rand. Mit jeder Sekunde, die verstrich, sank Landru tiefer in die Knie, bis er auf dem felsigen Boden aufschlug. Sein Gesicht war schmerzverzerrt. Die dornenspitzen Augzähne hatten sich über seine Lippen geschoben.

Nona sprang zu ihm, versuchte ihm beizustehen, doch er schlug die ihm dargebotenen Hände beiseite.

Fassungslos starrte Lilith indes auf den Kelch in Metatrons Händen. Das schwarze Blut Landrus wurde von gleißendem Purpur durchstrahlt.

Kelchmagie wirkte.

Wie in Trance trat Jadon unvermittelt aus dem Schatten des Seraph hervor. Seine Augen waren auf die Schale gerichtet. Metatron wandte sich ihm zu und hielt ihm das Gefäß entgegen.

Ohne Zögern ergriff der Zeitgereiste das Gefäß, setzte den Rand an seine Lippen und begann zu trinken.

Lilith sah gebannt zu. Was auch immer hier geschah, sie hoffte, Metatron *wusste*, was er tat. Atemlos verfolgte sie, wie Jadon die Schale bis auf den Grund leerte. Wie zum Hohn wischte er sich am Ende mit dem Ärmel seines Hemdes sogar die Lippen sauber.

Ihre Blicke trafen sich. Dann klirrte etwas, als die Schale zu Boden fiel, über den spiegelglatten, onyxfarbenen Boden schlidderte und vor Landrus Füßen zum Liegen kam.

Jadon verdrehte die Augen und stürzte. Er schlug auf dem harten Untergrund auf, machte einen letzten Atemzug, der Lilith an einen Seufzer der Erleichterung erinnerte und war ... tot.

Eine geschlagene Minute blickten alle auf den Leichnam des Nazareners.

Landru war zu schwach, um etwas zu unternehmen, Nona zu geschockt. Und in Lilith nagten Zweifel, dass Metatron wirklich wusste, was er tat.

Die Zeit verrann. Nichts geschah. Irgendwann brachte Landru ein kehliges Lachen zustande, als wollte er damit einen Bann abstreifen. Seine Wunden waren wieder geschlossen. Offenbar zirkulierte noch genug Blut in ihm, dass er überleben konnte.

Was die Frage aufwarf, *warum* Metatron ihn geschont hatte.

»Das hättest du auch einfacher haben können«, stieß der Vampir aus dem Geschlecht der Hüter mit beißendem Spott hervor. »Hättest ihn nur mir überlassen müssen – vorhin.«

»SCHWEIG!«, donnerte Metatrons Stimme, die das Gewölbe abermals erschütterte. Vereinzelt zeigten sich Risse im Fels.

Lilith zweifelte keine Sekunde daran, dass Metatron die Macht hatte, den gesamten Dom mit einem Fingerschnippen einstürzen zu lassen.

Doch das tat er nicht.

Dann: Ein tiefer Atemzug.

Das Geräusch von langsam in die Lungen eingesogener Luft ...

Deutlich sah Lilith, wie sich Jadons Lungen füllten, wie sich die Schulterblätter hoben und wieder senkten. Dann durchlief ein Zucken den vormals toten Körper.

Jadon schlug die Lider auf. Er war erwacht und erhob sich mit der gleitenden Eleganz einer Raubkatze.

Er hatte sich fühlbar verändert.

Während Lilith noch nach Worten suchte, um diese Veränderung zu benennen, kam sie nicht umhin sich an den Moment vor zweitausend Jahren zu erinnern, da sich ihr und *Jesus'* Blick an den Stadttoren Jerusalems begegnet waren.

Jetzt ... durchströmte sie dasselbe Gefühl ....

Die Aura der Güte, die Jadon plötzlich umgab, war selbst für Lilith fast unerträglich. Womit hatte sie es verdient, einem Wesen wie ihm so nahe stehen zu dürfen?

Er ist *Gottes Sohn!,* dachte sie in völliger Überzeugung.

Jadon sah ihr tief in die Augen. Wärme erfüllte ihr Herz. Ein Gefühl, das seinen Ursprung in der göttlichen Kraft der Schöpfung hatte.

Wortlos schritt der Sohn Gottes an Lilith vorbei und trat

vor Landru und Nona. Er senkte seinen Blick in sie, sah in die Tiefen ihrer Seelen und flutete sie mit seiner Macht, Weisheit und Güte.

Ein Akt, dem weder Landru noch Nona standhalten konnten. Ohne Vorwarnung sanken die beiden in eine tiefe, unnatürliche Bewusstlosigkeit.

»Was ... bedeutet das alles?«, rief Lilith Jadon zu. Beinahe hätte sie die Gegenwart des Engels vergessen, so sehr nahm der Anblick des Jesus-Zwillings sie gefangen, der sich *vollkommen* verändert hatte.

Jadon schwieg. Er gönnte Lilith einen letzten Blick, wandte sich dann ab und schritt auf die Felswand zu. Die Halbvampirin wusste nicht, welche Reaktion sie erwartet – erhofft – hatte, doch zweifellos nicht diese.

Plötzlich barst der Fels, sprang vor ihren Augen in Stücke, zerbröckelte zu feinem Staub und hinterließ eine Art Stollen, der aus dem Bergmassiv und dem Dunklen Dom hinaus führte.

Stumm betrat Jadon den Schacht und ging.

»Warte!«, rief Lilith ihm hinterher. Es gab tausend Fragen, die ihr auf der Zunge brannten und die ER vielleicht hätte beantworten können.

Doch Jadon ließ sich nicht aufhalten.

Dann war er fort.

Lilith spürte eine kühle Hand in der ihren ruhen. Metatron war an ihre Seite getreten und führte sie sanft in die Mitte der Domplatte, wo noch immer das eigentümliche Objekt in der Luft hing.

»Was ist das?«, fragte sie. »Damals, als du mir den Dom

gezeigt hattest, drehte sich hier eine Miniaturausgabe der Erde.«

Metatron nickte.

»Und das hier? Was hat es damit für eine Bewandtnis?«

»Landru hat versucht, es mit dem Kelch zu verbannen«, sagte der Engel. »Er wusste auch nicht, *was* es ist.«

»Ich nehme an, du wirst es mir jetzt verraten, oder?«

»Lege deine Hand darauf«, forderte Metatron sie auf.

Achselzuckend streckte Lilith ihren Arm vor. Ihre Fingerspitzen berührten das schwarze Etwas. Es fühlte sich warm und unglaublich fest an. Auf der Oberfläche gab es keinerlei Spiegelungen – und dennoch tat sich etwas, als Lilith die gesamte Handfläche aufsetzte.

Die Schwärze verblasste. Dunkle Schlieren huschten in Windeseile beiseite. Der Kokon wurde transparent, und in seinem Innern glomm ein schwaches, orangefarbenes Leuchten auf.

Lilith keuchte auf, als sie die Gestalt im Innern des Gebildes wahrnahm. Wie ein Fötus lag dort zusammengerollt eine junge Frau, die der Halbvampirin bestens bekannt war.

Über ihre Lippen rann ein ungläubiger Laut:

»Fee?!«

Lilith betrachtete die verschollen geglaubte, »gute« Vampirin Fee genauer. War sie es überhaupt? An ihren Schläfen waren noch deutlich zwei silbrige Punkte zu erkennen, Überbleibsel der Fäden, aus denen das Gespinst im Haus in der Paddington Street gewoben gewesen war – und von denen zwei in Fees Kopf eingedrungen waren.

Dort in der Paddington Street hatte sich Fees Spur verloren.

Niemand, auch nicht ihr gemeinsamer guter Freund Darren Secada, hatte gewusst, wo sie abgeblieben war.

Bis heute?

Die Fäden schienen Fee damals ... verändert zu haben.

Oder die Initialzündung für etwas gewesen sein, was schon lange latent in ihr geschlummert hatte ...?

Lilith hätte nicht einmal geschworen, dass die Gedanken, die sie durchzuckten, ganz allein aus ihr selbst kamen.

Half Metatron nach?

»Fee«, flüsterte sie und hatte jetzt beide Hände an den völlig durchscheinenden Kokon gelegt.

Seit ihrer letzten Begegnung schien sich Fee auch äußerlich verändert zu haben.

Metatron gesellte sich an Liliths Seite und berührte den Kokon ebenfalls mit beiden Händen. Ein Knacken klang auf. Die Hülle bekam Risse und zerbrach wie die Schale eines Eis. Die spröde gewordenen Teile zerbröselten zu feiner Asche und rieselten an den Seiten zu Boden. Nur der untere Teil des Kokons, auf dem Fee ruhte, blieb erhalten.

Fee schlug die Augen auf. Sie hob den Kopf an, streckte den Körper und blickte von Lilith zu Metatron. Langsam reckte sie eines ihrer nackten Beine, führte es über den Schalenrand und setzte den Fuß auf dem Felsboden auf. Das andere Bein folgte.

Als sie aufgestanden war, hielt ihr Blick an Metatron fest. Lilith ignorierte sie gänzlich.

»Fee!«, sprach die Halbvampirin sie an. »Kannst ... du mich hören?«

Die Augen Fees richteten sich auf Lilith. Doch in ihnen lag kein Erkennen, allenfalls schwache Neugier.

»Sie kennt mich nicht mehr«, stellte Lilith betrübt fest.

»Sie ist gereinigt«, erläuterte Metatron und bot Fee eine Hand dar. Gemeinsam begaben sie sich zu den beiden Ohnmächtigen, die keine Anstalten machten, sich zu erheben.

»Ich werde sie mitnehmen«, sagte Metatron.

Zuerst glaubte Lilith, er spreche von Landru und Nona, doch sie erkannte ihren Irrtum, als der Engel Fee zunickte.

»Sie mitnehmen?«, echote Lilith, die aus dem Staunen nicht mehr heraus kam.

»Sie ist jetzt eine von uns.«

Lilith schluckte. »Ein ...?«

Sie schaffte es nicht, das Wort »Engel« auszusprechen.

Wie zur Antwort entfaltete Fee indes ihre Schwingen, die keine Ähnlichkeit mehr mit Fledermausflügeln hatten, sondern jenem Geflecht glichen, das auch aus Metatrons Rücken trat.

Lilith, die sich noch immer schwach auf den Beinen fühlte, folgte den beiden zu dem von Jadon geschaffenen Stollen. Ehe sie jedoch zu dritt die Schwelle überschritten, drehte sich Lilith noch einmal rasch um. Ihr Blick glitt über den bewusstlosen Landru, seine Gefährtin und den neuen Lilienkelch.

Jetzt war die Gelegenheit, einen endgültigen Schlussstrich unter Landrus Träume eines neuen Paradieses für Vampire zu ziehen.

»Worauf wartest du?«, wandte sich Lilith an Metatron und wies zu den Ohnmächtigen. »Sie haben es nicht anders verdient, vernichte sie!«

»Meinst du, das Leben wäre so einfach?«, erwiderte Metatron. »Denkst du bei allem Übel, das die Menschheit verursacht hat, macht ER es ihr so leicht, davonzukommen? Was meinst du? Wurden die Menschen in den letzten drei Jahren ausreichend wachgerüttelt, um sich wieder zu GOTT zu bekennen? Nein, geläutert wurden sie noch lange nicht ...«

»Und was heißt das? Ich dachte, das Strafgericht –«

»– es hat weiterhin Bestand«, erklärte der Engel. »Ich habe es nur, in Anbetracht der Umstände ... nun, sagen wir modifiziert. Es ist nicht aufgehoben. Die Menschheit muss weiterhin leiden und sich *bewähren.*«

»Aber wie?«, wollte Lilith wissen. »Die Neovampire sind tot. Rahel ebenfalls. Wie sieht diese *abgewandelte* Strafe aus?«

Metatron deutete auf Landru und führte aus: »Er wird dafür sorgen, dass die Strafe weiter abgebüßt wird. Landru wird wieder sein, was er immer sein wollte: der Hüter. Ich lasse ihm auch den Kelch. Du kannst dir denken, was er damit tun wird – und wie der Ersatz für die überwundene Plage aussehen wird ...«

»Das lasse ich niemals zu!«

»Das sollst du auch nicht. Kämpfe dagegen. Ziehe dir Verbündete heran. Eines Tages dann ...«

»Jetzt!«, keuchte Lilith. »Ich werde nicht zusehen, wie er wieder davonkommt! Wie er in aller Ruhe neues Unheil anrichten und eine neue Brut in die Welt setzen kann!«

»Es bleibt dir nichts übrig. Er steht ...«, auf Metatrons Zügen entstand ein unbarmherziger Ausdruck, der bewies, dass in ihm nicht nur Güte wohnte, »... unter meinem Schutz. Solange er wehrlos daliegt. – Und jetzt komm. Es ist alles gesagt.«

»Na toll«, knurrte Lilith. Am Liebsten hätte sie sich gleich hier auf Landru und seine Gespielin gestürzt und ihnen das Genick gebrochen.

Metatrons Gegenwart verbot dies, wie er ihr selbst gerade erklärt hatte.

»Ich habe noch etwas für dich«, erklang die Stimme des Engels noch einmal. »Ein kleines Geschenk, das dir in deinem künftigen Kampf hilfreich sein sollte ...«

Die Halbvampirin horchte auf. Ihr Blick folgte Metatrons ausgestrecktem Arm, der in Landrus Richtung wies. Wie von unsichtbarer Hand gelenkt, tauchte aus der Kleidung des Bewusstlosen ein zusammengefaltetes Bündel auf.

Es flog direkt in Metatrons Hände.

»Was soll das sein?«, fragte Lilith verwirrt. »Ein Pergament? Ein –«

»Haut«, sagte Metatron. »Es ist die Haut, die ich in deinem Haus an mich brachte.«

Er machte eine unbestimmbare Handbewegung. Direkt neben ihm entstand ein Riss im Kontinuum. Der sichtbaren Welt wurde eine Wunde zugefügt.

»Ihr Besitzer«, kommentierte Metatron, »wird vielleicht ebenso erfreut sein, sie zurückzubekommen, wie du, wenn du dein Eigentum wieder erhältst ...«

Er schleuderte das Bündel ohne Anstrengung durch den klaffenden Spalt, von dem keinerlei Sogwirkung ausging.

Für Lilith sah es aus, als würde die »Haut« verschwinden ...

... um im selben Moment von unbegreiflichen Kräften auch schon wieder zurückgeschleudert zu werden.

Abgestoßen.

»Was immer du vorhattest, es hat nicht funktioniert«, murmelte sie.

Und erkannte ihren Irrtum, während sich die »Wunde« im Kontinuum schloss.

Genau vor ihren Füßen lag das, was sich bei genauem

Hinsehen durchaus von dem unterschied, was Metatron aus Landrus Kleidung gelöst hatte.

Lilith bückte sich, hob es auf.

Längst hatte sie es erkannt und ließ es geschehen, als sich der Stoff in ihren Händen verformte, ein Eigenleben entwickelte und sich amöbenhaft über ihren Körper auszubreiten begann.

Dabei wurde ihre normale Kleidung einfach ... abgestoßen.

Der *Symbiont* war zurückgekehrt und umschmiegte sie wie eine zweite Haut.

»Gehen wir«, entschied Metatron, fasste Lilith, die immer noch wie benommen zu verstehen suchte, was eigentlich passiert war, an der Hand und führte sie, gemeinsam mit Fee, aus dem biblischen Berg in eine ungewisse Zukunft.

12. Kapitel

Die Gabe der Erlösung

Jerusalem, Vergangenheit

Die Luft in den Verliesen der Römer war stickig. Über allem schwebte der Geruch von Exkrementen.

Schreie hallten von den Wänden wider. Häftlinge waren auf das Geschehen außerhalb ihrer Kerker aufmerksam geworden und randalierten, indem sie mit ihren Ketten rasselten oder Tonschalen und andere Dinge gegeneinander schlugen. Etliche flehten die Fliehenden an, sie ebenfalls zu befreien.

Doch dafür war keine Zeit.

Das Schicksal der künftigen Welt stand auf dem Spiel – das Elend einzelner Individuen zählte dagegen ...

... nichts!

Esben Storm blickte sich gehetzt um. Der Aboriginal, der hier an den Gestaden der Zeit gestrandet war, meinte, den Atem der römischen Wachen bereits im Nacken zu spüren. Die dünnen Fäden, die aus seiner falschen Haut züngelten und den Nazarener wie eine Marionette durch das System unterirdischer Gänge lenkten, waren Teil des Symbionten, der Lilith gehört hatte, doch schon geraume Zeit Storms gestohlene Haut ersetzte.

»In Ordnung. Versuchen wir es ...« Die Stimme der ursprünglichen Besitzerin klang wenig zuversichtlich. Gerade erst hatten sie Jesus aus seiner Zelle befreit und dessen Zwillingsbruder an seiner Stelle dort hinterlassen – damit *er* an Jesu Statt den Kreuztod starb – und der wahre Messias mit in die Zukunft reisen konnte, ohne dass der Lauf der Geschichte ein für alle Mal auf den Kopf gestellt würde.

Storm hoffte trotz der Verfolger noch immer, dass der »Austausch« unentdeckt bleiben würde.

Wenn die Wachen sie stellten, würde man das falsche Spiel jedoch sicher durchschauen und *beide* Brüder hinrichten.

Was zwangsläufig ein Paradoxon, eine Änderung des Laufes der Geschichte herbeiführen würde.

Mit ungeahnten Folgen für die Zukunft.

»Diese Stelle ist genauso gut oder schlecht wie jede andere«, seufzte Lilith.

Sie blieb abrupt stehen. Storm musste scharf abbremsen und den Symbionten dazu bringen, Jesus ebenfalls zu stoppen.

»Was soll ich tun?«, ächzte der Aboriginal.

»Du bist der Schlüssel zur Rückkehr ... Wenigstens glaube ich das«, erwiderte sie.

Er holte tief Luft und sah Lilith zweifelnd an.

»Aber ich hab keine Ahnung, wie ich es bewerkstelligen soll.«

Lilith setzte eine enttäuschte Miene auf. Ihre Lippen teilten sich, um etwas zu erwidern, doch genau in diesem Augenblick bog eine Gruppe römischer Legionäre um die Ecke.

Lilith fluchte und erklärte, dass ihre hypnotischen Kräfte zu schwach für diese Zahl von Gegnern seien. Sie werde die Kohorte nicht im notwendigen Umfang beeinflussen können.

»Wir *müssen* verschwinden ...«, schloss sie. Sie setzte sich in

Bewegung, verfiel in einen leichten Dauerlauf und zog damit die Aufmerksamkeit der Legionäre auf sich.

»Halt!«, gellte die Stimme des Zenturios durch den Korridor. Das Scheppern von Metall auf Metall war zu hören. Kurzschwerter wurden gezogen, Speere senkten sich zum Angriff.

»Im Namen des Imperators, stehen bleiben!«

Lilith trieb Storm und Jesus zur Eile an. Die Verliese unter der Stadt waren das reinste Labyrinth. Und die Distanz zu den Verfolgern schmolz unaufhörlich.

Nur kurz nach ihrer Entdeckung bogen sie links ab und mussten unvermittelt inne halten. Eine Mauer stoppte sie und verwehrte die Fortsetzung der Flucht.

Lilith wirbelte herum. Die stampfenden Schritte der Legionäre kamen näher. Jeden Moment konnten sie hier sein.

»Ich habe eine Idee!«, stieß die Halbvampirin hervor. Es war vielleicht nur ein Schuss ins Blaue, aber was blieb ihnen für eine Wahl?

Esben Storm starrte sie nur fragend an. Er war sichtlich überrascht, als Lilith die Hand des Nazareners ergriff und gegen Storms Brust drückte. Der Befehl, die Haut, die in Wahrheit ja nur der Symbiont Liliths war, zu öffnen, kam ihr wie selbstverständlich über die Lippen.

Der Aboriginal gehorchte ohne Zögern. Problemlos wich der Stoff des Symbionten zurück und gab den Blick auf ein darunter liegendes Silbergeflecht frei. Es waren jene Fragmente des magischen Netzes, das es Storm ermöglicht hatte, in die Vergangenheit zu reisen.

Jetzt, da die Hand des Messias die schimmernden Fäden berührte, fächerten sie aus Storms Körper heraus und sprangen die Steine, die den Weg blockierten, förmlich an.

Sie breiteten sich aus und formten eine Art leuchtendes Gitter.

Plötzlich sauste etwas an Lilith vorbei und zerschmetterte an der nackten Wand. Sie gewahrte den abgebrochenen Schaft eines Speeres, der sie um Haaresbreite verfehlt hatte.

Die Legionäre stürmten um die Ecke!

»Los!«, schrie Lilith.

Während sie die Linke von Jesus umfasste, ergriff Storm die Rechte. Gemeinsam rannten sie auf das Phänomen der leuchtenden Fäden zu, in der Hoffnung, davon in die ferne Zukunft geschleudert zu werden – aus der zumindest Storm und Lilith auch stammten.

Links und rechts von ihnen schossen weitere Speere vorbei.

Dann berührten sie das Netz, tauchten ein, als wäre es eine Membran, die man durchstoßen konnte ...

... und dann fühlte Storm nur noch, wie Jesus *seine* Hand losließ, zurückwies.

Und die Wand für ihn ein unüberwindliches Hindernis blieb – weil das magische Gitter *ihm* den Durchgang verwehrte ...!

Esben Storm rutschte zu Boden. Das silberne Gitter war verschwunden, wie erloschen, und hatte nacktem Stein Platz gemacht. Storm verstand die Welt nicht mehr. Fast hätte er in seiner Verwirrung die Römer vergessen. Die Legionäre hatten ihre Schwerter gezogen.

Mit dem Rücken gegen die Wand gelehnt, tastete Storm verzweifelt die Mauer ab. Der Weg, den Lilith und Jesus genommen hatten, war und blieb ihm versperrt.

Er würde bis an sein Lebensende in dieser Zeit gestrandet bleiben.

Und dieses Ende ... stand unmittelbar bevor!

Warum hatte Jesus seine Hand losgelassen?

Warum ...?

Die Legionäre kamen auf ihn zu. Sie mussten gesehen haben, dass seine Begleiter wie Gespenster ins scheinbar fest gefügte Mauerwerk geflohen waren.

»Ergib dich!«, schrie der Zenturio.

Was blieb Storm anderes übrig? Er hob die Hände, um zu zeigen, dass er unbewaffnet war, doch in dem Augenblick geschah das Unglaubliche: Direkt neben ihm platzte die Wirklichkeit auseinander. Ein feiner sauberer Schnitt teilte nicht die Korridorwand, sondern die Realität in zwei Hälften. Zuerst glaubte Storm das silbrige Netz hätte sich noch einmal für ihn aufgetan, um ihn mit auf die Reise durch die Zukunft zu nehmen, doch als er das Bündel aus dem Loch auf sich zufliegen sah, geschah etwas, mit dem er nicht in seinen kühnsten Träumen gerechnet hätte.

Und die Römer auch nicht.

Sie hielten abrupt inne und starrten furchtsam auf den Riss, der sich mitten im Jetzt auftat.

Durch Storms Körper ging ein mächtiger Ruck. Die Ersatzhaut schälte sich ohne sein Zutun vom Körper. Er schrie unter Schmerzen auf, da er nicht *verstand*, was mit ihm geschah – und warum.

Verzweifelt versuchte er dagegen anzukämpfen, drückte mit den Händen gegen die Körperstellen, an denen sich der Symbiont löste. Doch er konnte den Prozess nicht aufhalten. Die Haut floh regelrecht von seinem Leib, wurde auf den Spalt in der Wirklichkeit zugezogen.

Storms enthäuteten Anblick konnten selbst die hartgesottenen Legionäre nicht ertragen. Sie warfen sich herum und rannten wie von Furien gehetzt davon.

Storm sah sein Ende gekommen. Ohne Haut würde er unweigerlich ersticken, qualvoll sterben. Schon einmal hatte er diese Hölle durchlitten ...

Aber er wurde erneut überrascht, als das Bündel, das durch das Loch *gekommen* war, sich entfaltete und über ihn warf.

Langsam verteilte es sich über seinen Körper und – versiegelte das blutende Gewebe.

Meine ... Haut, dachte Storm erschüttert. Es war dieselbe Haut, die ihm einst gestohlen worden war!

Esben Storm richtete sich mühsam auf. Der »Riss« war wieder geschlossen. Es machte keinen Sinn, auf einen weiteren zu hoffen oder zu glauben, dass er eine reelle Chance besaß, je wieder in die Gegenwart zurück zu kehren. Er würde sich mit seinem Verbleib in dieser Zeit abfinden müssen.

Erschöpft lief er den Korridor zurück, den er gekommen war.

Wie durch ein Wunder begegnete ihm niemand.

Ein Wunder ...

Die eigene Haut übte das erste bittere Lächeln.

Kurz darauf tauchte er in den Gassen von Jerusalem unter.

Ein Mann, der kein Monster mehr war.

Ein Anachronismus, der versuchen würde, sich mit den Gegebenheiten dieser Zeit zu arrangieren.

Er war immer einsam gewesen.

Doch nun, gekleidet in die eigene Haut, war er zuversichtlich, irgendwo auf der Welt jemanden zu finden, der ihm half, die Vergangenheit – und damit die ferne Zukunft – zu vergessen ...

U.S. Luftwaffenstützpunkt, irgendwo in der Türkei, Gegenwart

»Wie wäre es zur Abwechslung einmal mit der Wahrheit, Agent Covey?«

Die Schärfe in der Stimme des Mannes legte nahe, dass er es nicht gewohnt war, vorsätzlich belogen zu werden – und dies auch nicht dulden wollte. Bestimmt hatte er schon unzählige Verhöre dieser Art geführt und jedes Quäntchen Wahrheit aus seinen Kandidaten heraus gepresst.

Bei Covey hatte er jedoch das Gefühl, auf Granit zu stoßen – auf einen ihm ebenbürtigen Gegner.

Ironischerweise hatte Tom Covey ihm bereits die ganze Wahrheit gesagt, so verrückt sie auch geklungen haben mochte.

Zuerst hatte ihn freilich die CIA auseinander genommen. Jedenfalls hatten sie es so lange versucht, bis die Vertreter des Secret Service eingetroffen waren und die Angelegenheit als »in ihren Kompetenzbereich fallend« titulierten.

Wieder und wieder hatten sie ihn mit Fragen gelöchert, musste er seine Geschichte von Anfang bis Ende erzählen. Sie unterbrachen ihn nie, doch jedes Mal, wenn er fertig war, forderten sie ihn auf, von vorn zu beginnen und »diesmal die Wahrheit« zu sagen.

Das grelle Licht der Tischlampe vereinfachte die Sache für Tom nicht gerade.

Auf dem Flug vom Ararat zum Stützpunkt hatte er versucht, sich eine plausibel klingende Story zurecht zu legen. Irgendetwas, was glaubwürdig klang, *obwohl* es an den Haaren herbei gezogen war. Das Problem bestand jedoch schlicht darin, dass ihm nichts Entsprechendes eingefallen war. Wie sollte er seinen Aufenthalt dort, wo er aufgelesen worden war, erklären, obwohl er doch mit der Air Force One des

Präsidenten hätte abgestürzt sein müssen? Die Türkei lag allzu weit von England entfernt ...

Darüber hinaus kreidete man ihm nun an, dass er keinen Kontakt zur Botschaft aufgenommen hatte, um die zuständigen Stellen über den Tod des Präsidenten zu informieren. Worte wie Landesverrat, Attentat und Fahnenflucht wurden ihm um die Ohren geschleudert. Seine eigenen Leute drohten ihm den Tod auf dem elektrischen Stuhl oder die lebenslange Einweisung in eine psychiatrische Anstalt an, wobei er ersteres sogar noch vorgezogen hätte.

»Soll ich Ihnen sagen, wie *ich* das sehe, Agent Covey?«

Tom horchte auf.

Der Verhörspezialist (er kannte nicht einmal seinen Namen, weil er sich ihm nicht vorgestellt hatte) zog nun andere Saiten auf und ließ ihn nicht länger dieselbe Story immer wieder neu erzählen.

»Ich bin ganz Ohr«, murmelte Tom müde.

»Sie sind an Bord der Air Force One durchgedreht, *Agent* Covey. Ganz einfach, dagegen ist niemand in letzter Konsequenz gefeit. Wir sind alle Menschen ...« *Das glaubst auch nur du,* dachte Tom düster, während der andere fortfuhr: »Sie haben die Crew bedroht, die Maschine zum Absturz gebracht und sind dann mit der Rettungskapsel ausgestiegen ... War es nicht so?«

»Netter Versuch. Und Janet ?«

»Wer sagt, dass sie überhaupt bei Ihnen eingestiegen ist?«

»Sehen Sie nach. Ihre Leiche dürfte noch immer am Fuß des Ararat liegen.«

»Wir haben Aufklärer losge–«

Die Tür flog auf. Ein Lieutenant der Air Force betrat den

Raum, salutierte kurz und begab sich dann zu dem Geheimdienstler. Mit einem fragenden Blick schaute er kurz in Coveys Richtung.

»Sprechen Sie«, forderte ihn der Mann, der das Verhör führte, auf. »Er soll ruhig hören, was Sie gefunden beziehungsweise *nicht* gefunden haben.«

»Unsere Aufklärer sind soeben zurück gekehrt«, berichtete der Soldat. »Sie hatten Schwierigkeiten, den Tatort zu sondieren, weil noch immer armenische Hubschrauber in der Nähe kreisen.«

»Verschonen Sie mich mit politischen Details!«

»Nun ...«, der Soldat räusperte sich. »Wir fanden vor Ort die Leichen von einundzwanzig Zivilisten und unserem Trupp. Ein paar hundert Meter weiter lagen zwei tote Zivilisten: dem Anschein nach ortsansässige Bauern, ein Mann und eine Frau.«

»Und? Weiter!«

»Wir haben die Leichen geborgen. Sie befinden sich in der gerichtsmedizinischen Abteilung eines türkischen Instituts.«

»Okay, das reicht, danke.«

Der Lieutenant nickte kurz und verließ den Verhörraum.

Covey hatte war dem Gespräch hoffnungsvoll gefolgt. Zwar besaßen sie noch keine Ergebnisse über die Identität der Geborgenen, aber die Autopsie würde es an den Tag bringen, dass mit den Leichen etwas nicht stimmte – zumindest hoffte er das.

»Sie haben den Präsidenten ermordet«, sagte der Secret Service-Mann Tom jedoch erneut auf den Kopf zu. »Und dafür landen Sie auf dem Stuhl, so oder so!«

Zwei Wachen wurden hereingerufen. Sie führten Covey in

Handschellen in eine Arrestzelle nahe des Verwaltungstraktes der Basis.

Danach ließ man ihn allein.

Mit seinen Gedanken.

Sein Bewusstsein rotierte um die Frage, was nun im Weiteren mit ihm geschehen würde. Waren seine Vorgesetzten wirklich so eiskalt oder einfach nur so verblendet, ihn einer Tat zu bezichtigen – und dafür zu verurteilen –, die er gar nicht begangen hatte?

Hochverrat. Präsidentenmord ...

Ich hätte untertauchen und mich absetzen sollen, statt zur Basis zurückzukehren und mich ihren Fragen zu stellen.

Die Erkenntnis kam zu spät. Viel zu spät.

Es war tags drauf, als der Secret Service Tom Covey aus der Zelle holen ließ.

Der Ermittlungsleiter eröffnete ihm, dass er noch heute in die Staaten ausgeflogen werde, um dort in einem Schnellprozess abgeurteilt zu werden.

»Nette Aussichten, was?«, höhnte er. »Es sei denn, Sie zeigen endlich ein wenig mehr Kooperationsbereitschaft. Dann will ich sehen, was sich alternativ arrangieren ließe ...«

»Zehn Millionen Dollar und eine Hacienda in Mexiko?«, fragte Tom, der sich gar nicht erst der Illusion hingab, irgendetwas oder irgendwer könnten ihn jetzt noch aus der Situation herausboxen. Er blinzelte spöttisch.

»Sie wollen also stur bleiben? Soll ich Ihnen sagen, was die Obduktion ergeben hat? Gut die Hälfte der Zivilisten starben durch Genickbruch, die anderen wiesen Biss-, Kratz- und Schlagspuren auf. Es sieht so aus, als wären sie nach dem

Angriff auf unsere Jungs durchgedreht und hätten sich gegenseitig zerfleischt.«

»Und die Male?«

»Sie meinen Ihre angeblichen Bissspuren am Hals?«, fragte der Ermittler mit hörbarer Häme. »Zugegeben alle, auch unsere Jungs, wiesen diese ›Male‹ auf ... aber das hat nichts zu bedeuten. Wäre nicht das erste Mal, dass Verrückte meinten, Vampir spielen zu müssen. Agent Covey, ich bin weder Ihr Ankläger, noch Ihr Richter, aber in meinen Augen haben Sie da draußen eine ganz große Schweinerei abgezogen. Und mit der Story, die Sie uns hier auftischen, werden Sie nirgends durchkommen ...«

Tom Covey hörte nur noch mit halbem Ohr zu. Er schnappte einen Schwall von Anschuldigungen auf, denen zufolge er Janet als Geisel genommen hatte, um aus England zu fliehen. Als er sie nicht mehr brauchte, habe er sich ihrer entledigt.

Das klingt leider nicht einmal so abstrus, dass es nicht auch wahr sein könnte, dachte er bitter.

Er ließ den Redeschwall über sich ergehen. Das Blut rauschte in seinen Schläfen, trübte das eigene Denken und verhinderte, dass er sich glaubhaft rechtfertigte oder auch nur klein beigab.

Plötzlich aber keimte eine Spur von Hoffnung in Tom Covey auf. Ein kaum fassbarer Gedanke nistete sich in seinem Hirn ein, gab den Anstoß auf die fatale Handlungsweise, die folgte. Er sprang auf, war mit einem Satz bei dem Ermittler und trat ihm zwischen die Beine.

Der Mann war so überrascht, dass er sofort zu Boden ging. Tom hieb ihm mit beiden Händen in den Nacken, bückte sich und fand die Schlüssel für die Handschellen, die er trug. Er nahm dem anderen die Pistole ab und stürzte durch die Tür.

Die Wächter auf der anderen Seite des Verhörzimmers reagierten schnell und routiniert, doch der Wahnsinn, der längst in Tom Covey wütete, ließ ihn eiskalt und unberechenbar handeln.

Zwei Schüsse peitschten auf. Die Soldaten fielen, ohne ihn stoppen zu können.

Tom hetzte durch den Gang hinaus ins Freie. Er orientierte sich kurz und rannte über den Parkplatz hinaus auf die Start- und Landefelder zu. Irgendwo bei den Hangars wähnte er Lagerstätten und Laboratorien. Dorthin hatten sie Kathy Flannigan geschafft.

O ja, ich werde es ihnen beweisen!, hämmerte es in seinem gequälten Hirn. *Kathy wird sich als Vampir erheben und diesen Ärschen zeigen, dass ich die Wahrheit gesagt habe …!*

Covey merkte nicht, dass er nicht länger Herr seiner Sinne war. Die Besessenheit, die sich in ihm eingenistet hatte, ließ ihn jegliche Logik vergessen.

Mit der Waffe in der Hand erreichte er die Lagerhallen, schnappte sich einen zivilen Techniker und quetschte ihn aus.

Der Mann wusste nur ungefähr, wo man die Tote aufgebahrt hatte, aber das reichte Covey. Er durchquerte einen der Hangars, schlich sich an den Wachen vorbei und musste eine von ihnen, die vor der Verbindungstür zu den Gerätelagern stand, ausschalten.

Schließlich lag sie vor ihm auf einer medizinischen Trage: Kathy Flannigan. Ihr Körper wurde von einem weißen Tuch verhüllt.

Tom trat an sie heran und schlug das Leinen beiseite.

Ihre Augen waren geschlossen. Tom konnte weder Atmung noch Herzschlag feststellen.

»Wachen Sie auf!«, beschwor er sie. »Ich *weiß*, dass Sie mich hören können!«

Warum dauerte es bei ihr so lange? Er hatte gesehen, dass Jadon aus ihr getrunken hatte. Sie *musste* sich einfach erheben. Wo lag der Fehler? Auch bei Janet hatte die »Ansteckung« nur kurze Zeit beansprucht, dann war sie zur Vampirin entartet ...

»Los!«, drängte Tom mit zunehmender Verzweiflung und tippte die Tote an. »Wachen Sie auf!«

Die letzten Worte hatte er förmlich hinaus geschrieen. Er schlug der Leiche ins Gesicht, sprang auf die Bahre und hockte sich auf den Leichnam. Mit beiden Händen packte Kathy Flannigans Schultern, schüttelte sie und forderte brüllte sie an, endlich zu erwachen. »Zeig den verdammten Idioten, dass ich nicht gelogen habe!«

Covey brach schluchzend über Kathy Flannigans Leichnam zusammen. Er zitterte am ganzen Körper. Gelber Speichel troff von seinen Mundwinkeln. Unentwegt murmelte er vor sich hin, dass die CNN-Reporterin endlich erwachen solle, und mit jedem Mal wurde seine Stimme leiser, bis sie nur noch ein unverständliches Gebrabbel war.

So fanden ihn die Soldaten. Sie alarmierten die Basis-Ärzte, steckten Tom Covey in eine Zwangsjacke und führten ihn ab. Er selbst merkte davon nichts mehr.

Bis ans Ende seines Lebens nicht ...

Ein kalter Wind umwehte die Klippen nördlich von Smithton, Tasmanien. Das australische Festland war von hier aus nicht zu sehen, wohl aber die Dunkelzone, die seit mehreren Jahren über dem Kontinent lastete.

David Jefferson hätte es bis vor kurzem nicht für möglich gehalten, jemals wieder hierher zurückzukehren. Trotzdem war es geschehen.

Vor zwei Wochen noch hatte man ihn in einem Londoner Hospital notdürftig zusammen geflickt. Kurz nachdem die Finsternis über der Insel so unerklärlich schnell, wie sie das Land auch befallen hatte, wieder verschwunden war. Die Menschen draußen auf den Straßen hatten das Licht bejubelt wie das unerwartete Ende eines schrecklichen Krieges. Nachdem die Finsternis Australien mehrere Jahre geknebelt hatte, kam das Ende der *Nacht* buchstäblich aus heiterem Himmel!

Die Ärzte hatten Jefferson nach einer Woche der Regeneration entlassen.

Zuvor hatte er bereits Kontakt zu seinem Büro in Atlanta aufnehmen können. Sein Chefredakteur Robert hatte ihn nach Kathy gefragt.

Kathy, dachte David auch jetzt, während er am Hang der Klippen stand, die Kamera geschultert und die Linse auf seine Kollegin Melissa van der Houten gerichtet. Schaulustige hatten sich eingefunden, nachdem sich die Ankunft des CNN-Teams herumgesprochen hatte.

Es war hier, um zu sehen, ob sich auch in der *ersten* Dunkelzone etwas tat – oder ob England die Ausnahme blieb.

Vermutungen, sagte sich David Jefferson und bekam nur die Hälfte von dem mit, was Melissa in die Kamera sprach. Sie hatte sich einen umfangreichen Text über den Schwund der Finsternis in England zurecht gelegt und warf hin und wieder Spekulationen ein, die den geflohenen Australiern

Mut machen sollten, dass auch in ihrer Heimat bald ein vergleichbares Wunder geschehen könnte.

David glaubte persönlich keine Sekunde daran.

Er vermisste Kathy. Wie gern hätte er jetzt von *ihr* diese Kameraeinstellung gemacht.

Wie in guten alten Zeiten, dachte er.

»Wo ist Kathy?«, hatte Robert vor anderthalb Wochen gefragt.

»Ich weiß es nicht«, war Davids Antwort gewesen. »Ich habe sie seit Hobart nicht mehr gesehen.«

»*Was?* Das ist unmöglich. Ihr seid von Tasmanien nach London aufgebrochen. Ihr habt Berichte geliefert ...«

Partielle Amnesie hatten die Ärzte im Krankenhaus es genannt, und es wurde auch nicht besser, als Vertreter der amerikanischen Regierung ihn am Krankenbett besuchten und ihn über Kathy, einen Mann namens Tom Covey und die Präsidententochter ausfragten.

Sie mussten unverrichteter Dinge wieder gehen.

So sehr sich David auch anstrengte, er konnte sich nur noch an die Zeit in Hobart und davor erinnern.

Vielleicht ist es besser so.

Die Nachricht von Kathys Tod hatte ihn geschockt. Die Umstände, unter denen sie ums Leben gekommen war, noch mehr. Er war noch längst nicht darüber hinweg, doch er ver-suchte sich abzulenken, indem er in seiner Arbeit aufging, sich in ihr verbiss. Und das ausgerechnet an dem Ort, an dem die Erinnerung an Kathy Flannigan endete.

»... die Hoffnungen der Menschen, die Australien vor drei Jahren verlassen haben und jene, die noch dort unter der Glocke aus Dunkelheit leben, klammern sich an die Aussicht auf ein ähnliches Wunder, wie es die britische Insel befreit hat. Ist es nur eine Frage der Zeit, bis auch hier die Finsternis weicht, oder hat die Vorsehung anderes mit diesem gegeißelten Kontinent vor? – Das war Melissa van der Houten für CNN aus Smithton, Tasmanien.«

David schaltete die Kamera ab und gab der Reporterin ein Zeichen.

Melissa senkte das Mikrofon und strich sich Strähnen ihres Haars, das der Wind zerzaust hatte, aus dem Gesicht. Sie hatte damals Glück gehabt und Australien in letzter Sekunde verlassen, ehe der offizielle Flug- und Schiffsverkehr eingestellt worden war.

David konnte sich noch an ihre Live-Reportagen aus Sydney erinnern. Ihr Gesicht flimmerte über die ganze Welt, und auch andere Nachrichtensender kauften von CNN die herzergreifenden Berichte der engagierten Journalistin an, weil sie nichts Besseres zu bieten hatten.

»Das war's«, meinte sie und ging zum Ü-Wagen.

David entnahm der Kamera das Band und schickte sich an, es in die Kopiermaschine zu legen, um ein Backup zu machen. Er sah die enttäuschten Gesichter der Schaulustigen, die wohl mehr erwartet hatten als eine Reportage, die voller Hypothesen und Wunschdenken steckte.

»Bleiben wir noch?«, fragte er.

Melissa warf das Mikro in den Wagen und zuckte die Achseln. »Ich telefoniere gleich mit Robert. Soll er entscheiden. Ich halte es jedenfalls für Zeitverschwendung, weiter hier herumzusitzen und Däumchen zu drehen.«

»Und wenn es *doch* hell wird?«

»Glaubst du es?«

»Ich weiß nicht.«

Melissa fuhr sich wieder durch die Haare. Sie zog den

Reißverschluss ihrer Jacke höher und kletterte dann durch nach vorn auf den Beifahrersitz, in den sie sich seufzend niederließ.

David sicherte das Band und begann die Sendung via Satellit nach Atlanta zu übertragen. Robert würde den Bericht sicherlich stark kürzen lassen, ehe er über den Äther ging. Das kümmerte David nicht. Er hatte nichts anderes getan, als die Kamera ohne Perspektivenwechsel eine halbe Stunde auf Melissa zu halten. Sonst war in der öden Gegend auch nicht sonderlich viel zu filmen, zumal der düstere Hintergrund der Dunkelzone schon ein allzu vertrautes Bild darstellte.

»Ich sage dir eins«, begann Melissa van der Houten, »wenn es über Australien tatsächlich wieder hell werden sollte, dann haben wir hier in Tasmanien nichts verloren.«

»Wie ...?«

»Na ist doch klar! Wir müssten *mittendrin* im Geschehen sein, so wie ich damals in Sydney war, als der Nachtfall begann. Wenn wir live vor Ort berichten könnten, *das* wären Bilder, wie sie die Welt sehen will und die die Herzen der Menschen schneller schlagen lassen würden!«

»Ich habe genug von der Dunkelheit«, sagte er.

»Pulitzer-Preis heißt das magische Wort, Dave«, konterte sie mit provokantem Augenaufschlag. »Ruhm und Geld – ist das nicht jeden Einsatz wert?«

Jefferson runzelte die Stirn und arbeitete sich zu den vorderen Sitzen vor. Er nahm hinter dem Lenkrad Platz. Seine Kollegin schwatzte munter weiter und schwelgte in Selbstbeweihräucherung, was ihre Leistungen in der Vergangenheit anging. Jefferson wusste, dass dies nur halbe Wahrheiten waren. Die Mitarbeiter des Senders mieden die selbstherrliche Journalistin, die seit der Australien-Reportage nichts Vernünftiges mehr auf die Beine gestellt hatte.

»Warte mal«, sagte David Jefferson plötzlich, als sein Blick über die Menge der Schaulustigen glitt, die sich noch immer nahe der Klippen aufhielten und hoffnungsvoll in Richtung der Dunkelzone schauten.

Melissa plapperte wie ein Wasserfall und hatte ihn gar nicht gehört. Ihr Redeschwall verstummte erst, als Jefferson die Tür des Wagens öffnete und hinaus stürmte.

»He, was soll das denn?«, rief sie ihm hinterher. »Ich kann mir auch einen anderen Kameramann suchen. Die stehen Schlange und würden ihren rechten Arm dafür geben, um mit mir zusammen arbeiten zu dürfen ...«

David hörte nicht mehr hin. Sollte der Teufel diese Plage von einer Frau holen.

Er suchte aufgeregt die Menge ab und hoffte insgeheim, dass er sich geirrt hatte. Denn für einen flüchtigen Moment hatte er geglaubt, ein bekanntes Gesicht entdeckt zu haben. Ein Gesicht, das er sein Lebtag nicht mehr vergessen würde ...

Der Kameramann tauchte in die Menge ein. Er drückte und schob, erntete wütende Blicke und rüde Beschimpfungen.

Schließlich kehrte er erleichtert, weil erfolglos, zum Ü-Wagen zurück. Denjenigen, den er erkannt zu haben meinte, hatte er nicht gefunden. Und wollte es auch nicht.

Niemals.

Auch wenn er vergessen hatte, warum eigentlich ...

Das bloße Gefühl genügte.

»Du scheinst ja echt ein Problem zu haben«, fauchte die CNN-Journalistin angefressen.

Irritiert blickte Jefferson auf. Er musste ein selten verdutztes Gesicht machen, denn Melissa schüttelte nur den Kopf, stieg wieder in den Wagen und murmelte: »Ich will zurück zum Hotel».

David ballte die Fäuste. *Eingebildete Schnepfe!*

Er schickte sich an, ebenfalls in den Übertragungswagen zu klettern, als er aus den Augenwinkeln eine Bewegung wahrnahm. Zuerst dachte er, eine Möwe ziehe vorbei, doch als er hinsah, erblickte er einen einzelnen Mann, der abseits der Schaulustigen am Rand der Klippe stand und in die Ferne starrte.

»Kommst du endlich?«

David hob abwehrend die Hand. »Gleich ...«

»Was ist denn jetzt schon wieder?«

»Ich habe die Kabeltrommel liegen lassen«, log er und schritt auf den Mann zu.

»Toll!«, schnappte Melissa hinter ihm her.

Der Fremde stand mit dem Rücken zu David. Er trug einen beigefarbenen Trenchcoat, schwarze Jeans und modisches, festes Schuhwerk. Obwohl er ihm den Rücken zuwandte, hätte der Kameramann ihn aus tausend anderen Männern heraus erkannt. Er wusste, dass er dem Mann schon einmal begegnet war, auch wenn er noch immer nicht zuordnen konnte, wo – und unter welchen Umständen.

»Sie da!«, sprach er den Fremden an. »Ich kenne Sie!«

Der Mann drehte sich zu ihm um. Als sein Blick David traf, hielt dieser unvermittelt inne. Die Augen des Mannes schienen ihn nicht nur *an-*, sondern regelrecht durch ihn *hindurch* zu schauen.

Eine Welle von Güte durchströmte Davids Herz. Er ertrug den Blick des anderen nur einen Lidschlag lang, dann senkte er fast demütig die Augen.

Der Fremde hatte sich wieder abgewandt und spähte zu der fernen Dunkelfront hinüber. David spürte den Blick nicht länger auf sich ruhen und schaute in diese Richtung. Instinktiv trat er zwei Schritte zurück. Die unfassbare Aura des anderen war allgegenwärtig.

Doch dies war nichts im Vergleich zu dem, was folgte.

Der Fremde streckte beide Arme von sich, als würde er den Himmel anflehen wollen.

Tatsächlich rannen Worte in einer fremden Sprache über seine Lippen.

»Aramäisch?«

Verwirrt drehte David den Kopf und gewahrte Melissa van der Houten, die ihm gefolgt war. »Wie?«, fragte er.

»Ich bin mir nicht sicher ... aber das scheint eine Form des Aramäischen zu sein.«

»Woher willst du das wissen, bist du plötzlich Sprachwissenschaftlerin geworden?«

»Ich nicht«, bestätigte Melissa. »Mein Vater ist Priester und übersetzt für die katholische Kirche in New Orleans alte Schriftrollen, die man in den Ruinen Jerusalems gefunden hat. Ich hab ihn oft gehört, wenn er sie laut vorgelesen hat. Es klang ähnlich wie das hier.«

David bedeutete ihr, endlich zu schweigen und verfolgte weiter das Geschehen um den mysteriösen Fremden, den er irgendwoher kannte. Irgendwoher ...

Tief in seinem Innern fühlte er, dass er ein schreckliches Ereignis mit dem Mann in Verbindung brachte – und doch ging nichts anderes als Güte und Wärme von ihm aus ...

»Da tut sich was«, rief Melissa plötzlich.

Auch David sah es.

Zuerst hatte es den Anschein, als wogten am Horizont nur

feine Wellen durch die Dunkelzone. Hie und da brach der schwarze Mantel jedoch schon bald auf und offenbarte graue Lücken, die sich von der Mitte ausgehend zum Rand hin erweiterten.

»Ich ... ich glaub das nicht ...!«, stammelte Melissa.

David erwiderte nichts. Zu fesselnd war das Phänomen. Verdammt, hatte Melissa nicht eben noch davon geschwärmt, dass sie mittendrin sein wolle, wenn es begann?

Etwas versuchte ihn zu bewegen, schleunigst seine Kamera zu holen und das Geschehen für die Nachwelt festzuhalten. Doch seine Füße fühlten sich schwer an wie aus Blei. Der Wunsch, das Wunder nur durch das bloße Auge zu betrachten, nicht durch das verfälschende Objektiv einer Kamera, blieb übermächtig.

Mittlerweile hatte sich im Zentrum der Dunkelzone eine Art Strudel gebildet, der die Schwärze verwirbelte. Immer schneller rotierte die Finsternis um das Herz des Zyklons.

All dies geschah gespenstisch lautlos.

Der Fremde stand unbeweglich da, die Hände erhoben. Kein Wort mehr rann über seine Lippen. David, seine Kollegin sowie die weiter entfernten Schaulustigen aus Smithton hielten gebannt den Atem an.

Der Mahlstrom aus Licht und Dunkel bewegte sich immer schneller. Und dann sah es urplötzlich so aus, als wollte sich die Finsternis zu einem gigantischen *Keil* formieren, der ...

... der auf Tasmanien zuschoss!

Die Schrecksekunde für die Beobachter währte jedoch nur kurz. Dann zog sich das Gebilde zusammen, formte ein schmales Band am Himmel und wurde – *von dem Mann vor David aufgesogen!* Eingeatmet!

Kurz darauf war alles vorbei.

David blinzelte zuerst ungläubig und rang dann nach Luft. Melissa van der Houten erging es nicht besser.

»Wo – wo ist er hin?«, keuchte David, weil er den Fremden nirgends mehr erblicken konnte. Noch einen Augenblick zuvor hatte er drüben bei den Klippen gestanden und die Finsternis auf sich gebündelt, als wäre es die einfachste Sache der Welt, einen ganzen Kontinent von seiner Nemesis zu befreien.

»Ich fasse es nicht!«, giftete Melissa in Davids Gedanken hinein.

»Was?«

»Dass alles vorbei ist und wir hier nur blöde herumstehen, ohne ... ohne etwas *festgehalten* zu haben ...!«

Kopfschüttelnd ging David zum Ü-Wagen, stieg ein und startete den Motor.

Melissa van der Houtens verblüffte Rufe kamen zu spät. Sie konnte dem davonbrausenden Wagen nur noch mit den Fäusten hinterher drohen.

David gab unbeeindruckt Vollgas Richtung Hobart.

Er wollte das erste Boot erreichen, das nach Australien übersetzte.

Und egal, was ihn dort erwartete, es würde gut sein ...

Epilog

Heimkehr

Ausgerechnet in dieser Etage war fast die komplette Beleuchtung ausgefallen. Nur am Ende des Ganges blitzte eine einzelne Glühbirne stroboskopartig und warf für winzige Augenblicke bizarre Schatten an die Wand.

Die beiden Gestalten, die durch den Korridor huschten, blieben unvermittelt stehen und zuckten zusammen. Ein erschrecktes Keuchen war zu vernehmen. Dann das dumpfe Geräusch eines Schlages.

»Au!«

»Psst!«

»Du hast mir in die Hacken getreten!«

»Verdammt, halt die Klappe, du vermasselst alles!«

Futami Hatsumi hielt sich die schmerzende Ferse. Er hasste es, getreten zu werden. Zu oft hatte er in seinem Leben einstecken müssen, und jetzt war er dabei, sich zu profilieren. Bald würde es vorbei sein mit dem Duckmäusertum. Nur noch diese Sache, und die Yakuza würde ihn und Sasaki in ihren Reihen aufnehmen ...

Ein Poltern riss Futami aus den Gedanken. Erneut zuckte er zusammen, doch Sasaki blieb diesmal ruhig.

»Der Aufzug«, flüsterte sein Freund. Zusammen waren sie bisher durch dick und dünn gegangen. Sie waren vor drei Jahren von Zuhause ausgebüchst, hatten sich mit kleineren

Diebstählen und anderen Delikten über Wasser gehalten. Bis sie auf Shimada getroffen waren.

Futami erinnerte sich noch deutlich an ihre erste Begegnung. Er glaubte, nie ein finstereres Gesicht in seinem Leben gesehen zu haben.

Shimada lachte nie.

Niemals!

Ein eisiger Schauder lief über Futami Hatsumis Rücken, als er sich die böse Fratze des breitschultrigen Hünen vorstellte, der sie mit dem Clan bekannt gemacht hatte. Ihm wurde nachgesagt, für den Oyabun persönlich Aufträge abzuwickeln.

»Komm schon!«, drängte Sasaki und zog seinen Kumpel am Ärmel in einen Gang, wo sie sich kurz darauf in eine Türnische quetschten und warteten.

Der Express-Lift fuhr summend vorbei. Er hielt irgendwo weit über ihnen.

Futami beugte sich vor und lauschte.

Es war wieder still.

»Weiter«, sagte Sasaki. Sie liefen den Korridor entlang, bewegten sich nahezu lautlos, ganz wie Shimada es sie gelehrt hatte.

Nach der nächsten Abzweigung funktionierte die Beleuchtung wieder. Neonlicht drang hell in ihre Augen, ließ sie kurz blinzeln, brachte sie jedoch nicht von ihrem Vorhaben ab. Sie erreichten einen weiteren Aufzugsschacht – ebenfalls ein Express-Lift.

»Die Kennzeichnung stimmt«, flüsterte Sasaki. »Hier sind wir richtig.«

»Endlich«, atmete Futami hörbar auf. »Wir sind schon viel zu lange hier drin.«

»Mach dir nicht ins Hemd, Alter. Das Gebäude hat nun mal über hundert Stockwerke ...«

»Mir gefiel das Gesicht des Pförtners nicht.«

»Du siehst auch nicht besser aus, und jetzt halt die Klappe.«

»Er hat was gerochen«, beharrte Futami nervös.

»Maul halten!«

Sasaki streckte die Hand aus und drückte einen Knopf. Ein leises Klingeln deutete an, dass der Lift gerufen wurde. Irgendwo in der Tiefe erschallte ein sanftes Brummen. Das feine Schleifen von Seilen und Gewichten drang herauf.

Die Kabine kam.

Und hielt.

Futami und Sasaki sprangen zurück, pressten sich mit dem Rücken rechts und links der Tür gegen die Wand. Summend öffnete sich die Kabine.

Sie warteten, ob jemand heraustrat. Die Tür begann sich wieder zu schließen, ohne dass dies der Fall war. Sasaki schnellte vor, stellte einen Fuß in die Lichtschranke und zwang den Mechanismus, die Stahlplatten wieder in die Fugen zurückzuziehen.

Futami folgte. Missbilligend warf er einen Blick auf das Messer in Sasakis Hand. Es war abgemacht, den Job ohne Gewalt zu erledigen.

»Jetzt wollen wir mal sehen, was Shimadas Tipps Wert sind«, murmelte Sasaki und begann mit dem Messer an dem Steuerpaneel der Kabine herum zu hantieren.

»Du zweifelst an ihm?«

»Nimm nicht alles so ernst«, knurrte Sasaki zurück.

Lose Drähte lagen vor ihm, nachdem er die Abdeckung abgenommen hatte. Zielsicher griff er sich zwei heraus, schloss sie kurz und wählte ein Stockwerk. Ruckend setzte sich der Lift in Bewegung.

»Es geht los«, meinte Sasaki und musterte seinen Kumpel mit einem spöttischen Blick. »Muffensausen?«

»Lass mich!«, wehrte Futami ab. Er würde froh sein, wenn sie die Geschichte hinter sich gebracht hatten.

Die Stockwerke rasten an ihnen vorbei. Futami hatte die digitale Anzeige fixiert und wünschte sich beinahe, Sasaki hätte sich geirrt und die falsche Etage ausgewählt. Woher sein immer stärker aufkeimendes Unbehagen kam, wusste er durchaus, und er hasste Sasaki dafür, dass er in diesem Moment die Rede darauf brachte.

»Weißt du eigentlich, dass Kanemitsu hier draufgegangen sein soll?«

»Ja.«

»Er war die rechte Hand des Oyabuns vom Ku-Ken-Clan ...«

»Das ist zwei Jahre her.«

»Shimada hat es mir vorhin noch erzählt«, sagte Sasaki.

»Er wollte dir nur Angst machen.«

Futami Hatsumi spürte, dass seine Bemühungen, Desinteresse vorzutäuschen, nicht fruchteten. Er hatte eine Scheißangst, denn natürlich wusste er ganz genau, was mit Kanemitsu und seinen Männern passiert sein sollte.

Und mit all den anderen vor ihnen.

Der Ku-Ken-Clan war nicht die erste Yakuza-Bande, die versuchte, in *dieses* Tokioter Penthouse einzudringen. Seit fast sieben Jahren stand es leer, und jeder Oyabun der Stadt war begierig darauf, ihm sein Geheimnis zu entreißen.

So es denn überhaupt eines gab. Futami war sich nicht völlig sicher, was er von der Sache halten sollte. Man erzählte sich, dass es dort oben im *Einhundertsten* spukte.

»Halt dich bereit«, sagte Sasaki neben ihm und umfasste den Griff des Messers fester.

Es gab genügend natürliche Erklärungen für das Pech, das Kanemitsu und seine Leute gehabt hatten: Sie konnten der Wachmannschaft, die im Gebäude patrouillierte, in die Hände gefallen sein ... Ein Feuergefecht, ein Haufen Tote, und schon rankten sich die düstersten Legenden um den Vorfall.

Und die anderen vor *Kanemitsu?*, fragte eine spöttische Stimme in Futamis Hinterkopf. Er schob die Einwände beiseite.

Ein Klingeln ertönte. Der Express-Lift verlangsamte und hielt an.

Futami versteifte sich. Sein Herz schlug bis zum Hals, als sich die beiden Türhälften auseinander schoben. Dahinter lag die Düsternis, nur durchwoben vom Schein der bunten Reklametafeln, die das Lichtermeer der Stadt selbst bis in diese Höhe prägten.

Der Ausgang des Express-Liftes war zugleich der Zugang zur Penthouse-Suite.

»Alles Humbug«, brach Sasaki das Schweigen und bestärkte Futami damit in der Hoffnung, dass sie einem Ammenmärchen aufgesessen waren. »Sieht nett aus hier. Könnte mir eher zusagen als die Schlafröhre, in die ich sonst krieche ...«

Sie betraten den weitläufigen, geschmackvoll möblierten Raum. Niemand wusste, in wessen Besitz sich die Wohnung befand; alle diesbezüglichen Spuren verloren sich in London. Aber ganz gleich, wer die Suite einst gekauft hatte, er hatte sich seit Jahren nicht mehr hier blicken lassen. Das zumindest hatten die Nachforschungen ergeben.

»Wir haben es geschafft«, seufzte Sasaki und tastete nach dem Lichtschalter.

Im selben Moment machte Futami Hatsumi eine Bewegung in der Dunkelheit aus.

Und erstarrte!

Zwei rotglühende Augen blickten ihn aus den Schatten heraus an. Er griff nach Sasakis Arm, deutete nach vorn und konnte ein Stöhnen nicht unterdrücken. Sein Freund fluchte und warf das Messer aus dem Handgelenk.

Die Klinge wirbelte durch die Finsternis. Gedankenschnell bewegte sich das Augenpaar. Dann schepperte irgendetwas an der Wand dahinter und verriet, dass das Messer sein Ziel verfehlt hatte.

»Weg hier!«, presste Futami hervor.

Sasaki streifte seinen Arm ab und nahm eine Haltung ein, die keinen Zweifel daran ließ, dass er sich dem Unbekannten stellen wollte.

»Bist du verrückt?«

»Das sehe ich auch so«, antwortete statt Sasaki eine Stimme aus der Dunkelheit.

Die Augen rückten näher an die beiden Jungs heran. Konturen eines Körpers schälten sich aus der Düsternis. Als die Frau ins schwache Licht trat, das aus der immer noch offenen Fahrstuhlkabine drang, verlor ihre Gestalt etwas von der Bedrohlichkeit, die sich in die Köpfe der Einbrecher gebrannt hatte.

Sasaki atmete hörbar auf, als er die attraktive Frau betrachtete. Sie sah unglaublich schön aus. Langes, schwarzes Haar umrahmte ein Gesicht mit hoch angesetzten Wangenknochen, die ihr fast etwas Asiatisches verliehen. Aber die jadegrünen Augen waren nicht mandelförmig, was Sasaki allerdings kaum daran hinderte, sofort Feuer und Flamme für die Fremde zu sein.

Auch Futami spürte das Kribbeln, mit dem sich seine Nackenhärchen aufstellten. Und noch etwas anderes rührte sich bei ihm ...

Die Fremde streckte die Hand aus, umschloss Sasakis Unterarm und zog ihn zu sich heran. Der darauf folgende Kuss war voller Leidenschaft und ... Gier.

Futami Hatsumi deutete den leisen Aufschrei seines Kumpanen als Ausdruck höchster Lust. Erst als das schmatzende Geräusch lauter wurde, begannen die Alarmglocken in seinem Hirn zu schrillen.

Futami wollte sich zur Flucht wenden. Aber seine Beine versagten ihm den Dienst. Wie angewurzelt blieb er nahe der Liftkabine stehen und beobachtete, wie Sasakis Körper mit einem letzten Seufzer erschlaffte. Wie leblos hing er in den Armen der betörend schönen Frau, deren Lippen sich vom Hals ihres Opfers lösten.

Lippen, die voller Blut waren.

Noch einmal versuchte Futami, die Flucht zu ergreifen, doch die unerklärliche Lähmung hielt an, bannte ihn an den Fleck, bis ...

Behutsam bettete Lilith den jungen Mann, der nicht tot war, nur bewusstlos, auf den Teppich. Ihr Blick fand den zweiten »Besucher«. Angst und Entsetzen standen ihm ins Gesicht geschrieben, aber gegen ihren hypnotischen Einfluss gab es kein Aufbegehren.

Lilith winkte ihn zu sich. Ihr Bedarf an Blut schien noch lange nicht gedeckt. Zu lange hatte sie unter Jadons Knute darauf verzichten müssen.

Doch dafür zu töten, dazu wäre sie auch nach allem, was

ihr widerfahren war, nicht bereit gewesen. Nicht ohne Not jedenfalls.

Metatron hatte ihre Kräfte, die ihr von Jadon gestohlen worden waren, neu entfacht und Lilith bis nach Istanbul begleitet. Dort hatten sich ihre Wege getrennt. Zusammen mit Fee hatte die »Stimme Gottes« – der »Schrecken, der vorausgeht«, wie die Schrift ihn nannte – diese Welt verlassen.

Noch in Istanbul hatte sie gehört, dass die Finsternis über Australien begonnen hatte, sich aufzulösen.

Ihr erster Gedanke war gewesen, nach Sydney zurückzukehren – dorthin, wo sie geboren war. Doch Metatron hatte ihr von der Vernichtung des Hauses in der 333 Paddington Street berichtet. Daraufhin hatte sie sich eines anderen Domizils besonnen, in dem sie einmal mit ihrer Freundin Beth McKinsey gewohnt hatte.

Macbeth!

Lilith hatte den nächstmöglichen Flug nach Tokio genommen und sich direkt zum Schinrei-Building begeben. Das Penthouse im obersten Stockwerk war ein Geschenk jenes befreundeten Magiers, der immer noch spurlos verschwunden war und über dessen Schicksal nicht einmal Metatron etwas hatte sagen können (wollen?).

Es gab keinen Schlüssel für die luxuriöse Wohnung. Jedenfalls keinen materiellen. Bei ihrer letzten Begegnung in London hatte ihr Mentor sie darüber informiert, dass er das Penthouse, das sie seinerzeit fast fluchtartig hatte verlassen müssen, für sie gesichert habe.

Mit magischen Siegeln, die erst erlöschen würden, wenn Lilith eines Tages das Bedürfnis verspürte, in diese Zuflucht zurückzukehren.

Was nun geschehen war.

Lilith seufzte, als sie den zweiten Jungen zur Ader ließ und das vitalisierende Blut in sich aufnahm. Ihre Besucher hatten Glück gehabt, dass sie *vor* ihnen hier gewesen war.

Das Stöhnen des jungen Mannes in ihrem Arm gemahnte sie daran, dass sie jetzt besser aufhörte, damit er keinen bleibenden Schaden nahm. Ihr Mund löste sich von dem sprudelnden Quell, der sich sofort schloss.

»Geh zu deinen Leuten«, trug Lilith ihm auf. »Sage ihnen, dass der rechtmäßige Bewohner wieder zurück ist und dass es hier nichts für euch zu holen gibt. *Überzeuge* sie davon. Es ist besser für alle Beteiligten, wenn ihr euch daran haltet ...«

Der Junge nickte.

Lilith entließ ihn aus der Hypnose. Sofort wandte er sich um und eilte zum Lift. Auch seinen Kumpanen präparierte Lilith. Kurz darauf schloss sich die Kabine hinter ihnen und fuhr abwärts.

In Gedanken versunken, begab sich Lilith zu der großen Fensterfront und sog die pulsierenden Lichter der Stadt ins sich auf.

Tokio.

Sie kannte die Zukunft nicht.

Und wollte auch nichts darüber wissen.

Nicht jetzt.

Doch ihr war klar, dass die raue Wirklichkeit sie wieder einholen würde.

Der nackte Überlebenskampf.

Vielleicht nicht heute oder morgen.

Aber irgendwann.

Viel zu bald ...

Jo Zybell

DAS VOLK DER TIEFE

DAS VOLK DER NACHT 8

Roman

Wer ist der geheimnisvolle »Venusschatten«?

Was steckt hinter den verheerenden Sturmfluten, die Küstenstriche und Inselgruppen überrollen und dabei nichts als Tod und Verwüstung hinterlassen?

Das Epizentrum der Gefahr scheint im Pazifischen Ozean zu liegen, in der Nähe des nördlichen Wendekreises.

Als sich auch unerklärliche Phänomene häufen, fühlt sich Lilith Eden genötigt, ihr Tokioter Domizil zu verlassen und sich dorthin zu begeben, wo sie die Wurzel des Übels vermutet.

Aber auch sie ahnt nicht, was sie erwartet.

Auch sie weiß nichts von dem Volk, das seit langer Zeit in den dunklen Tiefen des Weltmeers lebt, ohne dort beheimatet zu sein.

Geschöpfe, die ums nackte Überleben kämpfen – und dabei die Menschheit mit in den Untergang zu reißen drohen ...

DAS VOLK DER NACHT *CLASSICS:*
Sydney, Australien, 1996. Das unscheinbare Haus steht in der Paddington Street. Es hat weder Türen noch Fenster. Es ist ein magisches Haus. In ihm schläft eine unfaßbare Kreatur, die seit 98 Jahren darauf wartet, ihre Bestimmung zu erfüllen: Die Schlacht der Menschen gegen die Vampire für alle Zeiten zu entscheiden …

Die legendäre Vampir-Kultserie der 90er Jahre ist zurück. Jetzt mit den Originalromanen und einem neuen Text um Landru den Hüter – in der gewohnten ZAUBERMOND-Hardcover-Ausstattung!

Buch 1 *Das Volk der Nacht*
Roman, geb. 480 Seiten — ISBN 3-931407-23-3
Buch 2 *Die Spiegel der Nacht*
Roman, geb. 480 Seiten — ISBN 3-931407-28-4
Buch 3 *Die Gräber der Nacht* (in Vorb.)
Roman, geb. 480 Seiten — ISBN 3-931407-29-2

MADDRAX – die dunkle Zukunft der Erde
Die Hardcover-Romane zur SF-Endzeit-Serie!

Apokalypse schildert die Ereignisse vor dem verhängnisvollen Kometenabsturz, der die Welt im Jahre 2012 ins Chaos stürzt. Für den Air-Force-Piloten Matthew Drax beginnt ein Abenteuer jenseits der Grenzen von Raum und Zeit ...
Band 1 und 2 im Hardcover bei Zaubermond:

Apokalypse – Der Tod kommt aus dem All
Roman, geb., 320 Seiten
ISBN 3-931407-44-6

Genesis – Die Welt nach dem Kometen (in Vorb.)
Roman, geb., 320 Seiten
ISBN 3-931407-65-9

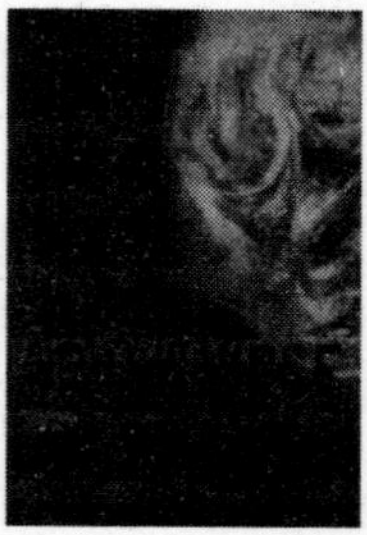

Aus dem Zaubermond-Programm

Neue Abenteuer in der EDITION DK:
Die Geschichte um Dorian Hunter ist noch nicht zu Ende. Ab sofort erscheinen innerhalb der EDITION DK regelmäßig die neuen Romane um den legendären *Dämonenkiller.* Als Autoren zeichnen bisher Dario Vandis, Martin Kay und Frank Rehfeld (diverse Taschenbuchveröffentlichungen, u. a. mit Wolfgang Hohlbein) verantwortlich.

Buch 1 *Engelszorn*
Roman, geb., 352 Seiten ISBN 3-931407-25-X
Buch 2 *Rebeccas Rache*
Roman, geb., 352 Seiten ISBN 3-931407-20-9
Buch 3 *Tod eines Engels*
Roman, geb., 352 Seiten ISBN 3-931407-11-X
Buch 4 *Feuerkuß*
Roman, geb., 352 Seiten ISBN 3-931407-12-8
Buch 5 *Dunkle Seelen*
Roman, geb., 352 Seiten ISBN 3-931407-17-9
Buch 6 *Fürsten der Finsternis*
Roman, geb., 352 Seiten ISBN 3-931407-24-1
Buch 7 *Diabolo*
Roman, geb., 352 Seiten ISBN 3-931407-27-6
Buch 8 *Das Kind des Krakatau (in Vorb.)*
Roman, geb., 352 Seiten ISBN 3-931407-32-2